Jost Dröge

Der DOM

Über den Autor und das Buch:
Jost Dröge ist Diplom-Sozialpädagoge, hat Religionspädagogik, Philosophie und Neuere Deutsche Literatur studiert.
Diverse Gedichte und Essays (u.a. „Hinter dem Schrank", „Die Sieben-Tage-Geschichte"), die philosophisch-gesellschaftspolitischen Romane „Schattenblut", „Steinzeiten" und „Metagrom" (Fouqué 2004) stammen aus seiner Feder, die beiden Kriminalromane „Tod in der Lune" (2009) und „Eisbrandung" (2010), zuletzt 2014 „Willbrock", alle bei Books on Demand veröffentlicht.
Nunmehr stellt er bei Books on Demand sein neues Buch „Der DOM" vor: Die Auseinandersetzung zwischen Whistleblower, Verschwörungstheoretiker und Revolutionäre findet hier eine Basis realer und fiktiver Zusammenhänge.
Wie immer bei Jost Dröge, gibt es auch in diesem Buch einen philosophisch-mystischen Hintergrund. Spannung, ohne ein Krimi zu sein, bringt das Aufeinanderprallen der Persönlichkeiten, denn die sind „nicht ganz ohne", angefangen bei Pastor Heinrich Albertz und Friedrich Ebert junior. Beide waren 1967 Bürgermeister von Berlin. Sie läuten den DOM ein!

JOST DRÖGE

Der DOM

Dieses Werk und alle seine Teile sind urheberrechtlich geschützt. Nachdruck, Vervielfältigung in jeder Form, Speicherung, Sendung und Übertragung des Werkes ganz oder teilweise auf Papier, Film, Daten- oder Tonträger usw. sind ohne Zustimmung des Verlages und Autors unzulässig und strafbar.

Impressum

© 2017 Jost Dröge
Satz und Layout: Buch&media GmbH, München
Umschlaggestaltung: Johanna Conrad, Augsburg, unter Verwendung einer Grafik von Witold Lohmann, Bochum
Herstellung und Verlag: Books on Demand GmbH, Norderstedt
ISBN 978-3-7431-3169-9
Printed in Germany

„Wahrscheinlich hätten wir sonst nichts von der tatsächlichen Existenz des DOMs erfahren und auch nicht von mir, denn ich bin sein Beschützer, aber auch sein Brandstifter. Oder besser der Anstifter zur Brandstiftung!"

– sagt der Druide, Mbeete. Achtet im Buch auf seine besondere Stimme, die rechtsbündig kursiv sprechen wird.

Prolog

Pastor Heinrich Albertz traf sich am 2. Juni 1967, noch während des Besuches von Schah Reza Pahlavi in Berlin, im Rathaus Schöneberg mit Friedrich Ebert junior. Beide waren Bürgermeister von Berlin. Friedrich Ebert, geboren 1894 als Sohn des großen SPD-Ebert, nun aber Parteigänger der SED bereits seit 1947 im Osten, Heinrich Albertz[1] als Nachfolger von Willy Brandt[2], der nun Bundeskanzler geworden war, erst seit dem 1. Dezember 1966 im Westen Berlins. Beide sollten noch im Jahr 1967 ihr Amt verlieren, der eine aus demokratischen Gründen, weil ein Herr Schütz von der CDU Heinrich Albertz von der SPD ablöste, der andere aus Gründen, die mittelbar mit diesem Gespräch am 2. Juni 1967 zu tun hatten. Bei diesem Gespräch war ich anwesend. Meine Macht und mein Einfluss auf den Ablauf der Dinge ist zwar gering, dennoch verursachte ich allein durch die Tatsache, dass ich dieses Gespräch initiiert hatte, nach sieben Monaten den Absturz des DDR-Bürgermeisters in die sozialistisch-einheitliche Nichtigkeit. Friedrich Ebert junior starb erst 1979 im sowjetischen Osten Deutschlands, einem durchaus angemessenen Seniorensitz für die Altersgenossen der SED im Alter von fünfundachtzig Jahren. Seine zeitgeschichtliche Existenz erledigte sich jedoch bereits 1967 nach einer Tortur, deren Ergebnis nicht allein als politischer Karriereabsturz bezeichnet werden musste, sondern vor allem als psychische Deformation. Dennoch blieb er bis zu seinem Tod Mitglied des Politbüros, allerdings ohne Funktion.

Heinrich Albertz aus Bremen, Friedrich Ebert junior aus der DDR und ich hatten über das Vermächtnis des Friedrich Ebert senior gesprochen. Fünf Stunden lang, um genau zu sein, von 1:00 Uhr nachts bis 6:00 Uhr morgens, die Grenze musste pünktlich passiert werden. Friedrich Ebert war inkognito über den Grenzübergang Friedrichstraße gekommen und hatte sich selbst einen Transitausweis ausgestellt, als Joseph Kant. Ich chauffierte ihn, weil ich als freier

---

[1] geb.: 22.01.1915, verst.: 8.05.1993
[2] geb.: 18.12.1913, verst.: 8.10.1992

Grenzgänger Sicherheitsschutz von der Stasi[3], dem KGB[4], der CIA[5], dem SDECE[6] und dem SIS[7] genoss. Westdeutsche Geheimdienste gab es noch nicht wirklich. Außerdem hatte ich seinerzeit ein dringendes Interesse daran, die beiden Männer zusammenzubringen. Daran änderte auch das politische Ende von Friedrich Ebert junior 1967 nichts. Beabsichtigt hatte ich es indes nur funktional, psychischer oder gar physischer Nihilismus war, wie gesagt, nicht mein Auftrag. Friedrich Ebert junior war ein frustrierter Machtmensch, schon damals. Eigentlich hätte er zufrieden sein können mit dem, was er in der Partei erreicht hatte. Schließlich war auch er aus der ungeliebten SPD gekommen, was er sogar mit Haft im KZ Oranienburg quittieren musste. Das politische Vermächtnis seines Vaters hatte er weder fortsetzen können noch wollen, aber das hatte auch gute, und sehr persönliche Gründe. Ich werde später auf diese Ursachen zu sprechen kommen müssen, denn natürlich spielt die Geschichte, auch die persönliche Geschichte von Menschen, immer auch eine Rolle für das, was die Menschheit an Bösem hinterlässt. Natürlich auch an Gutem, wenn Gut und Böse so simpel gegenüberstellbar wären. Jedenfalls erkannte Friedrich Ebert junior einige Zusammenhänge, die ihm eine ruhelose, von quälender Angst besetzte, aber immerhin noch zwölf Jahre während Lebenszeit unter Psychopharmaka bescherte. Aber das hatte eben auch dreiundsiebzig Jahre gedauert, während Heinrich Albertz an diesem Tag im Juni 1967 nun gerade mal zweiundfünfzig Jahre alt war. Dennoch hatte Heinrich Albertz auch dafür eine nachvollziehbare Geschichte. Ich hatte ihn ja genau deshalb ausgewählt, für dieses Projekt. Obwohl, wen hätte ich sonst auswählen können für dieses Gespräch? Kennedy aus den USA vielleicht, oder Mahatma Gandhi aus Indien? Nein, nein, meine Wahl war schon okay, diese Männer hatten ihre eigenen Dinge am Laufen und die von mir so geliebten, großartigen Frauen waren noch nicht auf der Bühne oder hatten sie, wie Rosa Luxemburg oder Isabel Allende, schon verlassen. Margot Honecker jedenfalls gehörte ebenso wenig dazu wie die Ceauşesco aus Rumänien oder Greta Bösel[8].

---

[3] Staatssicherheit der DDR
[4] Komitee für Staatssicherheit der Sowjetunion
[5] Central Intelligence Agency der USA
[6] Service de Documentation Extérieure et de Contre-Espionnage, Frankreich
[7] Secret Intelligence Service, United Kingdom
[8] Eine der wenigen bekannten und verurteilten Aufseherinnen des Konzentrationslagers Auschwitz.

Heinrich Albertz selbst, zu dem ich immer einen ausgezeichnet freundschaftlichen Kontakt hielt, verkörperte genau das Gegenteil dieser bösen Frauen: Er war der Wertemensch schlechthin, eine moralische und ethische Instanz. Das galt auch für seine Frau Ilse. Regelmäßig besuchte ich sie in der Seniorenresidenz „Bremer Heimstiftung", bis Heinrich Albertz im Mai 1993 verstarb, immerhin vierzehn Jahre nach Friedrich Ebert junior. Seither habe ich leider den Kontakt zu Ilse und ihren zwei Töchtern und dem Sohn verloren. Aber ich glaube, dass Ilse mit fast hundert Jahren noch im Seniorenheim lebt und regelmäßig von ihren Kindern besucht wird. Dabei weiß ich, dass die Kinder mich nicht kennen. Ich hatte leider nie eine Veranlassung gefunden, diese drei kennenzulernen. Jetzt ist es egal. Sie sind alle bereits fast im Rentenalter und ich werde sie nicht mit einer Vergangenheit belästigen, die sie nicht wahrgenommen hatten, nicht wahrnehmen konnten. Vielleicht werden sie in absehbarer Zukunft das Manifest lesen, das die Rolle ihres Vaters in der Geschichte endgültig untermauert. Heinrich Albertz war immer mein großes Vorbild und Friedrich Ebert senior ebenfalls, obwohl ich ihn nicht kennengelernt hatte. Aber sein Vermächtnis macht ihn zu einem wirklich großen Menschen. Seine Wirkung wird auch in den kommenden hundert Jahren deutlich zu spüren sein. Ich werde das veranlassen und Heinrich immer wieder zurate ziehen, auf dem Friedhof in Bremen-Horn. Friedrich Ebert junior hingegen war eine sehr, sehr komplizierte Persönlichkeit, eine tragische Gestalt, ein historischer Unhold, um es auf den Punkt zu bringen, ein humanistisches Wrack, der viel verstand von Rhetorik, aber nichts von Kommunikation. Ihr fragt euch natürlich, was das Ganze mit dem DOM zu tun hat. Nun, der DOM hatte sich 1933 neu geschaffen, was Friedrich Ebert bereits 1925 vorausgesagt respektive geschrieben hatte, nämlich, dass das Deis[9] dem Omnipotate[10] geopfert wurde. Was er nicht wusste war, dass es eigentlich schon 1878 mit der Geburt von Stalin und 1898 mit Hitler begann und 1912 mit der Geburt von Kim Il-Sung aus Nordkorea einen weiteren Höhepunkt fand, als diese Zecken am Arsch unserer Zeit, unsere Identität in Angriff nahmen. Seither lebe ich in Unruhe. Auch das Gespräch zwischen Heinrich Albertz und Friedrich Ebert junior änderte nichts daran. Eher im Gegenteil, auch wenn Friedrich Ebert junior als nachfolgende, jedenfalls sich operationalisierende Zecke, also

---

[9] Deismus geht davon aus, dass Gott am Anfang und am Ende Sein hat, aber keinen Einfluss auf die Zeit dazwischen nimmt.
[10] Allmacht

erfolgreich bissfreudig dann doch verhindert werden konnte, hauptsächlich, weil Friedrich Ebert, der Vater, Vorsorge getroffen hatte. Junior und Senior sind eben nicht naturgegeben Freunde ihrer selbst, das gilt für alle Väter und Söhne, Mütter und Töchter, Brüder und Schwestern, Schwager und Schwägerinnen, Cousins und Cousinen, Schwippschwager und ... na ja! Das ist nur bei Vätern und Töchtern anders, glaube ich jedenfalls. Wir wussten, dass der DOM erst dann endgültig auswerten würde, wenn die Erfassung aller objektivierbaren Daten eine axiomatische Kausalität zur Folge haben würde. Das ist immer sein Prinzip gewesen, auch beim alten DOM war es so, nur der hatte eine andere Definition von Axiom: Eine „in sich wahre Aussage"[11] ist die, die die Wahrheit des alten DOMs entsprach. Eine Inquisition zum Beispiel hatte überhaupt keine axiomatische Dimension, sie entsprach nur der Wahrheit des DOMs, die Geburt von Hitler, Stalin oder Kim Il-Sung indes schon, hatte dann der neue DOM begriffen und gewartet, bis die Katastrophe für die Bereinigung der Geschichte sorgte. Seither fühle ich mich jedenfalls viel wohler, auch wenn die Zeit manchmal nicht vergehen will. Aber das Gespräch am 2. Juni 1967 hatte nun eine neue Dimension der axiomatischen Kausalität erreicht. Wirklich ins Leben gerufen hatte Friedrich Ebert senior ein Vermächtnis, das der Junior unter Verschluss gehalten, weil er es nicht verstanden hatte. Unbewusst vielleicht doch, denn es führte ja nun ohne Ausweg in den Verlust seiner Existenz. Aber er kannte eben auch nicht das Ganze, also das, das uns zu Bewusstsein geführt hatte. Niemand ist dem DOM gewachsen, nur der DOM[12] selbst kann sich vernichten. Einmal in der Geschichte hat er das getan, weil es sein musste, weil es eine axiomatische Kausalität war. Und weil ICH sonst nicht existieren würde. Friedrich Ebert senior hat in seiner Kurzfassung, die er seinem Sohn vererbt

---

[11] eben jenes Axiom

[12] **Deis** (Deismus ist eine Glaubensausrichtung, die zwar an eine göttliche Schöpfung glaubt, nicht aber auf eine göttliche Einwirkung auf das irdische Geschehen – Deis ist das Gesetz vor der Wirklichkeit, während der Theist Gesetz und Wirkung gleichsetzt), **Omnipotate** (Omnipotenz ist die Fähigkeit, alle Dinge und Prozesse zu beeinflussen, auch jenseits jeder Naturwissenschaft, also ein scheinbarer Widerspruch zum Deismus, aber genauer betrachtet eine Dialektik, also die andere Seite einer Göttlichkeit – Omnipotate entscheidet über die Ausrichtung im Prozess der Wirklichkeit), **Mystica** (ist die absolute Wirklichkeit, nicht mit der Wahrheit zu verwechseln, denn die ergibt sich aus Deismus und Omnipotenz – Mystica ist der operationalisierte DOM, der aber noch immer keine Sprache hat)

hatte, eine Zusammenfassung seiner Schriften vermacht, die in seiner Gesamtheit nicht aufgetaucht, wahrscheinlich in den Kriegsjahren vernichtet worden war. Manchmal wusste der DOM aber offenbar nicht unbedingt, was er tat. Ich, meine Existenz, ist ein Beispiel dafür. Jedenfalls ist für philosophisch vorgebildete Menschen, wie Heinrich Albertz ohne Zweifel einer war, nachvollziehbar, wenn Friedrich Ebert in seiner Kurzfassung von Begriffen sprach, die von Menschen, die sich mit dieser ontologischen Ebene des Lebens nicht beschäftigt haben, „böhmische Dörfer" sind. Da geht es zum Beispiel um „Anima Mundi"[13], um „Archetypen", als Urbegriffe wie „Animus" uns „Anima"[14], es geht in der Konsequenz darum, dass der GAU[15] im universalen Kontinuum bereits begonnen hat.

Friedrich Ebert hatte die Begründung seiner Sichtweise zusammengefasst, sich aber in den Fußnoten immer auf seine komplexe Abhandlung berufen, exakt mit Seitenzahl und Zuordnung zum Leitsatz des jeweiligen Kapitels. Daher konnte ich das Ausmaß der Lücken auch ziemlich klar in Zahlen ausdrücken, leider (noch) nicht in eine inhaltliche Dimension. Diese Abhandlung war nicht mehr vorhanden. Friedrich Ebert junior hatte alle Häuser im Osten Deutschlands von oben bis unten durchsucht, in denen sein Vater diese Dokumente hätte verstecken können. Aber weder in den zwei Stadtwohnungen in Leipzig und Ostberlin und auch nicht in der Villa in Potsdam tauchten diese Papiere auf. Friedrich Ebert junior konnte diese Räumlichkeiten erst durchsuchen, als er als Bürgermeister von Berlin und Parteifunktionär der SED dafür die Macht hatte, denn selbstredend waren diese Wohnungen und das Haus Volkseigentum geworden, in denen Werktätige wohnten. Das Ferienhaus auf der Insel Usedom der Familie Ebert ergab ebenso wenig ein Suchergebnis, wie seine Villa in Hamburg-Blankenese, die ebenfalls ergebnislos durchsucht worden war. Hier war sein eigentlicher Hauptwohnsitz, in dem sich Friedrich Ebert senior in seiner Lebenszeit nicht nur aufgehalten, wenn er dienstlich im Hamburgischen unterwegs war. Seine Haupttätigkeit zwang ihn aber meist nach Berlin.

In Görlitz war er bekanntermaßen jedoch nie, das wusste ich und natürlich auch sein Sohn. Offenbar hatte nur der DOM da andere Informationen, wenn

---

[13] die Weltseele, das „kollektive Unterbewusstsein" (nach C.G. Jung) oder die Verbindung Mensch – Kosmos (Kosmologie)

[14] „*Animus*" ist der Geist, der dem Element „*Anima*" die Wirkung, also die Wirklichkeit („*anima mundi*") ermöglicht.

[15] Größte Anzunehmende Unfall

der DOM überhaupt über Informationen verfügte. Friedrich Ebert junior hatte die Kurzfassung seines Vaters für Quatsch gehalten, wusste mit den Begriffen nichts anzufangen, und vermutete, dass sich sein Vater einen Scherz erlaubt hatte, um ihn, seinen Sohn, den er weder geliebt noch in seiner Gegenwart geduldet hatte, zu quälen und zu entmündigen. Friedrich Ebert junior kannte seinen Vater kaum, erzogen wurde er von einer Kinderfrau, denn die Mutter hatte Besseres zu tun im republikanischen Berlin, nämlich Feste zu besuchen, neueste Modetrends zu sponsern und ihren Mann repräsentativ zu begleiten. Daher hatte der Sohn die für ihn unverständlichen Begriffe zwar nachgeschlagen, auch diverse Erklärungen und Erläuterungen gefunden, der geistige Nebel blieb. Ein Duden ersetzt eben nicht Erkenntnis. Heinrich Albertz hatte es mit wenigen, durchdringenden und dennoch wohlgesetzten Worten geschafft, dem Sohn seinen Vater zu erklären. In jener Nacht am 2. Juni 1967. Es waren tatsächlich Tränen geflossen. Das ist sehr, sehr selten gewesen in jenen Jahren, dass zwei Männer weinten, nur, weil sie eine gemeinsame Erkenntnis hatten. Viele Männer haben tolle Erkenntnisse, täglich, stündlich, ja, jede Minute. Aber Tränen fließen dabei kaum. Vielleicht sind Tränen ja ein Indiz dafür, Wahrheit zu entzünden. Frauen entzünden daher immer mehr Stoff, der die Welt zur Explosion bringt, zumindest aber ihre Tränendrüsen. Also waren diese beiden Männer zu Frauen geworden, kryptisch jedenfalls, denn mir war das Ganze ein wenig zu weinerlich. Man kann ja Erkenntnis einfach so nehmen wie sie ist, nicht wahr. Dem DOM jedenfalls hatte ich niemals eine Träne hinterhergeweint, weder dem alten noch dem neuen. Ich weine nur, wenn ich träume, wie gesagt, sehr selten. Heinrich und Friedrich hatten sich dann darauf geeinigt, dass Heinrich das Kreuz zu tragen hatte. Schließlich war er derjenige, der Erkenntnis eingeleitet hatte, wohl schon in sich trug, sonst hätte er sich auf meine Einladung nicht eingelassen. Ich fand das in Ordnung und verzichtete deshalb darauf, Friedrich Ebert junior kurz nach dem Grenzübergang Friedrichstraße totzuschlagen, obwohl ... Heinrich Albertz wusste in jener Nacht natürlich nicht, dass er selbst im Jahre 1972 in München und Mogadischu ein Indiz für die Richtigkeit Friedrich Ebert seniors Theorem beitragen würde.
Und ich war froh, dass ich nicht schon wieder töten musste. Habe ich auch später nie wieder getan oder beabsichtigt!

Das erste Kapitel ist Marie

Tchernobyl hat unsere Pilze verseucht. Aluminium unsere Gehirne. Japan und Norwegen rotten die Wale aus und Russland die Freiheit. Die Amerikaner sind klimadumm und die Polen und Rumänen kriminell. Schwarze Menschen sind immer die Opfer, außer sie treiben Sport. Sinti und Roma sind auch immer die Opfer, aber sie erzeugen selbst Angst-Opfer.

Marie war davon überzeugt, auch wenn sie keinen einzigen Norweger, Japaner, Russen, Amerikaner, Polen, Rumänen, einen schwarzen Menschen, Sinti oder Roma jemals kennengelernt hatte. Eigentlich hatte sie sowieso nur sehr wenige Menschen kennengelernt, und die mochte sie ausnahmslos nicht, jedenfalls an die sie sich erinnern konnte. Das waren Deutsche, oder Eingedeutschte, woher auch immer – so wie sie.

Mit Pilzen kannte sie sich aus – und mit Gehirnen. Da gibt es eine ganze Menge an Symmetrien, fand sie. Das Wort „Symmetrien" hatte sie in der Zeitung gelesen und besser gefunden als „Ähnlichkeiten" oder „Übereinstimmungen". Pilze und Gehirne. Manche sind sogar optisch identisch, aber das ist nicht die wesentliche Wesensgleichheit. Marie fand den Geschmack ähnlich, irgendwie nussig. Die Gehirne, die sie bisher verspeist hatte, waren dennoch in sich sehr, sehr unterschiedlich. So unterschiedlich wie Maronen, Steinpilze, Boviste oder Krause Glucken – oder Trüffel. Korallenpilze, die, die den Gehirnen optisch am nächsten kamen, waren Marie geschmacklich unbekannt. Natürlich. Sie sind ja ziemlich giftig. Gehirne nicht.

Schweinegehirne. Marie liebte sie. Sie fand, dass sie geschmacklich von Gehirn zu Gehirn sehr deutlich variierten. Schweinepersönlichkeitsgeschmack, nannte sie es.

Im Frühjahr und im Sommer fand sie natürlich eine ganze Menge Gemüse, wie sie es nannte. Brennnesseln, Farnschößlinge, Giersch, Benediktenkraut, Blutwurz, Bilsenkraut und anderes Grünzeug, von dem sie wusste, dass sie nicht nur essbar, sondern sehr nahrhaft waren. Woher sie das wusste, wusste sie hingegen nicht. Daher war sie der Überzeugung, dass sie aus einem der Armenländer Osteuropas kam, wo die Natur noch voll zur Ernährung der Bevölkerung genutzt wurde. Jedenfalls glaubte sie das. Gegen Herbst kamen natürlich Beeren, Blaubeeren und wilde Erdbeeren zum Beispiel dazu, und Hagebutten, Haselnüsse und Bucheckern.

Mehr benötigte sie nicht.

Pilze und Gehirne, Kräuter und Waldgemüse, Nüsse und Beeren, in dieser Reihenfolge ging es ihr am besten; dann war sie sogar glücklich, vor allem, wenn sie ganz klein wenig getrockneten Fliegenpilz untermischte.

Sie hatte gelernt, auch die bösen Gewächse für sich zu nutzen. Efeu, Sumach, Mutterkorn, Blutweiderich, Schierling, Eisenhut, Eibe oder Alraune.

Wie der Fliegenpilz sind diese Gewächse sehr giftig, aber sie helfen in kleiner Dosierung gegen Hautpilz, Läuse, Krätze, aber auch gegen Husten, Schnupfen, Durchfall oder Wundbrand. Der Fliegenpilz gegen Depressionen machte Lachen.

*

Die Schlachterei neben ihrem Wald verwertete fast alles vom Tier zum menschlichen Verzehr, aber begrenzt die Gehirne. Sie wusste, dass es durchaus Speisen gab, die Schweine- oder Rinderhirn enthielten. Norddeutsche Gerichte wie Pinkel oder Knipp, auch Grütze genannt, was sie zutreffend aber auch witzig fand. Grütze!

Auch in Wurst und Pastete war häufig Hirn enthalten. Aber das meiste an Hirnen ging wohl anderer Verwertung zu: Tierfutter, vermutete sie. Denn die Container mit Schlachtabfällen standen auf dem Hof, offene Container ohne Kühlung. Ungefähr so wie der Fischgammel in den Fischereihäfen an den Küsten. Auch das kannte Marie. Es war aber schon eine Weile her, dass sie Herings- oder Kabeljaumilch zu sich nehmen musste.

Hier in der Schlachterei waren die Abfälle hübsch sortiert: Schweinegehirne, Rindergehirn und anderer Abfall, der in der Regel schon stank. Auch die Rinderhirne waren meist Matsch und wirklich unästhetisch. Aber die Schweinegehirne waren fest, nicht irgendwie glitschig, wie man es sich so vorstellte, jedenfalls die frischen, die gerade aus der Schlachtung kamen. Und sie nahm sich immer nur das Beste, denn niemals nahm sie mehr als ein Gehirn mit. Sie benötigte natürlich nur ein einziges für sich. Manchmal für eine Woche, manchmal aber auch für vierzehn Tage.

Marie hatte gelernt, dass sie diese tierischen Proteine benötigte. Nur Waldgemüse, Beeren und Nüsse reichten einfach nicht aus. Das wusste sie schon seit Langem. Ohne sie bekam sie Muskelkrämpfe, Durchfall und/oder Hautausschlag. Auf ihrer langen Reise, die ja nun schon einige Jahrzehnte andauerte, hatte sie sich daher immer wieder Orte gesucht, in denen sie irgendwie Zugang zu solchen Proteinen hatte, entweder Fisch oder Fleisch. Fisch mochte sie eigentlich lieber, und er hatte den gleichen positiven Effekt auf ihre Gesundheit.

Jedenfalls wenn es sich um frischen Fisch handelte. Aber natürlich auch sogenannter Fischgammel. Milch, Rogen, Schwimmblase und andere Fischinnereien, die jedoch nur gut ausgekocht mit diversen Kräutern genießbar waren.

Hier, in der Göhrde, zwischen Lüchow und Dannenberg, hatte sie einen idealen Platz gefunden, der ihr regelmäßig die Zufuhr dieser tierischen Proteine ermöglichte, ohne dass sie selbst einem Tier schaden musste.

Das war zwar auch beim Fischgammel in Bremerhaven so gewesen, dort war sie aber ständig in Gefahr, entdeckt zu werden. Der Fischereihafen Bremerhavens ist zwar riesengroß mit einer ganzen Reihe von brachliegenden Flächen, aber es war nachts immer etwas los. Entweder kamen Fabrikschiffe, meist aus Island oder Norwegen, die entladen und versorgt werden mussten, und/oder es fanden sehr frühmorgens die Auktionen statt, die dann eben auch Ausschussware hinterließen, die ihre Bedürfnisse nach Fischproteinen befriedigte. Auch viele Fischer waren sturzbetrunken unterwegs und kreuzten ihre Wege; meist konnten diese sich allerdings nicht an sie erinnern, und wenn, war sie die weiße Deliermaus in Menschengestalt.

Aber in Bremerhaven hielt sie sich nur ein halbes Jahr auf. Der Winter war hier zu nasskalt. Sie war meist nur ein halbes Jahr geblieben, im bayerischen Wald, im Breisgau, im Sieger- und Emsland, auch im Harz und Teutoburger Wald. Die Wälder waren immer ertragreicher gewesen, fand sie, nur die tierischen Proteine hatte sie hier nicht in ausreichender Menge gefunden. Außer, wenn sie selbst tötete. Und das hatte sie nur ein einziges Mal getan. Und da war sie im Recht!

In der Göhrde fand sie nun aber alles, was sie benötigte und auch mehr Schutz, vor Menschen, vor Wetter und vor dem DOM.

Es waren eben Pilze und Gehirne. Sie sättigten trotz Nanosievert aus Tchernobyl, jedoch abnehmend, dafür ohne Aluminium, denn Deos und Zahnpasta mit Aluminium nehmen Schweine selten zu sich.

Marie fühlte sich als Gestrandete. Wenn jemand sie kennen würde, würden diese sie ebenfalls als Gestrandete bezeichnen. Diejenigen meinten jedoch „gestrandet an den Grenzen des Sozialstaates". Sie selbst fühlte sich gestrandet an der Küste der Welt, am Strand des Lebens. Gestrandet in einer Art von Paradies, dort, wo andere Urlaub machen, auch wenn sie einen Badestrand nun nicht gerade vor ihrer „Haustür" hatte. Die Gutbürger nannten das „Revival" oder „Buchinger" und gönnten sich alle fünf Jahre vierzehn Tage in der Natur oder in Esspause. Mit Guide und merkwürdigen Kosten, die bestimmt nicht der Nahrung geschuldet waren.

Marie ist heute sechzig Jahre, drei Monate und sieben Tage alt. Sechsundvierzig Jahre und eben jene drei Monate und sieben Tage lang lebt sie nun in diesem Deutschland. An ihrem vierzehnten Geburtstag war sie am Bahnhof in Passau angekommen und hatte seither jeden Tag in ihrem Bewusstsein gespeichert.

Sie war zwar hier angekommen in Passau, wusste aber nicht oder nicht mehr, woher sie gekommen war. Sie glaubte Moldawien, Bulgarien oder vielleicht kam sie aus der Ukraine. Sie wusste es nicht. Ihr Deutsch war jedenfalls nicht das, das man in Passau sprach. Sie war sehr krank, erinnerte sie sich. Kam im Flieger auf dem Münchener Flughafen an. Aber woher, hatte sie vergessen. Sie wusste nur, dass sie plötzlich einen unerwarteten Überlebenswillen spürte, dass sie alles ablehnte, was mit Alkohol oder Drogen zu tun hatte, obwohl ihr klar war, dass sie in einem Rotlichtmilieu der übelsten Sorte gelandet war.

Die ersten drei Wochen im Passauer Bordell gab es eine Ansprache: „Dumme kleine Fotze, mach die Beine breit", oder „Blas mir einen, aber schnell!" Daran konnte sie sich erinnern. Aber auch diese deutsch-bayerische Konversation hatte sie nun seit fünfundfünfzig Jahren nicht mehr benutzt, jedenfalls nicht in Interaktion zur eigenen Spezies. Sicher hatten die anderen Mädchen mit ihr anders gesprochen, Marie wusste es aber nicht mehr. Sie wusste nur, dass sie in Deutsch dachte. Und in Deutsch Zeitungen las. Immer wieder, so ungefähr einmal im Monat. Manchmal gelang es ihr auch, ein-, zweimal in der Woche eine Zeitung zu ergattern. Leider nur die „BILD"-Zeitung, weil die Schlachtereiarbeiter eben nicht die „ZEIT" oder die „TAZ" lasen. Aber Marie kannte auch diese Zeitungen. Vier-, fünfmal im Jahr machte sie sich in die Städte Dannenberg oder Lüchow auf, sie lebte sozusagen genau in ihrer Mitte. Nachts natürlich und durchstöberte die „blauen Tonnen", anfangs die Stapel der Papierabfuhr, während ihre Wildsaufreunde die grauen Mülltonnen umstießen und deren Inhalt bevorzugten. Die Wildsauen interessierten sich nicht sehr für die Tagespresse. Aber richtig Freunde waren sie auch nicht geworden, die Bachen und sie, und die Keiler schon gar nicht. Vielleicht weil sie ihre, oder vielmehr die Gehirne ihrer Verwandten als Hauptnahrungsquelle nutzte.

Hier in der Göhrde hatte sie ihr Zuhause gefunden. Es hatte viele Jahre gedauert, um ein endgültiges Zuhause zu bekommen. Hier fühlte sie sich wohl. Hier war sie wirklich unentdeckt. Hatte sich nach und nach ihre Höhle gebaut, die nicht entdeckt wurde, nun schon viele Jahre. Wie viel Jahre hier in der Göhrde wusste sie indes nicht. Sie hatte sich darauf konzentriert, die Zeit als Ganzes zu dokumentieren in ihrem Hirn, nicht die Abschnitte. Das wäre zu viel für ihr kleines Hirn, hatte sie empfunden.

Dabei hatte sie sich die Räume einverleibt. Jeden Raum seit über sechsundvierzig Jahren. Den Weg von München nach Passau, in einem Lkw, die drei Wochen in einem Bordell mit gewalttätigen Zuhältern, stinkenden Freiern und eifersüchtigen Huren um sie herum.

Aber auch die Wege, die keine Wege waren. Sie war durch den Bayerischen Wald gestiefelt, ohne Stiefel zu haben. Sie hatte sich die Füße wundgetreten und zum Gegenschmerz sich die Fingernägel bis zur Wurzel abgekaut. Jeden Tag hatte sie gestohlen, vor allem in kleinen Dörfern, wo die Menschen die Türen nachts aufließen und auf die Wachsamkeit der Nachbarn hofften.

Sie war einen Weg gegangen, auf dem sie jeden Schritt als Geschenk des Lebens und gleichzeitig als Bestrafung empfand für eine Schuld, die sie nicht wirklich definieren konnte. Es war irgendwie eine Balance, auch wenn sie immer wieder vor Barrieren stand, die sie überwinden musste. Es war nicht nur Hunger, Kälte und Nässe. Es waren auch Menschen, oder Dinge, die von Menschen gemacht wurden. Autobahnen zum Beispiel. Oder Kanäle, abgezäunte Militärgebiete, hochsicherheitsgeschützte Privatbesitze.

Aber Marie war klein und wendig. Sie kam irgendwie überall durch, auch wenn sie manchmal Umwege gehen, schleichen musste. Sie stahl nur das, was sie wirklich benötigte. Niemals so viel, dass die Menschen die Polizei riefen. Sie stahl vor allem, wenn Sperrmüll entsorgt werden sollte, oder aus den Kästen für Altkleidersammlungen. Sie staunte immer wieder, was diese Menschen alles so wegwarfen. Zum Glück für sie.

Das tat sie auch heute noch in Dannenberg, aber sehr, sehr reduziert. Im Herbst vor allem, wenn sie Wintersachen benötigte. Sie hatte sich einen Steinofen gebaut, rote Ziegelsteine gestohlen, aber immer nur zwei-, dreimal von dieser, mal von jener Baustelle, mehr konnte sie auch nicht tragen.

Kein Mensch wusste von ihr! Niemand! Und nun war sie über sechzig Jahre alt und bemerkte, dass sie sich in den nächsten Jahren zum Sterben bereit machen musste.

Obwohl sie kerngesund war. Jedenfalls schätzte sie es so ein. Die letzten Schmerzen, die sie gespürt hatte, waren die der Zuhälter, die sie schlugen und die der Freier, die sie vergewaltigten. Sie hatte natürlich häufig gefroren und gehungert. Sie hatte sich verletzt an diversen Stacheln und Dornen. Ja, sie hatte sogar einmal mit einem Keiler gehadert, der ihr eine schlimme Wunde in die Seite verpasst hatte. Anfangs hatte sie schiere Furcht, dass ihre Niere betroffen sei, denn dann hätte sie keine Überlebenschance gehabt, glaubte sie damals. Am Ende war sie fast ein Skelett, Bucheckern hatten sie aufgebaut. Nichts anderes als Bucheckern und ihre giftigen Kräuter, die sie auf die Wunde gelegt oder wohldosiert zu sich genommen hatte. Aber das waren nicht die Schmerzen, die die Zuhälter ihr angetan hatten, die waren nicht zu toppen.

Auf den Fliegenpilzgenuss hatte sie selbstverständlich in dieser Zeit verzichtet, als der Unfall mit dem Keiler passiert war, auch wenn es ihr schwergefallen war. Sie wusste, dass die Kräuter nicht gegeneinander kämpfen durften in ihrem Körper, sondern miteinander. Ein Rausch im Kopf würde die Mixtur versauen. VerSauen!

Sie hatte sich gerächt an diesem Wildschwein, denn außer Trüffeln mochten Wildschweine Bucheckern am liebsten. Sie fühlte sich großartig, als sie ihren bösen Feinden ihr zweites Lieblingsessen wegfraß. Und für Trüffeln benötigte sie mittlerweile Wildsauen nicht mehr. Ihr Geruchssinn hatte sich lange dem Wald angepasst. Jeden Pilz kannte sie. Jede Trüffel. Sie hatte in der WELT gelesen, dass es dafür Experten geben würde, die ganz, ganz viel Geld verdienen würden. Sie wäre die Beste, wusste sie, aber nicht, was sie mit Geld anfangen sollte.

Die Bucheckern-/Kräuterkur half dann irgendwann, sie kam langsam wieder zu Kräften. Es war Frühjahr und Sommer, im Herbst oder Winter hätte sie nicht überlebt. Aber es blieben Narben. Heute wusste sie, dass doch ihre Niere betroffen gewesen war. Sie hatte bemerkt, dass sich ihr Urin veränderte, gelber wurde, dunkel. In ihrer Fantasie hatte eine Niere ihre Arbeit eingestellt.

Sie selbst hatte sich dann wieder ins Leben zurückgerufen. Sie hatte den Eber gesucht, der sie verletzt hatte. Sie hatte sich sein Gesicht gemerkt. Er konnte ihr nicht entkommen. Und sie fand ihn und rang ihn zu Boden. So klein und unscheinbar sie war, hatte sie gelernt, ihre Muskeln zu benutzen, auf die einzig richtige Art, dem Raum und der Zeit in Einklang genügend. Der Eber hatte keine Chance. Er musste sterben und Marie aß sein Gehirn, ein Schweinegehirn, frisch und wild. Die besonders wertvollen Teile des Schweines, wie Filet, Schinken und Kotelettrippen hatte sie in ihrem Backofen zubereitet. Dann schnitt sie den Rest in Streifen und trocknete das Fleisch in den Bäumen und aß sechs Monate lang getrocknete, gelagerte, gesalzene (das sie immer wieder aus dem nahen Salzstock abschöpfen konnte, das natürlich für andere Zwecke vorgehalten wurde) tierische Proteine. Nur wegen dem Geschmack holte sie sich zwischendurch mal ein Schweinegehirn. Es war ihr schönster Winter. Aber dennoch würde sie nie wieder ein Tier töten, keinen Keiler, keine Ratte, keinen Igel, keinen Käfer und kein Insekt!

Die Schweinegehirne der Schlachterei waren eh schon tot; daran konnte sie nichts mehr ändern, und konnte sie essen, des tierischen Eiweißes zuliebe.

Die Wildschweine ließen sie ab sofort in Ruh'. Marie glaubte, sie hatten verstanden, wie sie mit ihnen umgehen würde, wenn ein Keiler es noch einmal wagte ...

*

Und nun, ja nun, dachte sie daran, ob es Sinn gemacht hatte, ein Leben wie das ihre zu leben. Sie hatte ihr Dasein bislang niemals hinterfragt, auch nicht, als sie die Zeitungen der sogenannten Zivilisation von vorne bis hinten durchgelesen hatte. Manchmal dauerte das mehrere Tage, weil sie natürlich jeden Buchstaben genoss, einschließlich des Impressums und der merkwürdigen Werbung an mancher Stelle. Sie lernte daraus, die Sprache und die Dimension des möglichen Denkens. Daher las sie jede Zeitung mehrmals. Sie glaubte, dass sie mehrere Artikel wohl auswendig präsentieren konnte. Es gab nur kein Forum dafür, deshalb wusste sie es natürlich nicht. Sie fühlte sich als Metasapiens[16].

Kultur war der Renner in ihrer Betrachtung des Seins, des anderen Seins. Und Politik. Sie stellte sich einen Japaner vor, einen Russen und einen Sinti. Sie hatte kein Bild. Einen schwarzen Menschen hatte sie ein-, zweimal in einer der Zeitungen gesehen, aber auch, dass es da ein Braun gab, das nicht wirklich schwarz war. Warum gibt es eigentlich keine „Braunen", hatte sie jahrelang gerätselt. Dann war sie darauf gekommen. Es gab da eine semantische Barriere und die Brücke war der Geist: Braun ist eine Gesinnung, Schwarz ist auch eine Gesinnung, aber eine scheinbar legitime. Aber die schwarze Gesinnung hat gar nichts mit den schwarzen Menschen zu tun und die braune Gesinnung ist das Gegenteil brauner Hautfarbe! Und weiße Hautfarbe scheint völlig unpolitisch zu sein, es sei denn, weiße Menschen sind Politiker.

Der Geist ist offenbar beliebig. Raum und Zeit nicht!

Der DOM lässt grüßen, dachte sie. Aber sie machte keine Witze über den DOM. Eigentlich machte sie überhaupt keine Witze. Sie wusste, obwohl sie manchmal auch herzlich lachen konnte, wenn sie das Feuilleton einiger Zeitungen las, dass der DOM nicht mit Humor zu bekämpfen war. Dass er indess bekämpft werden musste, wusste sie, nicht nur, weil der sterbende Keiler es ihr verraten hatte. Der Keiler hatte es nur verifiziert. Den Begriff *verifizieren* hatte sie studiert. Er tauchte immer wieder in den Zeitungen auf. *Verifizieren* verstand sie als *sich unbedingt festlegen* – der Keiler hatte sie unbedingt festgelegt, dass der

---

[16] ein Mensch (Homo Sapiens), der übergeordnet (Meta) beobachtet

DOM ihr eigentlicher Feind war, nicht der Mensch. Nicht der einzelne Zuhälter, der ihr persönlicher Feind geworden war. Und schon gar nicht der Keiler. Der war ihr Gegner auf Augenhöhe geworden. Und ihr Partner, als er starb. Sie aß ihn mit Respekt!

Warum aber Geist, Raum und Zeit ein Monster wie den DOM hervorrief, konnte Marie nicht erklären. Sie hatte sich eine Zeit lang bei den Externsteinen aufgehalten, im Weserbergland, ein halbes Jahr. Die waren nix, hatte sie gedacht, ebenso die ganzen bayerischen Pilgerorte. Nix, nirgendwo war der DOM oder irgendein Gegenspieler zum DOM, den gab es offenbar gar nicht! Wer sollte das auch schon sein? Nix, keine Seelenwanderung, die irgendwie erspürbar war. Der Keiler war bisher der einzige Seelenwanderer, den sie erlebt hatte.

Nein, der DOM war keine Person. Und der DOM hatte seine Grenzen immer dann, wenn Raum, Zeit und Geist im Einklang waren. Wenn heute heute bleibt und morgen morgen – der Raum sich nicht in die Zukunft biegen muss und der Geist akzeptiert, dass die Zukunft nur ein Plan ist, die Idee aber im Hier und Jetzt stattfindet.

Eigentlich war sie dem DOM noch nicht wirklich begegnet, aber wenn sie zum Beispiel die „BILD"-Zeitung las, spürte sie den DOM deutlich.

Nun war sie eben sechzig Jahre alt und dachte, es wäre nun Zeit, sich auf's Sterben vorzubereiten. Sie wollte ihren Tod lange vorbereiten, aber nicht auf irgendein Datum festlegen. Aber sie wollte dafür sorgen, dass ihr Tod nicht ohne Wirkung bleiben würde. Sie wollte sich nicht etwa rächen, sie wusste nicht wofür und gegen wen sich ihre Rache wenden könnte. Sie wollte auch nicht ein noch neueres Testament, ein religiöses Vermächtnis hinterlassen. Sie hatte in all den Jahren kein einziges Wort aufgeschrieben, worauf hätte sie das auch tun sollen. Papier (außer bedrucktes Zeitungspapier, das sie aber für das Zünden von Holz in ihrem Ofen benötigte) besaß sie nicht. Computer kannte sie nur aus den Berichten in den Zeitungen.

Aber sie kannte die Sprache der Bäume. Über das Qi hatte sie gelesen in einem Artikel, der von traditioneller chinesischer Medizin berichtete. Sie spürte zwar nicht das Qi der Menschen, aber das der Bäume. Zum Beispiel war sie sich ganz sicher, dass sie die Bucheckern nur deshalb gerettet hatten, weil sie die Bucheckern des Baumes gegessen hatte, an und mit dem sie lebte. Es war eben eine Buche, zu deren Füßen sie ihre Höhle gebaut und tunlichst unterlassen hatte, die Wurzeln zu beschädigen, die ihrem Höhlenbau im Wege standen. Nun durchzogen einige mehr oder weniger stämmige Wurzeln ihre untere Heimstatt. Hier hatte sie nur geschlafen, als sie arg verletzt war. Sie hatte befürchtet entdeckt zu werden, womöglich von Förstern oder Jägern. Normalerweise schlief sie weit höher, soweit, dass sie immer den Himmel zwischen den Baumwipfeln sehen konnte. Die unteren Höhlen beherbergten eher die Lebensmittel, die sie gesammelt hatte und andere Gegenstände, die sich dennoch bei ihr in den letzten Jahren, seit sie sich in der Göhrde aufhielt, angesammelt hatten. Schuhe zum Beispiel (die sie nur besaß, um sie zu besitzen, warum, wusste sie nicht, aber im Wald tragen konnte sie sie bestimmt nicht) und Wolldecken für kalte Herbste und Winter, wichtige Plastikplanen gegen Regen und Unwetter aller Art, aber auch Zeitungsausschnitte (sie hatte sich eine Schere organisiert, nicht nur für die Zeitungen, sondern auch für Finger-, Fußnägel und Haare); Dinge eben, die erst einmal trocken bleiben sollten. Die Wurzeln sorgten für ein kühles, aber deshalb trockenes Klima, weil sie die Feuchtigkeit aufsogen und in den bestimmt hundert Jahre alten Baum nach oben schickten. Marie war sicher, dass dazu auch der Hauch ihres Atems gehörte und sie daher in eine Art Symbiose mit ihm lebte.

Wichtiger waren ihr jedoch ihre Tinkturen, die sie hier lagerte. Benediktenkraut, Blutwurz, Bilsenkraut, aber eben auch Efeu, Sumach, Mutterkorn, Blutweiderich, Schierling, Eisenhut, Eibe oder Alraune und natürlich Fliegenpilzsud, getrocknet, alles in Dosierungen, die sie überblicken konnte. Insgesamt hatte sie in ihrer Höhle einhundertsechsundvierzig Tinkturen gelagert. Gläser, deren Beschaffung ihr anfangs am meisten zu schaffen gemacht hatten.

Obwohl sich ziemlich bald eine einfache Lösung abzeichnete. Die Schlachterei hatte natürlich ein Labor. Hier hatte vor allem der Kreisveterinär seinen Job zu machen, Proben zu nehmen, Gutachten zu schreiben, über den Gesundheitszustand der zu schlachtenden oder geschlachteten Tiere. Die regelmäßige Entnahme von Reagenzgläsern war auf die Dauer nicht auffällig, vor allem, wenn es nur ein-, zweimal im Monat geschah. Dass sich Marie allmählich unverdächtigen Zugang zum Verwaltungsgebäude und der Schlachterei beschafft hatte, war nur eine Frage der Zeit gewesen.

Selbst benutzte sie die Tinkturen nur, wenn sie sehr litt, also bei ihrer Verletzung zum Beispiel, oder Krankheiten, die sie unvermittelt befielen, vor allem, wenn es draußen stürmte, schneite oder stark regnete. Dann zog sie sich zurück in die tiefsten Gänge ihrer Höhle, eben dort, wo auch ihre Tinkturen standen.

Eigentlich war sie selten längere Zeit hier unten, manchmal, wenn sie sich verstecken musste, weil Waldarbeiter, der Förster oder eine dieser blöden Jagdgesellschaften in der Nähe waren. Das waren genau siebzehn Ereignisse in mehr als vierzig Jahren, davon höchstens drei in bedrohlicher Nähe. Ihr Albtraum war dennoch, dass diese Menschen auf die Idee kommen würden, ihren Baum, ihre Buche zu fällen. Aber offenbar konzentrierten sich die Waldläufer mehr auf Nadelbäume oder Rehböcke, wieso, wusste sie nicht. Ein einziges Mal hatte sie eine ziemlich lärmende Familie erlebt, Mutter, Vater und drei Kinder, Marie schätzte zwischen acht und dreizehn Jahren, die offenbar (ihre) Pilze suchten.

Anfangs hatte Marie sie als feindlichen Eingriff in ihre Lebenswelt eingestuft. Dann aber, als sie bemerkte, dass die Familie sich ohne Gefahr beobachten ließ, hätte sie sich beinahe eingemischt. Als Vater Pilzsucher seinen drei Kindern zum Beispiel erklärte, was ein Pilz ist. Dass der eigentliche Pilz das Mützel sei und unterirdisch lebt. Weder Pflanze noch Tier ist und dass der sichtbare Pilz nur der Fruchtkörper ist, um sich fortzupflanzen. Als er dozierte, dass der Pilz im Einklang mit dem Baum lebt und nicht sein Schmarotzer ist, hätte sie ihn beinahe umarmt.

Und sich so sehr gesehnt. Als Mutter Pilzsucherin dann ergänzte, dass nur die essbaren Fruchtkörper langsam herausgedreht werden dürften, um das Mützel nicht zu beschädigen und die giftigen nicht zerstört, sondern einfach nur in Ruhe gelassen werden dürften, liefen Marie die Tränen heraus wie ein Wasserfall.

Nun, nur hier, ein einziges Mal in ihrem Leben, wenn man mal vom Sterbevorgang des Keilers absah, hatte sie Liebe erlebt.

Die Zeitungen waren voll von diesem Begriff Liebe, aber offenbar hatten die Redakteure davon keine Ahnung, am wenigsten die „BILD"-Zeitungsredakteure, die Liebe offenbar mit irgendwelchen körperlichen, meist sexuellen Handlungen in Verbindung brachten.

Sie hatte nun langsam begriffen: Die Kinder wurden von ihren Eltern geliebt und diese bekamen offenbar auch ein wenig Liebe von ihren Kindern zurück, wenn auch nicht so intensiv.

Mein Baum, dachte sie, ist mein Vater und meine Mutter zugleich. Ich bin kein Schmarotzer! Ich gebe und nehme von meinem Baum. Sein Qi gibt mir Erkenntnis – ach, könnte er mir doch die Wirklichkeit erklären!

Und den DOM!

*

Marie war etwas erschrocken, als ich mich zu erkennen gab. Irgendwie hatte sie zwar mit mir gerechnet, später stellte sich dann heraus, dass sie mich verwechselt hatte, klar mit dem DOM, aber das ist ja nun auch schon Geschichte. Alle, mit denen ich in Kontakt trete, glauben, ich sei der Vasalle vom DOM! Bin ich aber nicht! Bin nur sein Geschöpf!

Marie hatte es nach wenigen Sekunden erkannt. Klar, bei ihr war es viel, viel einfacher als bei Heinrich und Ilse. Die beiden musste ich überzeugen, dass ich mit dem DOM nicht kollaborierte. Heinrich und Ilse kannten den DOM allerdings auch nicht, sie fühlten wohl seine Existenz, konnten aber den DOM nicht identifizieren, weil erst das Gesagte Identität bekommt. Marie indes kennt den DOM, auch wenn sie ihn nicht identifizieren kann. Und sie kennt mich, auch wenn sie natürlich nicht weiß, dass ich ihr seinerzeit im Bayerischen Wald gezeigt hatte, welche Pilze, welche Kräuter und Waldgemüse genießbar sind und welche Gewächse andere Kräfte besitzen. Das machte mir richtig Spaß. Es war wie der „Nürnberger Trichter" oder wie ein trockener Schwamm. Ich schüttete hinein und Marie reagierte wie Nesselfieber. Sie pulsierte. Sie weiß nun nichts mehr davon. Das darf sie auch nicht! Menschen reagieren merkwürdig, wenn ihnen bewusst wird, dass sie nicht selbst Erkenntnis erlangen, sondern von außen mit der Stirn auf das Augenscheinliche gestubst werden – oder mit der Nase. Tiere sind da stolzloser, wohl, weil sie bessere Nasen haben! Lange hatte ich Marie aus den Augen verloren, es gab eben anderes zu tun, aber nun redeten wir die ganze Nacht!

Kapitel zwei sind Ragna, Max und Sophie

1967 war er dreizehn Jahre alt, hatte also keine Ahnung von der „großen" Politik, vom Umbruch, der sich in Deutschland abzeichnete. Aber er war Ende Mai bis Anfang Juni 1967 in Berlin, also während des Schahbesuchs Reza Pahlavis. Die evangelische Jugend hatte, selbstredend in Unkenntnis der zu erwartenden Demonstrationen, sei es aus christlich-pietistischer Naivität oder der völligen Ignoranz gegenüber dem real existierenden politischen Bildungshunger von pubertierenden Konfirmanden, diese Reise als Gemeindepatenschaft mit der Michaeliskirchengemeinde in Schöneberg organisiert.

Dreißig Jugendliche, paritätisch fünfzehn männliche und fünfzehn weibliche, machten sich auf, per Schlafsack im Gemeindehaus in Berlin-Schöneberg zu übernachten, drei Wochen lang. Selbstredend galt das nur für die fünfzehn Jungs. Die fünfzehn Mädchen waren im Damenstift der Gemeinde drei Straßen weiter untergebracht. Die frommen Organisatoren irrten auch hier. Für hormonellen Hunger gab es weder in Westdeutschland noch in Berlin irgendeine Barriere, die das Zusammenkommen der konkaven und konvexen Population einer Spezies verhindern würde, also rein passgenau gesehen.

Ragna war aber nicht wirklich interessiert, jedenfalls nicht an den fünfzehn Jungs, die mit ihr nach Berlin reisten. Sie hatte von der Kommune 3 gehört und gelesen, hatte die Nacktbilder gesehen, die große Freiheit, die sie sich versprach, *„Als Frau, als lustbetonte Frau, die ja durch ihre Lust erst ihre sexuelle Domäne entwickeln konnte"* (diesen Satz hatte sie auswendig gelernt). Natürlich interessierte der dreizehnjährige Max sie überhaupt nicht! Er war ja kein Mann, also ein Junge halt, der für sie als (fast) richtige Frau kaum von Interesse sein konnte.

Dennoch hatte Max eine gewisse Attraktivität. Zufällig gingen sie in die gleiche Schule, Realschule Klasse R 8 b, und waren eher durchschnittlich an den Leistungsanforderungen der Lehrer interessiert. Ragna war drei Monate jünger als Max, was sie aber natürlich durch eine geschickte Radierung im Schülerausweis in neun Monate älter revidiert hatte.

Max hatte nämlich eine Tante in Berlin. Ragna nicht. Sie hatte eigentlich gar keine Tanten, Onkels oder so etwas, weil ihre Eltern aus Ostpreußen stammten. Und da gab es wohl keine Onkels und Tanten, oder überhaupt Verwandte. Ihre Eltern jedenfalls trafen sich niemals mit Verwandten und wenn sie von ihnen sprachen, dann sagten sie zum Beispiel, „die sind in Theresienstadt geblieben" oder „in Auschwitz". Ragna hatte daraufhin in den Schulatlas geschaut und eingesehen, dass die Verwandten wohl zu weit weg wohnten, um sie zu besuchen. Vielleicht waren sie ja arm und konnten sich eine solche Reise nicht leisten. Arm waren sie, also ihre Familie nun nicht gerade, fand sie. Vater war Kranfahrer im Hafen und machte mit Überstunden und Nachtschichten einen „guten Schnitt", wie er manchmal sagte, aber für eine Fahrt, zum Beispiel nach Theresienstadt in Polen, reichte es offenbar auch nicht. Aber einer Fahrt mit der Evangelischen Jugend nach Berlin hatten die Eltern zugestimmt. Vater hatte wohl ein paar Schichten mehr gemacht als sonst.

Max hingegen hatte viele Verwandte, das sagte er jedenfalls. Eine davon lebte nun in Berlin und Ragna und Max hatten sich neben der Schule auch in der evangelischen Jugend getroffen, rein zufällig, fand Ragna. Eigentlich hatten sie sich nicht getroffen, sondern sie waren neben der Schule auch im Konfirmandenunterricht zusammengekommen und der Diakon hatte ihnen vorgeschlagen, in die Jugendgruppe zu kommen. Das hatten sie beide getan, wie auch eine Reihe von anderen Kindern ihrer Schule.

Der Diakon war ein netter Mensch. Denn bevor sie überhaupt den Konfirmandenunterricht besuchen durfte, musste Ragna getauft werden. Und nicht nur sie, sondern auch ihre Eltern. Das fand sie lustig. Die ganze Familie, es waren ja nur sie drei, hatten Wasser auf den Kopf bekommen und waren nun Christen. Ragna dachte, dass sie auch vorher schon so etwas wie Christen waren, aber Vater sagte, sie seien eben Juden gewesen, aber nur theoretisch. Was „theoretisch" hieß, wusste Ragna nicht, aber sie wusste, dass sie nun den Konfirmandenunterricht besuchen durfte, wie alle ihrer Schulkameradinnen, und die Jugendgruppe. Was sie wohl nicht gedurft hätte, wenn der Pastor ihr nicht Wasser auf den Kopf geschüttet und eine lange Rede gehalten hätte, deren Inhalt ihr merkwürdig vorkam. Aber das meiste hatte sie sowieso vergessen, weil sie das Ganze belanglos fand. Und Mum und Dad auch, obwohl sie diese Bezeichnung, die sie im Fernsehen gesehen und gehört hatte, nicht gerade schätzten. Sie hatten sich dann auf ihre Vornamen Mama und Papa, statt Mum und Dad geeinigt. Christen machten das wohl so. Aber so hießen sie ja auch schon vor der Taufe.

„Ach ja, Taufe hieß das", erinnerte sich Ragna, als sie mit Max in Berlin auf dem Weg zu dessen Tante war.

Diese Tante hieß Tante, Tante Liesbeth oder Lieschen, oder so. Ragna konnte sich später nicht mehr erinnern. Aber sie hatte ihnen, eigentlich nur Max, fünfzig Mark geschenkt. Tante Sowieso hatte wohl nicht damit gerechnet, dass Max nicht allein kommen würde, aber das war Ragna egal. Es hatte sich ja gelohnt, eine Tante in Berlin zu besuchen, egal wessen Tante das nun war, dachte sie.

Aber dann hatte sie Dinge gesagt, die Ragna erst nicht verstand, und die auch Max nicht als selbstverständlich nahm. Ragna hatte nicht wirklich zugehört.

Die Tante hatte gesagt, sie sollten doch mal über die Friedrichstraße nach Ostberlin fahren. Sie gab ihnen einen Umschlag mit, den sie in einer Kneipe in Treptow abgeben sollten. Dafür bekamen sie dann eben diese fünfzig Mark.

Als die beiden Kids die Tante verließen, erklärte Max Ragna, dass seine Tante nicht selbst von West- nach Ostberlin fahren könne, nicht einmal mit dem Zug nach Westdeutschland. Wenn sie die Verwandten besuchen wollte, müsste sie mit dem Flugzeug reisen, was ziemlich teuer war. Teurer jedenfalls als die Fahrt mit dem Zug, mit dem sie gekommen waren.

Ragna und Max saßen drei Stunden später in einer Gaststätte in Ostberlin, gaben einen Brief ab und tranken ziemlich dünne Brause. Sie sah rosa aus und schmeckte wie Brausepulver mit Spucke. Coca-Cola, Fanta, Sprite oder Afri Cola, wie sie es von zuhaus und Westberlin gewohnt waren, gab es jedenfalls nicht.

Bevor sie über die Friedrichstraße wieder in ihr gewohntes Konsumverhalten zurückkehrten, besuchten sie das Brandenburger Tor, von der anderen, der kommunistischen Seite. Da begegnete ihnen eine Schar Gleichaltriger, die alle die gleichen Klamotten trugen. Kurze Hose, blaues Hemd, gelbe Krawatte. Auch die Mädels trugen kurze Hosen, was Max ganz gut gefiel, besonders eine, die ihn wegen seiner Levis-Jeans sofort als Wessi identifizierte. Er fragte sie, wie sie hieß, während Ragna sich von den DDR-Jungs begaffen ließ, wie sie es später ausdrückte. Sie sagte, dass sie Sophie heißen würde und die Tochter des Bürgermeisters sei. Das beeindruckte Max sehr. Er wurde sehr unsicher und fragte, ob alle die Mädchen, die hier so gleich aussahen, auch Töchter des Bürgermeisters seien. Sophie lachte herzlich und sagte: „Nein, ich bin die Einzige. Und ich darf nach Westberlin, wenn ich will. Aber bisher wollte ich nicht. Weil ich unseren gesunden Arbeiter- und Bauernstaat liebe und euch Faschisten und Kapitalisten nicht ausstehen kann."

„Aber ich bin doch so etwas gar nicht ... ", wollte er der Sophie versprechen, aber Ragna zog ihn weg, weil es ihr auf die Nerven ging. Richtige Männer gab es hier schließlich nicht.

Max hatte sich vorgenommen, herauszufinden, was Faschisten oder Kapitalisten sind und wie der Bürgermeister von Berlin hieß. Vielleicht konnte er Sophie ja einen Brief schreiben und erklären, warum er eben kein Faschist oder Kapitalist ist. Es schienen für ihn ziemlich schlimme Schimpfwörter zu sein, die er aber bis dahin noch nie gehört hatte.

Erst als sie sich dann, zurück am Kurfürstendamm in Westberlin, für jeweils fünfzig Pfennig eine Pizzaecke mit einem Plastikbecher Coke kaufen konnten, fühlte sich jedenfalls Ragna wieder wie zu Haus.

Max hingegen war irgendwie traurig und sagte es Ragna auch. Er sagte, dass sie eine blöde Jüdin sei und nicht das Recht hatte, ihn und seine Tante so auszunutzen.

Ragna hatte das Geld der Tante an sich genommen und Max hatte keine Wahl, als ihr aus Ostberlin zu folgen. Eigentlich wäre er lieber geblieben und hätte mit der FDJ-Schönheit weitergeflirtet.

*

Ich muss nun einschreiten. Max war sich natürlich nicht bewusst zu diesem Zeitpunkt, dass das FDJ-Mädchen Sophie eine der drei Töchter von Friedrich Ebert junior war.
Und auch nicht, dass Tante Lieschen zwar in Deutschland geboren wurde, aber 1941 englische Journalistin geworden war. Sie hatte einen Leutnant der Royal Airforce 1932 geheiratet, weil sie vorausschauend das nun faschistische Deutschland verlassen hatte. Allein durch diese Biografie hatte sie einen besonderen Status in Berlin. Als verwitwete Mrs. McGraw durfte sie eigentlich die Sektoren überschreiten. Aber sie stand bei Margot Honecker und der Stasi insgesamt unter Spionageverdacht. Sie kam durch keine sowjetisch besetzte Grenze, ohne festgenommen und verhört zu werden. In diesem Fall hatten KGB und Stasi recht. Lieschen (Alice) McGraw stand den Spitzenspionen der DDR in nichts nach.

Ragna und Max wussten davon natürlich nichts. Aber sie taten etwas, was sie für ihr gesamtes Leben in eine Endlosschleife bringen würde: Sie waren nach ihrem Besuch in Ostberlin durch die Innenstadt Westberlins gelaufen. Sie versorgten sich hier und dort mit dem, was sie als geil empfanden, hauptsächlich mit Pizza, Coke und Süßigkeiten. Bald bemerkten sie, dass das Zeitlimit der Rückkehr in die evangelische Obhut weit überschritten war. Sie hätten bis 22:00 Uhr im Damenstift, respektive im Gemeindehaus bei den Schlafsäcken sein müssen. Nun war es bereits nach Zwölf und sie würden mächtig Ärger bekommen, wenn sie sich jetzt noch offiziell melden würden.

Sie dachten, es wäre vielleicht gar nicht aufgefallen, dass sie nicht anwesend waren und beschlossen, die Nacht durchzumachen, um sich am kommenden Morgen ganz locker wieder in die Gruppe einzupassen. Das war abenteuerlich, fand vor allem Ragna.

Sie hatten die fünfzig Mark ausgegeben, was Max gar nicht gut fand. Ragna hatte aber nach dem Kinobesuch gemeint, sie könnten ja am nächsten Tag wieder zu Tante Lieschen gehen und Briefträger spielen.

So gegen 2:00 Uhr waren sie sehr, sehr müde geworden. Sie wussten von der Besichtigung, die sie mit der Gruppe am Tag erlebt hatten, dass das Rathaus in Schöneberg immer geöffnet war, aus Tradition, wurde gesagt. Was sie nicht verstanden. Das Rathaus gehöre den Bürgern, wurde gesagt, und deshalb haben die Bürgermeister Berlins vor drei- oder vierhundert Jahren beschlossen, die Türen immer geöffnet zu halten.

Max und Ragna hatten auch über Kirchen nachgedacht, fanden aber, dass ihre evangelischen Betreuer sie dort vielleicht suchen würden. Also gingen sie ins Foyer des Schöneberger Rathauses, um sich irgendwo dort auf einer Bank zum Schlafen zu legen. Es war der 2. Juni 1967.

*

Und dann sahen sie mich.
Und das durften sie nicht!

*

2014 hatte Max Behrends schon seine Rente im Visier. Er war nun sechzig Jahre alt geworden und hatte bei seiner IT-Firma, die in Birmingham, England, zentral residierte, eine Vorruhestandsregelung beantragt. Max hatte in Bremen Mathematik studiert, war ein wenig Lehrer gewesen in Bremerhaven, in der Wilhelm-Raabe-Schule. Das hatte ihm nicht gefallen. Die pubertierenden Jugendlichen, vor allem die Mädchen, brachten ihn mit ihren nervigen, sexistischen und inhumanen Blödsinnigkeiten zur Weißglut. Gleichzeitig taten ihm die pickligen, depressiven Jungs so sehr leid, dass er sich entschloss, sich wirklich nur noch der Mathematik zu widmen. In den siebziger Jahren schaute er sich die erste Software auf einem Computer an, das MS-DOS. Er begriff, dass hier ein Potenzial vorlag, absolvierte eines der ersten Informatikstudiengänge in Göttingen und Birmingham. In den achtziger Jahren erzeugte die IT-Revolution für ihn die Chance in einer der größten Softwarefirmen Europas Karriere zu machen. Er war aufgestiegen bis zum Chefadministrator für den Logistikbereich der Firma, die weltweit vor allem dafür sorgte, dass Einzelteile für Schiffe von der Schwimmweste, Schiffsschraube bis hin zum Diesel in die Werften der Welt transportiert wurden. Nicht stolz war er dabei, dass er auch Waffen für die Marinen der Welt, vor allem in die arabischen Staaten, verschob. Dennoch war er da Kompromisse eingegangen, die er als junger Student mit Sicherheit nicht gemacht hätte. Nun also gehörte er zu den Spitzenverdienern in Bremen, wo die IT-Firma eine Außenstelle betrieb, hauptsächlich um von dort die Transporte über die Häfen Hamburg, Bremerhaven, Bremen, Brake, Emden und Wilhelmshaven zu koordinieren.

Max Behrends hatte so viele Flugpunkte, dass er sie niemals aufbrauchen würde. Jedenfalls hatte er sich geschworen, nach seinem vorzeitigen Eintritt in den Ruhestand kein Flugzeug mehr zu besteigen.

Allerdings war es noch nicht ganz so weit.

Der DOM hatte Max Behrends weitestgehend zufriedengelassen. Nur manchmal konnte Max die Zeichen nicht ignorieren. Vor allem eben, wenn er im Flugzeug saß und Turbulenzen erlebte, die alle anderen Passagiere nicht wahrnahmen. Als er das erste Mal den DOM erleben musste, war er dreizehn Jahre alt und in Berlin. Soweit er sich erinnern konnte, geschah dies am dritten Juni, also am Tag *nachdem* er und Ragna im Schöneberger Rathaus „durchgemacht" hatten. Der Pastor, der die evangelische Jugendgruppe in Berlin betreute, verwandelte plötzlich für einige Minuten seine Stimme in einen tiefen Bass und sprach mit ihm und Ragna: *„Ich setze euch davon in Kenntnis, dass der DOM existiert. Deis Omnipotate Mystica! Ihr beide habt in der letzten Nacht etwas wahrgenommen, was ihr nicht wahrnehmen durftet. Das hat Folgen für euch beide. Ich muss euch ernsthaft warnen! Euer Es, das euch nun absichtslos erweitert wurde, wird euch Entwicklungsleistungen erlauben, die ihr zwar nutzen könnt, aber ontologisch mit Vorsicht zu gestalten sind, wenn Geist, Raum und Zeit nicht im Einklang sind! Ich werde euch rufen, wenn ihr gebraucht werdet!"*

Der Pastor wurde wieder normal und Ragna und Max hatten gedacht, er hätte einen Scherz mit ihnen gemacht. Als sie ihn fragten, was der DOM sei und was ontologisch ist, sagte er „Wie kommt ihr denn jetzt darauf? Der Dom ist eine Hauptkirche, das wisst ihr doch! Und ontologisch kommt aus der Philosophie und heißt vom Sein her, also das Sein als solches ist gemeint. Aber ich glaube, dafür seid ihr noch zu jung. Das ist eine ziemlich komplizierte, wissenschaftliche Untersuchung."

Das sagte er mit seiner normalen Sprache und beide dachten, er wäre dann eben verrückt geworden.

Diesmal waren Ragna und Max sich aber einig: Hier stimmte irgendetwas nicht und sie schrieben gemeinsam Wort für Wort auf. Merkwürdigerweise stellten sie später fest, dass sie das gar nicht gebraucht hätten, denn sie hatten diesen Text für immer Wort für Wort im Bewusstsein. Und noch etwas fiel ihnen auf, als sie wieder zu Haus in Norddeutschland waren. Als sie ins Fremdwörterlexikon schauten, sahen sie, dass sie alle fremden Worte richtig geschrieben hatten. Sogar das Es hatten sie groß geschrieben, obwohl sie den freudschen Begriff für das Unbewusste gar nicht kannten.

*

Ragna Sagel war nach ihrem erfolgreichen Abschluss des Studiums der Philosophie an der Universität Bremen nach Israel gegangen. Anders als Max hatte sie sich nach ihrem Abitur, das beide nach einem baldigen Wechsel von der Realschule aufs Gymnasium 1968 fünf Jahre später, unabhängig, aber wissend voneinander, an zwei Gymnasien der Stadt, mit einem Numerus Clausus von 1,0 bestanden hatten, für das Studium der Philosophie entschieden. In Israel studierte sie den Talmut, heiratete den französischen Juden Claude Hirsch und schrieb von nun an hebräische Bücher über Sera'im[17], Mo'ed[18], Naschim[19], Nesikin[20], Kodaschim[21] und vor allem Teharot[22].

Ragna war nach ihrem Erleben in Berlin ängstlich und gleichzeitig wissbegierig geworden. Außerdem hatte sie sich mit dem Christen- und Judentum intensiv auseinandergesetzt. Ihre Eltern konnten ihr keine wirklichen Antworten geben und als sie sich mit einundzwanzig Jahren während ihres Philosophiestudiums entschied, wieder zum jüdischen Glauben zu konvertieren, schlossen sie sich ihr ebenfalls wieder an. Da sie bereits Juden gewesen waren und mit der Thora und dem Talmud soweit vertraut waren, hatte der zuständige Rabbi sie, die sich ins Christentum verirrt hatten, wieder im wahren Glauben aufgenommen.

Die Eltern von Ragna hatten eine merkwürdige Veränderung an Ragna fest-

---

[17] Saaten, Samen
[18] Festzeiten, Festtage
[19] Frauen
[20] Schädigungen
[21] Heilige Dinge
[22] Reinigung

gestellt. Als sie als Dreizehnjährige aus Berlin zurückgekommen war, war sie plötzlich erwachsen geworden. So jedenfalls kam es den Eltern vor. Vor Berlin war Ragna eine pubertierende Göre gewesen, die vor allem den Vater nervte ohne Ende. Nun war sie nachdenklich, wissbegierig und ihre Zensuren in der Schule entwickelten sich allmählich ohne Makel.

Ein Jahr später, erinnerte sich die Mutter, bestimmte die Tochter das Leben der Kleinfamilie – und zwar nicht zum Negativen. Sie gab dem Vater unerwartet erfolgreiche Ratschläge für seinen Beruf, sagte der Mutter, wie sie sich gesünder ernähren sollte und hörte ihnen zu. Sie war emphatisch und liebte ihre Eltern. Jegliche Zickigkeit war verschwunden und Ragna liebte. Jedenfalls ihre Eltern. Denn was ihnen Sorgen bereitete, war, dass Ragna keine Freunde oder Freundinnen mehr hatte. Was andere vierzehn-, fünfzehn-, sechzehn- oder siebzehnjährige Mädels taten, tat sie nicht. Jungs interessierten sie offenbar nicht mehr; vor ihrem dreizehnten Lebensjahr war das ganz, ganz anders gewesen. Sie lief in zwar sauberen, aber alten Poloshirts und Jeans herum. Schminke kannte ihr Gesicht nicht. Ihr Zimmer war sauber, mit einer gewissen Ordnung, die sie aber nur selbst verstand. Statt Poster von irgendwelchen Stars hatte sie sich Bücherregale selbst gebaut. Diese waren voller neuerer deutscher Literatur wie zum Beispiel Böll, Brecht, Mann und so weiter, aber auch mit allen Klassikern der Weltliteratur, angefangen von Shakespeare bis hin zu Goethe und Dostojewski. Die Frankfurter Schule hatte es ihr besonders angetan: Horkheimers, Adornos, Marcuses, Fromms und Benjamins Schriften hatte sie nahezu vollständig verschlungen.

Ragna hatte nur einen Freund: Max Behrends. Der jedoch hatte eine andere Freundin, soweit die Eltern wussten und das machte Ragna offensichtlich nichts aus.

Max war eben nur ein Freund, sagte sie. Körperlich hatten die Eltern niemals irgendeinen Kontakt zwischen den beiden beobachtet. Und das machte ihnen Sorgen.

Ragna und Max hingegen machten sich über ihre Beziehung keinerlei Sorgen. Sie hatten zwei Dinge gemeinsam: Den DOM und den Intellekt.

Womöglich liebten sie sich auch, aber darüber wollten sie nicht sprechen. Sie sprachen über ihre Wahrnehmungen, davon, dass der DOM sie nicht in Frieden ließ und davon, dass sie dennoch offenbar von ihm profitierten, wenn man es profitieren nennen konnte, wenn einem Menschen plötzlich und unerwartet Zusammenhänge klar wurden, die man vorher nicht im Entferntesten zu denken in der Lage war.

Denn diese Entwicklung zog erhebliche, persönliche Probleme nach sich. Sie hatten sich ausgesprochen, viele Male zwischen ihrem dreizehnten und einundzwanzigsten Lebensjahr. Sie wussten Dinge, die sie nicht wissen wollten. Ihnen war bewusst, dass sie jederzeit ihr Leben verlieren konnten – und vor allem das ihrer Angehörigen. Der DOM vernichtete offenbar weitläufig und willkürlich; Krieg war auch sein Metier und Kollateralschäden interessierten ihn nicht.

Sie wurden sich allmählich sicher, dass sie vor ihm nur geschützt waren, wenn sie versuchten, ihn aus ihrem Leben zu verbannen.

Jüdischer Glaube und pragmatische Informatik waren letztlich die Antworten, nachdem sie durch Philosophie und Mathematik eine nicht zu beantwortende Erkenntnis gesucht hatten.

*

Ich muss zugeben, dass die beiden geschickt den DOM in ihrem Leben minimiert hatten. War der DOM einmal ins Leben gekommen, ließ er sich natürlich nicht mehr abschütteln. Aber beide hatten eine Lösung gefunden, damit so umzugehen, dass sie nicht ständig in Angst um sich und ihre Familien leben mussten. Ebenso wie Marie; die aber keine gegenwärtige Familie vorzuweisen hatte, wenn man mal von den Wildschweinen absieht.

Ich habe natürlich alle Hebel in Bewegung gesetzt, dass der DOM sich nicht weiter einmischen würde, denn das war zuvor noch nie passiert. Aber, wie ihr wisst, bin ich schwach, zu schwach. Mein Einfluss ist gering, jedenfalls was den DOM angeht. Aber auch was den Einfluss auf die Gedanken und Gefühle von Menschen betrifft. Ich kann zwar eidetisch manipulieren, aber nicht Überzeugungen verändern. Da ist der DOM viel, viel stärker. Ihm gefällt natürlich nicht, dass er keinen wirklichen Einfluss auf mich hat, weil er keine Beziehung zu mir aufnehmen kann, und auch nicht, dass ich das Es beeinflussen kann, aber nur ein wenig besser als er. Das ist natürlich auch so etwas wie eine Lebensversicherung für mich, obwohl ich, anders als Ragna und Max, gar keinen wirklichen Wert auf meine Existenz lege. Nur auf mein ICH, meine Identität. Aber die kann sowieso nicht wegdiskutiert werden, weder vom DOM noch von irgendwem sonst. Denn der DOM ist keine Person, der eine Identität entwickeln oder eine Beziehung aufnehmen könnte.

Kapitel drei ist Marie und Sophie

Marie entschied sich dafür, dass sie dem DOM gegenübertreten würde. Soweit das durchführbar war. Sie hatte sich nun so viele Jahre vor ihm versteckt, dass es nun egal war. Ihr Sein war ihr Sein, nicht seins. Die Pilze, die Schweine, ihre geliebte Buche und die Farne der Welt würden immer bei ihr bleiben. Sie hatte ihr Es gefunden!

Natürlich auch durch unser Gespräch, glaube ich jedenfalls!

*

Sophie Ebert dachte überhaupt nicht daran, das Erbe ihres Großvaters zu verschleudern. Wie ihr Vater, der nichts begriffen hatte. Als sie am Nachmittag des 2. Juni 1967 Max und Ragna aus dem Westen kennengelernt hatte, wusste sie nicht, dass sie sie in der gleichen Nacht wiedersehen würde.

Ich hatte Sophie natürlich im Schöneberger Rathaus gesehen! Aber sie schien mir durch ihren Vater und damit durch den DOM geschützt, da er offenbar zur Riege der Vasallen zählte. Anders als Ragna und Max. Ich sollte mich irren, aber das konnte ich damals noch nicht voraussehen, deshalb mussten sie gewarnt sein. Aber sie haben sich ja gut behauptet.

Sophie hatte ihren Vater immer begleitet. Anders als ihre zwei Schwestern. Sie wollte in die Scheinwerfer der ganz großen Welt, schon mit elf Jahren. Außerdem hatte sie, ebenfalls anders als ihre zwei Schwestern, ihren Vater im Griff. Aber vor allem hatte sie alle Stasi-Leute im Griff, die um den Bürgermeister von Ostberlin herumwuselten. Mit dreizehn entdeckte sie, wie sie diese Männer für sich nutzen konnte. Beim ersten Mal tat es zwar noch weh, beim zweiten und dritten Mal auch. Aber dann überwogen die Vorteile deutlich. Wirklich abhängig von den paar Ost-Mark, die die Leibwächter ihr für die eine oder andere sexuelle Dienstleistung gaben, war sie selbstverständlich nicht. Aber sie wusste, was mit diesen Männern passieren würde, würde sie sich dem Vater erklären.

Als sie mit dem jungen, kapitalistischen Westdeutschen am Brandenburger Tor sprach, hatte sie glatt gelogen, natürlich nur, um sich wichtig zu tun. Sie durfte natürlich nicht nach Westberlin fahren, grad als Tochter des Bürgermeisters Ostberlins nicht. Sie fand es ziemlich scheiße, dass sie keine Coca-Cola trinken, keine Jeans kaufen und nur heimlich Westfernsehen sehen konnte. Und dieser Arbeiter- und Bauernstaat, in dem sie lebte, war ihr scheißegal.

Sophie hatte gute Ohren. Sie war neugierig und nicht so tumb wie ihre zwei Schwestern, wie sie fand, die nichts anderes im Kopf hatten als die Jungs in der FDJ oder bei den Pimpfen. Sie hatte bemerkt, dass irgendetwas geschehen würde. Der Vater war irgendwie nervös, außerdem hatte er sich nicht umgezogen, sondern saß noch immer im Anzug und mit Krawatte an seinem Schreibtisch zu Haus. Das war ungewöhnlich.

Als sie ihrem Vater den Gutenachtkuss gab, dachte sie daher keineswegs daran, ins Bett zu gehen wie ihre Schwestern. Denen sagte sie, dass sie dringend noch mal zum Klo müsse und hoffte dabei, dass sie sich um sie nicht weiter kümmern würden, wie sonst auch.

Stattdessen setzte sie sich an die Tür von Vaters Büro. Sie hörte, wie er seinen Mitarbeitern der Stasi mitteilte, dass er noch in dieser Nacht einen Termin in Westberlin, selbstverständlich ausschließlich im Interesse des Arbeiter- und Bauernstaats der Deutschen Demokratischen Republik und ebenso selbstverständlich streng geheim, abzuarbeiten hatte. Sophie beschloss, dabei zu sein.

Sie fuhren mit zwei schwarzen Horch Sachsenring P240, also für die Grenzer sofort erkennbar als Politbüromitglieder. Im vorderen Pkw fuhr Friedrich Ebert junior mit seinem Chauffeur, im nachfolgenden Fahrzeug ebenfalls chauffiert, dessen zwei „Sekretäre". Sophie hatte diese beiden schnell überzeugen können, dass sie sich auf die Hinterbank verstecken durfte. Da das Bürgermeisteramt West auch die westlichen Grenzschützer über den kurzzeitigen Transit des Bürgermeisters (Ost) ins Licht gesetzt hatte, wurden beide Fahrzeuge weder von der einen noch von der anderen Seite überprüft, sondern auf einer speziell für solche Reisenden vorgesehenen, eigenen Spur über die Grenze geleitet. Lediglich am Checkpoint Charlie stieg ein Mitarbeiter des Schöneberger Rathauses (West) in den Horch, indem der Bürgermeister persönlich fuhr. Der Verfassungsschutz – der sich zuvor das Okay von der CIA geholt hatte, das aber mittlerweile Routine war und mit einem Formular abzuarbeiten – hängte sich mit einem eigenen Pkw an den kleinen Konvoi dran. Da es mitten in der Nacht war, war das Rathaus verwaist, meinten jedenfalls die Besucher aus dem Osten und die Verantwortlichen aus dem Westen.

Max und Ragna hatte ich daher unter meine Fittiche nehmen müssen. Sie blieben unsichtbar, außer für Sophie, mit der ich seinerzeit nicht gerechnet hatte.

Außerdem war sie damals noch ein Kind/eine Jugendliche. Meine eidetischen Manipulationen funktionierten bei Kindern noch nicht so hundertprozentig wie bei Erwachsenen. Die Wahrnehmung von Kindern ist bis ins Jugendalter hinein noch nicht soweit geeicht, dass meine Einflussnahme schon so richtig funktionieren würde. Ich konnte daher nur zuschauen, wie einer der Stasileute den Bürgermeister (Ost) bis zur Tür des Bürgermeisters (West) begleitete und zwei weitere darum bemüht waren, ein Mädchen so weit optisch abzuschirmen, dass der Vater sie nicht entdecken konnte. Und als Bgm. Friedrich Ebert im Büro von Bgm. Heinrich Albertz verschwunden war, gaben sie Sophie sogar einen Kopfhörer und hielten ein Abhörgerät an eine Nebentür des ziemlich großen Büros. Mir wurde klar, dass Sophie diese Männer völlig in der Hand hatte und ich konnte mir vorstellen, womit.

Seither wusste Sophie vom Vermächtnis ihres Opas und ich wusste, dass sie es wusste. Aber ich konnte natürlich nicht ahnen, was diese Tatsache letztendlich im Gefüge der Welt auslösen würde.

*

Marie brauchte Geld. Sie hatte gelesen, dass für hundert Gramm weiße Trüffeln bis zu vierhundert Euro bezahlt würden. Und Marie kannte Gebiete, wo es kilogrammweise weiße Trüffeln zu finden gab, wenn die Wildschweine ihr nicht zuvorkämen. Marie wusste, dass diese weiße Trüffel der französischen Piemont-Trüffel in der Qualität in nichts nachstand. Auch alle guten Köche wussten dies. Vielen Menschen ist nicht bekannt, dass es in Deutschland ebenfalls Trüffeln zu finden gibt, und zwar in gar nicht mal unerheblichen Mengen, da sie sich durch den Naturschutz ungebremst ausbreiten konnten.

Natürlich hatte Marie keinen Gewerbeschein und konnte ihre Trüffeln nicht einfach auf irgendeinem Markt in Lüchow oder Dannenberg verkaufen. Aber Marie hatte ebenfalls gelesen, dass es tatsächlich in der Göhrde ein paar gute Restaurants gab, die Sterneköche gegründet hatten. Hier auf dem Land waren die Immobilienpreise so niedrig, dass sie darauf verzichteten, in Großstädten das zehn- bis hundertfache für geeignete Räumlichkeiten für eine gediegene Gaststätte zu bezahlen. Und wenn man als Sternekoch einen Namen hat, dann kommen die Menschen zum Genießen, egal wohin. Vier dieser Restaurants waren jedenfalls auf Monate hinaus ausgebucht, wusste Marie.

Innerhalb von vier Wochen hatte sie auf diese Weise fünfzehn Kilogramm weiße, frische Trüffeln verkauft. Selbstverständlich wussten die Köche, dass das Geschäft mit den Trüffeln illegal war, denn in Deutschland stehen Trüffel unter Naturschutz. Das wusste Marie allerdings nicht, erst als einer der Köche sie zwar darauf hinwies, ihr aber dennoch zwei Kilogramm abkaufte. Allerdings zu einem Preis, der etwa die Hälfte der Einnahme darstellte, die sie bei anderen Köchen erzielt hatte. Dennoch hatte Marie nach diesen vier Wochen fast viertausend Euro zusammen und machte sich auf den Weg nach Berlin. Zuvor hatte sie ihre Heimstatt gesichert, vor Wildschweinen, Spaziergängern, Jägern und Pilzsuchern. Zum Sterben wollte sie wieder herkommen, oder, wenn sie mehr Zeit benötigte, um weitere Finanzmittel durch das Sammeln von Pilzen sicherzustellen, auch wenn das natürlich nicht zu jeder Jahreszeit möglich ist. Außerdem konnte sie notfalls auch in Berlin Trüffeln finden, war sie sich sicher. Ihre Nase war besser geworden als die von Trüffelschweinen.

*

Friedrich Ebert seniors Theorem hatte Marie derart fasziniert, dass sie mir sagte, sie würde ihren bisherigen Weg erst einmal wieder verlassen. Sie würde sich dem DOM stellen, da sie ja nun wusste, dass ich nicht dem DOM verpflichtet, sondern lediglich sein Produkt bin. So wie Marie ja auch ein Produkt ihrer damaligen Zuhälter war, aber dadurch ihnen nicht automatisch hörig. Es hatte eine Weile gedauert, bis Marie begriff, was dieser Mann, längst tot, getan hatte. Er hatte aufgeschrieben, was nicht hätte aufgeschrieben werden dürfen: Die Wahrheit. Über den DOM und was der DOM angerichtet hatte in den vielen Jahrhunderten, in denen er agierte. Friedrich Ebert hatte die Vernichtung des DOMs angekündigt und es tatsächlich geschafft, dass dieser sich auflösen musste, sogar rückwirkend. Friedrich Ebert hatte es geschafft, das Geschichtsbild wieder auf eine rationale Ebene zu stellen. Das wurde zwar Zeit, aber der DOM hatte sich dem trotz Existenzverlust angepasst. Er hatte sich regeneriert, war in die Gegenwart Friedrich Ebert als Chimäre mit neuem Gesicht aufgetaucht. Das Gesicht war ICH. Nur ohne mich wäre Friedrich Ebert seniors Plan aufgegangen, die DOMsche Langzeitepidemie für immer auszurotten. Aber der DOM ließ sich eben nicht restlos vernichten. Das wissen wir heute. Das wusste Heinrich Albertz und teilte es seinem Bürgermeister-Pendant Friedrich Ebert junior mit. Und nicht nur ihm, sondern auch der sehr hellhörigen Sophie, die sich im Raum daneben aufhielt, wie ich, was aber die beiden Bürgermeister nicht wussten, nicht wissen durf-

ten. Natürlich hörten es auch die Stasi-Leute. Aber sie konnten sich meinem Einfluss nicht so einfach entziehen wie Sophie. Sie interpretierten das, was sie hier hörten, als Ost-West-Konflikt. Die tatsächliche Tragweite konnten sie nicht erkennen. Durften sie nicht erkennen. Nämlich, dass Friedrich Ebert senior ein Jahrtausendproblem gelöst und ein neues geschaffen hatte. Mit mir als Geburtshelfer und nun als Aufsichtsrat.
Sophies Es war genetisch geprägt, schließlich war sie eine Nachfahre Friedrich Ebert seniors. Sie brauchte aus meiner damaligen Sicht nicht beschützt werden. Sie würde sich selbst schützen. Fraglich war für mich auch, ob Sophie einen sinngebenden Einfluss auf die künftige Geschichte nehmen würde. Schließlich besaß sie auch die Gene von Friedrich Ebert junior. Und die waren alles andere als nützlich für ein menschliches Gemeinwesen.
Bei Ragna und Max war das eben anders, sie benötigten dringend meinen Schutz. Hätte ich sie nicht aus dem Sichtfeld der anderen Protagonisten genommen, wären sie mit aller Wahrscheinlichkeit heute nicht mehr am Leben. Diese hatten selbstredend auch ihre genetischen Prämissen, aber die von Sophie sprachen für sich selbst. Ich konnte und durfte bei ihr keinen Einfluss nehmen. Und wie sich heute zeigt, war das auch nicht nötig. Allerdings anders, als ich erwartet hatte.

*

Sophie war in dieser Nacht nicht nach Haus zurückgekehrt. Sie hatte ihren Vater als heulendes Elend erlebt und durch das Abhören des Bürgermeisterbüros (West) einige Wahrheitspartikel implementiert. Aber sie hatte sie nicht verstanden und nicht bewusst nachvollziehen können, was dort gesprochen wurde. Dafür war sie einfach viel zu jung.

Sie wollte nach wie vor Coca-Cola trinken, Jeans tragen, die Beatles hören und Westfilme sehen. Daher machte sie sich noch in der Nacht auf in Richtung Innenstadt von Berlin. Die Stasi-Leute hatten sie nicht aufhalten können und bis heute wusste nur ein Mensch über Sophies Schicksal Bescheid: Erich Mielke, der spätere Chef der Staatssicherheitsbehörde der DDR. Der Vater sollte zu seinen Lebzeiten nichts mehr von seiner ältesten Tochter zu sehen und zu hören bekommen, obwohl er eben jenen Erich Mielke, den er als seinen Vertrauten betrachtete, beauftragt hatte, seine Tochter zu suchen. Für den Bürgermeister Ostberlins und Sophies Mutter verschwand sie einfach. Keine Ermittlung, weder auf kriminalistische, geheimdienstliche oder politische Art hatte zu irgendeinem Ergebnis geführt, teilte Erich Mielke, seinerzeit Abhörspezialist der Stasi, und damit einer der beiden „Sekretäre", die den Ost-Bürgermeister zum West-Bürgermeister begleitet hatten, ihm nach einigen Wochen mit. Es war sein ureigenstes Interesse, dass die „junge Dame" ein für alle Mal verschwand. Würde herauskommen, welche Dienste diese Göre ihm geleistet hatte, wäre er in Sibirien gelandet. Und der Vater wusste eben nicht, dass Sophie ihn „begleitet" hatte. Der zweite Sekretär und der Chauffeur, der das Stasi-Duo mit Mädchen gefahren hatte, verschwanden übrigens „auf Nimmerwiedersehen" zwei Tage danach.

Sophie hatte sich die Stadt angeschaut, die Stadt im Westen, sie hatte sich von den wenigen, westlichen D-Mark, die sie mitnehmen konnte, die Nacht, den nächsten Tag „über Wasser" halten können. Dann benötigte sie eine Bleibe, denn sie war todmüde. Am Bahnhof Zoo fragte sie einen der gleichaltrigen Jungen, die dort herumstanden. Warum sie dort standen, wusste Sophie nicht. Der Bahnhof Zoo war damals noch nicht so berüchtigt wie nach dem Roman „Wir Kinder vom Bahnhof Zoo"[23]. Und nachdem der Junge ihr eine Adresse gegeben hatte und sie freundlich aufgenommen wurde, erging es ihr in den darauffolgenden Tagen nicht viel anders als Christiane F.[24] Sie durfte nicht nur Coca-Cola trinken, Jeans anziehen, Westfernsehen schauen, sie durfte auch LSD[25], Heroin und Kokain konsumieren und dann natürlich Sexarbeit leisten, um die Drogen und ihre Dealer und Zuhälter zu finanzieren. Da sie meistens stoned war und aus der drogenbehüteten DDR kam, registrierte sie nicht wirklich, was mit ihr geschah.

Als sie völlig fertig war, die Szene und ihre eigene Gier hatten kaum ein Jahr dafür benötigt, wurde sie vierzehnjährig nach Passau verkauft. Sie war so vollgedröhnt, dass sie kaum bemerkte, dass sie mit falschen Papieren in den Flieger gesetzt worden war und nach München transportiert wurde. Die falschen Papiere wiesen sie aus als Marie Variunescu aus Moldawien, geistig behindert, verwirrt. Benötigte regelmäßig Medikamente, Hydroxyzine, vor allem als Atarax. Würde ohne diese Medikation krampfen, epileptische Anfälle erleiden.

Hydroxyzine zeigen nicht nur in ihrer Wirkweise, sondern vor allem im Blutbild eine fast identische Zusammensetzung wie Lysergsäurediethylamid, LSD. Die wenigsten Ärzte wissen davon, 1968 schon gar nicht.

---

[23] Kai Herrmann und Horst Riek 1978
[24] die Protagonistin des Romans
[25] Lysergsäurediethylamid

Ein Betreuer würde sie vom Flughafen München abholen und in eine Spezialklinik in Oberbayern begleiten.

*

Marie war in Berlin angekommen und hatte sich in einer kleinen Pension eingemietet. Das „Potsdamer Inn" gehörte nicht gerade zu den Fünf-Sterne-Hotels, aber Marie wollte natürlich ihr mühsam gesammeltes Trüffelgeld auch nicht verpulvern. Sie wusste aus den Zeitungen, wie teuer das Leben in Berlin war, jedenfalls im Verhältnis zum Leben in der Göhrde. Aber sie hatte auch nicht vor, länger dort zu bleiben als unbedingt nötig. Wenn es möglich war, wollte sie nur einen einzigen Tag, vielleicht zwei, damit verbringen, das zu finden, was nötig war. Nicht mehr und nicht weniger, als das Vermächtnis von Friedrich Ebert senior. Mittlerweile wusste sie, dass nur sie das wirkliche Versteck kannte.

*

„Der aus Deis, Omnipotate und Mystica zusammengesetzte Begriff des DOMs, selbst die Überzeugung seines Daseins, kann nur allein in der Vernunft angetroffen werden, von ihr allein ausgehen und weder durch Eingebung noch durch eine erteilte Nachricht, von noch so großer Autorität, zuerst in uns kommen. Widerfährt mir eine unmittelbare Anschauung von solch einer Art, als sie mir die Natur, soweit ich sie kenne, gar nicht liefern kann: So muss doch der Begriff des DOMs zur ersten Richtschnur dienen, ob diese Erscheinung auch mit all dem übereinstimme, was zu den Charakteristika eines metaphysischen Erlebens gehört.
Ob ich gleich nun gar nicht einsehe, wie es möglich sei, dass irgendeine Erscheinung dasjenige auch nur der Qualität nach darstelle, was sich immer nur denken, niemals aber anschauen lässt: So ist doch mindestens so viel klar, dass: Um nur zu urteilen, ob das der DOM sei, was mir erscheint, was auf mein Gefühl innerlich oder äußerlich wirkt, ich ihn an meinen Vernunftbegriff vom DOM halten und darnach prüfen müsse, nicht ob er diesem adäquat sei, sondern bloß ob er ihm nicht widerspreche. Ebenso: Wenn auch bei allem, wodurch er sich mir unmittelbar entdecke, nichts angetroffen würde, was jenem Begriff widerspräche: So würde dennoch diese Erscheinung, Anschauung, unmittelbare Offenbarung, oder wie man sonst eine solche Darstellung nennen will, das Dasein eines Wesens niemals beweisen, dessen Begriff (wenn er nicht unsicher bestimmt, und daher der Beimischung allen möglichen Wahns unterworfen

werden soll) Unendlichkeit der Größe nach zur Unterscheidung von allem Geschöpfe fordert, welchem Begriffe aber gar keine Erfahrung oder Anschauung adäquat sein, mithin auch niemals das Dasein eines solchen Wesens unzweideutig beweisen kann. Gewisse Erscheinungen und Eröffnungen könnten Anlass zur Untersuchung geben, ob wir das, was zu uns spricht, oder sich uns darstellt, wohl befugt sind, für den DOM zu halten, was sich als eigene Identität personalisiert.

Wenn also der Vernunft in Sachen, welche übersinnliche Gegenstände betreffen, als das Dasein des DOMs und die künftige Welt, das ihr zustehende Recht, zuerst zu sprechen, bestritten wird: So ist aller Schwärmerei, Aberglaube, ja selbst der Atheisterei eine weite Pforte geöffnet!" (Immanuel Kant im Jahre 1732)

Marie war sich ihr Leben lang darüber bewusst, dass sie etwas in sich trug, was eigentlich hätte kommuniziert werden müssen – bislang war sie die Einzige, die mit Sophie kommunizierte, aber Sophie veräußerte sich nicht, sie blieb gefangen in ihrem eigenen Raum, der nicht einmal vom DOM hätte eingerissen werden können. Bislang sprach Sophie nicht,

außer natürlich mit mir.

Nun wieder angekommen im Prozess des Lebens, benötigten beide, Marie und Sophie, Verbündete. Der DOM war nicht zu bezwingen, ohne Interaktion mit innovativen Geistern.

Innovativ bin ich ja nun überhaupt nicht, im Gegenteil. Ich sorge für das belastbare Kontinuum in Koexistenz zum DOM!

*

Ich beorderte Max! Ragna musste ebenfalls kommen, beschloss ich – und kapselte es vorm DOM ab. Dass Sophie/Marie unterwegs war, konnte ich ihm allerdings nicht verheimlichen, denn sie war der Schlüssel, ganz allein und stand daher immer in seinem Fokus – und solange sie in der Göhrde blieb, durfte sie leben in ihrem Kokon, ihrem selbstgewählten Gefängnis. Ragna und Max waren dagegen in Vergessenheit geraten, denn der DOM benötigte und fürchtete sie nicht.

*

Marie traute sich anfangs kaum in die pulsierende Stadt Berlin. Die vielen Menschen bereiteten ihr massive Angst. Sie fühlte sich nackt, beobachtet, alle wussten offenbar alles. Sie jedenfalls wusste immer sofort, was diese Menschen, die ihr begegneten – und in Berlin waren das Massen – dachten. Jedenfalls wenn sie ihre Augen fing. Dabei spürte sie, dass sie nur die Augen der Menschen fing, die dafür offen waren. Und ihr wurde klar, dass das eigentlich nicht sehr viele waren. Es war wie mit den Schweinen im Wald. Nur der eine Eber hatte sie provoziert. Nur er hatte ihr in die Augen geschaut. Alle anderen waren nichts als Mitläufer im Leben der Herde.

Sie weinte ob dieser Erkenntnis. Sie hätte ihn nicht töten dürfen! Und nun schaute sie in eine andere Herde. Sie schützte sich, indem sie nicht mehr schaute. Aber ein-, zweimal gelang es ihr dennoch nicht. Und sie wusste, dass diese zwei Menschen im Sein waren. Sie wusste natürlich auch, dass es viele, viele mehr waren. Aber sie war einfach nicht in der Lage, alle Seinsempfindungen dieser Menschen aufzunehmen.

Dennoch waren diese Menschen in der extremen Minderheit, genau wie der Eber in seiner Herde. Sie wusste, dass er kein Alphatier gewesen war. Er war unter Druck, sich zu zeigen in der Herde, hervorzutun, um dem Sein der Herde seinen Anteil zu übergeben.

Marie wusste nun, dass er genau das getan hatte – und dabei erfolgreich war –, schließlich hatten sie Frieden geschlossen, sie und die Wildschweine – ohne Freunde geworden zu sein. Aber das war auch gar nicht nötig gewesen.

Und jetzt ist es auch nicht nötig!, dachte sie und telefonierte mit der Sekretärin von Klaus Wowereit, aktueller Bürgermeister von Berlin. Ihm jedenfalls musste sie in die Augen schauen, wenn es ihr gelang, ihm zu begegnen. Marie hatte einen Schlüssel. Der allerdings lebt in Neukölln, nicht in Schöneberg.

*

Ragna wusste, dass ihr Schutzschild nun nicht mehr halten würde. Sie wurde zurückgerufen in ein Trio der Unmöglichkeiten. Ihre Eltern lebten nicht mehr. Ihr Leben würde sie so oder so nicht retten können, aber Ragna wusste auch, dass der DOM keinerlei Interesse an ihren Eltern hatte.

Es hatte vier Wochen gedauert, bis sie sich entschied. Bis sie sich ins Flugzeug setzte und nach Berlin abflog. In diesen vier Wochen hatte sie seit langer Zeit wieder mit Max Kontakt aufgenommen.

„Sophie hat sich gemeldet", sagte sie am Telefon, und Max antwortete: „Ja, auch bei mir. Kommst du?"

„Max, wir haben keine Wahl?!"

„Nein, Ragna, wir haben keine Wahl! Mit ihr hat alles angefangen. Nun müssen wir es auch zu Ende bringen!"

„In vier Wochen sollen wir in Berlin sein", sagte sie. „Kannst du bis dahin ...!"

„Kannst *du* ...?"

„Du hast es gesagt: Wir haben keine wirkliche Wahl. Außer natürlich einen für den DOM schädlichen Suizid."

„Red keinen Quatsch!" Max wurde wütend. „Wir haben ..."

„Ja, und wir sind ...!", ergänzte Ragna.

Kapitel vier ist Yukete und Rolf, mit Hermann

In Berlin zu studieren, war schon immer sein Traum. Yukete Jogoomvinjo hatte in Nairobi im Gymnasium, das dem Goethe-Institut angeschlossen war, sein Abitur gemacht. Und das, obwohl er mit zwölf Geschwistern in den Slums der Hauptstadt Kenias aufwachsen musste. Dabei war er der Jüngste, und fünf seiner Geschwister lebten bereits nicht mehr. Sie waren an Aids und/oder Drogenmissbrauch gestorben. Zwei seiner Brüder saßen in kenianischen Gefängnissen und seine fünf älteren Schwestern verdienten ihren Lebensunterhalt mit Prostitution, jedenfalls damals, als er alle fünf seiner Schwestern zuletzt gesehen hatte. Da war er zwölf Jahre alt. Szmutuda war die einzige Schwester, die in Nairobi geblieben war und weiterhin mit ihm Kontakt hatte. Sie verstarb aber, als er achtzehn Jahre alt war. Die anderen Geschwister hatte Yukete völlig aus den Augen verloren, denn er wusste nicht, wo sie sich wirklich aufhielten, wenn sie überhaupt noch lebten. Er würde ihnen sicherlich helfen, wenn er könnte, aber Yukete war kein Träumer. Sie würden sich nicht helfen lassen wollen. Die afrikanische Seele ist bunt und stolz. Und manchmal auch dumm.

Nun war Yukete sechsundzwanzig Jahre alt und ganz bestimmt nicht dumm.

Nun in Berlin hatte er sich schlau gemacht, wie es wirklich dazu kommen konnte, dass er nun zu den wenigen schwarzafrikanischen Privilegierten gehörte, die in Berlin, und dann auch noch Philosophie, derzeit im sechsten Semester, studieren durften, mit einem Stipendium des deutschen Goethe-Instituts.

Resilienz[26] war das Zauberwort, erklärte ihm sein (weißer und deutscher) Freund und Kommilitone Rolf Martens aus dem psychologischen Fachbereich, dem es selbst, allerdings unter anderen Umständen, in den Untiefen deutscher Jugendhilfe, ähnlich ergangen war.

„Irgendetwas muss in deiner Kindheit passiert sein, Yukete, was dich von deinen Geschwistern unterscheidet", sagte er beim Bier am Abend. „Bei mir war es eine sogenannte Erziehungsbeiständin, bezahlt vom Jugendamt, die sich für mich eingesetzt hatte, als ich sechs Jahre alt war und nicht in die Schule gehen sollte. Meine Eltern waren Sektierer, Scientology, verstehst du?! Die wollten mich nicht von der staatlichen Schule, der normalen Gesellschaft *negativ*

---

[26] Widerstandsfähigkeit gegenüber negativen Einflüssen auf die Sozialisation eines Menschen

polen lassen, wie sie es nannten. Aber diese Frau hatte es geschafft, meine Eltern in vielen, vielen Gesprächen zu überzeugen. Davon zu überzeugen, dass diese ganzen Psycho-Tests der Scientologen nicht nur reinstes Gift, sondern vor allem reine Manipulation waren. Meine Eltern sind da nun raus, aber es war ein langer Prozess, glaub mir. Und ich besuchte die Schule. Und lange Zeit habe ich nicht gewusst, wer dafür verantwortlich war, dass ich dennoch mein Abitur machen durfte. Schließlich hatte diese Frau zwei Jahre in meinem Leben Einfluss gehabt, als ich mir über die Lebenszusammenhänge noch keinesfalls bewusst war. Geschweige denn mit sechs Jahren wusste, was Scientologen sind. Erst nach meinem Abitur haben meine Eltern mir von ihr erzählt. Und dann kamen die Erinnerungen. Und heute ist sie eine Freundin, wenn auch viel, viel älter als ich, mit der ich noch immer manchmal ein Bier trinken gehe. Vielleicht gibt es bei dir auch einen Menschen, irgendeinen langen Prozess, den du vielleicht nur nicht mehr erinnerst oder erinnern willst?! Lass uns danach suchen …!"

Yukete hatte sich anfangs geweigert. Hatte seinem Freund Rolf gesagt, dass das nicht gut sei. Es würden afrikanische Geister heraufbeschwört, die den Prozess des Lebens negativ beeinflussen würden.

Aber der Freund sagte nur: „Hör auf mit diesem Voodoo-Kram. Das ist was ganz Rationales, was wir da tun können. Wir können auch hypnotherapeutische Verfahren anwenden, das wird dir das Erinnern erleichtern!"

Und das wollte Yukete schon gar nicht. Aber der Freund war hartnäckig, hatte bereits seinen Master in Psychologie und saß nun bei seiner Doktorarbeit als Psychotherapeut. Und zwar genau über dieses Thema: „Die Eröffnung resilienter Entwicklungsleistungen durch Hypnotherapie".

Der Freund Yuketes setzte sich durch.

Auch deshalb, weil Rolf Yukete versicherte, dass es nicht nach einer einzigen Sitzung herauszufinden sei, und natürlich, dass der Freund unter absoluter Schweigepflicht stand. Fünfzehn hypnotherapeutische Sitzungen waren dann tatsächlich erforderlich, um die Barrieren, die Yukete zeigte, empathisch herunterzufahren. Dann aber war die Sache klar und keineswegs sehr geheimnisvoll, mystisch oder von afrikanischen Geistern besetzt:

Yukete hatte einen Paten gehabt. Davon hatte er bis dahin nichts gewusst, oder besser, er hatte nichts davon wissen wollen. Das ließ dieser afrikanische Stolz nicht zu. Als Yukete 1988 geboren war, war seine Familie schon am Ende. Seine Mutter starb kurz nach seiner Geburt und der Vater soll irgendwo als Söldner gedient haben, wahrscheinlich tot. Die fünf Schwestern blieben aber in der Wellblechhütte, die sich die Eltern vor Jahren zusammengebastelt hatten.

Sie versorgten ihren kleinen Bruder abwechselnd, weil sie sich verantwortlich fühlten. Gleichzeitig baten sie eine Organisation in Nairobi, die sich „Ärzte ohne Grenzen" nennt, um Hilfe, als sie den Säugling dort kostenlos wegen einer Kindererkrankung vorstellten.

Eine der internationalen Ärztinnen, zufällig aus Deutschland, ahnte wohl, was aus diesem kleinen Yukete werden würde, wenn er keine Hilfe bekäme. Sie stellte ihn daher auf die Patenschaftsliste der Organisation. Ein höherer Beamter aus Lüneburg, der für die „Dritte Welt" in Afrika etwas Gutes tun wollte, übernahm die Patenschaft. Dieser Mann allerdings hatte eine andere Idee, als nur Geld zu überweisen. Er wollte sich aktiv in die Entwicklung Yuketes einmischen.

Er bezahlte die Unterbringung erst einmal in einem deutschen Kindergarten, dann übernahm er die Kosten für eine Tagesgruppe und zum Ende seiner Patenschaft die Gebühren der deutschen Schule des Goethe-Instituts. Yukete lernte dadurch von klein auf die deutsche Sprache, blieb aber in seiner Kultur, auch wenn es nur eine Wellblechkultur war. Die Schwestern waren froh, dass ihr kleiner Bruder versorgt war, verstanden aber nicht, was er da tat, wenn er Bücher einer fremden Sprache vor der Nase hatte. Denn gleichzeitig erhielt Yukete alle drei Monate ein Bücherpaket. Zu Anfang natürlich nur Kinder- und Jugendbücher, zum Beispiel vom Rotfuchs-Verlag, später aber auch Romane von Goethe, Shakespeare, Hemingway, Brecht, Büchner und vor allem von griechischen Philosophen wie Sokrates, Platon oder Sophokles. Immanuel Kant und Einstein befanden sich darunter. Und später auch Horkheimer, Adorno und Habermas. Die Bücherlieferung lief, offenbar testamentarisch verfügt, weiter, obwohl der Pate kurz nach Yuketes zwölftem Lebensjahr verstarb. Und Yukete las jedes Wort jedes Buches. Auch wenn er nicht alles sofort verstand, verschlang er die Idee des Denkens.

Im Testament des Paten war festgelegt, dass Yukete ins Internat der Goethestiftung umziehen könnte, wenn die Schwestern damit einverstanden waren. Sie waren es. Denn ihr Zusammenhalt der letzten zwölf Jahre hatte ja nur wegen Yukete gehalten. Nun waren sie es miteinander leid und sie gingen ihrer Wege.

Nur Szmutuda war in Nairobi geblieben und hatte den Kontakt zu Yukete gehalten, bis auch sie an HIV starb. Da war Yukete achtzehn Jahre alt und stand kurz vor seinem Abitur. Yukete liebte Szmutuda sehr und weinte drei Tage lang. Dann sagte er sich, dass er seine Schwester nur ein gutes Andenken erfüllen konnte, wenn er sein Abitur schaffte und in Deutschland studieren würde.

Nicht seine Schwester Szmutuda, auch nicht seine anderen Geschwister, sein Aufwachsen in zwei Welten, der afrikanischen und der deutschen, hatte er verdrängt, aber seltsamerweise diesen Paten. Der psychologische Freund sagt, dass das nicht wirklich verwunderlich sei. Schließlich habe er ihn nicht kennengelernt. Und als Kind, als Jugendlicher, sei man, anders als Erwachsene, von optischen Wahrnehmungen und vor allem von persönlichen Beziehungen abhängig, manchmal sogar von eidetischen[27] Erfahrungen.

„Doch", sagte Yukete, „ich kenne ihn. Ich habe ein Gesicht. Ein altes Gesicht, eines, das gütig, aber ziemlich verschrumpelt ist!"

Beide mussten lachen.

Ich schwöre: Ich hatte nichts damit zu tun! Auch wenn es eine Ehre gewesen wäre.

*

Marie war erst einmal von der Sekretärin Wowereits abgewimmelt worden. Der Bürgermeister sei natürlich bürgernah, hatte sie Marie versichert, aber auch ein vielbeschäftigter Mann. Wenn sie also nicht genau sagen könne, was sie von ihm wolle, müsse sie sich mindestens gedulden. Aber eigentlich hätte sie auch kaum eine Chance auf ein Gespräch mit ihm, wenn sie ihm nicht in der Bürgerbefragung gegenübertreten wolle. Dann sei sie allerdings nicht allein mit ihm, sondern mit der Presse und anderen Bürgern Berlins, die ein Anliegen hätten.

„Nein!", sagte Marie entschieden. „Sagen Sie Klaus Wowereit, dass ich mit ihm zu sprechen habe. Und zwar über drei Männer. Einer der drei ist ein alter Vorgänger in diesem Amt, aber eigentlich sogar zwei. Über Heinrich Albertz und über Friedrich Ebert senior und dessen Sohn, der ebenso heißt. Sagen Sie ihm das. Sagen Sie es ihm nicht, wird er der nächste tote Eber sein!"

Die Sekretärin beendete das Telefongespräch daraufhin. Mit verrückten Frauen sollte sich ihr Chef nicht beschäftigen müssen.

Marie hatte damit gerechnet. Daher telefonierte sie nun mit dem Bezirksamt Berlin-Neukölln. Sie nahm sich nicht etwa vor, nun strategisch geschickter vorzugehen. Im Gegenteil.

„Sagen Sie dem Bürgermeister: Ich weiß, warum die Richterin Kirsten Heisig[28] sterben musste. Sagen Sie Herrn Buschkowsky, dass ich ihn schätze. Er hat ein

---

[27] Eidetik ist die Fähigkeit, sich dreidimensional Dinge und Personen vorzustellen.
[28] Das Ende der Geduld, 2012

gutes Buch geschrieben[29]. Aber sagen Sie ihm auch, dass ich die Tochter von Friedrich Ebert junior bin. Er wird Fragen haben. Die ich ihm aber nur persönlich beantworten kann. Haben Sie gehört, meine Liebe!"
Diese Ansprache mit „meine Liebe" hatte sie im Fernsehen in der Pension gehört. Sie fand das ganz angenehm, dass man Menschen gleich von vornherein liebte, auch ohne sie zu kennen. Vielleicht hätte es bei dem Eber auch genützt. Vielleicht, wenn sie ihm gesagt hätte, „mein lieber Eber"? Hätte sie ihn nicht töten müssen?

*

Beamte sind Beamte. Sie sitzen, bis sie in Pension gehen. Im Bezirksamt Berlin-Neukölln saß Hermann Müller im gehobenen Dienst, Endstufe, Verwaltungsamtsrat. Vierundsechzig Jahre alt. 1967 war Hermann Müller siebzehn Jahre alt gewesen und hatte durch die damals, zum Zweck der Änderung der Schuljahre von Ostern auf den Herbst eines Jahres, durchgeführten Kurzschuljahre im Oktober 1966 im von der Republik abgetrennten Westberlin, in Kreuzberg, seinen Realschulabschluss erlangt. Hermann Müller hatte sich bei der Senatsbehörde in Berlin beworben und nach einer berufspsychologischen Eignungsuntersuchung tatsächlich die Chance bekommen, in den gehobenen Dienst der Verwaltung Berlins einzumünden.

Wie es bei Beamten so ist, war er in diesen Jahren durchaus in vielen Bereichen eingesetzt worden. Immer musste er sich neu einarbeiten. Er war zum Beispiel Sachbearbeiter im Veterinäramt, im Jugendamt, im Schul- und Kulturamt sowie als Organisationsleiter für die Fachausschüsse im Hauptamt eingeteilt. Im letzteren Job musste er vor allem Protokoll führen.

Das führte dazu, dass sich Hermann Müller auch mit den Inhalten dieser Protokolle auseinandersetzte, was keiner seiner Vorgesetzten von ihm verlangte, oder gar billigte. Im Gegenteil gehen diese prinzipiell davon aus, dass ein Beamter funktional die Dinge abzuarbeiten hat, die man ihm oder ihr aufträgt. Das Denken ist Beamten nur gestattet, um die Aufgaben zu erledigen, keinesfalls aber um die Vorgänge, mit dem sich ein Beamter oder eine Beamtin beschäftigt, zu hinterfragen.

Das ist natürlich nur ein Denkgespenst, denn auch Beamte neigen dazu, sich

---

[29] Klare Kante, 2012

eine eigene Meinung zu bilden, und – was noch viel schlimmer ist – sich über Zusammenhänge sachkundig zu machen, deren inhaltlicher Zugang ihnen eigentlich verwehrt sein sollte. Das gilt natürlich für die Politik, aber das gilt genauso für Seilschaften innerhalb des Gesellschaftsgefüges, der Wirtschaft, der Gewerkschaften, Parteien oder für die Wahrheit als solches – und, an exponierter Stelle, sogar für die Geheimdienste, was dann mit Wahrheit nicht mehr viel zu tun hat. Niemand in unserer Gesellschaft weiß besser, dass die Wahrheit ständig mit Füßen getreten wird als die Beamten der Exekutive.

Manche von ihnen reagieren heiter besonnen, manche mit der Flasche Gin im Aktendeckel „Kurioses", andere mit psychischen Erkrankungen, mit Lebensekel, Suizidgedanken, Burn-out, Krebs, Bluthochdruck. Einer anderen Gruppe machen ständige Rückenschmerzen zu schaffen. Hermann Müller gehörte dazu. Kein Orthopäde fand allerdings eine klare physiologische Verursachung, weder im Röntgenbild noch in der MRT[30], also mahnte man ihm eine psychosomatische Indikation.

Da Hermann Müller als Beamter gewohnt war, Autoritäten zu folgen, gab er auch seinem Allgemeinarzt sein Einverständnis für die Überweisung an einen Psychotherapeuten.

Dass er auf Rolf Martens traf, muss man natürlich als Zufall deuten!

Da bin ich ganz und gar anderer Meinung!

*

Marie hatte natürlich auch keinen Termin beim Bürgermeister Buschkowsky erhalten. Aber das war auch eigentlich nicht ihr Ziel. Sie wollte eine Bewegung starten. So wie sie es jahrelang im Wald getan hatte. Eine Bewegung, die irgendetwas ändern würde im Kontinuum der Zeit, des Lebens.

Allein der Tod des Ebers hatte eine ganze Gemeinschaft in seiner vorherzusehenden Kontinuität erschüttert. Zwar nur eine kurzzeitige Diffusion im Leben von Wildschweinen, aber immerhin war es nicht ohne Wirkung.

Marie war sich bewusst, dass sie mit jedem Schritt, jeder Bewegung dem Ziel des alten Friedrich Ebert näherkommen würde. Mindestens die Sekretärinnen von zwei Bürgermeistern von Berlin wussten nun von ihrer Existenz, auch wenn

---

[30] Magnetresonanztomographie

diese nicht wirklich einschätzen konnten, was das bedeutete. Aber sie würden erzählen, berichten von dem verrückten Anruf, den sie erhalten hatten, vielleicht nur zu Haus, beim Bier im Garten. Die Bewegung würde Kanäle finden, kleine, verwobene Wege gehen, die erst einmal bedeutungslos schienen. Aber Marie hatte gelernt, dass nichts, kein Weg, keine Kleinheit bedeutungslos ist. Die Wälder, die Natur, aber auch zum Beispiel die Schlachterei, von der sie ihre Schweinegehirne bezog, waren Systeme. Systeme, die Bewegungen in andere Systeme schafften. Zum Beispiel in ihr eigenes. Aber auch Systeme, die beeinflussbar waren. Der DOM hatte sich das seit Jahrhunderten zunutze gemacht.

Und nun war sie soweit, sich mit diesen „kleinen" Bewegungen in Systeme größerer Ordnung einzumischen.

Ihr erster Kandidat, sich hierbei auf den Weg zu machen, hieß Hermann Müller. Sie hatte seine Augen als erstes auf dem Kurfürstendamm aufgefangen und gewusst, dass er eine Schlüsselfunktion haben würde.

*

Rolf Martens konnte natürlich mit Yukete darüber nicht sprechen. Schließlich stand er unter absoluter Schweigepflicht, bei Yukete ebenso wie bei Hermann Müller.

Aber er konnte mit ihm philosophische Interpretationen von Informationen diskutieren, die er von einem anonymen Patienten erhalten hatte.

Rolf hatte Yukete in seine Gedanken eingeweiht und ihm gesagt, dass er allein dieses Problem nicht bewältigen könne.

„Es ist kein rein psychologisches Problem, Yukete", sagte er, als sie sich in der Mensa der Freien Universität Berlin zu Mittag, wie täglich verabredet, trafen. „Es hat damit zu tun, dass ein Mensch nicht eine offensichtlich reale Wahrnehmung mit seinen Prägungen in Übereinstimmung bringen kann!"

Yukete dachte kurz nach: „Also es geht darum, dass dieser Mensch kein Spinner ist oder ein Idiot?! Vielleicht einer, der eine außersinnliche Erfahrung gemacht hat, eine rational nicht nachvollziehbare?"

„Nein, nein, Yukete!" Auch Rolf musste eine Zeitlang nachdenken, um die richtigen Begrifflichkeiten zu finden. „Es ist so, wie eine Erfahrung mit einem dir unbekannten Menschen. Dieser Mensch will etwas von dir und du weißt nicht, was es ist. Oder besser, du weißt, was es alles nicht ist. Zum Beispiel kein Flirt, kein Hass, keine Bekanntheit oder gar Liebe, kein Einfluss auf deine Psyche. Und doch war es eine Interaktion, sagte mein Klient, die eine Art Wissen bei ihm freigesetzt hat, dass gar kein Wissen ist, sein kann, vielleicht eine Emotion. Aber eine Basisemotion, wenn man das sagen kann. Klingt verrückt, Yuteke, aber es war absolut glaubwürdig. Ein älterer Mann übrigens, vielleicht ähnlich wie dein Pate!"

„Ja, gut, Rolf, aber was ist der Inhalt dieser emotionalen Interaktion? Es muss ja etwas gegeben haben, was diesen Menschen – und natürlich auch dich – irgendwie beeindruckt hat!"

„Ja, Yukete. Es geht um eine philosophische Abhandlung von Friedrich Ebert senior. Friedrich Ebert war ein …"

„Halt mich nicht für blöd, Rolf, schließlich habe ich den Integrationskurs für Migranten bestanden …"

„Sorry, Yukete, aber das Ganze ist sehr verwirrend für mich! Hast du schon mal etwas von einem DOM gehört? Also nicht eine dieser Kirchen in Köln, Passau oder Münster?"

Yukete zuckte heftig zusammen, als sein Freund vom DOM sprach.

„Ja", sagte er ganz leise, „ja, Rolf. Quatsch nicht über ihn. Er holt uns sonst!"

„Waaaas …?"

*

Hermann Müller hatte ein Flow-Erlebnis[31]. Ausgelöst durch einen Blickkontakt. Ihm war nicht wirklich bewusst, was ihm widerfuhr. Es brachte nur sein gesamtes Weltbild durcheinander. Er hatte auf dem Kurfürstendamm einer Frau in die Augen geschaut – und sofort alles gewusst. Also alles über diese Frau, alles über den DOM und alles über ein Vermächtnis, das in direkter Linie mit Berlin zu tun hatte und mit nicht weniger als die weitere Entwicklung der Menschheit an sich, jedenfalls war das plötzlich seine neue Realität.

Ich bin verrückt, dachte er. Vor allem diese Dramatik, dieses Volumen an Schicksalshaftigkeit brachte ihn an den Rand des Wahnsinns. Gleichzeitig war er erfüllt von dem Augenblick, der sich zudem zeitlos in einer Schleife bewegte, die sich ständig wiederholte. Dabei hatte diese Frau ihm einen Auftrag erteilt und Hermann Müller wusste, dass er diesen Auftrag nicht einfach ablehnen konnte. Gleichzeitig fühlte er, dass er in einem Krieg gelandet war, in einer

---

[31] ein in sich empfundenes Glücksgefühl

Auseinandersetzung, deren Dimension ihn schier stolz machte und gleichzeitig verzweifeln ließ.

„Ich bin verrückt!" Er musste sich irgendwem mitteilen, empfand er. Er konnte nicht zulassen, dass ihm eine plötzliche Psychose das Leben verwuselte. Es hörte allerdings nicht auf. Hermann Müller war so verzweifelt, dass er sich am Abend nicht anders zu helfen wusste, als seinen Psychotherapeuten anzurufen, der ihn wegen seiner Rückenschmerzen psychosomatisch behandeln sollte. Er kannte diesen Rolf Martens noch nicht lange, wusste aber, dass dieser noch sehr jung war, zwar seinen Bachelor in Psychologie und den Master in Psychotherapie absolviert hatte, aber noch immer studierte, um seine Promotion abzuschließen. Um sich etwas Geld zu verdienen, übernahm er hin und wieder „leichte" Therapiefälle aus einer Therapeutenpraxis, in der er schon einige Praktika absolviert hatte. Der „Fall" Hermann Müller war einer dieser „leichten Fälle", mit denen Rolf Martens betraut wurde – psychosomatische Rückenschmerzen waren keine große Katastrophe. Sie hatten sich bislang zweimal getroffen.

Hermann Müller war sich nicht wirklich sicher, ob dieser Rolf Martens, der ihn nach seinem Notruf nach einer Stunde zu Hause besuchte, ihm wirklich würde helfen können. Rolf Martens sagte, er sei in der Nähe gewesen und hörte sich den Bericht Hermann Müllers an, den er schon teilweise am Telefon gehört und ihn veranlasst hatte, alles stehen und liegen zu lassen, um seinen Patienten persönlich aufzusuchen.

Und nun erlebte Hermann Müller an diesem Tag zum zweiten Mal einen Flow. Dieser junge Psychologe, den er bislang zweimal in der Praxis aufgesucht hatte, der ihn heute aber besuchte, war für ihn plötzlich fast ebenso ein offenes Buch, wie Marie – Hermann Müller wusste nicht, warum er ihren Namen kannte –, der er am späten Nachmittag in der Innenstadt Berlins begegnet war. Eine Begegnung „der dritten Art", wie er dem Therapeuten nach einer Weile erklärte, ohne ihn darüber aufzuklären, was er plötzlich bei ihm sah. Wobei er sich heftig schämte, weil es einfach zu verrückt war.

Und da er sah, dass dieser junge Mann, der eine wirklich schwere Sozialisation hinter sich gebracht hatte, dennoch eine persönliche Autorität werden würde. Hermann Müller fasste so viel Vertrauen zu ihm, wie er es nach den ersten beiden Therapiesitzungen nicht erwartet hätte.

Er berichtete ihm differenziert von seinem Erleben. Er sagte, was er erlebt hatte, noch und immer wieder erlebte. Er berichtete ihm von den Inhalten, die Marie ihm offenbart hatte, aber auch und vor allem vom emotionalen Erleben und vom Flow.

Und vom Auftrag, den Marie ihm erteilt hatte.

Hermann Müller fragte den Psychologen, was das sei. Ob er nun total verrückt geworden sei, vielleicht in eine Zwangsjacke gehöre oder irgendein Medikament bekommen sollte, der diesem Spuk ein Ende bereiten würde. Oder vielleicht einfach diesen Auftrag ausführen, ob da nun was dran war oder nicht. Schließlich hatte Hermann Müller als Beamter im Bezirksamt Neukölln die Möglichkeit dazu.

Aber Rolf Martens beantwortete keine seiner Fragen konkret. Er sagte nur: „Ich denke, wir müssen Marie finden und mit ihr sprechen! Nur dann werden Sie Ihr Problem wirklich lösen können! Und dass Sie verrückter sind als andere, glaube ich nicht!"

Auch Rolf Martens hatte eine Flow-Erfahrung gemacht, so als würde er Hermann Müller schon lange kennen und ebenfalls Marie. Und das deutete sich bereits am Telefon an.

Das fand er sehr, sehr verwirrend, aber in keiner Weise bedrohlich, wenn man mal von diesem ominösen DOM absah.

*

Yukete hatte Rolf recht gegeben, nachdem er sich davon erholt hatte, dass sein Freund den DOM ausgesprochen hatte.

„Diese drei Buchstaben sind gefährlich, mein lieber Freund Rolf!", hatte Yukete gesagt. „Wir in Afrika mögen diese Buchstaben nicht. Sie heißen *Deis Omnipotate Mystica*. Lateinisch, sorry, das wirst du natürlich wissen. Und du weißt, dass ich Philosophie studiere und mich damit auskenne. Der Begriff ist seit Jahrhunderten umstritten. Du kannst ihn ins Deutsche übersetzen mit *göttliche und damit absolute Macht der Mystik in Raum und Zeit*. Aber es ist auch sehr verkürzt. Ich will versuchen, es dir zu erklären, ja?"

Rolf war natürlich interessiert: „Wenn das kein esoterischer Unsinn ist?!"

„Wie hast du gesagt, lieber Rolf", antwortete Yukete. „Hör auf mit diesem Voodoo-Kram. Das ist was ganz Rationales, was wir da tun können!"

„Touché, Yukete!"

„Also, kosmologisch gesehen wird ein theistischer Gottesbeweis bezweifelt, aber als grundsätzlich möglich erachtet. Und zwar nur deshalb, weil auch Kosmologen nicht wissen, was Unendlichkeit bedeutet, oder was Zeit und Raum wirklich ist. Dennoch wird in der Kosmologie eine Mystik verneint, auch wenn viele Menschen mit diesem Begriff genau das Gegenteil verbinden, nämlich kosmisch-mystische Erfahrungen. Ist aber Unsinn. Das heißt nicht, auch für Kosmologen nicht, dass es mystische Erfahrungen in der Realität nicht gibt, sondern, dass sie nichts anderes als psychische Erfahrungen sind, ähnlich wie im Buddhismus und Hinduismus. Deine Seele macht die Mystik – oder Transzendenz bei den religiösen Vertretern unserer philosophischen Zunft. Dennoch wird auch kosmologisch nicht bestritten, dass es Phänomene gibt, die über die individuelle Erfahrung hinausgehen. Also die zumindest, die für eine Gruppe von unabhängig voneinander lebenden Menschen erfahrbar ist. Gott, Allah, Jehova, Jahwe und so weiter nennt man das in den verschiedenen Religionen. Nennt man *ihn,* denn dieser Gott ist männlich. Vor allem im Islam, aber ebenso im Christentum oder bei den Juden; nur im Hinduismus gibt es mit Shiva, neben Brahma, auch eine weibliche Göttin. Der DOM allerdings ist nicht männlich, nicht weiblich, nicht einmal unisexuell. Er kommt der sogenannten Weltseele von C.G. Jung[32] nahe, aber nicht nahe genug. Er ist ein Phänomen, das böse ist, oder böse sein kann. Nicht der Satan, Teufel oder so, sondern ein Phänomen, das die psychischen Energien bündelt. Und je nach Ausrichtung der Menschen auf der Erde, in bestimmten Zeiten gut, in bestimmten Zeiten schlecht. Der Exodus in der Bibel, also Moses und sein Weggang aus Ägypten verdeutlicht dieses Phänomen sehr deutlich: Sie kommen an, die Meere öffnen sich, aber sobald sie ein goldenes Kalb schaffen, werden sie auch moralisch schlecht. In der Bibel steht, dass sie saufen und ficken, Missbrauch treiben, mit Kindern und Ziegen. Die Menschen waren ausgeflippt. Damals war der DOM schon aktiv!"

„Echt, so lange gibt es dieses Wesen schon?" Rolf war wenig überzeugt.

„Objektiv und subjektiv, Rolf. Es geht nur um die Mehrheit. Die Mehrheit des Denkens der Menschen ist Objektivität. Da kann ein einzelner Mensch noch so gut sein. Wenn die Menschheit schlecht ist, sind alle schlecht, jedenfalls objektiv betrachtet. Die Deutschen waren schlecht im Nationalsozialismus, auch wenn es eine Anne Frank gegeben hat. Oder einen Schindler, der die Juden gerettet hat. Aber Objektivität ist nicht die Wahrheit, auch wenn ein Subjekt in der Lage wäre, die Wahrheit zu erkennen! Wir suchen nach Wahrheit, aber wir suchen nicht nach Ostereiern. Die kann man finden, die Wahrheit nicht! Wir können sie erahnen, wenn wir danach suchen, aber wir benötigen eine höhere Instanz. Nenn es Ideologie, Religion, vielleicht sogar Moral, Ethik. Wir denken alle in

---

[32] Psychoanalytiker im 20. Jahrhundert

solchen Kategorien, ob wir wollen oder nicht. Schließlich haben wir eine, wie auch immer geartete Sozialisation hinter uns, nicht wahr?!"

„Ja, klar, Yukete, mach weiter, aber ich begreife noch nicht!"

„Nun, Rolf. Der DOM ist kosmologisch und psychoanalytisch nichts anderes als die Spiegelung dieser Verhältnisse auf dieser Erde!"

„Gibt es eine zweite Erde?", fragte Rolf ein wenig amüsiert.

Aber Yukete blieb ernst: „Das weiß ich nicht! Du darfst nicht vergessen, dass es eine ernstzunehmende Wissenschaft gibt, die sich von ihrem Kern her mit nichts anderem beschäftigt: Die Astronomie sucht nach Leben auf anderen Planeten. Sie sucht nach einer weiteren Erde. Nichts anderes motiviert diese Wissenschaftler, auch wenn sie sich dann ein wenig klein machen, manchmal. So nach dem Motto: Wir suchen nach dem Ursprung. Aber der Ursprung ist doch genau diese Frage. Wenn wir unseren Ursprung kennen würden, wüssten wir, ob es außerirdische Lebewesen geben kann! Die Frage ist dennoch: Gibt es Leben außerhalb unserer Denkweise? Und genau das hat mit dem DOM zu tun. Den DOM gibt es nur für unsere Erde, kann es nur für unsere Erde geben! Denn wir wissen ja gar nicht, was auf dieser imaginären zweiten Erde passiert. Was diese anderen Wesen, Aliens aus unserer Sicht, denken und fühlen. Und diese andere Erde hat einen eigenen DOM. Dem DOM geht es aber gerade darum: Er nimmt die Dinge auf, die die Menschen, also die Menschen auf dieser Erde, denken und fühlen. Er summiert sie. Er richtet sein Gesicht danach aus. Einfach ausgedrückt: Sind die Menschen in der Mehrheit böse, ist er auch in seinen wesentlichen Anteilen und Ausrichtungen böse. Sind sie tendenziell gut, ist auch er gut. Aber der DOM ist vor allem Macht. Dadurch, dass er Denken und Fühlen bündeln kann, ist er eben geschlechtslos und dadurch lustlos. Er hat nicht einmal Lust auf sich selbst. Er ist. Und wir haben keine Wahl, als ihn zu akzeptieren, wie er ist!"

„Das habe ich verstanden, Yukete", sagte Rolf nachdenklich, „aber ich glaube, dass das, was du gesagt hast, mehr ein Denkmodell ist. Vielleicht ähnlich wie die ganzen Gottesbeweise, die es gibt. Sag mir lieber, wie wir mit diesen Informationen diese Marie finden können."

„Ja, diese Marie scheint da eine Schlüsselfigur zu sein. Aber du hast doch diesen Beamten! In Deutschland ist doch alles irgendwie verwaltet, registriert, dokumentiert. Dein Beamter wird doch bloß in seinen Beamtencomputer gehen brauchen und das Profil von dieser Marie eingeben. Da werden sicherlich ein paar Personen eingegrenzt werden können, die für diese Marie infrage kommen!"

*

Hermann Müller machte sich nach dem Anruf dieses Psychologen sofort auf die Suche und fragte sich, warum er nicht selbst darauf gekommen war. Da sie „sagte", dass sie die Tochter Friedrich Eberts sei, konnte es natürlich sein, dass er eine Marie Ebert suchen musste. Aber es gab allein in Berlin einhundertsechsundzwanzig Frauen, die Marie Ebert hießen. Die konnte er nicht eingrenzen. Außerdem wusste er, dass diese Marie extra nach Berlin gekommen war, also hier nicht im Einwohnermeldeamt zu suchen war. Die Hotels fielen ihm ein. Aber eine Meldepflicht wie früher gab es in Deutschland nicht mehr. Jeder konnte wohnen wo und wie er oder sie wollte. Außerdem gab es in Berlin zweitausendeinhundertsiebenundvierzig Hotels. Es würde Wochen dauern, jedes einzelne Hotel nach Marie zu durchsuchen. Das Einzige, was er wusste, war, dass diese Frau nicht auf irgendeine Kreditkarte ihre Unterkunft bezahlen würde. Sie würde bar bezahlen, weil sie gar kein Konto irgendeiner Bank besaß. Das gehörte zu ihrer Vita. Vielleicht war das ein Weg, dachte er. Aber alles Analoge war, im Gegensatz zum Digitalen, eben nicht irgendwo gespeichert. Vielleicht zahlte sie ja genau aus diesem Grunde immer nur in bar, weil sie nicht gefunden werden wollte?

Er benötigte einen halben Tag, um auf die Lösung zu kommen: Hermann Müller hatte herausgefunden, dass Marie jeweils telefonisch einen Gesprächstermin vereinbaren wollte, sowohl mit Heinz Buschkowsky, also seinem Chef im Neuköllner Bezirksamt, als auch mit Klaus Wowereit, also dessen Chef im Roten Rathaus oder in Schöneberger Rathaus, je nachdem, welches Luxusbüro Bürgermeister Wowereit gerade bevorzugte.

Daher brauchte er nur die drei Telefone überprüfen. Wenn in den letzten zwei Tagen in den drei Sekretariaten zweimal dieselbe externe Nummer auftauchte, also keine aus den Ämtern selbst oder von anderen Behörden, Firmen, Presse und so weiter, dann hatte er eine Chance, darauf zu kommen, jedenfalls wurde die Auswahl eingegrenzt. Und die meisten dienstlichen Telefonnummern kannte er eh.

Er selektierte drei Kontakte zu den drei Sekretärinnen, wobei Hermann Müller, der als Beamter das natürlich nicht hinterfragen durfte, sich dennoch immer fragte, warum Klaus Wowereit zwei Sekretärinnen und natürlich auch zwei Büros benötigte. Vielleicht war er ja hier ein Ostbürgermeister und dort ein Westbürgermeister, man konnte auch sagen eine Chimäre, dachte Hermann Müller, oder ein Wechselbalg.

Zwei der doppelten Telefonate kamen von Festanschlüssen in Berlin, nur eine aus einer Pension: Das „Potsdamer Inn".

*

Marie war sich bewusst, dass die Energien der Wellen die Herde in Bewegung brachte und allmählich zu einer Absendung eines Ebers sorgte. Sie hatte keine Furcht. Sie hatte ja gerade das gewollt. Diesmal würde sie aber ihren Kampf auf einer anderen Ebene führen: Mit ihm, nicht gegen ihn. Sie würde ihn nicht töten brauchen, sie würde ihn als Medium nutzen. Er hatte sie ja auch nicht provoziert wie ihr erstes Opfer. Sie würde ihm keinen Schaden zufügen. Mein lieber Eber, dachte sie.

Aber sie kannte ihn noch nicht. Sie sah noch nicht sein Gesicht. Das Gesicht des Hermann Müller war nur der Zuträger. Er war der Mensch, der die Bewegung zu funktionalisieren hatte, ähnlich wie ein Beamter. „Aber er ist ja auch ein Beamter!" Das war ihr nicht so recht bewusst gewesen. Aber tatsächlich. Er würde sie finden und ihr den richtigen Eber zutragen.

Sie wartete nicht, sie genoss das Qi. Die Pension verließ sie nur, um sich hin und wieder Schweinehirn zu besorgen. Und natürlich viele, viele Kräuter. In Berlin gab es alles, hatte sie festgestellt. Nur weiße Trüffeln nicht, jedenfalls nicht für sie, wenn sie sie nicht selbst suchen würde, zum Beispiel im Spreewald, ganz in der Nähe. Noch hatte sie aber genug Geld, um zu leben, Schweinehirn zu essen, zubereitet auf einem kleinen Gaskocher in der Pension. Würde der Betreiber das bemerken, würde sie rausfliegen, wusste sie.

Kapitel fünf ist Yukete und Marie, mit Rolf

„Wo ist Sophie?", fragte Friedrich Ebert junior 1967 seine anderen Töchter, in Kasernenhofmanier. So aggressiv, dass seine Frau Else den Raum verließ. Sie wusste, dass er in der Lage war, seine drei kleinen Töchter physisch brutal anzugehen und psychisch in die Seelenenge zu treiben, wenn er wissen wollte, was er wissen wollte. Und das wussten auch die Töchter. Ihnen war völlig klar, dass der Vater die allumfassende Macht hatte – und nur Sophie war bisher in der Lage gewesen, dem Vater zu widersprechen.

„Sie ging zum Klo", sagten sie übereinstimmend, zwei Mädchen, acht und zehn Jahre alt, über ihre dreizehnjährige Schwester. „Und dann waren wir eingeschlafen", sagte die Ältere.

Der Bürgermeister von Ostberlin wollte die Wahrheit diesmal nicht aus seinen Töchtern herausprügeln. Er glaubte ihnen sogar. Wem er nicht glaubte, war seinen eigenen Leuten, die schleimend um ihm herumwuselten. Aber er wollte sie nicht befragen. Das hätte keinen logischen Sinn. Daher telefonierte er mit seinem Freund, dem Chef der Staatssicherheit der DDR Wilhelm Zaisser – und bat ihn um ein Verhörkommando. Es kam ein Mann namens Erich Mielke, seinerzeit Abteilungsleiter im Amt für Staatssicherheit in der DDR – und Verhörspezialist. Erich Mielke brachte sieben Mitarbeiter und einige Gerätschaften mit, die Friedrich Ebert junior nicht richtig identifizieren konnte. Aber er wollte das auch gar nicht wissen. Wissen wollte er, was seine Tochter Sophie trieb, wo sie war und warum sie verschwinden konnte in diesem Staate.

Erich Mielke und seine Spezialisten „vernahmen" dreiundzwanzig Mitarbeiter der eigenen Behörde. Es dauerte drei Tage. Dem einen wurde gedroht, dem anderen geschmeichelt, dem dritten versprochen, ungeschoren davonzukommen, wenn ...

Am Ende blieben fünf. Fünf Männer, die nichts zugeben wollten. Es half letztendlich, aus Sicht von Erich Mielke, leider nur Strom, Wasser und kleine Bohrer, die man sonst nur in Praxen von Zahnärzten sichtete.

Die sieben Verhörspezialisten neben Erich Mielke gingen nach getaner Arbeit wieder an ihren Arbeitsplatz in der Zentrale des Ministeriums für Staatssicherheit in Berlin-Lichtenberg zurück. Das war nichts als Routine für sie. Die Inhalte interessierten sie nicht, oder anders ausgedrückt: Würden sie sich für die Inhalte interessieren, würden sie selbst Opfer ihrer eigenen Praktiken werden, soweit kannten sie ihren Chef.

Aber Erich Mielke interessierte sich natürlich für diese Inhalte. Er würde sie aber nicht in allen Einzelheiten mit dem Ostberliner Bürgermeister diskutieren. Mielke hielt den Sohn des großen Sozialdemokraten der zwanziger Jahre für einen Idioten. Dessen Vater nicht.

Und das wurde nun bestätigt. Seine Verhörergebnisse erbrachten eine Reihe von Fakten, allerdings nicht die, die sich Erich Mielke inhaltlich versprochen hatte.

Seine Verhörmitarbeiter des MfS hatten folgende Fakten zusammengetragen:
1. Es gab ein vom Politbüro genehmigtes Treffen der beiden Bürgermeister von Berlin. Das wusste Erich Mielke, schließlich war er dabei. Dass allerdings die dreizehnjährige Tochter im Begleitfahrzeug mitfuhr, wusste weder das Politbüro noch der Vater.
2. Sophie Ebert galt unter allen Stasi-Mitarbeitern als Lolita. Sie hatte für ein paar Westmark diverse sexuelle Dienste geleistet.
3. Diese kleine Lolita hatte mehr oder weniger alle Stasi-Leute im Kontext des Bürgermeisters Ost erpresst. Keiner der dreiundzwanzig Männer konnte sich dem entziehen. Nicht alle hatten Sex mit ihr, aber alle wussten, dass sie Sex mit Kollegen hatte.
4. Sophie hatte allen Personenschützern des Bürgermeisters auf kleinen rosa Zetteln mitgeteilt, dass sie nicht nur ihrem Vater, sondern auch deren Ehefrauen diese kleinen Zettel zukommen lassen würde.

Sophie Ebert war in der Nacht vom 2. auf den 3. Juni 1967 nach Westberlin gefahren (worden). Die Personenschützer wussten, dass sie Sophie mit Coca-Cola und Hamburger ruhigstellen konnten, was diesmal aber offensichtlich nicht geklappt hatte.

Das allein war für Erich Mielke nicht ausreichend, das wusste er selbst.

Er aktivierte nacheinander die Schaltstellen seiner Seilschaften in Westberlin und in der BRD. Er nutzte alle seine Kontakte, die er besaß, aber es dauerte einige Monate, bis er erfolgreich war. Er hatte Sophie Ebert gefunden. In einem Puff in Westberlin, vollgedröhnt wie eine Haubitze, dachte und wusste Erich Mielke – und beließ es dabei. Die einzige Bedingung, die er den „Eigentümern" von Sophie Ebert übermitteln ließ, war, dass sie aus Berlin verschwinden musste. Weit weg, so weit, dass ihre Identität nicht mehr nachzuvollziehen war. Aus welcher Laune heraus auch immer, untersagte er eine finale Beseitigung.

*

„Du bist nicht mein Eber!", erklärte Marie sich eindeutig gegenüber Rolf, nachdem sie einem Treffen telefonisch zugestimmt hatte. „Und dich bitte ich um die Erfüllung meines Auftrages, Hermann!"

In dem Café, in dem sie sich trafen, war nicht viel los. Es war 11:00 Uhr am Vormittag, also weder Frühstücks- noch Mittagszeit. Es gab also keine Zuhörer bei diesem merkwürdigen Gespräch.

Marie hatte die beiden Männer nur durch ein Nicken begrüßt und gesagt: „Ich bin Marie. Und du bist Hermann und du Rolf. Ich kenne euch nicht und ihr kennt mich nicht. Aber wir sind uns begegnet und wir haben Seele ausgetauscht. Das passiert manchmal, du weißt es, Rolf, denn du bist ja Psychologe."

Später musste er dann sagen: „Ja, Marie, ich bin Psychologe, aber kein Eber. Was soll solch eine Ansprache? Willst du mich irgendwie beleidigen? Und wenn ja, warum?"

„Ich suche einen Freund und einen Gegner, einen, der Wahrheit erkennt. Und du bist es nicht, also kein Eber! Aber es gibt ihn in dieser Stadt!"

Hermann Müller mischte sich ein. „Ich verstehe natürlich überhaupt nichts. Was ist hier los? Wer bist du, Marie? Und warum duzen wir uns sofort? Ich bin vierundsechzig Jahre alt und solche kurzfristigen Vertrautheiten nicht gewohnt! Wir alle drei kennen uns doch nun wirklich nicht! Das ist doch verrückt?!"

Marie und Rolf schwiegen.

„Nun, was ...?", Hermann Müller hatte sich vorgestellt, dass seine verrückten Anwandlungen, die er nun seit drei Tagen hatte, mit diesem Treffen gelöst würden. Nun stellte er fest, dass genau das Gegenteil passierte. Dieser Psychologe war offenbar keinen Deut daran interessiert, seine psychische Krise zu lösen.

„Ich muss den Eber finden!", sagte Marie nach einer Weile.

„Erzähl uns die Geschichte vom Eber", bat Rolf.

Und tatsächlich, Marie berichtete. Vom Wald, von Edelpilzen und von der Konkurrenz mit Wildschweinen. Und, dass sie verletzt wurde. Sie hatte sich gerächt und den Eber getötet.

„Nun aber", sagte sie, würde sie den Eber zwar als Gegner verstehen, aber auch als Freund, als Partner. „Der Eber und ich hätten die Bewegung nicht endgültig beenden dürfen. Denn so war zwar Respekt erzeugt, zu den anderen in der Herde, aber keinerlei Seelenkontakt mehr. Hier, bei euch in Berlin ist es meist genauso. Ihr habt die Seelen sterben lassen. Ihr bewegt euch in einer Null. Ihr rechnet nicht mit euren Mitmenschen. Die Herden sind neutralisiert."

„Aber wir drei haben Seelenkontakt?", fragte Rolf und Hermann schaute zu, wie sich etwas bewegte, was er nicht verstand. Auch die Worte verstand er nicht. Irgendwie fühlte er sich wie im Tollhaus. Zu seinen eigenen Verrücktheiten kamen verrückte Personen hinzu, dachte er. So wie beim Steppenwolf von Hermann Hesse, ein verrücktes Theaterspiel. Nur, dass nun er das Opfer war, der dumme Johann. So jedenfalls fühlte er sich und konnte die Situation dennoch nicht verändern. Mal wollte er aufstehen und gehen, dann wiederum war er zu neugierig, um sich die Chance entgehen zu lassen, zu erfahren wie dieses Dramen ausgehen würde. Oder war es gar kein Drama, vielleicht eine Komödie – und lachte plötzlich.

„Ja!", sagte Marie. „Hermann. Du lachst, weil du uns und dich für verrückt hälst. Vielleicht stimmt das ja auch, wir sind aus der Welt gerückt, verrückt. Aber nicht nur Rolf und ich. Sondern nun sitzt du in unserem verrückten Boot, ob du willst oder nicht. Aber du willst es, ich spüre es, wenn du so gütig lachst. Denn du bist ein gütiger Mensch, Hermann, Herr Müller. Du hast Rückenschmerzen, weil du alle Probleme der Welt schulterst. Das machen nur gute Menschen. Du bist korrekt, nicht, weil du Beamter bist, sondern weil du eine Seele hast. Deshalb habe ich dich gefunden. Und deshalb bitte ich dich, mir Zugang zu eurem Archiv im Schöneberger Rathaus, im Roten Rathaus und zur Birthler-Behörde[33] zu verschaffen. Ich weiß, dass das möglich ist. Ich muss wissen, was der DOM treibt!"

„Der DOM??" Hermann Müllers Verwirrung war an der Grenze des hysterischen Lachens. „Der DOM?!", wiederholte er. „Wollen Sie mich verarschen irgendwie? Ist hier eine versteckte Kamera, oder so? Sie, Herr Martens, Sie sollten mir doch helfen. Ich, ich weiß nicht, was hier los ist. Das ist doch verrückt!!"

„Nein, Hermann", Rolf sprach sehr leise. „Nein, Hermann, das ist nicht verrückt. Ich werde versuchen, es dir zu erklären. Rein sachlich. Das, was wir jetzt gerade erleben, ist ziemlich ungewöhnlich, das gebe ich zu. Aber es scheint nicht verrückt zu sein, jedenfalls, wenn ich von dem ausgehe, was ich bisher weiß. Und wenn du am Ende verstehst, worum es geht, dann wird auch dein psychisches Leiden ein Ende haben. Und meins auch, denn glaub mir, mich bewegt das Ganze nicht weniger als dich!"

„Okay", sagte Hermann Müller, der Beamte. „Erklär es mir!"

Marie schwieg und schien nicht an der Interaktion beteiligt.

„Also", sagte Rolf und bemühte sich, sich richtig an Yuketes Ausführungen zu erinnern. „Die Abkürzung DOM bedeutet *Deis Omnipotate Mystica*. Der Begriff ist seit Jahrhunderten umstritten. Ins Deutsche übersetzt müsste man

---

[33] Behörde für Stasi-Unterlagen der DDR

die *göttliche und absolute Macht der Mystik* sagen. Aber das ist sehr verkürzt. Ich muss ein wenig ausholen: Kosmologisch gesehen wird ein theistischer Gottesbeweis bezweifelt, aber als grundsätzlich möglich erachtet. Und zwar nur deshalb, weil auch Kosmologen nicht wissen, was Unendlichkeit bedeutet, oder was Zeit und Raum wirklich ist. Dennoch wird in der Kosmologie eine Mystik verneint, auch wenn viele Menschen mit diesem Begriff genau das Gegenteil verbinden, nämlich kosmisch-mystische Erfahrungen. Ist aber Unsinn. Das heißt nicht, auch für Kosmologen nicht, dass es mystische Erfahrungen in der Realität nicht gibt, sondern, dass sie nichts anderes als psychische Erfahrungen sind. Die Seele macht die Mystik – oder Transzendenz bei den religiösen Vertretern der philosophischen Zunft. Dennoch wird auch kosmologisch nicht bestritten, dass es Phänomene gibt, die über die individuelle Erfahrung hinausgehen. Also, die mindestens für eine Gruppe von unabhängig voneinander lebenden Menschen erfahrbar und identisch sind. Gott, Allah, Jehova, Jahwe nennt man das in den verschiedenen Religionen. Nennt man *ihn,* denn dieser Gott ist männlich. Vor allem im Islam, aber ebenso im Christentum oder bei den Juden; nur im Hinduismus gibt es mit Shiva, neben Brahma, auch eine weibliche Göttin. Und nur Buddha ist kein Gott. Ebenso wie der DOM. Aber Buddha hatte ein Geschlecht, während der DOM nicht männlich, nicht weiblich, nicht einmal unisexuell ist. Er ist ein Phänomen, das böse ist, oder böse sein kann. Nicht der Satan, Teufel oder so, sondern ein Phänomen, das die psychischen Energien bündelt. Und je nach Ausrichtung der Menschen auf der Erde, in bestimmten Zeiten gut, in bestimmten Zeiten schlecht. Es geht nur um die Mehrheit. Die Mehrheit des Denkens der Menschen ist Objektivität. Da kann ein einzelner Mensch noch so gut sein. Wenn die Menschheit schlecht ist, sind alle schlecht, jedenfalls objektiv betrachtet. Aber Objektivität ist nicht die Wahrheit, auch wenn ein Subjekt in der Lage wäre, die Wahrheit zu erkennen! Der DOM ist kosmologisch und psychoanalytisch nichts anderes als die Spiegelung dieser Verhältnisse auf dieser Erde! Dem DOM geht es darum: Er nimmt die Dinge auf, die die Menschen denken und fühlen. Er summiert sie. Er richtet sein Gesicht danach aus. Einfach ausgedrückt: Sind die Menschen in der Mehrheit böse, ist er auch in seinen wesentlichen Anteilen und Ausrichtungen böse. Sind sie tendenziell gut, ist auch er gut. Aber der DOM ist vor allem Macht. Dadurch, dass er Denken und Fühlen bündeln kann, ist er eben geschlechtslos und in der Folge eben auch lustlos. Er hat nicht einmal Lust auf sich selbst. Er *ist.* Und wir haben keine Wahl, als ihn zu akzeptieren, wie er ist!"

„Wow, so richtig verstanden habe ich das zwar nicht, aber es tröstet irgendwie", sagte Hermann Müller, und Marie: „Wer hat das gesagt?"
„Was meinst du, Marie?" Rolf fühlte sich durchschaut.
„Du hast etwas gesagt, was nur aus deinem Mund gekommen ist, nicht aus deinem Herzen!"
„Jaaa ... Marie, du hast ein wenig recht! Ich habe das von einem Freund gelernt, der studiert Philosophie und hat mir das so erklärt. Ist das falsch?"
„Nein, Rolf, das ist nicht falsch. Wenn du es gelernt hast, stimmst du dem ja auch zu", sagte Marie. „Aber du musst wissen, dass er der Eber ist, den ich suche!"
„Yukete???", entfuhr es Rolf.
„Ja, Yukete", sagte Marie, und hatte nun einen Namen, wenn auch noch kein Gesicht, keine Seele. „Er wird mit mir die Ergebnisse besprechen, die uns Hermann aus den Katakomben der Archive bringen wird. Hermann ist der Pfadfinder für die Wirklichkeit und Yukete hat eine bessere Trüffelnase für Wahrheit! Er ist der Eber!"
„Wow", sagte Hermann Müller noch einmal und fühlte sich plötzlich ziemlich befreit. Warum, wusste er aber nicht. Jedenfalls war ihm klar, dass er sich der Bitte dieser Marie nicht versagen durfte, denn offenbar war es keine Bitte, sondern ein Befehl. Immerhin war er jetzt ein Pfadfinder, kurz vor seiner Pension. In einem verrückten Theater. Hermann Müller schwankte zwischen Zusammenbruch und Euphorie.

*

Eine kleine Nuance sei mir gestattet: Das, was sie jetzt alle über den DOM reden ist zwar sehr interessant, aber ich vermisse in der Definition mich natürlich. Sie sehen mich offenbar nicht. Ich weiß gar nicht, ob mich das traurig macht oder nicht. Ich glaube schon. Denn anders als der DOM habe ich durchaus ein Empfinden für Gefühle und auch Lust. Lust auf Leben. Es macht mir durchaus Spaß zu beobachten, wie die Menschen darum ringen, also um die Lust. Sexuell habe ich da natürlich nicht viel zu erleben. Dafür fehlen mir die entsprechenden Hart- und Weichteile. Aber Erotik finde auch ich schön. Marie zum Beispiel hat für mich eine unglaublich lustvolle Ausstrahlung. Marie gefällt mir in diesem Zusammenhang besser als Sophie. Sophie war eine pubertäre Göre. Aber Erich Mielke hätte es besser wissen müssen: Mit diesen Genen war eine Sophie nicht einfach so abzuschieben.

*

Heinrich Albertz hatte die Kurzfassung Friedrich Ebert seniors mehrmals gelesen. Er ahnte, dass viel, viel mehr dahintersteckte. Zu Anfang schien es ihm wie eine philosophische Abhandlung, ein Vortrag, den er in der Universität hätte halten können. Aber dann erlebte er den DOM. Deis Omnipotate Mystica. Eigentlich nichts wirklich Bemerkenswertes. Schon Leonardo da Vinci hatte sich mit Mystik befasst und in mehreren seiner Abhandlungen den DOM erwähnt, ebenso Immanuel Kant. Eher beiläufig, fand Heinrich Albertz. Als evangelischer Pastor hatte er natürlich ein transzendentales Erleben und kognitives Verständnis. Mystik war ihm durchaus eine reale Erfahrung und keineswegs bedrohlich. Heinrich Albertz glaubte an einen versöhnlichen Gott, einen der Allah, Jahwe, Jehuda oder sonst wie heißen konnte.

An den DOM glaubte Heinrich Albertz nicht, jedenfalls nicht als göttliche Instanz, sondern ausschließlich als Erfahrung mit menschlicher Tragweite. Friedrich Ebert senior war auf eine unglaubliche Erfahrung gestoßen, auf eine menschliche Erfahrung. Aber er traf nicht auf Gott. Heinrich Albertz konnte es noch nicht differenziert benennen. Der DOM war nicht Gott, aber er war, da hatte der alte Sozialdemokrat Friedrich Ebert recht, in metaphysischen Zusammenhängen zu betrachten. Dennoch schien er auch nicht der Satan zu sein, dachte Heinrich Albertz. Dazu war er zu differenziert beschrieben. So etwa wie Carl-Gustav Jung die Weltseele beschrieben hatte, fand er.

Vom Treffen mit dessen Sohn, seinen Amtskollegen Berlin-Ost versprach er sich Aufklärung. Heinrich Albertz ahnte, dass letztendlich dieses Vermächtnis des alten Sozialdemokraten direkte Auswirkungen auf die Politik, nicht nur des geteilten Deutschlands, sondern mindestens auf Europa haben würde. Dazu musste er aber unbedingt die Originalfassung lesen. Und Heinrich Albertz hatte sich überlegt, wie er einen älteren, kommunistischen Betonkopf, wie er Friedrich Ebert junior bisher bei den wenigen offiziellen Anlässen, die sie zusammenführten, kennengelernt hatte, davon überzeugen konnte, ihm das Original auszuhändigen, wenigstens lesen zu dürfen. Außerdem hatte er sich gefragt, warum in der Vorgehensweise des DDR-Politbüros in keinerlei Weise eine Spur dieser Philosophie erkennbar war. Sie widersprach nämlich in keiner Weise der Philosophie Karl Marx' oder Friedrich Engels. Sie kontradiktierten zwar die Vorstellungen eines Joseph Stalin, aber Heinrich Albertz hatte schon immer bezweifelt, dass Stalin überhaupt als Kommunist oder gar als demokratischer Sozialist eingestuft werden konnte.

Er lockte seinen Amtskollegen aus dem anderen Sektor mit einer Geheimaktion, um wesentliche Interessen der beiden Stadtteile zu erörtern. Das passierte hin und wieder, es gab schließlich ein paar praktische Erwägungen, die man nur über Gesamtberlin entscheiden konnte. Zum Beispiel was den Luftraum betraf, die alten Abwasserkanäle, Hitlers Tunnel unter der Stadt oder wenn die Devisen, die Bankoptionen oder auch mögliche wirtschaftliche Win-Win-Initiativen zu gestalten waren – oder politische Gefangene ausgetauscht wurden, wie zum Beispiel gescheiterte Republikflüchtlinge oder Fluchthelfer.

Das wurde jedoch meist von Delegationen der eher mittleren oder gehobenen Fachleute verhandelt.

Diesmal wollte Heinrich Albertz Friedrich Ebert junior allerdings allein sprechen. Und auch seine Mitarbeiter und Mitarbeiterinnen im Schöneberger Rathaus sollten das nicht unbedingt erfahren. Er wusste schließlich noch nicht, wie gehaltvoll der Originaltext wirklich sein würde.

Die bisherigen Treffen fanden allerdings auch immer nachts statt. Und im Geheimen, wenn auch die regierende Politik und das Politbüro informiert waren. Natürlich durfte die Öffentlichkeit, vor allem die der DDR, nicht erfahren, dass es diese Kontakte mit dem imperialistischen, kapitalistischen Feind gab.

Und tatsächlich, Heinrich Albertz stellte beim nächtlichen Treffen der beiden Bürgermeister unmissverständlich fest, dass Friedrich Ebert junior von dem Vermächtnis wusste. Ihm war offenbar bewusst, dass es da etwas gab. Und er kannte auch diese offenbar eine und einzige Kurzversion, die es aber offenbar in mehreren Abschriften gab.

Heinrich Albertz bemerkte bald, dass Friedrich Ebert junior ganz, ganz andere Interessen hatte. Er hatte auch nach dem Originaltext gesucht, lange und überall, wo sich sein Vater aufgehalten hatte. Aber, und das stellte Heinrich Albertz sehr bald fest: Friedrich Ebert hatte nichts anderes vor, als dieses Vermächtnis des Vaters einem (west-)deutschen Verlag zukommen zu lassen, als legitimer Bewahrer des Familienerbes. Natürlich gegen westliche Devisen und selbstverständlich nicht für die DDR, sondern für ihn, dem Kommunisten Friedrich Ebert junior, um vielleicht in Florida oder auf Hawaii eine andere Karriere zu machen als derzeit. Klar, ohne seine nervigen drei Töchter oder seine allzu emsige, aber psychisch abnorme Frau in Sachen Frauenmacht im real existierenden Sozialismus. Aber das sagte er selbstverständlich nicht wörtlich in Gegenwart seines westlichen Widersachers, obwohl er ahnte, dass dieser seine Gedanken erahnte. Schnell dachte er an Currywurst mit Pommes, einem kalten, westlichen Bier, das ihm nach diesem Gespräch erwarten würde, inkognito, selbstredend.

Friedrich Ebert junior wusste natürlich, dass seine Stasi-Leute das Gespräch abhörten, ebenso wie der westdeutsche Verfassungsschutz, allerdings durch eine weit ausgefeiltere Technologie, die die Deutschen von der amerikanischen NSA erhielten.

Der Ostbürgermeister wusste, dass er jedenfalls seinen Leuten die Hölle heiß machen würde, wenn sie nur ein Sterbenswörtchen irgendwohin weitergeben würden. Außerdem kannte er seine Stasi-Agenten. Er würde ihnen erzählen, dass er nicht nur einen Scherz gemacht hatte, sondern, dass er sein Gegenüber provozieren wollte. Oder irgendsoetwas. Friedrich Ebert junior hatte keinerlei Zweifel an seinen Fähigkeiten, andere Menschen von sich einzunehmen, außer vielleicht Margot Honecker, dachte er ziemlich abgenervt. Aber die konnte er ja auch nicht nach Sibirien schicken, wie notfalls seine Stasi-Leute, auch wenn er es natürlich gern würde.

Heinrich Albertz wusste selbstredend auch, dass sie nicht ganz allein waren. Aber er hatte eigentlich nichts zu verstecken. Er wollte einen Text, einen wahrscheinlich wichtigen Text, aber eben nur einen Text. Dass sein Gegenüber sich dazu hinreißen ließ, soweit aus sich herauszukommen, erschütterte Heinrich Albertz ein wenig. Er fragte sich, wie ein so dummer Mensch auf solch einen Posten geraten konnte.

*

Und das fragte sich Sophie auch!

Und ich ebenfalls!

„Zwölfhundert Seiten sollen es sein", sagte Marie. „Fast zwölfhundert Seiten über den DOM. Verfasst von meinem Großvater. Wie ich heute weiß!"

Sie hatte Rolf überzeugt, Yukete „mit ins Boot" zu holen. Hermann hatte zugesagt, den Zugang zu den Archiven zu ermöglichen, auch wenn er immer noch nicht wusste, warum. Aber Rolf hatte darauf bestanden, ein anderes Ambiente zu wählen. Er bot sich an, für die Gruppe zu kochen. Bei sich zu Haus. Es mache ihm Spaß zu kochen, sagte er. Und Yukete kannte aus Afrika einige tolle Gewürze, die er beitragen würde.

So trafen sich zwei Freunde mit zwei unbekannten Menschen. Marie, Hermann und Yukete kannten sich überhaupt nicht. Dennoch wollte Rolf, der Psychologe, dass ein Inhalt auch eine Beziehung erfordert. Egal worüber sie sprachen, es erforderte Atmosphäre.

„Was weißt du heute, und von wem?", fragte Rolf Marie nach dem Essen.

„Weil es Mbeete gibt", antwortete Yukete statt Marie.

Hermann wurde schon wieder ganz schwummerig. Dass Yukete ein so tief schwarzer Mensch war, hatte er nicht geahnt. Yukete gehörte einer kenianischen Volksgruppe an, von der man annahm, dass sie zu den afrikanischen Urvölkern gehört. Erklärte Yukete, als er in Hermanns Augen schaute, während sie sich die Hand gaben.

„Deshalb bin ich so schwarz, Hermann. Sei willkommen im archaischen Teil der Weltbevölkerung!"

Hermann lachte herzlich und die Spannung senkte sich. Sie tranken deutschen Rotwein, Trollinger mit Lemberger, und aßen Lamm mit afrikanischen Gewürzen, zubereitet von Rolf.

„Ja", sagte Marie, „es gibt einen Druiden, Mbeete, wie du ihn nennst, Yukete! Ich sprach mit ihm."

Hermann wunderte sich über nichts mehr. Langsam gewöhnte er sich an diese Gespräche.

Na also, warum nicht gleich so?!

„Was, bitteschön, ist ein Druide? Ich kenne den von Asterix und Obelix. Witzig, ja. Und ihr redet hier über einen real existierenden Medizinmann, so wie Mbeete?"

„Nein, nein", sagte Yukete, „ein Medizinmann bei den Afrikanern ist etwas anderes als ein Druide. Ein Medizinmann ist ein Arzt. Also ein Mann, der für die Bedürfnisse des Dorfes da ist. Schon auch für die spirituellen Angelegenheiten der Menschen, wie ein Priester oder Pastor bei euch Christen, aber vor allem für die therapeutischen. Ein Druide, wie ihr sagt, oder Mbeete, wie wir, dagegen ist ein Machtwesen. Vor zweitausendfünfhundert Jahren, bei den Kelten hier in Europa, waren Druiden mächtige Kämpfer. Auch sie hielten sich für Priester. Aber nur deshalb, weil mit Religion Macht ausgeübt wird. In Europa wie in Afrika! Vor zweitausendfünfhundert Jahren genauso wie heute. Bei Asterix und Obelix wurde ein netter Druide gezeigt, der Misteln suchte. Ja, in der Tat, Druiden suchten Misteln. Misteln sind ein giftiges Kraut. Auch unsere Medizinmänner suchen Kräuter, aber keine Misteln! Druiden benötigten diese Misteltinkturen, wie bei Asterix und Obelix, aus keinem anderen Grund: um Macht auszuüben. Manchmal waren diese Tinkturen schwach dosiert, manchmal riefen sie Wahnvorstellungen hervor, waren also nichts als eine Droge, und hin und wieder mussten sie wohl auch tödlich sein. Ein keltischer Druide wusste seine Macht einzusetzen. Oft sogar in Personalunion als weltlicher Führer. Das war und ist in Afrika oder in Arabien nicht wirklich anders! Auch nicht in Ostindien!"

„Ja", sinnierte Marie, „das klärt es. Danke, Yukete. Das habe ich nicht gewusst!"

„Und wir haben nun so einen Druiden unter uns?", fragte Hermann. „Einen Druiden, der was macht? Was macht er? Wo ist er? Marie, Frau Marie, Frau Ebert ... Sie haben mit ihm gesprochen? Wo? Wie sieht er aus? Was kann ich mir vorstellen?"

Der Typ nervt ja so richtig! Außerdem sammle ich keine Misteln! Ich sammle Erinnerungen!

Marie antwortete nicht. Sie konnte sich an diese Form der Interaktion einfach nicht gewöhnen, da ging es ihr gar nicht anders als Hermann Müller.

„Auf komplizierte Fragen gibt es keine einfachen Antworten!", sagte daher Rolf für sie. Und Yukete: „Ich verstehe dich gut, lieber Hermann. Das kommt dir alles wie Voodoo oder so vor. Aber glaub mir, auch wenn ich so schwarz wie die Nacht bin, bin ich auch fast so deutsch wie du. Jedenfalls kulturell und vom Denken her. Das hier ist kein esoterischer Unsinn, wie sich Rolf ausdrücken würde. Es geht um inhaltliche Fragen. Fragen, die der Großvater von Marie irgendwie beantwortet hat. Oder mindestens Ansätze gefunden hat, die fundamentalen Probleme unserer Zeit anders zu handhaben, als unsere Politiker das heute tun."

„Und daher müssen wir dieses schriftliche Vermächtnis finden", ergänzte Rolf.

„Ah ja, nun soll ich es wieder richten?", fragte Hermann.

„Genau!", stimmten die anderen fast im Chor zu.

Kapitel sechs sind Lisa, Max und Ragna, mit Marie und Yukete; der Faschist

Da sie verstand, wie die Stasi und damit auch die Birthler-Behörde funktionierte, war es ihr gelungen, ihre Akten vollständig zu vernichten, bevor sie zutage gezerrt wurden. In der Vorgängerbehörde, also als diese noch Gauck-Behörde hieß, hatte sie keine Chance. Nicht nur, weil die Erinnerungen an die Stasi-Verbrechen noch zu frisch waren, sondern auch, weil die Gauck-Behörde unter ständiger öffentlicher Kontrolle stand. Jeder Deutsche wusste, wer Gauck war und nun als Bundespräsident ist, aber kaum einer kannte nun die Birthler, Amtschefin der Behörde für Stasi-Unterlagen. Man hatte schon zu Gaucks Zeiten ausgerechnet, wie lange es dauern würde, alle Stasi-Akten auszuwerten. Man war auf ungefähr hundertachtzig Jahre gekommen, jedenfalls, wenn man die Personaldecke dieser Behörde nicht enorm ausweiten würde.

Außerdem wusste man nicht genau, wie viele der hier arbeitenden Beamtinnen und Beamten früher nicht auch zu diesen Seilschaften gehört hatten. Natürlich hatte man sie überprüft, bis ins Detail. Wenn man nichts fand, hieß das aber noch lange nicht, dass nichts zu finden gewesen wäre. Zudem war der Verfassungsschutz der BRD keinesfalls sauber. Auch er hatte Maulwürfe und Schläfer des MfS[34]. Außerdem waren westdeutsche Beamte aufgrund ihrer „westlich-dekadenten Sozialisation" kaum in der Lage, die Akten wirklich beurteilen zu können. Es gab nur etwa ein Drittel der eintausendachthundertfünfundzwanzig Mitarbeiter und Mitarbeiterinnen der Birthler-Behörde, die aus Westdeutschland stammten, und wenn, dann meist mit einem Fluchthintergrund aus der DDR. Aber weit über tausend Mitarbeiterinnen waren bis zuletzt in der DDR sozialisiert. Manche sogar ganz offen mit dem Parteibuch der PDS, der Linken, der SED-Nachfolgerin. Es war also kaum zu glauben, dass Freundschaften endeten, weil Staaten ihre Grenzen aufhoben.

Endlich, es war das Jahr 2010, kam sie direkt an ihre Akten heran. Zuvor hatte sie wenigstens dafür gesorgt, dass ihre Akte die unterste auf dem Aktenstapel blieb und nicht ausgewertet wurde. Sie hatte nun viele Jahre dieser Verschleie-

---

[34] Ministerium für Staatssicherheit

rung mit Sex bezahlt, an die Westspione. Wie seinerzeit ihre Schwester Sophie an die Ostspione.

Als Sophie verschwand, war Lisa zehn Jahre alt. Lisa hatte nicht begriffen, was da passiert war. Sophie war pinkeln gegangen und dann war sie weg. Der Vater war böse. Aber sie und ihre jüngere Schwester wussten einfach nichts anderes.

Erst viele Jahre später hatte sie begriffen, dass sie eine andere Lösungsvariante finden musste, als ihre Schwester es offenbar mit ihrer Flucht getan hatte. Das beschissene Ostmarkleben, wie sie es nannte, wurde erträglicher, wenn man Privilegien und Macht genießen konnte. Als Tochter des ehemaligen Bürgermeister Ostberlins, vor allem aber als Patenkind von Margot Honecker, der ersten Frau im Staate, standen ihr einige Türen weit offen. Und sie entschied sich für's MfS. Als offizielle Mitarbeiterin hatte sie Zugang zu westlichen Devisen, konnte reisen und ungestört Westfernsehen schauen, da es selbstredend nur darum ging, zu wissen, wie der kapitalistisch-imperialistische Feind tickt.

Ungefähr vier Jahre hatte es gedauert, bis sie allmählich begriff, was die Stärke ihrer älteren Schwester gewesen war: Der Einsatz ihres Körpers. Gleichzeitig hatte sich evident das Leben der Familie Ebert verändert. Der Vater war zur Fortbildung nach Russland gefahren, erklärte ihr ihre Patin Margot Honecker, die ja auch Ministerin für die Kinder war, wusste Lisa, nun fast genauso alt, als ihre große Schwester verschwand, im Beisein ihrer Mutter. Sie würde nun stark sein müssen. Der Vater käme bald zurück. Aber es hatte fast zwei Jahre gedauert.

Die Mutter spielte keine Rolle. Hatte sie noch nie gespielt. Sie versorgte, liebte aber nicht. Sie war irgendwie krank, fand Lisa, als sie vierzehn Jahre alt war.

Die Familie Ebert schien aus ihrer Sicht mit den Honeckers verwandt zu sein, nicht nur, weil sie Tante Margot sagen durften, wenn diese zu Besuch kam. Was ein-, zweimal im Monat der Fall war. Auch als der Vater zurückgekehrt war von seiner Fortbildung.

Der Vater hatte sich verändert. Lisa fand überhaupt nicht, dass er sich irgendwie fortgebildet hätte. Vater war ein Wrack. Ein körperliches und seelisches Wrack, fand sie. Vor der Fortbildung war er energisch, hatte sich nicht nur überall eingemischt, sondern seine drei Töchter meist ignoriert, weil er so viel zu tun hatte, aber wenn nicht, also, wenn sie ihn nervten, hatte er sie auch geschlagen. Eine Ohrfeige hier, eine dort. Und wenn er zuschlug, war es heftig, vor allem, wenn er etwas erfahren wollte. Die Mutter musste mehr leiden. Sie kam manchmal für mehrere Tage nicht aus dem Haus, weil sie sich nicht zeigen konnte.

Nur Sophie war seinerzeit in der Lage, den Vater zu stoppen. Und vielleicht hat dieser Vater auch das Verschwinden seiner Tochter Sophie inszeniert, dachte

Lisa manchmal, auf jeden Fall aber verursacht. Aber an eine Verschwörung des Vaters gegen seine pubertäre Tochter glaubte sie eigentlich nicht, obwohl Sophies Verschwinden fast zeitgleich mit dem Abdanken des Vaters als Bürgermeister stattfand.

Nun erwachsen fand sie als MfS-Mitarbeiterin irgendwann heraus, dass Sophie in Westberlin gesehen worden war, in einem Club, besser gesagt in einem Puff. Einige Monate später war sie auch von dort verschwunden. Ihre letzte Spur, hatte Lisa recherchiert, verlor sich auf dem Flughafen Tempelhof.

Lisa vermutete, dass irgendein reicher, wahrscheinlich arabischer Freier sie weggekauft hatte und sich nun in der Wüste um sie „kümmerte". Es sei ihr gegönnt, empfand Lisa doppelzüngig, denn sie hatten neben der solidarischen Schwesternschaft auch eine durchweg ambivalente Beziehung zueinander. Bei einem gewalttätigen Vater und einer psychisch kranken Mutter waren schließlich Beziehungsfallen an der Tagesordnung, auch zwischen den Geschwistern.

*

Als Lisa Ebert, die ziemlich rasch nach dem Mauerfall lückenlos vom Ministerium für Staatssicherheit (MfS) zum westdeutschen Verfassungsschutz gewechselt war, die Aktivitäten des Beamten Hermann Müller auf ihrem Monitor verfolgte, staunte sie nicht schlecht.

*

„Ich heiße Marie!", sagte Marie. „Sophie ist auf dem Flugplatz Tempelhof im Juli 1968 vernichtet worden und endgültig verloren gegangen."
 „Erzählst du es uns?", fragte Ragna.
 „Selbstredend, Wissen ist wissen! Gewissheit enttrohnt den DOM!"
 Als Marie ihren Bericht beendet hatte, war es fünf Uhr morgens geworden. Sie saßen im Hotelzimmer von Max Behrends, einer der besseren Suiten im „Hotel Adlon". Er mochte seine Luxusbedürfnisse nicht verleugnen. Sie hatten erst Rotwein kommen lassen, sie waren dann aber sehr schnell zu Tomatensaft, Tee und Mineralwasser übergegangen. Marias bilderlose Sprache war allerdings für alle gewöhnungsbedürftig. Sie sprach wie andere Briefe schreiben würden, oder wie ein Lehrbuch für angewandte Satzblockbildung.
 „Was ist mit dem Druiden?", fragte Max.
 „Druiden und Hermeneuten sind eins in der Bedeutung unseres Lebens! Der

DOM wird interpretiert, ihm aber nicht gedient", sagte Marie, „mich hat er Wald und Eber geläutert!"

„Warum macht er das?", fragte Ragna. „Er ist doch ein Produkt vom DOM!"

„Ebersamen fruchtet Frischlinge", sagte Marie. „Des DOMs Samen setzt keine Identität. Der DOM ist in seiner Genetik unimorph, die Dompteure Sophies gaben ihr keine Identität ins Leben, sie gaben nur Leben, fieses Leben, erst einmal! Der Vater, die Stasi und die Loddel! Nur der Eber und der Druide sanfteten es in ‚auf nach Berlin'!"

„Und nun möchtest du dich rächen, die Dompteure am liebsten vernichten?", fragte Max.

„Rachegelüste sind ein fieses Pack, sie kreuchen und fleuchen im Moos bis es braun wird!"

Vom Eber hatte Marie bis dahin noch nichts berichtet, tat es aber jetzt, und von ihrer Odyssee dies- und jenseits der Längengrade durch Deutschland. Und davon, dass das Moos in ihrem Haus immer grün geblieben war, aber welkte, als sie den Eber getötet hatte.

*

Sie konnten anschließend zum Frühstück gehen. Im Adlon nicht ungewöhnlich, dass es auch Gäste gab, die mehr oder weniger nicht dort wohnten. Ragna hatte sich selbstverständlich im „Ramada", dem jüdischen Hotel in Berlin, eingemietet. Und Marie wollte sich keinesfalls von Max bezahlen lassen. „Prostitution ist immer endlich!", hatte sie Max gesagt, als er ihr ein Appartement im „Adlon" anbot.

*

Ragna war sehr nachdenklich geworden. Sie hatte die Warnung des DOMs noch immer gegenwärtig und sagte es laut: *„Ich setze euch davon in Kenntnis, dass der DOM existiert. Deis Omnipotate Mystica! Ihr beide habt in der letzten Nacht etwas wahrgenommen, was ihr nicht wahrnehmen durftet. Das hat Folgen für euch beide. Ich muss euch ernsthaft warnen! Euer Es, das euch nun absichtslos erweitert wurde, wird euch Entwicklungsleistungen erlauben, die ihr zwar nutzen könnt, aber ontologisch mit Vorsicht zu gestalten sind, wenn Geist, Raum und Zeit nicht im Einklang sind! Ich werde euch rufen, wenn ihr gebraucht werdet!*

Das, Max wirst du nicht vergessen haben!"

„Ansprache des Druiden?", fragte Marie, offensichtlich überrascht.

„Nein, Marie", sagte nun Max ebenso erstaunt. „Den Druiden kennen wir nicht. Wir wissen zwar, dass es ihn geben muss, jetzt, wo wir mehr Informationen haben. Aber wir dachten immer, es wäre der DOM selbst."

„Ja, und es war das erste und allerletzte Mal, dass er mit uns überhaupt gesprochen hat – und dass durch den Mund eines evangelischen Pastors, wenn man mal von einigen Turbulenzen in unserem Leben absieht, wie ich von Max weiß, auch sogar wörtlich zu nehmen", ergänzte Ragna. „Aber richtig kausal lassen sie sich weder auf den DOM noch auf den Druiden zurückführen."

„Turbulenzen, die ich auf meinen vielen Reisen per Flugzeug erlebt habe, vielleicht war es aber auch nur Einbildung, so nach dem Motto – je näher dem Himmel …" ergänzte Max, „aber Turbulenzen in unseren Lebensprozessen waren es allemal, ohne irgendwelche Einbildungen!"

„Es ist mit mir identisch zu identifizieren!", ergänzte Marie kompliziert.

*

Müde gingen sie ihrer Wege. Sie hatten sich bis zum Mittag in der Frühstücks-Lounge des „Adlon" aufgehalten und ihre Erfahrungen mit dem DOM und dem Druiden ausgetauscht. Sie hatten keine Ahnung, warum es hier eine so klare Grenze gab. Zwischen dem DOM und dem Druiden, zwischen Max und Ragna und Marie. Aber offenbar kamen sie nicht viel weiter. Sie hatten ganz und gar unterschiedliche Biografien vorzuweisen, aber sie waren dennoch durch und durch symmetrisch in ihrer Flucht vor der eschatologischen[35] Dimension des DOMs.

„Das Sein des Ebers", sagte Marie.

„Den ontologischen Philosophen?!", interpretierte Ragna, die ja selbst ein solches Diplom hatte.

„Lass uns mit deinem Yukete sprechen, Marie. Vielleicht auch mit Rolf und Hermann, von denen du uns berichtet hattest! Und jetzt bin ich verdammt müde!", schloss Max ihre Zusammenkunft bis auf Weiteres.

*

Lisa war es eine Wonne, als sie ihre Akte Seite für Seite in den Papierschredder

---

[35] Eschatologie = Endzeiterwartung

steckte. Niemand sollte wissen, was sie zwischen 1985 und 1989 wirklich getan hatte.

Und sie spürte, dass die Geschichte, ihre Geschichte, die ihrer Familie, noch lange nicht beendet war. Hermann Müller hatte bei ihr ein merkwürdiges Geschmäckle, so dachte sie, eine olfaktorische Instinktwahrnehmung erzeugt, ohne, dass sie wirklich wusste, was sich da abspielte. Aber so war es immer. Bei der Stasi und beim Verfassungsschutz. Bei der Kriminalpolizei sagte man: kriminalistische Intuition. Bei den Geheimdiensten gab es zwar keinen äquivalenten Begriff dazu, aber dennoch zählte immer die Nase des Agenten, um feindliche Spione zu identifizieren. Jedenfalls glaubte Lisa das sehr deutlich und hatte auch eine Reihe von zutreffenden Erfahrungen dafür.

Nun, bei diesem Beamten roch sie Verrat. Er hatte Zugang zu drei Archiven vorbereitet. Zur Birthler-Behörde, zum Archiv des Roten und zum Archiv des Schöneberger Rathauses. Er beantragte in drei Archiven Zugang, die ihm aufgrund seiner beruflichen Stellung wohl auch gewährt würde, würde Lisa nicht einschreiten, was sie aber selbstverständlich erst einmal nicht beabsichtigte. Warum tat ein älterer, wahrscheinlich langweiliger Beamter des gehobenen Verwaltungsdienstes das, fragte sich Lisa, vielleicht in der Tat, weil er nur ein gelangweilter Beamter war, der irgendein Hobby hatte, das ihn in die Archive trieb? So richtige Agententätigkeit schien es ihr auch nicht zu sein. Die Archive waren zwar nicht für jeden Bürger zugänglich, aber auch nicht wirklich geheim. Wie zum Beispiel ihre Papiere in der Birthler-Behörde. Ihr selbst konnte dieser Hermann Müller aber nicht mehr auf die Schliche kommen, obwohl sie auch nicht hundertprozentig sicher sein konnte, dass es keine Kopien ihrer Akten gab.

Aber der „Modus operandi" fehlte. Lisa hatte mit diesem Hermann Müller nichts zu tun. Sie kannte ihn nicht, jedenfalls nicht persönlich, und er kannte sie überhaupt nicht. Sie kannte seine Vita, weil das ihr Job war, alles über alle Mitarbeiter und Mitarbeiterinnen des Rathauses zu wissen und sie im Auge zu behalten. Er war, wie jeder andere Beamte des Neuköllner Bezirksamtes, für das sie unter anderem zuständig war, nichts anderes als ein Klient. Sie überprüfte ihn, wie jede und jeden Mitarbeiter des Neuköllner Rathauses und anderer Ämter des Bezirkes routinemäßig. Bisher gab es keinerlei Auffälligkeiten. Aber hier und jetzt zeigte Hermann Müller etwas, was nicht in sein Profil passte. Sie würde herausfinden, warum!

*

Yukete sagte: „Hapana!³⁶"

Er verweigerte sich, mit Menschen zu sprechen, denen offenbar nicht bewusst war, auf welchen Wegen sie sich befanden. Es mochte sein, dass, außer Hermann Müller, die ANDEREN Erfahrungen mit dem DOM oder dem Druiden hatten. Er wusste es nicht. Der DOM und die Druiden waren für ihn nicht nur philosophisch-wissenschaftliche Objekte, Feldstudien, sondern lösten auch emotionale und spirituelle Erkenntnisse, Ängste und Warnsignale aus.

Das Einzige, was er sich vorstellen konnte, sagte er seinem Freund Rolf, war, dass er mit Marie allein sprechen würde. Wenn er sich überhaupt hier einmischen würde, dann musste er ihre Motivation, vor allem die dieser Marie kennenlernen, denn er kannte nicht einmal seine eigene und irgendwie gab es überhaupt kein Ziel, fand er. Was sollte dieser ganze Aktivismus bloß?

Er selbst würde niemals, sagte er seinem Freund, niemals sein Volk, seine Familie oder sich gefährden, in dieser Reihenfolge, wenn er nicht wusste, wozu, mit welchem Ziel und Zweck. Yukete sagte seinem Freund, dass er vom DOM wusste, aber keine Beziehung zu ihm hatte und auch nicht haben wollte.

„Ich bin die Maus, die die Katze noch nicht entdeckt hat", sagte er zu Rolf. „Und das soll auch so bleiben!"

„Sprich mit Marie!", sagte Rolf. „Und wenn du willst, eben allein! Anschließend sehen wir weiter!"

*

Sie trafen sich im Spreewald. Marie hatte darum gebeten und Yukete hatte keine Einwände. Im Gegenteil. Nachdem sie sich kurz vorgestellt hatten, waren sie zwei Stunden nebeneinander hergegangen, ohne auch nur ein Wort zu sagen. Und ohne, dass es einen von ihnen unangenehm war. Sie spürten sich.

„Weiße Trüffel!", sagte dann Marie plötzlich.

„Hier? Du riechst sie?", fragte Yukete.

„Dort!", sagte sie und zeigte auf ein Stück Waldboden neben einem vermoderten Baumstumpf.

„Und dort und dort!", wies sie Yukete an, der mit seinem Schweizer Taschenmesser die Oberkante des Waldbodens löste. Yukete holte drei faustgroße Trüf-

---

[36] Nein auf Swahili, der Sprache in Kenia

felknollen aus den Waldboden und fragte Marie: „Essen wir diese oder brauchst du sie, um dein Hotelzimmer zu bezahlen?"

Marie lachte, das erste Mal in ihrem Leben, jedenfalls soweit sie sich erinnern konnte.

Sie einigten sich darauf, erst einmal ein paar Zutaten einzukaufen und dann in Yuketes kleine Wohnung im Wedding gemeinsam zu kochen und nebenbei über das zu reden, weshalb sie zusammengekommen waren: Dem Vermächtnis Friedrich Ebert seniors, das sie noch immer nicht im Detail kannten.

Das, was dann aber tatsächlich passierte, hatten sie in keiner Weise geplant oder überhaupt gedacht, dass es passieren könnte: Denn nach einem ausgezeichneten Pilzessen, das sie gemeinsam und wiederum fast ohne Worte zubereitet hatten, hatte die sechzigjährige Marie das erste Mal mit einem Mann, einem jungen Mann aus Afrika und dem ersten schwarzen Menschen, den sie in ihrem Leben gesehen hatte, zärtlich-temperamentvollen, impulsiv-erotischen, drängend-sensuativen, also, kurz gesagt, echten Sex. Denn die Freier ihrer Jugend in Westberlin und Passau zählten ebenso wenig wie die Stasi-Leute aus Ostberlin, an die sie sich aber nicht erinnern konnte und wollte, denn bei all diesen war der Name der Sexualität heroinsüßliche Gewalt und wodkaklebrige Brutalität ...

*

Im Mai 1945 war die Welt zusammengebrochen, die Zeit war abgelaufen, die Räume implodierten.

Im Mai 1945 erhob sich die Welt wie Phönix aus der Asche, eine neue Zeitrechnung begann und jeder Mensch, der übrigblieb, fand einen Platz, erst zwischen den Ruinen, dann in der Wirtschaftswunderwelt.

Jeder Mensch. Auch *die* Menschen fanden einen Platz, deren Welt zusammengebrochen, deren Zeit abgelaufen war und deren Räume eigentlich nichts anderes sein dürften als eine Zelle in einem Gefängnis.

Deren gab es zwar viele, aber eine besondere Spezies waren die Juristen. Diese hatten das Recht gebrochen. Die Gerechtigkeit brechen sie noch immer, weil das Recht nichts mit Gerechtigkeit zu tun hat, aber eins war vor und nach 1945 gleich: Juristen befolgten das Gesetz. Das Gesetz, die Gesetze, das Gesetzte. Vom Führer gesetzte Maßstäbe zum Beispiel der Rassenhygiene, der Ausrottung unwerten Lebens oder der Bekämpfung von Volksschädlingen. Hätte es ein Gesetz der Rache gegeben, hätten sie auch das befolgt, nein, nicht nur befolgt, sondern auch durchgesetzt. Aber wahrscheinlich gab es das sogar, obwohl es nicht so verschriftlicht war. Eine zweite Spezies, es gab dabei Symbiosen zu den Juristen, waren die Beamten, die nämlich genau diese Gesetze, die sich daraus abzuleitenden Verordnungen, Richtlinien, Handlungsanweisungen an die Angestellten, Arbeiter und Handlanger, umzusetzen wussten. Dazu gehörten dann natürlich auch die verlängerten Arme der Exekutive, GeStaPo[37], SS[38] oder das sogenannte Reichssicherungshauptamt[39].

Politiker wurden allerdings nicht mehr benötigt, denn Politiker sind Menschen, die die Struktur, den Prozess und die Inhalte eines Gemeinwesens steuern. Und dieses Steuer hatten nun, 1945, die Siegermächte übernommen, die politischen Führer wurden ausgetauscht.

Die Juristen und die Beamten hingegen blieben, weil sie gebraucht wurden. Die Siegermächte hatten im Potsdamer Vertrag im Mai 1945, aufgrund ihrer Erfahrungen aus dem Versailler Vertrag[40], sehr viel vorsichtiger agiert, um Deutschland nicht wieder zur aufbäumenden Gegengewalt anzustiften. Und eben dazu wurden Funktionäre benötigt, Funktionäre, die funktionierten und davon etwas verstanden: Juristen und Beamte.

Und je höher die Alliierten in der Hierarchie dieser beiden Kategorien Personalentscheidungen zu treffen hatten, desto mehr wurden die Augen zugedrückt bei der Frage der Entnazifizierung.

Was heute viele Menschen nicht wissen oder nicht wissen wollen, ist die Tatsache, dass die gehobenen und höheren Leitungskräfte dieser beiden Spezies zu 80% aus Arschkriechern, reinen Faschisten und/oder kranken Sadisten zusammengesetzt war. Anders wäre ihnen in der nationalsozialistischen Exekutive kaum eine Karriere gelungen, denn ihre Führer waren ja keine anderen Charaktere.

„*Kaum*" und „*80%*" sind dabei die Stichworte, die für diese Abhandlung von Bedeutung sind. Denn offenbar gab es eine Minderheit, die weder Arschkriecher,

---

[37] Geheime Staatspolizei
[38] SturmStaffel (Adolf Hitlers)
[39] zuständig z.B. für die Organisation der Konzentrationslager
[40] Der am 7. Mai 1919 abgeschlossene Versailler Vertrag der Siegermächte malträtierte Deutschland nach dem Ersten Weltkrieg derart mit Reparationszahlungen, dass der Zweite Weltkrieg unausweichlich wurde.

Faschisten oder Sadisten waren und dennoch Karrieren in diesen Verwaltungsorganen der NSDAP machten. Bei den meisten dieser Minderheit handelte es sich um „*Geborene*". Also um Menschen, die aufgrund ihrer Herkunft so wichtig für die Nazis waren, dass man sie für solche Aufgaben zu gewinnen trachtete, ohne sie zu genau auf die richtige (nationalsozialistische) Gesinnung zu überprüfen. Zum Beispiel entfernte Verwandte der Krupp- oder anderer Industrie-Dynastien oder aristokratische Abkömmlinge, zum Beispiel der Welfen oder Habsburger, die allein durch ihren Habitus das Germanische an sich subsummierten[41].

Dann blieben noch immer exekutive Fachleute über, die keine dieser Kategorien erfüllten. Fachleute eben, die ihr Fach verstanden und auch deshalb sowohl für die Nazis als auch für die Siegermächte nach 1945 unentbehrlich waren. Sie verstanden einfach ihr Fach wie kein anderer. Sie waren und sind in der Lage, vorgegebene Strukturen derart mit Leben zu füllen, dass sie den Zielvorgaben nicht nur hundertprozentig entsprachen, sondern in der Lage waren, die Systeme zu verbessern, auszubauen, in innovative Prozesse zu begleiten. Viele von diesen Menschen unterließen diese kreative Form der Aufgabenbewältigung, weil sie eigentlich nicht gesinnungskompatibel waren, sondern aus anderen Motiven handelten. Fachleute, hochbegabte und daher komplizierte Persönlichkeiten eben, auf die niemand verzichten kann, damals nicht, nach 1945 nicht und heute ebenso wenig.

Und einige wenige von diesen, vielleicht gab es auch unter den „Geborenen" welche, suchten nach Möglichkeiten, nicht nur zu funktionieren, sondern doch ein wenig gegenzusteuern zum faschistischen Mainstream, wo es aus ihrer Sicht erforderlich war, aus sicher sehr unterschiedlicher Motivation heraus.

Ähnlich wie ein gewisser Herr Schindler dies in der Wirtschaft betrieb. Diese wenigen Köpfe in allen Hauptverwaltungen vor und nach Kriegsende beziffern wir auf rund sechshundert in Deutschland und Österreich. Das ist viel und wenig zugleich. Ein sehr geringer Anteil im Vergleich zu den kranken, faschistoiden Persönlichkeiten[42], die die Grundstruktur dieser Ausführungsorgane der Justiz und Staatsführung absicherten. Viel aber, wenn wir uns anschauen, dass es Menschen gab und gibt, die in den unterschiedlichen Systemen Charakter zeigten und zeigen.

---

[41] siehe auch Stephan Malinowski, „Vom König zum Führer", 2004
[42] siehe Max Horkheimer, Erich Fromm und Herbert Marcuse, „Die autoritätsgebundene Persönlichkeit", Paris 1936

Diese Tatsache verdankt der DOM seine Kontraindikation, die ihn bereits einmal in seiner Geschichte zum Scheitern gebracht hatte: Omnipotate bezieht sich nur auf die Masse, nicht auf das Individuum.

Alle jedoch wurden dann irgendwann mit dem gleichen Maß behandelt, Charakter oder faschistoide Zecke, alle systemerhaltenen Funktionäre wurden „über einen Kamm geschert".

Richard Hanewein wusste das. Noch mehr, als er im Reichsicherungshauptamt das erste Mal mit dem DOM konfrontiert wurde.

Sie hießen Koch, Müller[43], Dr. Mengele oder Dr. Eisele[44], vor allem aber Menschen wie Schmidt-Klevenow[45], die der DOM sprechen ließ. Richard Hanewein hatte in seiner Analyse der Persönlichkeiten registriert, dass diese Menschen eine grundlegendere Handlungsbasis zeigten, als all die kleinen, kranken Faschisten, die sich im Reich und vor allem an Haneweins Arbeitsplatz, dem Reichssicherheitshauptamt, tummelten. Zu diesen zählte er übrigens auch einen Adolf Hitler, Hermann Göring oder Heinrich Himmler. Aus der oberen Führungsriege schienen Hanewein nur Reinhard Heydrich und Adolf Eichmann zur ersten Kategorie anzugehören, vom DOM gesteuert, fand er, sicher war er sich aber nicht. Er war sich eigentlich Ende der dreißiger Jahre des zwanzigsten Jahrhunderts über nichts sicher und hatte erhebliche Zweifel gegenüber seinen eigenen Wahrnehmungen und Schlüssen, die er daraus zog. Aber er hatte eine unzerstörbare Motivation, seine Stellung in der gehobenen Leitungsebene des Amts zu nutzen, um „Sand im Getriebe dieses Staates zu sein, kein Öl"[46].

Hanewein, der selbst aus einer Industriellen-Familie stammte, hier allerdings immer das schwarze Schaf der Familie war, hatte alles an Literatur verschlun-

---

[43] Lagerleiter der KZs Auschwitz und Buchenwald

[44] Lager„ärzte" in den KZs Auschwitz, Buchenwald, Mauthausen und Natzweiler

[45] Fachgebietsleiter im Reichssicherheitshauptamt, zuständig für die Ausrüstung der Lager und der wirtschaftlichen Absicherung durch z.B. Verwertung von Arbeitskraft der Insassen, aber auch dessen Eigentum, von Schmuckgegenständen (Goldketten, -ringen pp.) bis hin zu Schuhen oder Bekleidung; er errichtete eine Brigade aus ukrainischen Hilfsaufsehern, sog. Trawniki, die ausschließlich darauf spezialisiert waren, Goldzähnen der vernichteten (vergast, erschossen, verbrannt) Insassen zu suchen, herauszubrechen und der „wirtschaftlichen" Unterhaltung der KZs zuzuführen.

[46] frei nach Günter Eich, geschrieben in russischer Kriegsgefangenschaft 1945

gen, die mittlerweile auf dem Scheiterhaufen der Nazis gelandet war, Karl Marx zum Beispiel, aber auch Sigmund Freud, Kurt Tucholsky, Bertolt Brecht oder Thomas Mann.

Diese intellektuelle Auseinandersetzung mit den Lebensbedingungen in Deutschland und Europa hatte bei ihm nicht nur eine humanistische Weltsicht hervorgebracht, sondern eben auch jene Strategie, die Schaltzentralen der Macht aufzusuchen, um ein paar kleine Hebel im Verborgenen umzustellen.

Dabei hatten ihn natürlich besonders die streng geheimen Dokumente interessiert, die hier im Archiv des Reichssicherheitshauptamtes vergraben lagen. Und eins davon, ein Dokument, fast tausendzweihundert Seiten stark, das hier als streng geheim und verschlossen archiviert war, fand bei seinem Studium der geheimen Unterlagen sein besonderes Interesse. Hier hatten nur Heinrich Himmler, Adolf Hitler und Hermann Göring Zugang (aber z.B. kein Schmidt-Klevenow, wie er wusste) und die Macht, all diese Verschlusssachen zu öffnen. Aber Richard Hanewein war nicht auf den Kopf gefallen, sondern wusste als Fachgebietsleiter des Amtes natürlich sehr genau, wie er solche Barrieren umgehen konnte.

Er studierte das Manuskript, nachdem er es in mühevoller Kleinarbeit über ein ganzes Jahr hindurch nach und nach mit einer Kamera abgelichtet hatte und erstaunte zunehmend über die Tragweite dieser offenbar wirtschafts- und sozialwissenschaftlichen Abhandlung, auch wenn ihm einige Begriffe, die er las, unbekannt schienen. Und deutlich wurde ihm ebenso, wie sehr ein Hitler, Göring oder Himmler (aber auch ein Stalin, hätte er davon gewusst), daran interessiert sein mussten dieses Papier zu vernichten. Da aber in den Hirnen dieser drei Oberfaschisten nicht alle Synapsen am richtigen Ort waren, vermutete Richard Hanewein, war auch dieser Widerspruch typisch für diese kranken Seelen: Sie verwahrten das Manifest ihres größten Feindes, wahrscheinlich, um ihm zu zeigen, wer die wirkliche Macht ist. Später im Studium des Manuskriptes stellte er allerdings fest, dass auch diese neurotische Dynamik von Friedrich Ebert vorausgesehen wurde. Der DOM hatte diese Entscheidung veranlasst, der DOM, der nicht gut war, nicht schlecht, sondern nur der Spiegel dieser Welt – er spiegelte daher die Faschisten ebenso wie das historische Gedächtnis der Menschen. Was wiederum einzelne Menschen nutzten, um die künftige Menschheit an diesem Gedächtnis teilhaben zu lassen.

Sicher war sich Hanewein, dass er den DOM erlebt hatte, und zwar schon vor seiner Lektüre Friedrichs Eberts.

Immer wieder hatte er darüber nachgedacht, sich die Fachliteratur Sigmund

Freuds und Carl-Gustav Jungs zurate geholt, bis ihm allmählich klar wurde, was sie zu bedeuten hatte. Er selbst würde den Raum des DOMs nicht verlassen können. Er selbst war das Individuum, das sich auf das Böse eingelassen hatte. Es würde kein Entrinnen geben. Auch wenn er als Jurist im Reichssicherheitshauptamt durchaus an manch einer Stellschraube im Apparat die Richtung in die eine oder andere individuelle Lebensrettung eines der vielen verfolgten Menschenleben hatte treffen können. Es enthob ihn nicht von der Verantwortung des Gesamten, denn er fuhr dennoch auf den Schienen der Macht. Und der DOM war nicht bereit, ihn da herauszulassen. Seine Existenz war unabänderlich mit den faschistischen Mächten der Nazis verbunden, welche Räume er auch immer betreten würde, welche Gänge und Balkone er betrat, wie immer er versuchen würde, die Zeit zu dehnen, die Wände einzureißen, sie würden nicht nachgeben und die sichtbaren Ausgänge blieben für immer belegt, nämlich mit den Leichen der Konzentrationslager, die weder ein Schindler noch ein Hanewein hatte retten können.

Im Wissen um diese Zwangsehe mit dem Bösen, gestaltete er und seine französische, jüdische Frau, die er erst nach dem Krieg kennengelernt hatte, den Boden für einen Menschen, der die Chance bekommen sollte, Richard Haneweins Leben zu leben, wie er es eigentlich immer wollte. Da sie keine eigenen Kinder bekommen konnten, sollte es ein Mensch sein, der aus einem genetisch unbelasteten Zweig der Menschheit kommen sollte, hatten sie entschieden – auch im Bewusstsein, hier einen merkwürdigen Spagat zu absolvieren: Der Mensch ist nicht allein die Summe seiner Lebenserfahrungen, sondern auch die seines Zustandes a priori. Und dass mit der Herkunft war natürlich auch zweischneidig: Auch die Nazis waren schließlich überzeugt, über die Genetik zu herrschen.

Aber Francine und Richard hatten andere Beweggründe: Sie wollten die Wiedervereinigung, die Vermischung der Rassen. Sie wollten einen Neubeginn der multikulturellen, multisoziologischen und multigenetischen Existenz. Sie wollten die Menschheit an sich entnazifizieren, entfaschistoieren. Homo Sapiens sollte wieder diese Erde, Fauna und Flora schützen, erhalten und als Idee des Seins begreifen.

Dabei gab es nicht viele Möglichkeiten. Sie dachten über einen Menschen aus den Reihen der australischen Aborigines nach, über die Urmenschen in den brasilianischen Regenwäldern und über Ureinwohner der arktischen Gebiete, weithin Eskimos genannt. Final entschieden sie sich aber für einen Menschen aus den Stämmen in Mittel-West-Afrika, schließlich war hier die Wiege der Menschheit. Gleichzeitig überließen sie die individuelle und geschlechtliche

Auswahl dem Zufallsprinzip der Patenschaft über die Hilfsorganisation „Ärzte ohne Grenzen".

Als sie wussten, wie das Kind hieß, dessen Pate sie geworden waren, nannten sie ihr Projekt „Yukete-Stiftung", dessen Kapital nur diesem jungen Mann zur Verfügung gestellt werden sollte. Außer Bildung stellte das Ehepaar mit Wohnsitz im niedersächsischen Lüneburg keinerlei Bedingungen an den Menschen Yukete und seine Familie. Als Gegenleistung waren sie überzeugt, dass Bildung die einzige Nachhaltigkeit war, die das Vermächtnis des alten Friedrich Ebert operationalisieren konnte.

Und sie gaben Yukete eine wahnsinnige Verantwortung, wie sie selbst fanden. Er sollte eben jenes Vermächtnis Friedrich Eberts erben, nämlich die Original-Fotografien, die Richard Hanewein seinerzeit aus den geheimen Archiven der Nazis erstellt hatte. Andere Kopien gab es nicht, wussten die beiden Haneweins. Nur drei Kurzfassungen waren nach 1925 in den Umlauf gekommen, hatte Richard Hanewein recherchiert, ohne Kenntnis, wo diese abgeblieben waren.

Yukete sollte diese Verantwortung aber erst übernehmen, wenn die Zeit und der Mensch Yukete dafür reif waren. Richard Hanewein und seine Frau wussten, dass es erst nach ihrer Zeit sein würde und sie stellten die Weichen der Zukunft. Friedrich Ebert hatte in Unkenntnis der Personen das Ehepaar Hanewein angewiesen, wie solche Weichen zu stellen waren, sodass der DOM davon keine Kenntnis erhielt: Yukete musste selbst initiativ werden, erst dann würde er die Dokumente erhalten. Sie waren überzeugt, dass jener Yukete, den sie nicht wirklich und schon gar nicht persönlich kannten, diesen Erkenntnisgewinn erzielen würde. Wenn nicht, war die Zeit, die Welt, nicht reif für ihre Idee.

Wie wir aber nun wissen, ist der DOM nicht der Druide. Und wenn auch dem DOM, dem Druiden kann Mensch nichts verheimlichen!!

Kapitel sieben sind Ragna, Yukete und Sophie

Ragna Hirsch geborene Sagel hatte in Israel den Talmut studiert, den französischen Juden Claude Hirsch geheiratet, keine Kinder von ihm bekommen, weil er ein Egomane mit Sonderzeichen war, dessen Gene sie nicht weitergeben wollte. Er wusste nichts davon, jedenfalls bis zum Tag, als sie die Scheidungspapiere in der Hand hatte. Er hatte dennoch nichts begriffen und sich eine neue, kleine Jüdin angeschafft.

Ragna schrieb über Sera'im[47], Mo'ed[48], Nesikin[49], Kodaschim[50], Teharot[51] und vor allem Naschim[52], was ihr einen Professorentitel der Universität Jerusalem einbrachte und ein Konto mit rund fünfzehn Millionen Schekel[53].

Ragna war sehr, sehr müde.

Während des Gesprächs mit ihrem „alten Freund" Max Behrends und Sophie Ebert, alias Marie, war sie mehrmals eingeschlafen, auch wenn die beiden anderen das nicht bemerken konnten. Ragna hatte ihre Gesichtszüge im Griff, wach oder in Trance.

Als sie in Berlin angekommen war, offenbarte sich ihr ein Geist, der ihr sagte, nur Naschim ist noch wichtig für sie, das Frausein. Nun, mit fast sechzig Jahren, waren die Saaten der heiligen Berge in Jerusalem, die Festtage der Beschneidung, die Reinigung durch geschächtetes Fleisch keine heiligen Dinge mehr, sondern nur noch – zwar historisch verständlich, aber dennoch – wirres Zeug.

Naschim kann ihr nicht genommen werden, in welchem Glauben, in welcher Kosmologie auch immer. Sie war eine geborene Jüdin, eine konvertierte Christin, eine rückkonvertierte Jüdin und eine jüdische Professorin für ebensolche jüdische Philosophie, in dieser Reihenfolge. Und nun, mit ihrem ersten Schritt auf den Boden Berlins seit 1967, war sie nur noch Naschim, Frau, und wurde

---

[47] Saaten, Samen
[48] Festzeiten, Festtage
[49] Schädigungen
[50] Heilige Dinge
[51] Reinigung
[52] Frauen
[53] israelische Währung

sich bewusst, dass sie auch einen weiteren letzten Schritt tun musste, den in die atheistische Schuld.

Der DOM hatte sie weitestgehend in Frieden gelassen, von ein paar Turbulenzen, wie es Max nannte, abgesehen. Diese hatten sich aber durchaus in einem philosophischen Kontext bewegt, fand sie, jedenfalls bis jetzt. Der DOM war ihr bis zu diesen dreißig endlichkeitssignifikanten Tagen vor Berlin in etwa so präsent wie Abraham. Alles schien sich immer nur um irgendeinen Urvater zu drehen. Dabei war sie Naschim, die Blüte des Seins, was der DOM auch immer bestätigt hatte. Bei allen Turbulenzen hatte sie ihn auch als so etwas wie Geborgenheit identifiziert, wahrscheinlich deshalb, weil sie sich auch immer mit der jüdischen Opferrolle identifiziert hatte, der DOM also keine Angriffspunkte der Schuld bei ihr fand.

Diese Geborgenheit verlor sie ein erstes Mal bei ihrer Scheidung, nicht der Scheidung wegen, sondern, weil sie alle Freunde verlor, sogar die Kolleginnen und Kollegen in der Universität verstanden nicht, wie sie einen Claude Hirsch hatte verlassen können. Denn Claude war nicht nur Egomane, sondern vor allem Charmeur in allen Kategorien und hatte alle ihre bislang gemeinsamen persönlichen Beziehungen auf seine Seite gezogen. Seither hielt sie nichts mehr in Jerusalem, nicht einmal in Israel und sie hatte die Emeretierung[54] von der Universität beantragt, kurz bevor sie sich auf den Weg nach Berlin machte.

Ragna hatte verstanden, dass der DOM bei Max eher physikalische Phänomene auslöste, bei ihr eine Beziehungsfalle nach der anderen.

Die Druidin kannte sie in der Tat nicht, aber sie befand sich in ihr, in ihrer Geschichte, die mit dem Berlin, dem Rathaus Schöneberg, begann. Der zweite und endgültige Verlust ihrer bisherigen Welt durch den DOM passierte eben durch jenen Schritt, in Berlin dem Ruf zu folgen, denn nun wusste sie, dass es der Ruf der Druidin war. Und diese hatte offenbar das gleiche Problem wie sie: Die Druidin lebt in einer Beziehungsfalle mit dem DOM. Sein und Prozess, Realität und Gefühl, Sinn und Ethik widersprechen sich.

Ein leiser Hauch und der Falkplan von Berlin zeigte ihr den Weg vom Adlon, in dem sie viele Stunden ziemlich ergebnislos mit Sophie und Max gesessen hatte, in den Grunewald.

Ragna wusste nicht wirklich, warum sie gerufen wurde. Sie hatte sich wie selbstverständlich, immerhin nach vier Wochen Bedenkzeit, ebenso wie Max,

---

[54] Abberufung aus der Professur

darauf verlassen, dass der Ruf, der sie und Max erreicht hatte, dem angedrohten Befehl des DOMs von 1967 gleichkam. Mit entsprechenden Konsequenzen, wenn sie dem nicht Folge leisten würden. Da war sie sich mit Max einig, jedenfalls seinerzeit telefonisch. Der DOM hatte sich ein einziges Mal direkt und konfrontativ in ihr Leben eingemischt, mit so drastischen Folgen, dass sie nicht in der Lage waren, sich zu verweigern. Sie hatten ihr Leben lang damit gekämpft, herauszufinden, was sie einerseits so besonders machte mit ihren intellektuellen Fähigkeiten, auf der anderen Seite, welche Macht sie derart beeinflussen konnte. Sie hatten keine Waffe, kein Instrument, kein Werkzeug gefunden, weder naturwissenschaftlich noch metaphysisch.

Nun wussten Ragna und Max zudem, dass Sophie alias Marie sie gar nicht gerufen hatte, gar nicht hätte rufen können, obwohl es ihre Stimme am Telefon gewesen war und Sophie/Marie diese Tatsache auch bestätigt hatte, vielleicht ähnlich wie seinerzeit der Pastor bei ihrem evangelischen Jugendtrip nach Berlin. Der DOM war schließlich keine Person und musste sich eine als Werkzeug suchen. So ähnlich jedenfalls summierten beide ihre Erfahrungen und wagten nicht, das auch zu hinterfragen. Sie und Max waren vom DOM gerufen worden, und es bedeutete, zu gehorchen oder mit Konsequenzen zu leben, die sie nicht in der Lage waren zu fantasieren. Marie alias Sophie hatte Max und Ragna nur am 2. und 3. Juni 1967 getroffen und dann nie wieder, sie kannte weder ihre Biografie noch ihren Aufenthalt – und außerdem war sie unterwegs mit Wildschweinen in diversen Wäldern der Republik.

Also war es der DOM, der sie gerufen hatte, durch welche Stimme, durch welche Täuschung Sophies Gehirn auch immer, hatte sich Max festgelegt, dem Ragna widersprach: Das konnte nur der Druide gewesen sein, vielleicht mit Kenntnis des DOMs, aber eher nicht. Alles andere ergab keinen Sinn.

Mit Ragna geschah eine grundlegende Wandlung. Mit dem Schritt auf die Scholle Berlin hatte sich plötzlich alles in ihr verändert, egal, wer sie herbeordert hatte. Sie war wieder dreizehn Jahre alt, hatte den Geschmack von Coca- und Afri-Cola auf der Zunge und den von Daim und Prickel-Pitt. Und merkwürdigerweise auch den von einer ekligen rosa Brause, die man damals nur in Ostberlin erstehen konnte, sogar für die aluminiumleichte Ostmark.

Ragna irrte durch den Grunewald und war sich immer klarer bewusst, dass sie nun sterben würde, musste – wollte?

Nur der Tod konnte sie noch befreien, von all dem Mist, den sie ein Leben lang als Sinn des Lebens zu erfassen versucht hatte.

Endlichkeitskompetenz. Dieser Begriff taucht im Talmut nicht auf. Auch nicht in der Bibel oder im Koran, weder im Hinduismus noch bei Buddha. Auch wenn alle Religionen ein Patent der Endzeitdefinition für sich in Anspruch nahmen. Aber sie täuschten sich, wusste Ragna. Endlichkeitskompetenz hat nichts, aber auch gar nichts mit Endzeitverblendung zu tun, denn Endlichkeit ist Endlichkeit. Das Ende vom Lied, das Ende der Religion, das Ende des Lebens eben. Punkt. Ende. Es hat keine Zeit mehr, die Zeit hört auf – *Endzeit* ist paradox!

Nichts, was uns diese Religionen, einschließlich ihrer eigenen, als Paradies oder Hölle im Juden- und Christentum prophezeien, als Dschanna und Dschahannam im Islam, oder Tamas und Sattva im Hinduismus und Buddhismus. Nichts dergleichen hat mit Endlichkeitskompetenz zu tun. Ganz genau im Gegenteil, vermutete die jüdische Professorin aus Jerusalem.

„Wir müssen einfach lernen, dass wir nicht sooo wichtig sind. Wir alle. Wir als Menge. Denn nur ich bin wichtig! Ich als Naschim."

Ja, liebe Ragna, ich stimme dir zu. Sei du Naschim, wie auch ich Naschim bin. Aber vergiss nicht, die DOM ist auch Naschim! Die DOM besitzt etwas, was du nicht besitzt: Sie benötigt keine Endlichkeitskompetenz, weil sie nicht endlich ist!

*

Marie sprach: „Yukete muss die Zeichen lesen. Yukete war in Marie und Marie in ihm. Yukete ist der Eber. Yukete erkennt die Macht, wenn Yukete ihr begegnet. Der Druide hat Marie geschickt, Yukete zu suchen. Nun ist Yukete da und eigentlich ist Maries Lebenssinn erfüllt. Aber der Druide hat Yukete auch Ragna und Max geschickt, weil sie zu Yukete gehören, nicht zu Marie – Marie ist nur die Brücke zu ihnen, weil sie mit Marie gemeinsam vor fast fünfzig Jahren eine Krümmung im Zeitkontinuum erlebt haben. Das verbindet uns und das wird Yukete verstehen, lieber Yukete. Ragna vor allem ist diejenige, die es lesen kann, die Yukete lesen kann. Für Marie ist Yukete einige der vierundzwanzig Stufe zu hoch im logischen Quadrat, Yuketes Sprache ist nicht Maries Sprache. Yukete ist Philosoph, Marie ist nur die Natur, vielleicht ein wenig der Kosmos, weil Marie ihn in ihrem Leben schon so lang betrachtet und ihm alle ihre Fragen gestellt hat. Aber Yukete hat die Sprache der Erkenntnis, die Sprache der Antworten und die teilt Yukete mit Ragna und Yuketes Freund Rolf. Yukete fragt nach dem Ziel und Yukete fragt nach dem Zweck. Die Erkenntnis ist der Zweck, die Wahrheit das Ziel. Und da ist Max, der die Sterne im Kosmos zählen kann, der Yukete sagt, dass Yukete lebt, weil Yukete einen Körper, Glieder, harmonisierende Organe besitzt, ein Herz und einen Kopf hat. Max wird Yukete sagen, wann der Punkt erreicht ist, der Startpunkt. Und bis dahin wird Marie es vorbereiten. Marie wird mit den Bürgermeistern reden, mit beiden, mit Buschkowsky und Wowereit, sie wissen es nur noch nicht, jedenfalls dann, wenn wir ANDEREN das Vermächtnis gefunden haben, den Wortlaut kennen. Yukete wird mit Ragna, Rolf und Max reden, und zwar genau in dieser Reihenfolge!"

„Mama Marie – ich hatte Sex mit Mama Marie! Und nun soll ich die Welt retten? Hat sie es denn überhaupt verdient?"

Beide mussten lachen und Marie antwortete: „Friedrich Ebert ist Hermanns Eber! Er wird ihn früher oder später finden!"

*

Im Roten Rathaus fand Hermann Müller seinen ersten Hinweis: Friedrich Ebert junior, also der Sohn Friedrich Eberts, war einst Bürgermeister von Ostberlin. Das war Hermann Müller nicht bekannt und er hätte wetten können, dass das auch die anderen nicht wussten. „Die anderen", dachte er dabei, „die ANDEREN, die ich nun ein paar Tage kenne und die irgendeine Verbindung mit mir eingegangen sind, oder besser ich mit ihnen. Warum, alter Hermann, machst du das bloß?"

Im Archiv gab es mehrere Aktenordner aus dieser Zeit und Hermann Müller dachte, dass sich darin vielleicht auch der Nachlass des berühmten Vaters des Ost-Bürgermeisters befinden könnte. Bevor er hier aber alles auf den Kopf stellte, was ihm weder zeitlich gelingen noch auf Gegenliebe der Archivare treffen würde, fand er, dass er sich erst einmal auf einem anderen Weg um diesen Herrn kümmern musste, obwohl der wohl auch nicht mehr leben dürfte. Aber vielleicht hatte er Kinder, die ihm bei seiner Suche behilflich sein konnten, und Hermann Müller loggte sich, zurückgekehrt in seinem Büro, von seinem Dienst-PC im Neuköllner Bezirksamt in die Vita der Familie Ebert ein.

Er fand heraus, dass Friedrich Ebert junior eine ganz schön lange Zeit, nämlich von 1948 bis 1967, Bürgermeister Ostberlins war, fast zwanzig Jahre. Und er fand heraus, dass jener Bürgermeister auch noch weitere Ambitionen gehabt hatte. Er wollte immer Nachfolger von Walter Ulbricht werden, wurde geschrieben. Diese Absicht wurde ihm von Margot Honecker unter Mithilfe der Führer des sowjetischen Brudervolkes offenbar vereitelt, einfach deshalb, weil dort in Moskau der

Sohn des sozialdemokratischen Erbfeindes aus Zeiten der Trennung von SPD[55] und USPD[56] und KPD[57] nicht ohne ideologische Skepsis gesehen wurde. Stattdessen wurde, wie bekannt, Erich Honecker erster Staatssekretär und Friedrich Ebert junior konnte sich, jedenfalls numerisch, als Politbüro-Funktionär bis zum Ende der DDR halten. Aber er verlor, wie zu erwarten war, allmählich als Ost-Berlin-Bürgermeister die Gunst des Staatssekretärs (bzw. die seiner Frau, bzw. die des Herrn Breschnew[58]) und kam zur erneuten Kaderschulung für zwei Jahre nach Moskau, respektive Sibirien, weil Margot Honecker aufgrund Eberts genetischer Herkunft sozialdemokratische Umtriebe bei ihm vermutete. Er konnte sie weder bestätigen noch aus dem Weg räumen, daher beließ man ihn auf der Bühne des real existierenden Sozialismus.

Im Intranet der Berliner Behörden und im Internet fand Hermann, dass Friedrich Ebert drei Töchter hatte, Sophie war die älteste, Lisa die zweitälteste und Barbara die jüngste. Für alle Kinder war Margot Honecker Patin, weil sie eine enge Freundin von Helga Ebert war, der Ehefrau von Friedrich Ebert junior und selbst keine Kinder hatte. Und schon traf er auf zwei Merkwürdigkeiten: Sophie Ebert galt seit 1967 als verschollen und war in den achtziger Jahren für tot erklärt worden. Lisa Eberts Lebensgeschichte wurde im Internet dargestellt, als eine Virtuosin zwischen den Völkern Kubas und der DDR. Man hatte ihr eine tragische Ehe mit einem Kämpfer an der Seite von Che Guevara und Fidel Castro angedichtet, die erklären sollte, dass sie sich selten im sozialistischen Deutschland aufgehalten hatte. Im Behördenintranet allerdings war diese Geschichte mit Begriffen belegt, die darauf hinwiesen, dass ihre tatsächliche Vita verschleiert werden sollte.

Anders zum Beispiel als bei Barbara Ebert, der jüngsten Tochter, die Lehrerin

---

[55] Die SPD wurde am 27. Mai 1875 durch Zusammenlegung des sozialistischen Arbeitervereins und der sozialdemokratischen Arbeitspartei gegründet und ist die älteste politische Partei weltweit.

[56] Die Unabhängige Sozialdemokratische Partei wurde 1917 durch Abtrennung von der SPD gegründet und bezeichnete sich als die eigentliche sozialistische Partei Deutschlands.

[57] Die Kommunistische Partei Deutschlands hält sich dennoch für die Urmutter der sozialistischen Internationalen, obwohl sie erst ein Jahr später, 1918, gegründet wurde.

[58] Leonid Breschnew war von 1964 bis 1985 Generalsekretär des sowjetischen Politbüros.

geworden war und einen höheren Parteibonzen der SED, mit Aussicht auf's Politbüro, geheiratet hatte, der nunmehr kurz vor dem Ruhestand immer noch hauptamtlicher Parteisekretär der Linken in Sachsen war.

Hermann Müller war durch seine Tätigkeit die Terminologie und deren operationale Entfaltung der Geheimdienste ziemlich vertraut, auch wenn er selbst dort niemals beschäftigt war. Aber er kannte die Inhalte diverser politischer Ausschüsse und Arbeitskreise, deren Protokolle er, selbstredend nur funktional, schreiben musste. Hier wurde zwar nicht offen über die Geheimdienste gesprochen, aber es wurden immer dann Fragen an andere Dienste „überwiesen", wenn es nicht zuträglich war, „die Öffentlichkeit bei diesen Angelegenheiten mit einzubinden".

Diese Angelegenheiten jedenfalls begannen ihm Spaß zu machen.

Fast hätte Hermann Müller seinen eigentlichen „Auftrag" aus den Augen verloren. Denn sein Protokollinstinkt entdeckte eine kleine, fast unscheinbare Lücke zwischen dem „?" und dem „ß". Er bewegte seinen Kursor noch einmal, und noch ein letztes Mal. Er hatte sich nicht getäuscht. Zwischen dem „?" und dem „ß", also auf dem gleichen Anschlag der Tastatur, gab es einen Kursivstrich. Hermann Müller versuchte es erneut: Das Fragezeichen blieb ein „?" und wurde zu „?", wenn er die Kursivoption wählte. Aber „ß" blieb „ß", hin oder her. Eine leergefegte Funktion, die niemanden interessierte. „ß" oder „ß", kaum jemand erkannte den Unterschied. Aber Hermann Müller wusste, dass diese kleine Nuance eine Erkenntnis verlangte. Irgendetwas holperte hier. Hermann Müller ahnte aber ziemlich genau, was das bedeuten könnte. Er wurde gescannt, hier auf diesem seinen PC. Das konnte natürlich nur der Verfassungsschutz sein, überlegte er.

Nun interessierten ihn Sophie und Lisa Ebert noch mehr, nur, dass seine Recherche nicht mehr über diesen Rechner laufen konnte. Daher schaltete er den Computer sofort aus.

*

„Okay", sagte Max, „wir sind hier, weil wir ein paar Dinge erlebt haben, die uns irgendwie zusammenschweißen."

„Ich werde wieder abreisen", unterbrach Ragna ihren alten Freund.

Ragna hatte um dieses Treffen mit Max und Marie gebeten.

„Ich halte es nicht mehr aus", fügte sie hinzu, „und, lieber Max, von „Zusammenschweißen" weiß ich nix. Wir drei haben 1967 etwas erlebt – und du Sophie, warst dabei nicht gerade Mutter Teresa. Wenn ich mich recht erinnere, warst nämlich auch du, genau wie ich, nichts anderes als eine pubertierende Göre. Und deine Pubertätshormone, lieber Max, reichten damals noch nicht einmal so richtig aus, um dich gegen unsere Mädchenmacht zu wehren. Erinnerst du dich nicht an deine Tante Liesbeth, oder wie sie hieß …?"

„Tante Lieschen hieß sie", korrigierte er Ragna, „und sie war britische Spionin, wie du ja wohl begriffen hast!"

„Ja, sicher, aber sie hat dir fünfzig Mark gegeben. Nur dafür, dass wir einen Brief in die Ostzone geschmuggelt hatten. Was für uns übrigens ein leichtes war, als Kinder des Westens. Und was hast du mit den fünfzig Mark gemacht …?"

„Nichts, Ragna, du hast Popcorn und die Kinokarten gekauft, die Pizza an der Kurfürstenallee, die Afri-Cola und die Schokolade. Wenn du willst, mache ich dir einen Kostenplan aus dieser Zeit."

„Ja, und?" Ragnas Angriff verflog in einer Kosten-Posse. „Du hast dich einfach nicht gewehrt! Du dummer Zottel! Es war dein Geld, deine Tante!"

„Ach, Ragna, lass es gut sein. Ich war total verliebt in Sophie, in dich, Marie, dabei völlig blind für dich, liebe Ragna und das Geld war mir dann völlig egal!"

Marie hatte geschwiegen, bemerkte aber, was Max bewegte: „Das war eben in unserer Jugend, wir waren fast noch Kinder, Ragna und Max. Hattest du eigentlich noch einmal Kontakt zu deiner Westberliner Tante nach 1967?", fragte sie daher Max, auch um Ragnas Entscheidung erst einmal nicht zu thematisieren. Ragna selbst ließ es erst einmal „gut sein", weil sie sich in eine argumentative Sackgasse transportiert hatte. Niemand schien zur Kenntnis zu nehmen, dass sie das ganze Prozedere abbrechen, abreisen, nur noch Nashim sein würde, vielleicht auf Ibiza – um diese lästig gewordene Seinsfrage endgültig hinter sich zu lassen.

„Ja und nein!", sagte Max. „Tante Lieschen war ein einziges Mal noch auf der Bühne meines Lebens, nämlich als sie mich als Alleinerben eingesetzt hatte. Ich erbte von ihr viel Geld, glaubt mir, so viel Geld, wie ich nicht ausgeben kann. Und da ich keine Kinder habe, werden es wohl meine vielen Nichten und Neffen erben, von denen ich nur vier kenne. Aber sie hat mir auch ein paar Papiere hinterlassen. Papiere, die alt und aus der Zeit stammten, als sie für die Briten im Westen und im Osten spionierte. Wie gesagt, meine Tante war eine ganz liebe Tante zu mir als Kind, aber sie war wohl auch eine knallharte Spionin. Und als ich sie beerbte, lebte ich noch in London. Meine Eltern waren früh gestorben, Vater bei einem Unfall, Mutter durch Krebs. Aber ich hatte und habe eine große Familie. Als ich mich beruflich nach England orientiert hatte, brach diese Brücke ab. Meine Familie interessierte sich für mich erst wieder, als ein Millionenbetrag von Tante Lieschen an ihnen vorbei direkt nach London fließen sollte. Dass ich schon damals einer der besseren Verdiener war, bedeutet natürlich, dass der Teufel immer noch auf den größten Haufen scheißt. Soweit. Ich konnte die Verwandtenmeute, die sich mir dann wieder zuwandte, abwehren, ich war nun auch relativ weit weg, aber ich konnte sie auch ein wenig befriedigen, vielleicht in der einen oder anderen Verzweigung sogar befrieden. Habe mittlerweile zwei Nichten und zwei Neffen, die ich subventioniere. Ein Neffe hat sich einen Kutter gekauft an der Nordseeküste, der mir zur Hälfte gehört, eine Nichte studiert in England auf Tante Lieschens Kosten, ein Neffe ist im Urwald von Brasilien und schreibt ethnologische Bücher, die kein Mensch versteht und eine Nichte ist hier in Berlin."

Marie und Ragna waren erst einmal sprachlos. Sie hatten sich schon gewundert, warum Max hier den großen Kapitalisten rausließ, mit Adlon und so, kannten aber nicht die wirklichen Hintergründe.

Tante Lieschen macht mich dann auch ein wenig sprachlos! Ich sollte mich mit ihr treffen!

„Und jetzt bin ich hier, Ragna", wandte er sich nun direkt an seine ehemalige Leidensgenossin. „Wir kennen uns nicht wirklich. Wir haben nicht einmal eine gemeinsame Geschichte. Wir sind kurze Zeit gemeinsam zur Schule gegangen, und haben ebenso miteinander einen dämlichen Konfirmandenunterricht besucht, mit der Folge eines Berlin-Aufenthaltes durch die evangelische Jugend 1967. Das ist mittlerweile mehr als siebenundvierzig Jahre her. Nur ein Geschichtsdate, wie man heute sagt, verbindet uns. Aber alles, was mir passiert ist, glaubt mir, wäre nicht passiert, wären wir drei 1967 nicht Zeuge von etwas gewesen, das es nun endgültig zu klären gilt. Endgültig, liebe Ragna, du magst dich verpissen wollen. Tu es! Mache Naschim, wie du willst. Ich habe ein Gefühl, dass wir nun zur Verantwortung gerufen werden für das, was wir erworben haben. Dabei meine ich nicht das Geld, das ich habe!"

Ragna atmete lange und heftig durch. Sie wollte Max nicht folgen.

„Magst du uns sagen was dir deine Tante Lieschen für Papiere hinterlassen hat?" Beim Wort *uns* sah Marie, dass Ragna sich angesprochen fühlte.

Max war selbst Pragmatiker, aber Marie hatte offenbar gelernt, den Pilzen immer ins Myzel zu schauen.

*

Yukete versuchte, die Signale zu deuten. Rolf hatte ihm eine „Resilienz-Tür" geöffnet, die ihm lange Jahre verborgen geblieben war. Noch immer erhielt er monatlich „seinen Scheck", der natürlich kein Scheck im Wortsinn war, sondern eine monatlich überwiesene Apanage, dank der er, sogar in Berlin als Student, seinen Unterhalt einigermaßen gut bestreiten konnte. Es waren mittlerweile 1.236 Euro im Monat, die sich Jahr für Jahr immer um genau 5% erhöht hatte. Davon konnte man in Berlin zwar nicht gerade „in Saus und Braus" leben, aber es ging ihm besser als vielen seiner Kommilitonen. Denn diese mussten neben einem stressigen Studium, in den Nächten meist noch in diversen Kneipen oder hinterm Taxissteuer die Nächte gegen Bares verbringen.

Yukete akzeptierte dieses Märchen, in dem er lebte, vor allem in Gedenken an Szmutuda, seine Schwester. Er bekam das Geld durch ein Stipendium von einer Stiftung des Goethe-Instituts, ansässig in Nairobi, wobei die Stiftungssumme natürlich aus Deutschland kam und aus dem Entwicklungshilfeetat gegengerechnet wurde. Die jährliche Steigerung war dem Kostendruck, auch für Studenten, gelastet.

Yukete schickte dafür halbjährlich seine Leistungsscheine an das Goethe-Institut in Bonn ab. Er hatte zwar nie etwas unterschrieben, war aber immer der Überzeugung, dass dies seine Schwester Szmutuda getan hatte, als er noch minderjährig war.

Nun wusste er, dass er einen Paten gehabt hatte. Yukete überlegte, dass dennoch alles stimmen konnte, also das mit dem Stipendium und dem Goethe-Institut, denn er kannte andere Studenten aus Afrika, Asien, Südamerika und der Südsee, die ebenfalls Stipendien des Goethe-Instituts erhielten.

Dass er nachweisen musste erfolgreich zu studieren, stützte diese These, denn den anderen ging es ebenso – und er kannte jedenfalls einen Fall, dass das Stipendium einer jungen Chilenin gestrichen wurde, weil sie schwanger geworden war und damit den Leistungsnachweis zeitweise nicht mehr erbringen konnte. Yukete wusste, dass die deutsche Bürokratie gnadenlos war, auch wenn sie erst einmal dem humanistischen Schein der Bildungsförderung wie ein Schild vor sich hertrug. Als Schild gegen alle bösen Dämonen, wie zum Beispiel dem DOM.

Da Yukete nun aber wusste, dass er auch einen ganz persönlichen Paten gehabt haben musste, denn das Goethe-Institut verschickt keine Bücherpakete, musste er wissen, *wer dieser alte Mann ist*.

Rolf half ihm bei der Suche. Das Internet war nicht wirklich hilfreich. Sie kamen nicht weiter und wandten sich an Marie. Marie hatte zwar gar keine

Ahnung, wie sie das Rätsel hätte lösen können, wusste aber, wer es konnte: Max, weil er Fachmann war, was Computer und Internet anging!

Und so setzten sich eines Abends Yukete, Max und Rolf an den PC in Yuketes kleine Butze, während Marie etwas kochte – ohne Trüffel und ohne aphrodisiakische Wirkungen.

*

Nun saß er da und grübelte über sein Problem nach. Wie schon ein Berufsleben lang hatte man ihm eine Aufgabe übertragen, damit er sie lösen sollte. Hermann Müller wusste durchaus, dass ihm das in den meisten Fällen auch gelungen war. Sogar beim Schreiben von Protokollen. Denn wenn man es richtig betrachtet, ist das Protokollschreiben, vor allem im exekutiven und legislativen Umfeld, das schwierigste, was einem Beamten passieren kann. Man muss nämlich alle befriedigen, alle Teilnehmer (und darf die Teilnehmerinnen auf keinen Fall vergessen), alle Hierarchien, alle politischen Parteien, alle Sponsoren und Lobbyisten und alle, die gern glauben, dass ihre Aussage in eben jener Sitzung allein von Gewicht sei. Ein Protokollant ist ein Künstler. Er gestaltet das gesprochene Wort als Mosaikstein in ein Gesamtbild, indem gleichzeitig jedes Mosaik für den Teilnehmer (oder die Teilnehmerin) hervorsticht, der und die jenen winzig kleinen Beitrag als dominant für das gesamte Sitzungsgeschehen ansieht. Das ist ungefähr so, dachte Hermann Müller, wie Michelangelo im Petersdom die Deckenreliefs so malen konnte, dass jeder Besucher, egal von welchem Eingang er Zutritt hält, direkten Augenkontakt zu spüren glaubt.

Und nun saß er in seiner Neuköllner Kneipe und dachte nach, wie er den Verfassungsschutz, namentlich Lisa Ebert, die „kürzlich" noch bei der Stasi eine nicht nur inoffizielle Funktion hatte, an der Nase herumführen konnte.

Nach dem dritten Bier nahm er sein Telefon und rief sie an. Hermann Müller hatte sich für den direkten Weg entschieden.

Lisa Ebert meldete sich mit „Ja, bitte?"

Hermann Müller hatte mit einem Kartentelefon angerufen. Zuvor war er zwei Tage lang eine Scheinehe mit seinem Dienstcomputer eingegangen. Er legte Programme auf, die er vor einem Jahr, und zwar exakt vor einem Jahr, auf diesem Computer getätigt hatte und ließ sie ablaufen, installiert durch seinen eigenen Laptop, den er in der Hand hielt. Nun schaute er sich an, wie die Dinge verliefen. Und graste alle Nebengeräusche ab, die er fand, vor allem die Trojaner, die, die die Firewall des Rathauses ungehindert passierten, weil sie wegen ihres

Geheimdienststatus nicht verbrannt werden konnten. So viel hatte Hermann Müller gelernt aus all dem Latein, dass man glaubte ihm vorgaukeln zu können. Es gab schließlich nur einen Trojaner, der durchkam und Hermann Müller stellte fest, dass es der gleiche war, der auch schon vor einem Jahr seinen Dienst-PC ausspioniert hatte und den seines Abteilungsleiters ebenso.

Es war dann nicht mehr sehr aufwendig, sich ins Netz des deutschen Verfassungsschutzes von seinem eigenen Tablet einzuhacken und die Daten abzufragen, die hier benutzt wurden.

Louisa Ebelt, alias Lisa Ebert.

Manchmal fragte sich Hermann Müller, warum dieser Geheimdienst sich geheim nannte.

„Ja, hallo Lisa!" Was er nun imitierte, war das Duzen, das er von den ANDEREN gelernt hatte. Er wusste, dass allein das wirken würde. „Hast du Lust auf ein Bier? Ich sitze im Neuköllner Eck. Du weißt schon ..."

Lisa war offenbar völlig überrumpelt. „Wie? Ja, ich ... nein, ich ... wie war noch dein Name?"

„Hermann Müller, Lisa, du kennst mich gut, vielleicht besser als ich mich selbst. Also hast du ein wenig Zeit, lass uns ein wenig quatschen!"

„Ist das ein dummer Scherz?" Lisa wand sich. „Ich kenne keinen Hermann Müller und außerdem heiße ich Louisa, nicht Lisa, Sie haben sich wohl verwählt!" – und wollte auflegen.

„Es geht um deinen Großvater!", setzte Hermann Müller schnell nach. „Und um Sophie. Ich habe sie kürzlich kennengelernt."

*

Max war, schneller noch und bei Weitem unspektakulärer in der Lage, sich in alle Dienste der Welt einzuloggen, offen oder geheim. Das war schließlich ein Berufsleben lang sein Job gewesen. Hätte er aber gewusst, was Hermann Müller in kürzester Zeit mit dem deutschen Verfassungsschutz abgezogen hatte, hätte er seinen Hut gezogen, aber auch gewusst, dass man dafür Insiderwissen haben musste, das er nicht hatte.

Aber Max hatte Know-how. Es waren nur ein paar Klicks, um in die Rechner des Goethe-Instituts, hier und in aller Welt zu kommen. In die Rechner der „Ärzte ohne Grenzen" war es noch simpler. Nachdem sie den Namen Richard Hanewein als Yuketes Paten herausgefunden hatten, wurde es jedoch schwieriger. Richard Hanewein gab es nicht mehr. Er war verstorben bevor er in irgendeinem www. aufzufinden gewesen wäre. Max setzte ein Suchprogramm ein, das er selbst einmal entwickelt hatte. Es suchte mit diesem Programm eigentlich nach potenziellen Abnehmern für große Kriegswaffen, aber darüber hinaus nach Links, die irgendwie damit zu tun hatten. Sie landeten beim Namen Hanewein erst im Staate Israel mit tausenden verlinkter Lobbyisten, und einer davon war das Simon-Wiesenthal-Institut, allerdings in Wien, nicht in Tel Aviv.

*

Marie hatte sich fest vorgenommen, mit Buschkowsky und Wowereit zu sprechen. Buschkowsky zu erreichen war nicht gar so schwierig. Er fuhr noch immer mit dem Fahrrad zur Arbeit, machte offene Sprechstunden im Neuköllner Rathaus und hatte ein Buch geschrieben[59], das er hier und da vorstellte. Aber es machte natürlich erst dann einen Sinn, wenn das Vermächtnis des Friedrich Ebert endgültig und vollständig vorlag.

Aber Marie wusste eben auch, dass es eine Kurzfassung gab. Und diese Kurzfassung war definitiv in den Händen von Friedrich Ebert junior und von Heinrich Albertz. Wenn sie eins dieser Exemplare in der Hand haben könnte, wäre es vielleicht ein Lockmittel für die Bürgermeister, sich doch auf weiterführende Gespräche einzulassen. Dabei war Marie völlig schleierhaft, was sie selbst mit … weiterführend meinen könnte. Aber sie verließ sich auf ihren Instinkt. Anders als die ANDEREN brauchte sie keine Motivation. Die Motivation zu handeln lag in ihr. Der Eber und der Druide hatten das gewusst. Und nun wusste es nur noch Yukete, der reinkarnierte[60] Eber. Aber auch Yukete war noch nicht überzeugt, dass das, was sie taten, auch wirklich wirklich war und eine neue Wirklichkeit erzeugen konnte.

Marie war der Überzeugung, dass Max' Tante Lieschen, Alice McGraw, irgendetwas damit zu tun hatte. Daher bat sie Max, ihr die Papiere zu übergeben, die sie ihm vermacht hatte. Max hatte diese Papiere bei einem Notar in London deponiert und musste sie erst kommen lassen, per Flugkurier, persönlich durch einen Mitarbeiter des Notars, der zuvor alle Seiten, es waren drei schuhkartongroße Packen von Papieren unterschiedlicher Größe, nicht einmal in DIN[61],

---

[59] „Neukölln ist überall" 2012

[60] der wiedergeborene (Eber)

[61] Deutsche Industrie-Norm

DIN-A4, A5 oder so. Und er sagte ihr, dass er sie durchgeblättert habe. Es handelte sich hauptsächlich um persönliche Briefe zwischen ihr und ihrem Ehemann und anderen Freunden und Freundinnen, aus Protokollnotizen von geheimen Sitzungen des MI Six[62] während und kurz nach dem Zweiten Weltkrieg und Tagebuchaufzeichnungen seiner Tante. Max berichtete, er habe einiges gelesen, einiges war aber auch irgendwie verschlüsselt. Vor allem hatten ihn die persönlichen Briefe von Tante und Onkel interessiert, das war zwar zu lesen, an vielen Stellen auch einfach nur traurig, aber es hatte bei ihm, außer historischem, keinerlei Erkenntnisgewinn nach sich gezogen. Die Protokolle waren interessant, Spionageaufreißer der besten Güte, aber eben Geschichte, vielleicht für Universitäten interessant. Die Tagebücher hatte er nicht lesen können, weil sie merkwürdigerweise in der Handschrift Sütterlin verfasst worden waren. Er hatte sich vorgenommen, nach seinem Renteneintritt hier weitere Recherchen vorzunehmen, vielleicht sogar Sütterlin zu lernen. Dazu war er aber noch nicht gekommen, sein Renteneintritt lag ja nun grad mal ein paar Monate hinter ihm.

Max stimmte aber gerne zu, dass sich Marie um den Nachlass der Tante kümmern könnte. Marie machte sich an die Arbeit, als der Packen Papiere vor ihr lag, noch immer im Zimmer der kleinen Pension. Das Problem war, dass auch sie kein Sütterlin beherrschte und mit einem entsprechenden Computerprogramm nicht umgehen konnte. Dass alles andere in Englisch war, machte ihr ebenfalls zu schaffen, denn Englisch beherrschte sie natürlich nicht, und darüber hatte sie gar nicht nachgedacht. Also sortierte sie erst einmal die Papiere und würde beim nächsten Treffen mit den ANDEREN ihr Problem besprechen, vielleicht kam von ihnen eine Lösung.

*

Im Simon-Wiesenthal-Institut gab es ein Dossier über die Familie Hanewein, eine Industriellenfamilie, die mächtig am Naziregime und am Zweiten Weltkrieg verdient hatte. In den chemischen Fabriken der Familie, in denen Grundstoffe für säurehaltige Reiniger, der Herstellung von Granulaten zur Herstellung von damals noch in den Kinderschuhen steckende Kunststoffe und in geringem Umfang auch für Medikamente, wurden neben dem Stammpersonal, das meist aus Frauen bestand, weil die Männer in der nazideutschen Armee Krieg führten,

---

[62] Military Intelligence, Abt. 6

auch Zwangsarbeiter eingesetzt. Juden, Sinti, Roma und andere KZ-Insassen, aber auch einige Kriegsgefangene. Die Ausmaße des Einsatzes dieser Zwangsmitarbeiter der Familie Hanewein war zwar nicht mit den Großindustriellen Flick, Quandt, Krupp oder der IG-Farben vergleichbar, aber nichtsdestoweniger mörderisch und inhuman.

Wie viele dieser Bonzen, hatten aber auch die Mitglieder der Familie Hanewein nach der Entnazifizierung (Vater Hanewein war in einem der Nürnberger Prozesse zu einer Bewährungsstrafe verurteilt worden) einfach nach dem Krieg weitergemacht, nun zugunsten des Bruttosozialprodukts der neuen Bundesrepublik Deutschland.

Die Fabriken der Familie Hanewein gab es aber dennoch schon lange nicht mehr, sie sind in den sechziger Jahren mit dem Tod der Eltern Hanewein von den beiden Söhnen verkauft worden und je nach chemietechnischer Ausrichtung, in den Firmen Hoechst und BASF aufgegangen. Die beiden Söhne Helmut und Franz Hanewein hatten sich eine „goldene Nase" verdient.

Im Simon-Wiesenthal-Institut gab es noch ein paar Angaben über die nationalsozialistische Vergangenheit des Vaters Hanewein, die Söhne Helmut und Franz hatten kein eigenes Dossier.

Nur der dritte Sohn Richard Hanewein war vom „Nazi-Jäger-Institut" genauer unter die Lupe genommen worden.

Jener Richard Hanewein war schon frühzeitig aus dem familiären Konzern ausgestiegen, früh während der Nazizeit, hatte Jura studiert und bis 1945 im Reichssicherheitshauptamt gearbeitet, das unter anderem für die Organisation der Konzentrationslager zuständig war.

Klar sprach allein diese Tatsache dafür, dass jener Funktionär der Nazis einer Bestrafung durch den israelischen Geheimdienst Mossad unter Simon Wiesenthal persönlich zugeführt werden sollte. Denn Richard Hanewein wurde als notwendiger Fachbeamter für den Wiederaufbau Deutschlands durch die Siegermächte eingestuft, entnazifiziert und sofort in die Verwaltung der „britisch besetzten Zone" im mittleren Niedersachsen als Fachgebietsleiter für die Organisation der kleineren Gemeindeverwaltungen Nordost-Niedersachsens mit Sitz in Lüneburg eingesetzt, also ähnlichen Größenordnungen, mit denen er es zuvor mit den KZs zu tun hatte.

Yukete, Max und Rolf staunten nicht schlecht, was sie da nun zu lesen bekamen, obwohl sie gar nicht alles lesen konnten. Simon Wiesenthal war bekannt dafür, unnachgiebig zu sein. Rache für jede Nazitat gegen sein Volk und seine Religion. Aber er war auch dafür bekannt, akribisch zu recherchieren, weil er auch gerecht sein wollte und es nicht den Nazis mit der Rache an einem ganzen Volk statt an schuldigen Einzeltätern gleichzutun. Das tat er bei Richard Hanewein genauso wie bei allen anderen Verbrechern gegen die Menschlichkeit.

Es gab hunderte von Zeugenaussagen. Schriftlich niedergelegt und auf Mikrofilme archiviert. Es war zwar kaum detailliert nachzuvollziehen, aber die Ergebnisse waren deutlich: Anfangs fand Wiesenthal viele Zeugen dafür, dass es sich bei Richard Hanewein um einen strammen Nazi handelte, der überkorrekt alles abwickelte, was in den KZs an Kosten-Nutzen-Aufrechnung stattfand. Nach genauer Durchsicht dieser Zeugen stellte Simon Wiesenthal jedoch fest, wie bei einigen anderen Untersuchungen zuvor, dass diese Zeugen vor allem aussagten, um ihre eigene Haut zu retten: Wir haben nur gehorcht, Richard Hanewein hat als Bereichsleiter befohlen und war der eigentliche Nazi, wir waren nur Mitläufer, was blieb uns übrig, wir mussten unsere Familien ernähren und bei Befehlsverweigerung wären wir selbst im KZ gelandet.

Also beschritt Simon Wiesenthal andere Wege, um sich ein genaues Bild von diesem Menschen zu machen: Er besuchte die Gefängnisse in Israel, Deutschland, Frankreich und Polen, in denen die bekannten und übriggeblieben Hilfs-KZ-Aufseher und Hilfs-KZ-Aufseherinnen einsaßen. Diese hatten ihr Strafurteil bekommen, welches auch immer, aber sie hatten überlebt und Wiesenthal war auch bei ihnen bekannt. Nachdem Wiesenthals MitarbeiterInnen versichern konnten, dass der Mossad sie nicht auch ermorden oder nach Israel entführen würde, wie den Eichmann, waren sie bereit, über ihren Alltag in Sachsenhausen, Sobibor, Treblinka, Dachau, Bergen-Belsen oder Auschwitz zu reden. Es waren keineswegs immer nur stramm-deutsche Nazis, diese Hilfsaufseher, in den KZs „Trawniki"[63] genannt, sie kamen häufig aus der Ukraine, aus Polen oder aus dem Balkan und taten die Drecksarbeit, die die Totenkopf-SS-Männer angeordnet hatten, zum Beispiel die Baracken und elektrischen Zäune zu bewachen, Wassersuppe zu verteilen, die Insassen zu schikanieren und bei Arbeiten (wie z.B. Latrinen leeren) zu beaufsichtigen, das Eigentum der Insassen einzusammeln und zu ordnen, die Gaskammern und Verbrennungsöfen vor- und nachzubereiten, Goldzähne aus den Leichen zu brechen, die Leichen zu verbrennen und so weiter.

Diese Frauen und Männer in den Gefängnissen, die sich mehr oder weniger schuldig gemacht hatten in den KZs, je nach dem Verständnis ihres „Jobs",

---

[63] nach einem Ort in der Ukraine, aus der eine Mehrheit der Hilfsaufseher in Sobibor stammten, benannt

hatten nun nichts mehr zu verlieren außer ihr Leben, das ihnen der Mossad allerdings noch immer nehmen konnte, egal wo sie sich aufhielten. Und nach deren Aussagen zeichnete sich für Wiesenthal allmählich ein anderes Bild ab: Die ehemaligen Trawniki berichteten davon, dass zum Beispiel die Züge, die die Menschentransporte in die Vernichtungslager abwickelten, selten ganz leer wieder zurückfuhren. Sie berichteten, dass manch ein SS-Offizier hier und dort ein Auge zudrückte, bestimmte Menschen aus den Vernichtungszügen beiseite nahmen. Es gab dafür verschiedene Gründe. Bekannt sind natürlich die Menschenversuche eines Dr. Mengele oder Dr. Eisele, die meist durch ihre Assistenzärzte eine Selektion vor der Vernichtung der Menschen vornahmen. Arbeitsfähige Männer wurde für die Zwangsarbeit abgesondert und gutaussehende Frauen als Prostituierte für die SS-Mannschaften.

Aber es gab eben auch diese andere Selektion von Kindern oder besser Jugendlichen zwischen zwölf und sechzehn Jahren, die mehr oder weniger heimlich mit dem gleichen Zug wieder abtransportiert wurden, mit dem sie gekommen waren. Die SS-Männer wussten nicht, warum sie diese Jugendlichen wieder zurückschicken mussten, sie wussten aber, dass es sich um ein streng geheimes Projekt handelte und dass sie für jeden männlichen Jugendlichen fünfhundert Reichsmark erhielten, für ein Mädchen gleichen Alters, das allerdings vorher als Junge präpariert werden musste, sogar siebenhundert Reichsmark. Außerdem erhielten sie die Chance auf einen schnelleren Laufbahnaufstieg, jedenfalls solange sie „die Klappe hielten".

Richard Hanewein hatte akribisch aufgelistet, ähnlich wie der Herr Schindler, welche Kinder und Jugendliche er in eine vielleicht nicht sichere, aber überhaupt in eine Zukunft zurückgeholt hatte. Diese Auflistung hatte er allerdings niemals offenbart – und die Jugendlichen selbst wussten nicht, wer ihr Gönner gewesen war. Das erfuhren sie erst sehr viel später, als sie schon erwachsen waren und selbst Kinder hatten. Vielleicht hatten sie es erst einmal nicht als Rettung empfunden; schließlich war ihnen unbekannt, was sie in Sobibor, Auschwitz oder Dachau erwartet hätte – auch das hatten sie erst sehr viel später erfahren.

Sie wurden allesamt über verwickelte Transitrouten in Hafenstädte bugsiert, Hamburg, Bremerhaven, Emden, Wilhelmshaven, Antwerpen und Rotterdam, wo sie als Schiffsjungen aquiriert wurden, ausschließlich auf Schiffen nach Übersee: Amerika, Südamerika, Afrika, Australien, Indien, Russland und China zum Beispiel, maximal drei Jahre weiter betreut, indem sie jeweils einer einheimischen Gastfamilie zugeordnet wurden, die dafür einen monatlichen Betrag erhielten, der über drei Jahre herunterkalibriert wurde, bis er ganz ausblieb. Wenn die Gastfamilien dann nicht ihre meist deutschen Patenkinder als eigene Kinder annahmen, und sie weiter in ihren Familien duldeten, dann waren sie mehr oder weniger ihrem Schicksal überlassen. Richard Hanewein hatte, zu recht, wie er später herausfinden konnte, angenommen, dass die Kinder und Jugendlichen innerhalb von drei Jahren in der Lage waren, sich in ihrer neuen Heimat so zu sozialisieren, dass sie mit und gegebenenfalls auch ohne ihre Gastfamilie überleben würden. Das lag natürlich auch daran, dass das Budget, das Hanewein zur Verfügung stand, eine gewisse Begrenzung hatte.

Richard Hanewein bat Simon Wiesenthal eindringlich, als dieser ihn mit seinen Recherchen konfrontierte, von einer etwaigen Veröffentlichung abzusehen. Erst nach dieser Zusicherung hatte er zwar zugegeben, daran beteiligt gewesen zu sein, aber immer abstreiten würde, persönlich Gott gespielt zu haben. Er habe die Auswahl dieser Kinder ausschließlich nach sachlichen Gesichtspunkten vor Ort abgewickelt.

Richard Hanewein gab eine Verbindung zum britischen Geheimdienst zu, nannte aber keine Namen. Auf Anfrage wurde von britischer Seite bestritten, in irgendeiner Form mit einem Mitarbeiter des Reichssicherheitshauptamtes kollaboriert zu haben.

Simon Wiesenthal respektierte den Wunsch Richard Haneweins, diese Geschichte nicht an die große Glocke zu hängen, aber das Dossier wurde nach dessen Tod im Institut öffentlich preisgegeben, ohne dass wesentlich Notiz davon genommen wurde.

Es handelte sich um eine Anzahl von sechsundachtzig männlichen und siebenunddreißig weiblichen Jugendlichen zwischen 1940 und 1945, also gut zwanzig junge Menschen pro Jahr. Die Liste dieser jungen Juden, Sinti und Roma, Kinder von Kommunisten oder Sozialdemokraten waren neben Richard Hanewein selbst nur noch dem britischen Geheimdienst bekannt.

Und mir natürlich – und dem DOM.

Marie, Yukete, Rolf und Max waren sich bewusst, was dieser Mensch da geleistet haben musste. Im Verborgenen und mit einem erheblichen Aufwand an persönlicher und an Verschleierungsenergie, an materiellem Know-how, denn das Ganze musste natürlich auch kostenmäßig vom Reichssicherungshauptamt getragen, aber dennoch als nationalsozialistische Auftragsebene verkauft sein. Was immer Hanewein seinen Vorgesetzten vermittelte, es musste ihnen als eine geheim-geheime Führersache vorgekommen sein, ähnlich wie das Lebensbornprojekt[64], diesmal nur nicht mit Ariermuttertieren, sondern mit Jugendlichen. Das war sehr interessant für die kleine Gruppe, und Yukete war stolz auf diesen seinen Paten, warum aber gerade Yukete seine Gunst erworben hatte, blieb völlig im Dunkeln, obwohl es vielleicht auch nur einfach Zufall gewesen sein konnte.

„Und bis ins Jahr 2000 bekam ich noch immer Büchersendungen von ihm, natürlich anonym, aber dann hörte das auf, das Goethe-Institut hatte das nicht mit inbegriffen gehabt. War aber auch nicht nötig, ich war da immerhin schon achtzehn Jahre alt und machte grad mein Abitur in Nairobi. Dort am Gymnasium des Goethe-Instituts gab es eine große Bibliothek. Ich habe übrigens alle Bücher aufbewahrt. Sie liegen in einem Langzeitschließfach in Nairobi für das ich jährlich 84 Euro bezahlen muss. Direkt im Goethe-Institut. Ein paar Bücher habe ich aber mitgenommen. Horkheimer zum Beispiel aber auch Watzlawick, Leibnitz und Kant. Wahrscheinlich war er dann 2000 gestorben. Wenn wir richtig recherchiert haben, dann ist er immerhin fünfundachtzig Jahre alt geworden. Ich bin traurig, dass ich ihn nicht kennenlernen durfte!"

„Aufmerksamkeit!", sagte Marie nach ein paar Minuten andächtigen Schweigens. „Tante Lieschens Papiere sind nun mein. Wie alle Kräuter und Tinkturen hab ich alles fein säuberlich sortiert. Aber kein Englisch und kein Sütterlin in meinem Hirn!"

„Ach Marie", sagte Max, „daran hatte ich ja gar nicht gedacht. Englisch ist für mich so selbstverständlich wie Zähneputzen. Aber du hast es ja gar nicht lernen können, nicht wahr."

„Habe dennoch eine Verbindung. Tante und britische Agentin sind identisch – Hanewein hat mit MI Six kooperiert, oder wie es heißt, zusammengearbeitet?! Sollten wir nicht …?"

„Ja, wir sollten …", sagte Yukete, „und ich kann Englisch lesen …"

„Und ich Sütterlin …", ergänzte Rolf Martens, „meine Oma hat es mir beigebracht. Übrigens eine Schrift, die die Nazis verboten haben, weil sie zu sehr dem Hebräischen ähneln würde. Was totaler Quatsch ist!"

---

[64] Im „Lebensborn-Projekt" versuchten die Nazis, eine reine deutsche Rasse heranzuzüchten, indem sie junge, blonde, deutsche Mädels mit ebenso blonden SS-Männern zusammenbrachten. Eine Art Edel-Swinger-Club der Nazis.

Kapitel 8 sind Hermann Müller und Lisa, Rolf, seine Oma und Tante Lieschen

Louisa Ebelt, Lisa Ebert, war nun seit 1991 offizielle Mitarbeiterin des (west-) deutschen Verfassungsschutzes, also zuständig für die innere Feindesabwehr. Zuvor hatte sie innere Feinde der DDR beseitigt. Damit hatte sie, wie sie natürlich nicht wissen konnte, ein ähnliches Schicksal wie Richard Hanewein nach 1945: Sie wurde gebraucht, weil sie Insiderwissen und Know-how hatte als offizielle Staatssicherheitsbedienstete in der DDR. Seinerzeit war sie Geheimnisträgerin dritten Ranges. Das war durchaus eine Stufe, die ihr erlaubte, Auslandsreisen durchzuführen und direkt von Politbüromitgliedern (Geheimnisträger ersten Ranges) befragt zu werden, zu der einst auch ihr Vater gehört hatte, wenn es hier einen geheimen Informationsbedarf gab, um Entscheidungen zu treffen. Diese Informationen beruhten im Wesentlichen auf Beobachtungen und Aussagen „Informeller Mitarbeiter und Mitarbeiterinnen" des Amtes für Staatssicherheit (sog. IMs). Sie selbst führte zuletzt, also 1989, einhundertsiebzehn dieser „IMs", von denen sie natürlich nicht nur deren Decknamen wie „Windhund", „Notar", „Holzbock" und so weiter kannte, sondern auch deren wirkliche Namen und Stellungen in ihrem sozialen Gefüge.

Außerdem war sie Führungsoffizierin für elf Agenten in Westdeutschland und fünf Schläfern.

Als die Mauer fiel, blieb sie in den Kadern der SED, dann der PDS. Ihre Schwester Barbara nahm Einfluss auf ihren Mann, dem Parteisekretär in Dresden, sodass Lisa nicht auf offener Bühne austrocknete. Schließlich war ihre Gönnerin Margot Honecker mit ihrem Erich nach Chile abgereist, so wie viele moralethische Führungszecken der SED und der Nazis ein paar Jahre zuvor nach Argentinien. Erich war dann 1994 gestorben, Margot Honecker lebte bis ins Jahr 2016 in einer Luxusvilla in Santiago de Chile, und zwar vor allem vom Geld, das Alexander Schalck-Golodkowski, Leiter des Ministeriums für Außenhandel der DDR, ihr dadurch hatte zugutekommen lassen, dass die Devisen, die das „Neptun"-Hotel Warnemünde und das Salonschiff „Poseidon" erwirtschaftete, auf ein Geheimkonto der Familie Honecker in der Schweiz gehortet wurde. Auch jener Wirtschaftsfunktionär, der 1983 mit Franz Josef Strauß, dem bayerischen Ministerpräsidenten und als CSU-Abgeordneter Verhandlungsführer mit dem DDR-Regime eingesetzt, einen Millionendeal gegen beide Völker, also die des ost- und die des westdeutschen Volkes eingefädelt hatten, lebt, ebenso wie Margot Honecker zur Zeit dieser Abhandlung, noch immer, starb aber ein Jahr vor seiner Chefin 2015 an Krebs. Selbstredend hat auch er seine Pfründe eingesackt, aber so geschickt, dass er nicht einmal nach *Persimopulo* oder sonst wohin auswandern musste. Seine Villa steht am Tegernsee in Bayern, dem wohl teuersten Landbesitz in Europa.

Lisa Ebert jedenfalls hatte keine Lobby mehr, außer die ihrer Schwester respektive ihres Schwagers. Aber sie hatte Wissen. Wissen über einhundertsiebzehn IMs, elf Agenten und fünf Schläfern.

Bis zur Gründung Gesamtdeutschlands am 3. Oktober 1991 hatte sie also fast zwei Jahre Zeit, ihre einhundertdreiunddreißig Schützlinge genauer anzusehen.

Von den einhundertsiebzehn IMs waren neunzehn zwischenzeitlich verstorben, vierundvierzig waren in die PDS eingetreten, also unantastbar für sie und hatten sich teilweise sogar als IMs geoutet. Sechsundzwanzig waren ins Ausland gegangen, zwei in die FDP eingetreten, fünfzehn in die CDU, zwei in die SPD, sieben in die NPD und zwei waren sogenannte VIPs[65] geworden. Einer war bekannter Musiker, der andere Schriftsteller.

Die elf westdeutschen Agenten waren allesamt aufgedeckt worden.

Die fünf Schläfer schliefen noch und setzten alles daran, in Ruhe gelassen zu werden.

Lisa Ebert war ganz sanft vorgegangen. Sie hatte in den zwei Jahren niemanden verschreckt, aber doch Kontakt aufgenommen zu den fünf Schläfern und jeweils zu einem IM, die nun Parteimitglieder der FDP, CDU und SPD waren, allesamt Mitglieder des Deutschen Bundestags. Von den NPD-Leuten hatte sie die Finger gelassen und auch von den VIPs. Letztere waren ihre Joker, wenn etwas schief laufen würde.

Aber es lief nichts schief. Sie stellte keine überdimensionalen Forderungen. Sie wollte niemals Geld, erpresste auch keinen Menschen. Sie sagte nur, dass sie etwas gelernt hätte, dieses Know-how auch weiterbetreiben würde, natürlich immer für die Sache an sich, nicht für irgendwelche wie auch immer geartete Unterwanderung eines Systems.

Alle acht Förderer, es waren sechs Männer und zwei Frauen, die ihre Seilschaften nach wie vor pflegten, Ost oder West, Kommunist oder Kapitalist, hin oder her, besorgten Lisa Ebert, nun Louisa Ebelt, einen Job im Verfassungsschutz,

---

[65] Very Important Persons (sehr bedeutende Persönlichkeiten)

immer auch mit der Maßgabe, sie auffliegen zu lassen und der Angst selbst aufzufliegen, würden sie sie auffliegen lassen.

Die Joker blieben Joker, waren aber bislang nicht erforderlich.

Aber es klappte nun schon dreiundzwanzig Jahre. Sie tat ihren Job, verdiente als Beamtin A16, also die Endstufe des Beamtengehalts und würde bis zur Pensionierung noch dreimal altersgemäß alle zwei Jahre angehoben. Sie war nun siebenundfünfzig Jahre alt und hatte vor, mit dreiundsechzig frühzeitig aus dem Staatsdienst auszuscheiden.

Und nun kam Hermann Müller, oder jedenfalls jemand, der sich für Hermann Müller ausgab. Hermann Müller kannte sie selbstredend, sie war gerade dabei, ihn genauer unter die Lupe zu nehmen: Ein vierundsechzig Jahre alter Beamter des Rathauses Neukölln, der ein Leben lang seinen Job getan hatte. Der hatte zwar derzeit ihre Aufmerksamkeit erhalten, weil er Zugang zu Archiven beantragt hatte, aber es schien ihr eher unwahrscheinlich, dass dieser Mann sie über so viele Jahre, die sie ihn nun beobachtete, soweit hatte täuschen können. Dieser Mann konnte nicht der Mann am Telefon gewesen sein.

Denn dieser Mann hatte sogar Informationen, die nicht einmal die Geheimnisträger Stufe 1 der DDR hatten. Die nur sie, Lisa und ihre Familie, betraf. Ihren Vater, ihre Schwester Sophie, die natürlich lange tot war, glaubte sie.

Lisa Ebert war viel zu pragmatisch, um an irgendwelchen esoterischen Unsinn zu glauben. Vielleicht war ein Kollege aus ihrem oder einem anderen Geheimdienst dabei, ihr einen Streich zu spielen. Das war die wahrscheinlichste aller Varianten. Sie kannte viele Agenten aus dem BND[66] und MAD[67], aber auch aus dem MI Six oder der CIA.

Und dass sie grade einen namenlosen Hermann Müller observierte, also reine Routinearbeit erledigte, konnte jede kleine Dienstsekretärin über die diversen Intranetze der geheimen Behörden mit simplen Codes hervorzaubern.

Also, Lisa wurde immer sicherer, es ist ein Scherz, eine kleine Verarschung, etwas, das zu einer lustigen Fete führen würde. Sie hatte zwar nicht Geburtstag, auch ihr Dienstjubiläum lag mindestens zwei Jahre entfernt. Aber sie wusste auch, was sie seinerzeit in der Kaderschule Ostberlins gelernt hatte: Gab es keinen anderen Anlass, hatte eben das Fahrrad, der Bademantel oder der nächste Gullideckel Geburtstag.

---

[66] Bundesnachrichtendienst

[67] Militärischer Abschirmdienst

Lisa Ebert war sich sehr sicher: Ein Date im „Neuköllner Eck" versprach ein wenig Amüsement in den Zeiten der trockenen Observierung – sie brezelte sich ein wenig auf und machte sich auf den Weg.

*

„Was meinst du, Ragna, hat dieser, euer urdeutscher Politsaurier Friedrich Ebert so Geniales erfunden?"
„Ich weiß es nicht, Yukete, vielleicht die Quadratur des Kreises?"
Ragna hatte sich dann doch bereit erklärt, vor ihrem Aufbruch ins Nashim-Irgendwo mit Yukete zu sprechen, sozusagen von Philosophin zu Filosof.
„Aber es hat irgendwie mit eurem Erlebnis mit dem DOM zu tun, oder?!"
„Keine Ahnung, Yukete! Aber du wirst recht haben. Ich weiß nur nicht, was das alles hier so bringen soll. Irgendwie habe ich das Gefühl, dass wir eine ziemlich durchgeknallte Truppe sind!"
„Yeah, Ragna. Psychedelische Wahnsinnsgesellen – und Nashims natürlich! Aber ich muss sagen, dass ich in den letzten sechs Tagen mehr Erkenntnisse gewonnen habe als in meinem ganzen hochwertigen Philosophiestudium!"
„Da muss ich wohl irgendwas verpasst haben?!"
„Yeah, Ragna, das hast du ganz offensichtlich! Willst du denn wirklich nicht wissen, was das mit dem DOM so auf sich hat – und mit eurer, wie soll ich sagen ... Mutation?"
„Mensch, Yukete, glaubst du, ich bin irgend so ein Freak? Ich glaube wir sollten unser Gespräch beenden!"
„Yeah, Ragna, hau doch ab, verpiss dich, mach dein Nashim, oder was auch immer. Ich weiß nicht, warum Marie meint, dass wir dich brauchen. Du hast dich offenbar überhaupt nicht verändert seit damals, was ich von damals weiß, was Max erzählt hat, charakterlich jedenfalls. Immer noch so eine Zicke, jüdische Philosophie hin oder her."
Ragna schaute Yukete in die Augen, so hatte noch niemand mit ihr gesprochen, und dann auch noch so ein junger ... Dann musste sie schallend lachen, und konnte nicht wieder aufhören.
Als sie sich einigermaßen beruhigt hatte und Yukete gezwungenermaßen mitlachen musste, prustete sie heraus: „Ich bin eine emeritierte Philosophie-Professorin, junger Mann! Sozusagen auch eine ältere Dame! Man redet mit einer solchen einfach nicht so! Du böser, böser Junge!"

„Ich habe mit Marie Sex gehabt", sagte Yukete und wusste selbst nicht, warum er das sagte.
Ragna verstummte augenblicklich.
„Du hast waaaas ...?"
„Wir haben uns geliebt. Ich, ein schwarzer Junge aus dem finsteren Afrika, und eine ältere Dame wie du, die sich allerdings dem Kosmos und einem Eber verschworen hat, nicht dem Weglaufen. Denn das ist das Leben, Ragna-Nashim. Nicht deine komische Etikette, über die du selbst lachen musst!"
Ragna musste nachdenken. Irgendetwas war immer wieder ganz und gar schiefgelaufen. Dieser junge Schwarze hatte in ihr etwas zum Klingen gebracht, das sie nicht wirklich kannte. Etwas Samtenes, Seichtes, etwas, was direkt unter der Haut stattfand, keinerlei Tiefendimension hatte. Dabei hatte sie immer und immer nach Tiefe gesucht, nach der verschollenen Wahrheit, die unterdrückt schien, die ihre Verwandten in Theresienstadt charakterisierten, die Opfer, die vielen jüdischen Opfer. Schwermut nannte man das altdeutsch. Depression. War sie manisch? Nein, nein, nein!
Sie begann zu weinen und Yukete nahm sie in den Arm.

*

Rolf Martens war nicht nur Psychologe und Psychotherapeut, er war auch Hermeneutiker[68], jedenfalls fühlte er sich so. Rolf stellte erstaunt fest, dass Marie ganze Arbeit geleistet hatte. Offenbar intuitiv hatte sie sieben Stapel voneinander getrennt, zwei davon hatte sie als „nebensächlich" bezeichnet, hierbei handelte es sich um eben jene „offiziellen Protokolle" des MI Six, die Handlungsversionen beschrieben, die auch der englischen Politik entsprachen und dort vorgelegt werden konnten, ohne irgendwelche wirklichen Aufregungen bei Churchill und seinen Epigonen vor und nach Kriegsende hervorzurufen – sie entsprachen der offiziellen staatlichen Agenda. Drei Stapel enthielten handschriftliche Notizen von Tante Lieschen (alias Alice McGraw), zwei in Sütterlin, jeweils an ihren Mann und an ihre Familie in Deutschland, eine in englischer Sprache an einen unbekannten Adressaten, der als *Jump* angesprochen wurde. Weder Marie noch Rolf konnten sich vorstellen, dass das wirklich ein Name war. Sie nahmen an, dass es sich um ein Synonym handelte.

---

[68] jemand, der die „Schriften" deutet

Zwei weitere Stapel setzten sich aus unterschiedlichen Dokumenten zusammen, die weder Tante Lieschen noch ihr Mann verfasst hatte. Teilweise waren das Berichte, per Schreibmaschine, vielleicht von anderen Agenten des MI Six, dachte Rolf, aber auch Abhandlungen, die scheinbar theoretischer Art waren und mit der Schreibmaschine abgeschriebene Zeitungsberichte, aus England, Deutschland und der Schweiz. Der zweite Stapel bestand aus merkwürdigen Listen, Rolf würde sie Transferlisten nennen, aber auch Kostenaufstellungen, die offenbar Schiffen zugeordnet waren, wie zum Beispiel die MS (MotorSchiff) „Rosebud", die MS „Sydflamen", die MS „Kapstadt" oder die MS „Angelika". Hier waren zudem ganz offen sowohl die Heimathäfen und Reedereien benannt als auch die Kapitäne und Chiefs[69], manchmal durchgestrichen und handschriftlich durch neue ersetzt. Die Nationen, die hier vertreten waren, waren weltweite Seefahrernationen, von Südafrika über Australien, Neuseeland, China (meist Hongkong), Süd- und Nordamerika bis in europäische Staaten wie Italien, Portugal oder Norwegen. Sogar englische und deutsche Schiffe wurden hier aufgelistet.

Rolf hatte sich Lloyds Schiffsregister aufgerufen und festgestellt, wie es zu erwarten war, dass diese Schiffe sämtlich ausgedient, meist verschrottet waren. Stichproben ergaben, dass auch viele der Reedereien ausgedient hatten, die wenigen, die noch existierten, waren hauptsächlich in den USA, Südafrika, England und Deutschland angesiedelt. Aber das würde erst einmal nicht weiterführen, dachte Rolf und wendete sich den Inhalten zu.

Und ziemlich bald wurde Rolf klar, wer *Mr. Jump* war: Richard Hanewein, kein anderer. Die Aktivitäten, die sich rund um diese Schiffsregister rankten, entsprachen genau dem Profil, das sie über Richard Hanewein als Paten von Yukete herausgefunden hatten. Offenbar war Alice McGraw eben jene Verbindung zum englischen Geheimdienst, den dieser Simon Wiesenthal gegenüber bestritten und den sogar Richard Hanewein selbst zu Lebzeiten niemals offiziell bezeugt hatte.

Offenbar war Max' Tante ein wichtiges Mosaik in diesem Puzzle, dachte Rolf, gab sich mit dieser Erkenntnis allein aber nicht zufrieden. Er wollte mehr wissen, vor allem aus seinem Spezialgebiet: Welche Art der interaktiven Beziehung hatten Richard Hanewein und Alice McGraw? War das einzig und allein auf die Verschiffung von, immerhin und nicht zu verkennen, einhundertzwanzig jun-

---

[69] Chefingenieur auf Schiffen

gen Menschen, die sie aus den Konzentrationslagern der Nazis gerettet hatten, zurückzuführen.

Nein! Rolf hatte gewusst, dass es nicht ganz so einfach sein konnte, wie ein Simon Wiesenthal herausgefunden hatte. Jedes Jahr zwanzig bis fünfundzwanzig Jugendliche aus den KZs zu befreien, war eine Sache, sie aber auf einen Weg, meist quer durch Polen und Deutschland, manchmal Belgien und Holland zu transportieren, ohne dass die Chargen der Gestapo das erfuhren oder gar duldeten, war eine ganz andere Sache.

Hier mussten Schmiergelder gezahlt worden sein – einige der Listen, die Rolf entziffern konnte, wiesen darauf hin, vor allem was die Schiffsführer betraf, aber das allein konnte es eben auch nicht sein. Spitzel gab es schließlich überall. Und jedes Schmiergeld konnte überboten werden.

Dennoch fand Rolf die allerwichtigste Liste:

Sechsundachtzig Jungen und siebenunddreißig Mädchen aus dreizehn Konzentrationslagern der Nazis hatten überlebt, jedenfalls zum Stichtag, den Alice McGraw festgelegt hatte: der 3. Juni 1967!

Rolf ahnte einen Zusammenhang und durchblätterte seine Aufzeichnungen. Tatsächlich hatte Ragna und Max am 3. Juni 1967 nicht nur eine mystische Begegnung der „dritten Art" mit einer Chimäre namens DOM, sondern sie brachten auch einen Brief über die Mauern der DDR, im Namen von Alice McGraw!

War es vielleicht genau diese Liste? Die Liste der Überlebenden? Und wenn ja, warum zu diesem Zeitpunkt? Tante Lieschen hatte bis weit in die achtziger Jahre gelebt, Rolf konnte sich nicht erinnern, wann Max sein Erbe angetreten hatte, aber es war definitiv nicht 1967; schließlich war Max selbst mit seinen dreizehn Lenzen seinerzeit Protagonist in diesem Rollenspiel.

Das war also unlogisch? Vielleicht, vielleicht aber auch nicht. Rolf rechnete nach: 1967 waren die ältesten der einhundertzwanzig Jugendlichen schließlich schon älter als vierzig Jahre, heute wären sie, wenn sie überlebt haben, älter als neunzig!

Hermeneutik, dachte Rolf, hat eben seine faktischen Grenzen. Daher suchte er erst einmal weiter nach Informationen, bevor er die ANDEREN ins Bild setzte.

Seine Stapel waren längst nicht abgearbeitet! Und für die übergeordnete Logik hatte er ja noch seinen filosofisch-logisch begabten Freund Yukete in petto, den er schon jetzt in groben Zügen telefonisch über die ersten nachweisbaren Erkenntnisse ins Bild setzte. Schließlich war Hanewein sein Pate und Tante Lieschen Max' Tante. Er hatte nicht das Recht, solche Informationen diesen beiden vorzuenthalten. Sie mussten sich gekannt haben, schloss er sein Gespräch mit

Yukete, Tante Lieschen und Pate Hanewein – und – „Ich mach erst einmal weiter, der Brunnen ist noch nicht abgeschöpft! Du holst Max ins Boot?!"

„Klar, Rolf, wir warten auf die Ergebnisse, wenn sie kommen!" Die Gruppe hatte sich eine ganze Woche Zeit gegeben, um wieder zusammenzukommen.

Ragna hatte sich verweigert. Sie würde abfliegen, hatte sie gesagt, wenn es soweit ist.

*

Yuketes und Max' Begegnung endete nicht im Bett, auch wenn sie sich, wenn auch nicht körperlich, ziemlich nahegekommen waren. Jedenfalls aus Yuketes Sicht, denn außer Rolf und seiner Schwester Szmutuda kannte er niemanden auf der Welt, dem er seinen linken Oberarm zur Berührung freigegeben hätte.

Dennoch drehte es sich bei dem Gespräch durchaus um Sex, denn Max stellte erst einmal fest, dass er schwul sei.

„Wenn es für dich ein Problem ist, Yukete, dann sollten wir das Gespräch vielleicht lassen?!"

„Kennst du die Geschichte vom Zoo in Bremerhaven, Max?"

„Nöö, müsste ich eigentlich, weiß aber nicht, was du meinst!"

„Die hatten ein Problem: Sie hatten nur männliche Pinguine. Das Geschlecht erkennt man bei Pinguinen offenbar nicht sofort. Die haben dann miteinander gefickt. Der Zoodirektor hat entschieden: Das geht gar nicht! Weibliche Pinguine müssen her. Für entsprechend viel Geld wurden dann aus anderen Zoos diese, vielleicht Königs- oder Grönlandpinguine, keine Ahnung, hergeschafft, weil die Art am Aussterben ist. Und siehe da: Die männlichen Pinguine haben weiterhin untereinander gefickt und die weiblichen ignoriert. Nur diesmal haben sie dann auch die Eier der weiblichen Pinguine mit ausgebrütet, wahrscheinlich haben die Pfleger für die Befruchtung gesorgt, ebenfalls keine Ahnung! Soll aber wahr sein."

Max musste herzlich lachen, vor allem war, bestimmt auch von Yukete gewollt, seine afrikanische Seele bei der Aussprache ausschlaggebend.

„Okay, Yukete! Eier ausbrüten macht Spaß, lass uns fruchtbar sein, ohne zu ficken!"

Yukete berichtete Max kurz von den Ergebnissen, die Rolf ihm berichtet hatte.

„Deine Tante und mein Pate waren also irgendwie geheimdienstlich so was wie verkappte Schindler!"

„Das ist ganz schöne Scheiße, Yukete! Weißt du, was du da sagst?"

„Ich ahne …"

„Seit über zwanzig Jahren habe ich ein Erbe meiner Tante mit mir rumgetragen und hab mich ausschließlich um das viele Geld gekümmert! Alle Dokumente, die nun ein, du musst zugeben, mir erst seit zehn Tagen bekannter junger Seelendoktor, aufarbeitet."

„Nun ja, Max, auch wir kennen uns keine Sekunde länger!"

„Ja, das macht es aber nicht besser! Was passiert hier nur? Hätte ich zum Beispiel Schriftgelehrte von meinem, von Tante Lieschens Geld – und vielleicht wollte sie ja genau das? – engagiert, wüsste ich heute nicht nur diese Fakten, die dein Freund Rolf in den letzten zwei Tagen herausgefunden hat, sondern ich wüsste wohl alles, hätte entsprechend handeln können – und wir würden hier nicht sitzen!"

„Meinst du das wirklich?", fragte Yukete ein wenig lächelnd.

„Ja sicher", brauste Max auf, „Das ist doch logisch …"

„So wie der DOM …?"

„Na ja, aber der hat doch gar nichts damit zu tun …?!"

„Gut, Max, du hättest also herausgefunden, dass deine Tante Lieschen mit einem Menschen, den sie *Jump* nennt, kollaboriert hat, um einhundertzwanzig Jugendliche aus den KZs zu befreien."

„Genau!"

„Und dann?"

„Was: Und dann?"

„Ja, was hätte dir diese Erkenntnis gebracht, Max?"

„Nun ja, ich wäre stolz auf meine Tante gewesen – und natürlich auch auf deinen Paten!"

„… aber Max, du wüsstest doch gar nicht, dass dieser *Jump* mein Pate war. Du wüsstest nicht einmal, dass es mich gibt, mich und Marie und Richard Hanewein und Hermann Müller und Rolf Martens. Nur Ragna, die jüdisch pubertierende Professorin emeriticus kanntest du."

„Die was …"

„Na ja, deine Freundin Ragna halt, wie sie leibt und lebt."

„Pubertierende Professorin emeriticus …?"

Nun konnte auch Max nicht mehr an sich halten und lachte befreiend. Yukete hatte es mit Ragna auf den Punkt gebracht. Sie würde erwachsen werden müssen. Und bei diesem Gedanken wurde er plötzlich sehr, sehr ernst. War dieser junge Afrikaner vielleicht auch erwachsener als er selbst? Und wenn ja, war Yukete der Erwachsenere oder Max der Zurückgebliebene? Mit fast zweiundsechzig

Jahren gegenüber einem jungen Spund noch nicht dreißig, also eigentlich noch grün hinter den Ohren?

„Okay, Yukete, ich glaube, wir sollten nun zur Sache kommen. Ich muss dir recht geben, so ganz rational. Die Analyse der Dokumente meiner Tante hätte mir zwar sicherlich ein paar Erkenntnisse gebracht, aber nicht die, die nun durch Marie – oder wem auch immer, angestoßen worden sind. Und vielleicht ist das auch Ragnas Problem. Der DOM hat irgendwie unser Leben geprägt – ziemlich ambivalent, finde ich. Irgendetwas hat uns befähigt, die akademische Ebene des Seins zu beherrschen. Wie auch immer, „keine Ahnung", wie du sagen würdest, am 3. Juni 1967. Von da an ging es nach oben – jedenfalls wenn wir, also Ragna und ich, es betrachten würden. Die Barrieren fielen, die Pubertät war vorbei, damals jedenfalls, vielleicht holt Ragna da heute etwas nach – und ich hoffe, dass ich das nicht auch muss. Wir waren in der Lage, alle zu überflügeln, erst die Eltern, dann die Klassenkameraden, dann die Lehrer, dann die Kommilitonen und am Ende die Professoren. Irgendwie war ich dann auf die Bremse getreten. Hatte genug! Mochte als Lehrer für Mathematik vor allem diese pubertierenden Kids nicht, sie ekelten mich an. Vor allem deshalb bin ich nach England gegangen, seinerzeit. Dass dann daraus eine IT-Karriere herauswuchs, konnte ich damals nicht ahnen, obwohl ich sicher war, dass irgendetwas für mich dabei herausspringen würde. Das tat es und Tante Lieschen hat dann auf den Haufen des Satans geschissen."

„Und dir nun ein Vermächtnis hinterlassen, lieber Max, das dich zu einer Verantwortung zwingt, die du vielleicht gar nicht haben willst?"

„Ich glaube, Yukete, es wird Zeit, dass ich Verantwortung übernehme. Vor allem wird es Zeit, dass ich allmählich Mut beweise. Bislang fühlte ich mich immer bedroht vom DOM, aber niemals vom Leben. Ich habe immer Selbsterkenntnis gefürchtet, denn sich selbst zu betrachten hieß und heißt, zu hinterfragen, was IST, geworden ist."

„SEIN hat, lieber Max. Das, was IST, ist sowieso. Das, was Sein hat, setzt Evolution, manchmal sogar Revolution voraus! Ein gewordenes IST, ist, wie du sagst, gemacht, fremdbestimmt – und vor allem völlig aus der intuitiven, emotionalen, kosmologischen und instinktiven Bahn des Seins herausgebrochen!"

„Und der spirituellen, Yukete?!"

„Ich weiß, lieber Max, dass du es nicht lassen kannst, die Menschen auf der sogenannten esoterischen Ebene gefangen zu nehmen. Wir Menschen wissen häufig nicht weiter, haben eben nicht diese Erkenntnis, von der du sprachst! Wir sind manchmal eben mutlos, müde oder angsterfüllt vor dem Tod und haben

keine Kompensation, die dir der DOM, oder wer auch immer geschenkt hat. Aber er hat dir dennoch keine Endzeitkompetenz geschenkt, im Gegenteil: Du und Ragna beweisen, der DOM muss weg! Ein für alle Mal!"
„Woher weißt du das alles, Yukete? Du bist doch erst fast halb so alt wie ich!"
„Mbeete hat es mir geschrieben!"

*

Hermann Müller wusste, dass Lisa Ebert dieses Telefonat keinesfalls auf sich beruhen lassen konnte. Es gab für sie wenige Möglichkeiten, dachte Hermann Müller. Die eine war allerdings, dass nun die Polizei ihn wegen irgendeiner fadenscheinigen Behauptung verhaften würde. Der Verfassungsschutz hatte hier einige Standards parat, wie zum Beispiel Geheimnisverrat, Bestechung oder Bestechlichkeit und so weiter, schließlich war er Beamter und in diese Richtungen angreifbar, auch wenn dann Beweise hätten getürkt werden müssen. Aber auch da war der Verfassungsschutz mit Fantasie begabt. Die zweite Möglichkeit war, dass irgendeine Handlangerorganisation des Verfassungsschutzes, zum Beispiel der NSU[70], hier auftauchen würde, um ihn – mindestens – zusammenzuschlagen. Die dritte, aus seiner Sicht die klügste, sie würde das Telefonat ignorieren und die Zeit für sich arbeiten lassen.

Die vierte und die, auf die Hermann Müller spekuliert hatte, war die der persönlichen Neugier. Geheimdienst hin oder her.

Hermann Müller hatte recht behalten, sinnierte er, auch angesichts der zwei weiteren Gläser Budweiser, stolz. Lisa trat in die Kneipe und schaute sich um. Dann entdeckte sie Hermann Müller, also doch tatsächlich ihn selbst, denjenigen, den sie seit vielen Jahren beschattete. Aber vielleicht war er nur der Köder?! Also trat sie guten Mutes auf ihn zu und sagte freundlich und lächelnd: „Wo ist sie denn, die hechelnde Meute??"

„Ich bitte um Entschuldigung, dass ich Sie einfach so geduzt habe, Frau Ebelt", antwortete Hermann eher distanziert. „Aber wollen Sie sich nicht erst einmal setzen?"

Lisa Ebert alias Louisa Ebelt setzte sich automatisch. Gleichzeitig fiel alles an Selbstbewusstsein, das sie in den vielen Jahren aufgebaut hatte, in sich zusammen. Hermann Müller war Hermann Müller. Anders als sie selbst: War sie nun

---

[70] Nationalsozialistischer Untergrund

Lisa oder Louisa? War sie Tochter der DDR oder Tochter der BRD? Plötzlich wusste sie es nicht mehr.

Ein durchschnittlicher Mittsechziger zog ihr von einem auf den anderen Moment den Stuhl unter ihrem Hintern, einer von ihr so sorgfältig gesetzten Fassade, weg.

„Keine Angst, Frau Ebelt, oder sollte ich lieber Ebert sagen? Ich will Ihnen nicht ans Zeug flicken. Ihr Verfassungsschnüffler müsst ja ständig mit dieser Angst leben!"

„Ja! Nein, Herr, äh Müller …", stotterte sie. Das war ihr eigentlich noch nie passiert.

„Ihre Schwester ist in der Stadt!" Hermann hatte sich bei Marie vergewissert, dass er das ihrer Schwester gegenüber preisgeben durfte. „Aber sie will Sie nicht sehen, erst einmal jedenfalls nicht. Es gibt etwas zu erledigen. Dabei kann sie Gefühlsduseleien, vor allem wenn es einer längst vergangenen Zeit gilt, nicht gebrauchen. Das hat sie mir jedenfalls so gesagt."

„Was wollen Sie dann von mir?", gelang es Lisa, wieder ein paar vernünftige Worte zu finden.

„Ich will, dass Sie für Ihre Schwester einen Termin bei Herrn Wowereit und Herrn Buschkowsky organisieren. Und zwar ein Gespräch, gerne auch mit beiden zusammen, das mindestens zwei Stunden lang dauern dürfte und bei denen weitere vier oder fünf Personen anwesend sein möchten, mich inbegriffen."

„Wie kommen Sie darauf, dass gerade ich das einrichten könnte, wenn ich denn überhaupt auf die Idee kommen würde, irgendein Motiv für mich dabei zu entdecken. Und bitte schön, woher wissen Sie meinen ursprünglichen Namen?"

„Na, Frau Ebert, Sie wissen doch auch alles über mich, nicht wahr? Und was Sie recherchieren können, das kann ich auch. Glauben Sie mir, ich bin schon zu lange im Geschäft, um die Instrumente der Macht ausschöpfen zu können, wenn es denn sein muss!"

„Okaaay …", dehnte Lisa Ebert und fand allmählich zu ihrer lang trainierten Überheblichkeit zurück, „und Sie können mir glauben, dass Sie dann nun bei mir am Ende Ihrer Möglichkeiten angekommen sind …"

Sie wollte aufstehen, plumpste aber auf ihren Sessel zurück, als Hermann Müller schallend anfing zu lachen. Mit solch einer Reaktion war einfach nicht zu rechnen und wieder war sie sich nicht sicher, was das alles zu bedeuten hatte.

„Sie können gerne gehen, liebe Lisa Ebert. Aber ich verspreche Ihnen, den Termin bei den Bürgermeistern finde ich auch ohne Sie. Und Sie verpassen dann nicht nur eine spannende Entwicklung, sondern werden niemals mehr die Chance bekommen, die Agenda Ihrer Familie kennenzulernen. Dabei meine ich nicht nur Ihren Vater, dessen Vita als geschasster Bürgermeister von Ostberlin, seinen Abgang und seine Körper- und Gehirnwäsche im fernen Sibirien, nein, ich meine auch die Geschichte Ihrer Großeltern, speziell die Ihres genialen Großvaters Friedrich Ebert", setzte Hermann nach seinem Lachanfall an.

Lisa Ebert war nun bereit, mindestens zuzuhören, was dieser ältere Beamte, den sie jahrelang ganz offenbar unterschätzt hatte, nun zu sagen hatte.

Das Gespräch hatte bis Mitternacht gedauert. Hermann konnte sich ein Bild machen: Lisa Ebert war eine knallharte, kalte und karrierebereite Endfünfzigerin, die sich nicht scheute, andere für ihre eigenen Interessen auf der Strecke zu lassen. Wenn es sein musste, auch ihre Schwester. Dennoch hatte Hermann am Ende des Gesprächs das deutliche Gefühl, dass sie nicht log, als sie sagte:

„Okay, Herr Müller. Ich sehe, was ich machen kann. Versprechen aber kann ich nichts. Ich melde mich bei Ihnen!"

„Ja klar, Frau Ebert ..."

„Ebelt, bitte, ich bin Louisa Ebelt – und so steht es auch in meinen hochoffiziellen Dokumenten. Damit das klar ist!"

„Schon gut, schon gut ... Sie wissen ja, wo Sie mich finden!"

Kapitel neun ist Rolf und Ragna nach der Druidin, Ragna und Marie nach der Druidin, Alice McGraw

Ragna ging es gar nicht gut. Es war schon sehr lange her, dass sie derart geweint hatte. Fast war sie dann doch wütend auf Yukete geworden, der sie so aus der Balance gebracht hatte. Dennoch fuhr sie am nächsten Morgen zum Flughafen und buchte einen Flug nach Sunshine Coast, Australien. Sie wollte einfach nichts mehr damit zu tun haben. Tiefgang hin oder her. Sie wollte nur noch in die Sonne, am Strand lange Spaziergänge machen und am Abend draußen in einem Café bei lauen 30° C verbringen. Das Geld dafür hatte sie schließlich und in Australien würde sie schon ein Fleckchen für sich finden.

Die Maschine würde in drei Tagen abfliegen, sodass sie noch Zeit hatte, einige Besorgungen in Berlin zu machen und ein paar Gepäckstücke aus Tel Aviv postlagernd nach Vancouver zu verschicken.

Nachdem das erledigt war, hatte sie das Bedürfnis, einen langen Spaziergang zu machen, einfach um sich zu freuen auf eine beschwerdefreie Zukunft. Den ANDEREN würde sie einen Brief schreiben und sie ganz bestimmt nicht wiedersehen, jedenfalls nicht jetzt, nicht hier in Berlin. Sie nahm sich ein Taxi vom Flughafen Tegel in den Spreewald, was allein zwei Stunden dauerte.

Ihr werdet bemerkt haben, dass ich mich in letzter Zeit sehr zurückgenommen habe. Aber das, was Ragna nun vorhat, kann ich einfach nicht zulassen. Ich könnte sie jetzt manipulieren, so von hinten herum, aber das hat diese fleißige Gruppe nicht verdient und Ragna gehört definitiv zu dieser Gruppe, sie darf sich einfach nicht ausklinken. Die Gruppe hat verdient, ein paar Erkenntnisse zu gewinnen, mit denen sie bei den beiden Herren Bürgermeistern trumpfen können und so habe ich die Möglichkeit, mich vielleicht auch aktiver einzubringen. Ich werde Ragna nun also ein wenig Zeit stehlen – für sie wird es sich erst einmal anfühlen wie ein Traum, denn für sie wird dabei keine Sekunde Zeit vergehen. Sie wird spazieren gehen und ... na, ihr werdet sehen.

Am Abend im Hotel musste sie wieder weinen. Diesmal ohne starke Schulter, an die sie sich anlehnen konnte. Sie war drei Stunden durch den Spreewald spaziert und konnte sich an alles erinnern, vielleicht nicht gerade an jeden Baum, aber doch an einige der Menschen, die ihr begegnet waren und an das kleine Café, in dem sie eine koschere Pizza gegessen hatte.

Dennoch hatte sie geträumt. Oder war es kein Traum? Sie wusste es nicht. Aber Marie hatte ihr berichtet, dass die Druidin mit ihr gesprochen hatte. Nun hatte sie die gleiche Erfahrung machen müssen, machen dürfen? Sie war sich nicht sicher. Aber ganz sicher war sie sich, dass das Erleben, was die Druidin ihr ermöglicht hatte, vielleicht nicht gerade real war, aber dennoch so wirkte, dass ihr Herz endgültig wieder schlagen konnte als Ragna Sagel – mit einer Familie, einer (fast) kompletten Familie. Die Druidin war mit ihr in Theresienstadt gewesen. Sie hatte dort ihre Großeltern kennengelernt. Jüdische Großeltern aus Berlin. Deren ältester Sohn war ebenfalls in Theresienstadt, dreizehn Jahre alt 1943. Die Großeltern wussten aber nicht, wo dieses Jugendlager sich in Theresienstadt befand, in dem er sich aufhalten sollte und die Druidin weigerte sich, Ragna dort hinzubringen. Auch eine Großtante mit ihren allerdings sehr viel kleineren Kindern war dort. Auch sie hatte sie gesehen. Alle wussten, dass sie sterben mussten, jedenfalls die Erwachsenen. Alle hatten ihr gesagt, dass die Druidin recht hatte.

Sie und die ANDEREN waren aufgerufen zu handeln. Auch zu handeln, um den DOM endlich in die Knie zu zwingen. Aus der indolenten, deistischen Abstinenz herauszukommen. Die Einsicht zu zeigen, dass sich Theresienstadt, Auschwitz, Dachau, Bergen-Belsen nicht wiederholen dürften und auch nicht die Apartheid, Boko Haram, der Islamische Staat, die „türkische-kurdische Säuberung" oder welche auch immer geartete faschistoide Gewalt. Nach dem kleinen Ausflug in die Vergangenheit schickte die Druidin Ragna in die Zukunft. Es war wie ein fachkundig begleiteter, fast touristisch anmutender Ausflug, fand Ragna. Und was sie sah, bestürzte sie vollends. In Europa war ein nicht endend wollender Strom von Menschen unterwegs. Menschen aller Hautfarben, Nationen und Religionen. Zwar hat es schon immer Flüchtlinge gegeben, nach dem Zweiten Weltkrieg zum Beispiel oder während des Balkankrieges, nach dem Ende der Sowjetunion. Aber diese Massen von Menschen aus fast ganz Afrika, aus dem Nahen Osten und wieder und wieder die Sinti und Roma aus dem Balkan kamen ins kleine Europa, weil sie hier den Frieden erhofften, das Paradies. Die erste Million wurde noch freundlich aufgenommen, zumindest in Italien, Griechenland, Schweden, Frankreich und Deutschland, aber dann eskalierte das Ganze. Staaten versuchten dichtzumachen, allen voran das faschistische Ungarn, das noch immer zur europäischen Union gehörte, obwohl die Regierung allen demokratischen Standards widersprach. Aber auch Polen, das keine Muslime in seine christliche Nächstenliebe mit einbezog, und manche kleinen Länder wie Estland, Slowenien oder die Tschechei fühlten sich ganz einfach überfordert, obwohl es ihnen vor noch nicht allzu langer Zeit in der Sowjetunion nicht viel anders gegangen war als den Flüchtlingen aus Syrien, dem Irak oder Somalia. Aber die Menschen ließen sich nicht aufhalten, von keinem Zaun, von keiner Mauer und von keiner Herzlosigkeit.

Was nun geschah, glich dem Armageddon. Der DOM schaute zu. Er schaute zu und schaute zu. Die Druidin sagte.

„So wird es werden: Der DOM ist deistisch. Der DOM ist der Anfang und das Ende. Er ist das Ende. Seine Erfüllung ist ohne Ende nicht denkbar. Deshalb schaut er zu und orgasmiert seine Erfüllung. Und er hat die Macht dazu. Er kann zuschauen, er kann die Dinge laufen lassen, ja, Ragna, er kann sogar verhindern, dass Menschen das Desaster rechtzeitig erkennen und noch handeln können. Er verlässt das Diesseits, um das, was übrigbleibt, sich selbst zu überlassen – und glaub mir, Ragna, das werden ganz gewiss keine Menschen mehr sein, denn hier ticken mehrere Zeitbomben, die die Verrückten noch herausgerückter machen werden – sie werden alles vernichten, nicht nur um Allahs willen, sondern weil der DOM das so will. Die Natur wird überleben, wie sie immer überlebt hat, wenn eine Spezies ausgestorben ist, aber ich werde dann ziemlich einsam sein. Friedrich Ebert war auf dem richtigen Weg. Yukete ist in der Lage, dieses Geheimnis aufzudecken, auch wenn er es noch nicht weiß.

Und deine Aufgabe ist das „M" des DOMs, das „Mystika", aufzunehmen, um das andere brauchst du dich nicht zu kümmern, das werden die ANDEREN machen. Und beim ‚M' hast du Hilfe durch Marie. Sie ist das kosmologische, du bist das transzendentale Organ, die linke und rechte Herzkammer. Ihr werdet die ANDEREN Organe mit der nötigen Energie versorgen!"

Ragna widersprach: „Ich bin eine alte Frau, Druidin, du magst älter sein, aber ich bin müde. Ich will einfach nicht mehr. Du hast mir meine Familie gezeigt. Vielen Dank dafür. Ich fühle wieder eine Identität – tiefe Trauer und Liebe. Aber bitte, lass mich ziehen, dein DOM hat mein bisheriges Leben bestimmt. Ich will und kann einfach nicht mehr! Und Energie erzeugen kann ich schon ganz und gar nicht!"

„Ragna, Kind, du bist mein Kindes-Kindes-Kindes-Kindes-Kindes-Kind. Die Zahl der Generationen ist vielleicht irrelevant, aber ich kann dir sagen, dass ich nicht geboren bin, sondern geschaffen wurde. Um genau zu sagen, bin ich die Epigonin der Hexen und Druiden, die im sechzehnten Jahrhundert den

dreißigjährigen Krieg[71] beendet hatten. Der DOM wurde seinerzeit geschlagen, nicht etwa so, dass die anderen wirklich gewonnen hatten, sondern, dass der DOM sich reinkarnieren[72] musste. Und im Zuge dieser Reinkarnation wurde ich geschaffen. Ich bin die initiative Balance zwischen den beiden deistischen Polen, dem Beginn und dem Ende. Ich bin das Zwischenwesen. Ohne mich hätte der DOM 1649 seine Existenz in einen Pantheismus[73] wandeln müssen, was gar nicht seiner Natur entsprach, weil er eben das Gegenstück zur Natur ist. Allein der Theismus[74] hätte ihm genügt, aber der war allein den Religionen vorbehalten! Denn auch ein persönlicher Gott hätte der DOM nicht entsprechen können!"

„Gut, liebe Druidin, du weißt, dass ich jüdische Theistin bin. Und ich glaube an einen persönlichen Gott! Wirklich und wahrhaftig! Du wirst mich nicht missionieren können!"

„Sehr korrekt, Ragna, zeig's mir! Du bist die Philosophin. Und du hast völlig recht. Gott ist außen vor. Er oder sie wird uns beobachten. Irgendwo hinter den ganzen Galaxien und Universen die zwischen uns liegen. Er hat es vielleicht mit zu vielen DOMs zu tun und mit zu vielen Druiden, keine Ahnung, würde Yukete sagen. Ich kenne jedenfalls keine und keinen anderen Druiden. Und auch keinen anderen DOM. Aber es gibt intelligentes Leben in vielerlei Ausgestaltung. Da bin ich mir sicher. Und Gott steht darüber, der theistische Gott. Damit gebe ich dir recht, Ragna, jüdisch, christlich, islamisch, hinduistisch oder buddhistisch. Aber zurzeit geht es nur um unseren DOM und um dich und um die vielen ANDEREN."

„Okay, Druidin, aber wer sind diese ANDEREN? Wir sechs, Yukete, Max, Rolf, Marie, Hermann und ich?"

„Ja und nein, Ragna. Ihr seid die ANDEREN, schau doch einmal nach Gemeinsamkeiten, aber es gibt da noch ein paar Menschen, nicht gerade wenige, mehr. Ihr kennt sie nicht und sie selbst wissen es auch noch nicht. Aber ihr seid ihnen auf der Spur."

„Ich verstehe nicht, aber ich habe so vieles nicht verstanden, nun bin ich müde, Druidin, Mystik hin oder her – ich werde abfliegen!!"

---

[71] Der dreißigjährige Krieg dauerte von 1618 bis 1648.
[72] eine neue Gestalt annehmen
[73] der Glaube, dass Gott und die Natur identisch sind
[74] der Glaube an einen persönlichen Gott

„Nein, Ragna, das wirst du nicht! Du musst wissen, dass dein Vater der letzte der einhundertdreiundzwanzig Jugendlichen war, die Richard Hanewein und Alice McGraw aus den KZs gerettet hatten. Er konnte in Deutschland bleiben, weil der Krieg zu Ende war, bevor er das Schiff erreichen konnte, das in Rotterdam auf ihn wartete. Es gab übrigens noch eine zweite Jugendliche, die in Deutschland blieb. Alle anderen sind auf der Welt verstreut. Ich konnte dir deinen Vater vorhin in Theresienstadt nicht vorstellen, weil es dann ein Zeitparadox gegeben hätte, das du nicht überlebt hättest – und er auch nicht, oder umgekehrt, wie du willst. Er hat dir ein Vermächtnis hinterlassen, für das du die Verantwortung trägst. Ausschließlich deshalb existierst du, nicht für Vancouver, nicht für den warmen Strand. Ich habe ihm, kurz bevor er starb, versprochen, dass du bleibst, wenn es soweit ist. Jetzt ist es soweit! Entscheide dich, jetzt. Wenn du fliegst, werde ich das Flugzeug übrigens nicht abstürzen lassen. So wichtig bist du eben auch nicht, dass ich andere für deine Sturheit und Dickköpfigkeit würde leiden und sterben lassen!"

Innerhalb von zwei Tagen wurde eine emeritierte Professorin für jüdische Theologie behandelt wie eine dreizehnjährige Teenagerin. Irgendwie erinnerte sie das Ganze an die Feuerzangenbowle, wo ein Lehrer wieder Schüler wurde. Der hatte es aber freiwillig getan, sie nicht.

„Wer ist der zweite?"

„Ragna, das ist irrelevant. Du weißt es ..."

„Der Vater von Max?!"

„Schluss jetzt. Auch eine emeritierte Professorin rät nicht einfach ins Blaue. Denke nach, denn du wirst mit ihm sprechen müssen, auch wenn die Jugendliche, die im April 1945 von Alice McGraw persönlich aus Dachau herausgeholt wurde, wie übrigens dein Vater von Richard Hanewein aus Theresienstadt, weiblich war. Eine wirklich schöne junge Kommunistin."

Die Konferenz war beendet. Trotzig nahm Ragna wieder ein Taxi in ihr Hotel, nicht nur um zu weinen, sondern auch um ihren Flug zu stornieren.

*

„Optik – gute Rinde? Generativität – gute Verästelung? Vielleicht einen Eber? Hat sie Sophie im Kopf? Vergangenheit? Hermann, nun sag schon!"

Noch in der Nacht hatte Marie Hermann angerufen, mehrmals, bevor sie ihn dann endlich erreichte. Aber Hermann hatte keine Lust und war auch nicht mehr ganz in der Lage, am Telefon mitten in der Nacht und ganz und gar nicht nüchtern von seinem Gespräch mit Lisa Ebert zu berichten.

„Deine Schwester ist eine Schlange", sagte er nur am Telefon und er hatte noch registriert, dass sie ihn am nächsten Vormittag, ein Samstag, an dem er nicht arbeiten musste, zum Frühstück erwartete.

Mit einer halben Stunde Verspätung war er seiner Zusage nachgekommen und berichtete ihr detailliert, was ihre Schwester so von sich gegeben hatte.

„Keine große Sophie?"

„Nein, kein Wort von dir, als sei deine Existenz ihr völlig schnuppe."

„Politsozialisation ohne Emotion!"

„Das kannst du sagen! Aber ich glaube, sie meinte es ernst, mit ihrer Fast-Zusage, einen Termin bei den Bürgermeistern zu erwirken. Aber wir werden wohl warten müssen. Aber, liebe Marie, ich gewöhne mich langsam an unsere Verbindungen, die nun erst zehn Tage alt sind. Die ersten Tage hatte ich da doch erhebliche Probleme. Fühlte mich irgendwie psychisch krank, so mit Halluzinationen und so. Und ganz weg ist das auch noch nicht, muss ich zugeben. Das alles ist schon sehr verwirrend!"

„Hermann ist im Recht! Die Dinge im Prozess haben wir als Individuen nicht in der Hand. Ich hab das sofort erkannt, dein Du!"

„Was hast du erkannt?"

„Hermann denkt mit der Seele!"

„Meinst du? Ich finde ein bisschen Grips dabei ist auch nicht schlecht. Und mein Grips sagt mir, dass da durchaus auch etwas Politisches eine Rolle spielt. Ist ja nicht von ungefähr, dass sich damals, 1967, die beiden Bürgermeister trafen. Da muss es doch noch mehr Auswirkungen gegeben haben?! Und daher wüsste ich gern mehr. Magst du mir von deiner Familie erzählen? Ich habe versucht, herauszubekommen, ob dein Vater, also der damalige Bürgermeister von Ostberlin, nicht doch von dem Ursprungsmanuskript von Fritz Ebert gewusst haben konnte. Habe aber nichts gefunden. Aber du bist die bessere Quelle als das Internet, jedenfalls was den Bürgermeister Ost angeht!"

Hermann hörte eine Verwandlung in Marie, die ihn fast schockierte, ein Plauderton, den Marie offenbar beherrschte, wenn es sein musste: „Ich kann dir gern alles erzählen, was ich weiß. Aber ich bin mir sicher, dass mein Vater nichts wirklich gewusst hat. Er war, wie soll ich sagen, in der Hierarchie nach oben gerutscht, ohne nun gerade eine große Leuchte zu sein. Er war eher ein ausgeprägter Machtmensch, der ausschließlich seine Interessen verfolgte. Und er war gewalttätig. Er hat mich geschlagen, meine zwei Schwestern und unsere

Mutter, die manchmal mehrere Tage nicht nach draußen konnte, weil sie das eine oder andere Veilchen abbekommen hatte. Und ich muss sagen, dass ich glaube, dass Heinrich Albertz damals einen Fehler begangen hat, als er meinen Vater versuchte ins Boot zu holen. Aber zur Geschichte: Eigentlich wollte mein Vater Nachfolger von Walter Ulbricht werden, dem damaligen Generalsekretär des Politbüros der DDR. Aber er hatte nicht mit der Macht von Margot Honecker gerechnet, die zwar seine ärgste Feindin und Konkurrentin war, aber merkwürdigerweise gleichzeitig die beste Freundin unserer Mutter und meine und die Patin meiner Schwestern. Aber vielleicht ist das gar nicht merkwürdig, denn diese Freundschaft stammte schon aus Zeiten, bevor meine Mutter unseren Vater kennengelernt hatte. Und merkwürdig ist diese Verbindung auch nicht, wenn man bedenkt, dass da zwei identische Typen, eben gewalttätige Machtmenschen, aufeinandertrafen. Denn auch Margot Honecker ging über Leichen. Damals war es noch nicht Usus, dass eine Frau an die Spitze eines kommunistischen Staates gesetzt wurde. Deshalb hatte sie ihren Erich auf dieses Amt vorbereitet und konnte sich ziemlich klar von meinem Vater absetzen – soweit, dass dieser nicht nur als Bürgermeister geschasst wurde, sondern sogar zur Gehirnwäsche nach Moskau und dann nach Sibirien abkommandiert wurde. Ich bin mir sicher, dass Tante Margot dahinterstand. Aber da war ich schon unterwegs zum Eber und hab das Ganze sehr viel später erfahren, ich glaube in der „ZEIT" stand darüber mal ein Artikel, die ich in einer blauen Tonne in Dannenberg gefunden hatte. Und das ist auch schon alles, was ich dir berichten kann!"

„Deinen Großvater hast du nicht kennengelernt?"

„Nein, Hermann, mein Großvater ist 1925 an einer verschleppten Blinddarmentzündung verstorben. So jedenfalls hieß es offiziell. Aber die Faschisten waren schon im Vorwärtsmarsch auf Berlin, mein Großvater war noch Reichspräsident, war aber auch schon angeklagt wegen Hochverrats, sodass mit hoher Wahrscheinlichkeit zu vermuten ist, dass er von irgendwelchen dummen Faschisten ermordet worden ist. Und ich bin erst 1954 geboren worden. Mein Vater hätte aber auch mein Großvater sein können, so vom Alter her, er war nämlich schon 60, als ich als älteste Tochter geboren wurde. Aber er hat noch lange gelebt, ich habe herausgefunden, dass er erst 1979 gestorben ist. Und er war sogar bis zuletzt Mitglied im Politbüro, jedenfalls offiziell. Als Bürgermeister war er aber bereits 1967 geschasst worden, also kurz nach meiner Verschleppung nach Bayern. Keine Ahnung, ob es da einen Zusammenhang gibt. Herausgefunden habe ich dann noch, dass er 1969 aus Moskau zurückgekehrt ist, wo man ihm offensichtlich aber in Sibirien eine ordentliche Gehirnwäsche verpasst hatte.

Warum ist mir allerdings schleierhaft, denn er war zwar aus der SPD seines Vaters entsprungen, aber seit der Gleichschaltung von SPD und KPD zur SED war er immer ein verbohrter und fanatischer Vertreter des sowjetischen Machtanspruchs in der DDR. Später hat er seine Fahne immer in den Wind gehängt. Nicht umsonst war er ja von 1948 bis 1967 fast zwanzig Jahre Oberbürgermeister von Ostberlin, und zwar von Moskaus Gnaden!"

„Und deine Großmutter, also die Frau vom alten Friedrich Ebert?"

„Leider habe ich auch sie nicht kennenlernen dürfen. Sie hat wohl noch gelebt, aber in den Wirren der Nazizeit sind die Informationen über sie verborgen geblieben. Ich habe jedenfalls nichts gefunden. Aber wenn du …?! Sie hieß übrigens Louise und war eine geborene Ramp. Und mein Vater hatte noch drei Geschwister, zwei Brüder, die bereits im Ersten Weltkrieg gefallen waren und eine Schwester, ich glaube sie hieß Amalie, aber auch sie ist früh gestorben. Das muss in den dreißiger Jahren gewesen sein, denn auch sie habe ich nicht kennengelernt."

„Ja, Marie, gerne. Ich werde mal ein bisschen meine Kontakte und das Internet strapazieren. Vielleicht finde ich etwas heraus. Und Danke!"

„Wofür, Hermann?"

„Dass du in meiner Sprache gesprochen hast!"

„Ein Eber hört nur, was er hören kann!"

Und noch am gleichen Nachmittag fand Hermann eine wirklich interessante Spur: Heinrich Jaenecke, der Sohn jener Amalie Ebert, die 1931 gestorben war, wie er ebenfalls herausgefunden hatte. Da war Heinrich Jaenecke drei Jahre alt und wuchs bei seinem Vater in Berlin auf, war noch als jugendlicher Flakhelfer unterwegs und wanderte 1947, also mit neunzehn Jahren, nach Argentinien aus. 1954 kehrte Heinrich Jaenecke zurück nach Deutschland, studierte Publizistik und war unter anderem Redakteur der Süddeutschen Zeitung, des Weserkuriers in Bremen und bis zum Ende seiner beruflichen Laufbahn beim „STERN" in Hamburg. Hermann fand heraus, dass Heinrich Jaenecke einige Bücher geschrieben hatte, interessante Bücher, wie Hermann fand, zum Beispiel „Die deutsche Teilung", 1979, oder „Die weißen Herren", auch 1979, über das Apartheitsregime in Südafrika. „Es lebe der Tod", 1983, über den Spanischen Bürgerkrieg und last but not least: „Träumer, Helden, Opfer" über die polnische Geschichte. Das allerwichtigste aber war, dass er noch lebte!

Hermann telefonierte umgehend mit Marie:

„Ist dir meine Großmutter begegnet, lieber Hermann?", fragte Marie sofort.

„Ja, liebe Marie, das auch. Deine Großmutter ist fünfundachtzig Jahre alt geworden und 1979 gestorben, und zwar in Bremen, also im selben Jahr wie dein Vater! Aber ..."

„Damit war zu rechnen, sie ist ja auch schon 1894 geboren, habe ich mich erinnert! Vielen Dank für deine Mühe. Das beruhigt mich ein wenig. Wir sehen uns ..."

„Warte, warte Marie. Du musst nach Hamburg! Und du wirst dort einen Termin machen und zwar mit Heinrich Jaenecke!"

„Heinrich Jaenecke? Kenne ich nicht!"

„Heinrich Jaenecke ist dein Onkel! Er ist der Sohn von Amalie geborene Ebert, die 1931 mit eben einunddreißig Jahren gestorben ist und Wilhelm Jaenecke, der später Landrat war, ich glaube in Uslar, Niedersachsen. Der Sohn Heinrich war Journalist, zum Beispiel für den „STERN". Und er lebt noch. Ist jetzt, 2014, sechsundachtzig Jahre alt. Vielleicht ist er geistig fit genug, um deinen Besuch zu verkraften. Müsste er aber eigentlich, denn er hat mehre interessante Bücher geschrieben. Ich werde mir morgen alle seine Bücher besorgen. Ich will sie alle lesen! Und du wirst ihn anrufen und als seine Nichte mit ihm einen Termin machen! Ich habe sogar eine Telefonnummer von ihm herausgefunden."

Marie war so erstaunt, dass sie eine Weile geschwiegen hatte.

„Marie ...?"

„Entschuldige, Hermann. Ich bin sprachlos! Das ist ja eine tolle Nachricht. Ich habe nicht nur lebende Schwestern, wenn auch eine Schlange darunter ist, sondern auch einen intellektuellen Onkel. Klar ruf ich den an. Klar fahre ich hin und klar werde auch ich alle seine Bücher lesen! Erstklassige Arbeit, Hermann – und du kommst mit!" Offenbar war Marie nun schon zu lange in Berlin – ihre Waldsprache war nicht mehr aufrechtzuhalten, dachte Hermann.

*

Max war von Yukete instruiert worden. Rolf gab dennoch eine Zusammenfassung dessen, was er aus den Papieren herausgedeutet hatte, die Tante Lieschen Max hinterlassen hatte. Er konnte detailliert berichten, dass Richard Hanewein und Alice McGraw ein System aufgebaut hatten, um diesen Kindern das Leben zu schenken. Das Ganze war von ihnen erfunden worden und zwar schon vor dem eigentlichen Holocaust. Das war das wirklich Erstaunliche. Richard Hanewein hatte etwas gefunden, bereits 1938. Einen Schatz, wie Tante Lieschen es nannte, der ihn befähigt hatte, bereits 1938 vorherzusehen, was die Nazis vorhatten. Eigentlich hätte das jeder gekonnt, man brauchte nur Hitlers „Mein Kampf" zu lesen, dann wusste man, was den Juden, den Sinti, den behinderten Menschen und Kommunisten blühen würde. Aber Richard Hanewein hatte mehr gefunden. Nicht etwa Informationen über das was Hitler, Heidrich, Himmler und Konsorten im Kopf hatten, sondern eine Schrift, die nahezu grundlegend die politische Entwicklung bis ins Jahr 2050 beschrieb. Das Manuskript, was er in den geheimen Archiven der Nazis gefunden hatte, war von Friedrich Ebert verfasst und Richard Hanewein hatte sich in mühevoller Kleinarbeit, wie sie 1938/1939 erforderlich war, um Dokumente zu scannen, über mehrere Monate mit einer eingeschmuggelten Kastenkamera Kopien davon erstellt.

Mit einer Kurzfassung dieser über tausend Seiten umfassenden Abhandlung war er dann Anfang 1939 nach England gereist und hatte dort mit dem MI Six Kontakt aufgenommen. Nicht zufällig reiste er im gleichen Flugzeug wie der Außenminister des Dritten Reichs, Joachim von Ribbentrop. Denn Richard Hanewein war als höherer Beamter des neu gegründeten Reichssicherheitshauptamtes auch juristischer Berater des Außenministeriums, jedenfalls dann, wenn es um die Frage der europäischen Einschätzung der Judenfrage ging. Die Nazis hatten tatsächlich geglaubt, dass sie Verbündete gegen die „Judenplage" finden würden. Und leider taten sie das auch, weniger in England, aber ganz erheblich zum Beispiel in Skandinavien. Auch hier glaubte eine nicht unerhebliche Population, zum Beispiel in Schweden und Dänemark, dass die Nachfahren der Wikinger die wahren Arier[75] seien.

Dass Hanewein mit dem englischen Geheimdienst kollaborieren wollte, wusste Ribbentrop natürlich nicht, obwohl diesem nachgesagt wurde, er hätte ähnliche Kontakte gesucht – bestätigt wurde das jedoch nie.

Richard Hanewein hatte Vorsorge getroffen. Es hatte ihn einige Zeit und diverse Sicherheitsvorkehrungen gekostet, um mit dem englischen Geheimdienst Kontakt aufzunehmen. Schlussendlich in Deutschland konnte er eine englische Zusammenfassung des Textes, vor allem auf die nahe Zukunft des Hitlerregimes konzentriert, an eine ihm mit einem Code versehene, geheime Adresse in Deutschland persönlich abgeben. Es war eine Bäckerei in Hamburg.

Nun in London hatte er es im Konferenzzimmer des MI Six, in dem sich Richard Hanewein dann eingefunden hatte, mit einer Gruppe von englischen

---

[75] Der Begriff „Arier" wurde Mitte des 19. Jahrhunderts „erfunden" als Menschen nordischer Abstammung, was Hitler dann übernommen hatte. In Wirklichkeit sind Arier die Bevölkerung des Iran, übers. „das Land der Arier", und die sind keineswegs blond und blauäugig!

Agenten zu tun, die ihm aufmerksam zuhörten. Alle hatten das Manuskript gelesen und als Tischvorlage vor sich liegen.

Das Protokoll zitierte den Vorsitzenden der Arbeitsgruppe (natürlich in englischer Sprache):

„Wir schätzen Ihr Engagement sehr, verehrter Herr Hanewein. Wir sind Ihnen, der Sie sich als deutscher Staatsbürger an uns wenden, sehr zugetan. Sie oder ein anderer Verfasser dieses Manuskripts, wie Sie nun aussagten, der ehemalige Reichspräsident des deutschen Volkes, Friedrich Ebert, gehen von einem Desaster aus, das vom deutschen Volk ausgehen wird. Wir, und ich spreche nunmehr für alle Mitglieder dieses Gremiums, sind der Überzeugung, dass das nicht möglich ist. Wir wollen Ihnen nichts unterstellen, aber das, was sie da an Unmenschlichkeit, an Bestialität beschreiben, ist nicht möglich, nicht vorstellbar. Menschen sind keine Bestien, auch ein Herr Hitler wird eine gewisse Moral haben, auch wenn wir ihn natürlich als unseren Staatsfeind Nummer Eins betrachten. Aber er spricht mit uns, wir mit ihm, heute zum Beispiel durch seinen Außenminister Ribbentrop. Solche Taten, wie sie hier beschrieben sind, hat nicht einmal ein Nero im alten Römischen Reich zustandegebracht. Nein, Herr Hanewein, das alles ist nicht wirklich glaubhaft. Es ist eine böse Vision und wir haben uns die Frage gestellt, was Sie Ihren eigenen Landsleuten da tatsächlich zutrauen. Denn ein Hitler allein könnte so etwas nicht: Um Lager zu bauen, in denen Menschen systematisch umgebracht werden mit Gas und Gift, muss es auch Menschen geben, die das umsetzen. Das ist definitiv nicht möglich. Die Menschen würden das nicht tun, auch wenn ein Hitler das anordnen würde. Deshalb, junger Mann, in Ehren, dass Sie uns kontaktiert haben. Das kann so nicht sein. Und wenn Sie ehrlich sind: Das hat nicht der ehemalige Reichspräsident formuliert, sondern Sie selbst. Es ist gut, dass Sie unser Verbündeter sind. Vielleicht können wir Sie in Deutschland gebrauchen?!"

Das war's.

Unterzeichnet war das Protokoll von Leutnant Alexander McGraw.

Er hatte es noch in der gleichen Nacht geschrieben, berichtete Rolf den beiden, die angespannt zuhörten. „Und nun kommt wohl das Entscheidende: Alexander McGraw ist natürlich der Ehemann von deiner Tante Lieschen, Max. Hast du Alexander, also deinen Onkel, eigentlich mal kennengelernt?"

„Nein, er war nicht nur englischer Agent, sondern auch Pilot und ist bei einem Einsatz irgendwo zwischen Leipzig und Dresden abgeschossen worden, ich glaube 1945, in den letzten Kriegswochen."

„Okay, oder es tut mir leid, sollte ich vielleicht sagen. Denn er war aktiv dabei, vor allem bei der Akquise von Schiffen und anderen Transportmöglichkeiten für die Jugendlichen ins Ausland. Zurzeit wissen wir aber nur von Schiffen. Aber eins nach dem anderen. Alexander McGraw hat dieses Protokoll in der Nacht nicht nur zu Papier gebracht, sondern auch seiner Frau gegeben, so nach dem Motto: Lies mal, ob ich auch keine Fehler gemacht habe. Aber Alice McGraw schaute nicht auf die Fehler, sondern auf die Inhalte. Und als eine der wenigen englischen Staatsbürger, die sie nach der Ehelichung mit Alexander war, hatte sie Hitlers „Mein Kampf" gelesen, sich daran abgeekelt, wie sie, nun in Sütterlin, schrieb. Und dann hatten sie die halbe Nacht diskutiert. Tenor: Ist das möglich, was dieser Richard Hanewein dem MI Six offenbart hatte? Ist das wirklich von Menschen durchführbar? Und Alice McGraw hatte die klare Antwort für ihren Mann: ‚Yes, Sir! Mister Hitler is Mister Satan!'"

„Englisch in Sütterlin", sagte Rolf, „habe ich bislang auch noch nicht lesen dürfen!"

„Na klar", mischte sich Yukete das erste Mal ein. „Jetzt wird es rund. Die McGraws haben Kontakt zu Hanewein aufgenommen!"

„Genau, Yukete, genau das!", antwortete Rolf. „Und noch viel mehr. Alexander war Führungsoffizier beim britischen Geheimdienst, Alice immerhin Topspionin, die die deutsche Mentalität bis ins Effeff kannte. Sie gehörte ja selbst zu diesen merkwürdigen Germanen. So nahmen sie nicht nur Kontakt auf mit Richard Hanewein, sondern sie blieben in Kontakt, letztlich bis zu ihrem Lebensende. Und zwar ohne, dass sie großes öffentliches Geschiss darüber machten, dass sie sich ein System ausgedacht hatten, das einhundertdreiundzwanzig Kindern und Jugendlichen das Leben ermöglicht hatte."

„Und das konnten sie ganz allein?", fragte nun Max.

„Auch hier geben die Protokolle Aufschluss!", antwortete Rolf. „In den Tagebüchern von Tante Lieschen tauchte in Sütterlin immer wieder die Redewendung auf „We convince the british government", also „wir werden die Regierung überzeugen". Und letztendlich taten sie das auch. Denn ihnen ging ziemlich schnell das Geld aus. Richard Hanewein hatte zwar eine reiche Familie im Hintergrund, aber auch zwei stramme Nazibrüder, die sich nicht die Butter vom Brot nehmen lassen würden. Also musste er zum Bösesten greifen, was man sich vorstellen kann. Tante Lieschen hat es in dreiundzwanzig Seiten auf Sütterlin beschrieben. Hochphilosophisch, wie ich finde. Habt ihr eine Ahnung?"

„Nein, nicht wirklich, Rolf", meinte Max.

„Er hat die Goldzähne der vergasten Juden verscherbelt, Rolf, oder?"

„Ja, Yukete, du hast es auf den Kopf getroffen. Richard Hanewein saß im

Reichsicherheitshauptamt. Er verwaltete das, was man die ‚Wirtschaftlichkeit der Judenfrage' nannte. Dazu gehörten die Goldzähne der getöteten Menschen, aber auch der Schmuck, die Barschaften, die die Menschen mit sich trugen, weil sie glaubten, Auschwitz oder Neuengamme sei ein jüdisches Feriendorf. Es ging um Millionen, wenn nicht Milliarden von deutschen Reichsmark! Das dürft ihr nicht vergessen, Devisen würde man heute sagen."

„Scheiße, scheiße", murmelte Max. „Sie haben den Satan mit dem Beelzebub ausgetrieben!"

„Ganz genau. Aber ich kann euch insoweit beruhigen, dass das nur 1940 und 1941 der Fall war. Anschließend hatten Alice und Alexander McGraw Gehör bei den Chefs des MI Six gefunden. Es waren noch fast alle Vertreter der Sitzung aktiv, indem Richard Hanewein seine Kurzfassung von Friedrich Eberts Manuskript vorgelegt hatte. Spätestens 1942 bekamen sie Informationen aus Deutschland, die ihnen verdeutlichten, dass Richard Hanewein beziehungsweise der Verfasser des ursprünglichen Dokuments, also wohl vielleicht doch der ehemalige Reichspräsident Ebert, eine weise, wenn auch katastrophale Vision hatte. Nun war allerdings die Situation eine andere geworden als vor Kriegsbeginn 1939. Richard Hanewein würde nicht mehr ohne Weiteres aus Deutschland herauskommen, auch wenn er eine höherer Nazi-Beamter war. Aber Alice McGraw, die nun ebenfalls gehört wurde, konnte berichten, wie sie das System dennoch weiter lancierten. Richard Hanewein hatte ein Netzwerk an Helfern aufgebaut, die ein, zwei Jugendliche pro Jahr durch Polen oder Deutschland bugsierten und irgendwo über die Grenzen schmuggeln konnten. Anfangs hatten sie Helfer in Belgien, Holland und Frankreich, als dann die deutschen Truppen auch dort einmarschierten, konzentrierte sich Alice McGraw auf Kontakte nach Skandinavien, der Schweiz (die leider keinen eigenen Hafen hat) und auf die Resistance in Südfrankreich. Nun war sie allerdings nicht mehr allein. Der MI Six konnte das Netzwerk vervollständigen und Richard Hanewein wurde aufgefordert, die Stückzahl der Kinder und Jugendlichen anzuheben. Er ließ durch verschlüsselte Briefe, die die Jugendlichen in den Westen schmuggelten, mitteilen, dass er sich verweigerte, weil das das Risiko, aufgedeckt zu werden, bei Weitem erhöhte. Er sollte recht behalten. Aber die englische Regierung war natürlich „not amused!"

„Okay", wandte Yukete ein, „das sind wichtige Details. Aber den Grundansatz kannten wir ja schon. Nur dass nun auch Max' Tante ins Spiel kommt …"

„… nicht nur, Yukete", unterbrach Rolf ihn. „Nun kommen auch Max und Ragna ins Spiel. Und sogar Marie. Zum einen brachten diese beiden irgendwelche Papiere illegal nach Ostberlin 1967 und eine Entwicklung hatte begonnen, die heute und hier in Berlin offenbar seinen Abschluss nehmen soll!"

Max fügte hinzu: „Und der DOM begann uns in den Griff zu kriegen. Das können nicht alles Zufälle sein."

„Ja, und dann schaut euch mal die Entwicklung von Marie an, und diese ominöse Druidin. Alles begann am 3. Juni 1967. Was war da bloß los?"

„Das ist nicht die wirklich entscheidende Frage", meinte Yukete. „Viel wichtiger ist doch, dass auch das, was jetzt passiert, kein Zufall ist. Was verbindet uns sechs Menschen, die sich hier fast zufällig getroffen haben? Bei Rolf und mir ist das vielleiht nachvollziehbar, vielleicht auch Rolf und Hermann, so Patient und Arzt. Sogar Max und Ragna kannten sich vorher. Aber was hat eine Marie mit Hermann zu tun, oder mit mir, oder Ragna mit Rolf und mir??"

Sie hatten sich bei Rolf zu Hause getroffen. Nun klingelte sein Telefon und er sprach nur ein paar Sätze. „Eins dieser Beziehungsrätsel scheint sich morgen zu lösen", meinte er, nachdem er das Gespräch beendet hatte, „denn das war Ragna. Sie wird nicht abfliegen und hat mich stattdessen Morgen Mittag zum Essen eingeladen, koscher natürlich. Sie hat mir etwas mitzuteilen. Vielleicht bin ich ja ihr Sohn, aber meine Mutter kannte ich eigentlich sehr gut! Und zwei Mütter sind biologisch eher unwahrscheinlich."

Kapitel zehn ist Ragna und Rolf nach der Druidin, Mario und Marchellina, Marie und Ragna, Marie und Hermann in Hamburg bei Heinrich Jaenecke

Louisa Ebelt alias Lisa Ebert hatte lange nachgedacht. Die einzig wirkliche Vertraute, die sie ein Leben lang gehabt hatte, war ihre Schwester Barbara. Sie war seit längerer Zeit mit einem ehemaligen Parteifunktionär der SED der DDR verheiratet, der nunmehr Abgeordneter der Linken im Thüringer Landtag war. Barbara selbst hatte, außer der üblichen Parteikaderschulung bei Politbürokindern, keine Ausbildung oder gar Studium absolviert, sondern früh, kurz nach ihrer Volljährigkeit, geheiratet und drei Kindern großgezogen, die allesamt in Westdeutschland studiert hatten.

Aber ein Anruf würde hier nicht helfen. Louisa Ebelt kannte ihre Kollegen von den Geheimdiensten und wusste, dass gerade die Agenten sich untereinander intensiv ausspionierten, allein deshalb, um nicht der oder die Letzte zu sein, die ein Geheimnis herausgefunden hatte. Also rief sie nur an, um ihren Besuch noch für dieses Wochenende anzukündigen und setzte sich in ihren Porsche Carrera, um sich auf den Weg nach Erfurt zu begeben. Sie hatte nicht vor, länger als eine Nacht dort zu bleiben, auch wenn sie sich tatsächlich auf ihre Schwester freute.

Barbara war zwar ganz anders gestrickt als sie selbst, vielleicht verstanden sie sich deshalb so gut. Barbara war sehr weiblich und gefühlsbetont. Vielleicht musste man das auch als Mutter von drei Kindern, dachte Lisa, die selbst niemals das Bedürfnis gehabt hatte, irgendwelche Balgen zu werfen oder gar großzuziehen.

In einer stillen Stunde berichtete Lisa ihr, dass ihre Schwester Sophie offenbar wieder aufgetaucht war. Sie würde sich nun Marie nennen, also mit ihrem Zweitnamen und Lisa war sich nicht ganz sicher, ob ihre Information überhaupt stimmte. Das wunderte Barbara sehr, die ihre zweitältere Schwester immer bewundert hatte, denn dass Lisa unsicher war oder irgendeine Information nicht überprüfen konnte, war bislang noch nicht vorgekommen.

„Na ja, Barbara, es existiert eine Marie-Sophie Ebert, das habe ich natürlich überprüft. Sie wohnt in einer kleinen Absteige in Berlin-Neukölln. Ob das aber tatsächlich unsere ältere Schwester sein kann, weiß ich nicht. Schließlich glauben wir seit fünfundvierzig Jahren, dass sie tot ist! Schwer vorzustellen, dass sie plötzlich und völlig unerwartet wieder in Berlin auftaucht."

Barbara dachte nach. „Aber das lässt sich doch leicht überprüfen, Lisa. Jedenfalls wenn wir sie sehen. Vielleicht erinnerst du dich nicht …?"
„Doch, doch, ja Barbara, du hast recht. Sophie hat eine Narbe unter dem rechten Auge. Vater hatte sie mal wieder zu hart rangenommen. Und sie hat ein Muttermal am rechten Oberarm. Beides müsste sie eindeutig identifizieren!"
„Schön", sagte Barbara, „das wäre also geklärt. Du meinst also, wir sollten sie treffen?"
„Ich weiß nicht so recht, Babsi. Was haben wir mit ihr zu besprechen? Unsere gemeinsame Kindheit war beschissen genug. Egal ob wir zwei oder drei Schwestern sind!"

Barbara dachte kurz nach und kam zu dem Ergebnis, dass die Wiedergeburt ihrer ältesten Schwester natürlich auch bedeuten konnte, dass Lisa sich mehr um Sophie kümmern und sie selbst nicht mehr Babsi nennen würde. Deshalb pflichtete sie ihrer Schwester mit Enthusiasmus bei: „Ja Lisa, wir sollten die Vergangenheit endgültig begraben. Uns geht es doch gut mit der Gegenwart! Und eine tote und nun auferstandene Schwester brauchen wir wirklich nicht. Schließlich ist sie die Älteste. Wer weiß, was da auf uns zukommen könnte, so mit Alterspflege oder so!"

Damit war das Thema Sophie-Marie für die beiden Schwestern in emotionsloser Kürze vom Tisch. Lisa würde ganz bestimmt nicht ihrer Schwester zu Liebe die Bürgermeister über ihr Netzwerk kontaktieren. Sie war ihr völlig egal und wollte sie auch nicht sehen. Auch als Kinder mochten sie sich nicht, warum sollte das heute anders sein. Barbara hatte ihre Überzeugung einfach nur bestätigt – mit ganz rationalen Gründen, die Lisa ihrer Schwester gar nicht zugetraut hätte. Ja, was wäre, wenn Sophie einfach ein Pflegefall war, vielleicht Krebs oder beginnendes Alzheimer hatte, sich im Schoße der Familie bis zum Ende pflegen lassen wollte? Und nur deshalb in Berlin erschienen war?

Nein, Barbara hatte recht. Sie wollten nichts mehr mit ihrer Schwester zu tun haben – schließlich hatten sie als Kinder keine zugeneigte oder gar liebevolle Beziehung zueinander gehabt, warum sollte das nun als Erwachsene anders sein?

Aber auf dem Weg zurück nach Berlin kam Lisa ein anderer Gedanke. Was ist, wenn dieser Hermann Müller wirklich etwas zu sagen hat, etwas staatsrelevantes vielleicht, oder etwas, das irgendein wirtschaftliches Interesse versprach? Von diesem Gespräch mit dem kleinen Beamten hatte Lisa ihrer kleinen Schwester natürlich nichts erzählt. Nicht, weil es ein Dienstgeheimnis sein könnte, sondern weil sie ihre liebe Schwester einfach für zu dumm hielt, als dass sie hier irgendwelche kreativen Beiträge leisten könnte. Dass mit der Gefühlsebene hatte sie ja gut hingekriegt. Alles andere war Lisas Sache. Hier waren Durchsetzungsvermögen und Geschick gefordert. Wenn dieser H. Müller irgendetwas herausgefunden hatte, was ihr und offenbar auch den anderen Diensten entgangen war, würde sie ein für alle Mal ihre Reputation als taffe Agentin verlieren. Würde dieser Beamte einen anderen Weg zu Wowereit und Buschkowsky finden, wäre sie außen vor, ihre Karriere würde hier, an dieser Stelle stagnieren. Ihre Einflussnahme würde schwinden. Sie würde sich der Lächerlichkeit preisgeben. Die Kollegen vom BND, MAD, CIA, Mossad und so weiter würden sie belächeln und Witze über sie reißen. Vielleicht sogar in den sozialen Netzwerken. Dann war sie zudem enttarnt. Ihr Traum, mit ihrem noch immer kreditfinanzierten Porsche Carrera direkt ihre eigene Jacht in San Marino in Besitz zu nehmen, würde endgültig dahinschwinden.

Nein, sie musste am Ball bleiben und sie wusste, wer ihr noch den einen oder anderen Gefallen schuldete, vielleicht sogar ihre Joker.

Und wenn das Treffen dieser Outsider mit den Bürgermeistern ein Flop werden sollte, dann konnte sie sich immer noch zurückziehen. Nein!, dachte sie. Ja! Ich kann und daher werde ich!

*

Ragna musste nicht lange nachsinnen. Die Druidin hatte recht. Nicht Max war ihr Pendant, es konnte nur dieser Rolf sein, dieser Psychologe im Masterstudium. Das zeigten erst einmal allein die Ausschlusskriterien, denn alle anderen kamen nicht infrage, wenn sie die Charakteristik der Druidin für sich abrief. Bestätigt wurde sie im Internet. Die Mutter dieses Rolf Martens hieß Margarete und war heute vierundfünfzig Jahre alt, also siebenundzwanzig bei der Geburt des Rolf. Die Familie Martens hatte ein Profil, der Vater, ein Ingenieur, und Rolf selbst, mit einer Vita, die durchaus beeindruckend war: 1987 in Bremen geboren, Einser-Abitur, Landesmeister bei Schwimmwettbewerben, abgeschlossenes Bachelorstudium der Psychologie und nunmehr Masterstudiengang einschließlich Psychotherapeuten-Zusatzstudium mit siebenundzwanzig Lenzen, kurz vor dem Abschluss. Über die Großeltern gab es nichts im Internet, was nicht besonders aufregend war, denn diese Generation war noch nicht multi-www. Aber sie fand auch sonst nichts über die Familie. Vielleicht benötigte sie nun einen Max oder vielleicht Hermann, der ihr die Wege im Netz bereiten würde. Aber Ragna beließ es dabei.

Die Druidin hatte sie nicht emotional, sondern nur rational überzeugt. Aber sie hatte sie auf den Weg gebracht und Ragna konnte sich nicht vorstellen, dass die Druidin lügen würde, oder überhaupt könnte. Das was sie sagte, war schlüssig und nicht widerlegbar. Ragna glaubte nicht mehr so recht an die übergeordnete Pflicht, die sie zu erfüllen hatte, aber sie glaubte, keine wirkliche Wahl zu haben. Der Abflug hätte eine Gewissenszwangslage zur Folge, die sie in den Wahnsinn treiben würde. Also ergab sie sich in ihr Schicksal und telefonierte mit dem jungen Rolf. Sie wollte ihn in einem Restaurant treffen und hoffte, dass eine externe und öffentliche Atmosphäre ein wenig von dem nehmen würde, was die Druidin als den Ernst des Ernstes transportiert hatte.

„Weiß deine Mutter davon?", trat sie noch vor dem Essen in einem koscheren jüdischen Restaurant, zu dem sie Rolf eingeladen hatte, die Offensive an.

„Was soll meine Mutter wissen?", fragte Rolf unschuldig.

„Nun ja, dass ihre Mutter, also deine Großmutter, die letzte, nein, die vorletzte der einhundertdreiundzwanzig Jugendlichen war, die dieser Hanewein gerettet hatte."

Die Suppe kam und Rolf musste schlucken. „Nee, keine Ahnung! Ich jedenfalls wusste es nicht und irgendwie glaube ich das auch nicht. Woher willst du das denn wissen, Ragna?"

Ragna schluckte und konnte nicht anders: „Also, ich werde mich nicht mehr daran gewöhnen, dass irgendwelche grünen Jungs mich Ragna nennen. Ich bin Professorin Dr. Dr. Ragna Sagel. Und wenn ich sage, dass das so ist, hast du gefälligst nicht mit einer Gegenfrage zu antworten, Bürschel."

„Du bist wirklich eine ziemlich komische Pädagogin, Ragna. Aber die Suppe ist gut, wusste gar nicht, dass ihr Israelis außer Krieg führen auch kochen könnt! Was gibt's danach? Oder darf ich selbst bestellen, bin nämlich schon ziemlich volljährig, Dr. Dr. Prof.!"

Rolf war vorbereitet, das bemerkte sogar Ragna. Sie hatte ein Bild hinterlassen, das genauso zu kontern war, wie es der junge Psychologe nun tat. Nach dem Telefonat hatte er mit Rolf und Yukete gemeinsam gemutmaßt, was Ragna von ihm wollen könnte. Sie waren zwar zu keinem inhaltlichen Ergebnis gekommen, aber Yukete sagte: „Sie kann ein ziemlicher Kotzbrocken sein, auch wenn hinter dem Sandpapier eine verletzte Seele steckt." – „Und eine, die die Pubertät nachzuholen hat", hatte Max ergänzt.

„Also, Ragna. Das ist für mich eine wichtige Information. Ich habe meine Großeltern leider nicht kennengelernt – und an meine Mutter habe ich nur wenige Erinnerungen, und die waren nicht besonders nett. Aber woher weißt du das?"

Rolf war zwar doch überrascht über diese Neuigkeit, hatte sich aber im Griff. Er hatte erwartet, dass auch er irgendwie involviert sein musste. Yukete hatte recht. Das alles sind keine Zufälle, sondern die sechs Menschen, die nun zusammengekommen waren, hatten irgendwelche Gemeinsamkeiten.

Ragna hatte nicht geantwortet. Der Hauptgang kam. Es gab Ziege mit Maulbeertaschen. Rolf hatte sich verkniffen, sich vorzustellen, wie diese Ziege koscher geschlachtet auf seinem Teller gelandet war. Aber sie schmeckte ausgezeichnet.

„Nun mal Tacheles, Ragna. Was hat das mit dir zu tun – oder besser, was hast du mit mir zu tun, oder ich mit dir? Und noch einmal: Woher willst du das wissen?"

„Tacheles ist ein jüdisches Wort, Rolf, wusstest du das!"

„Na klar, Ragna, sonst hätte ich ‚Butter bei die Fische' gesagt oder so! Lenk nicht ab, raus mit der Sprache!"

„Wie nennt man das …"

„Direktive Gesprächsführung", konterte Rolf.

Irgendwie hatte Ragna sich das Gespräch anders vorgestellt. Wie genau wusste sie zwar nicht. Aber offenbar hielten sie sie alle im Zaum, so als wäre sie ein sibirischer Taigatiger.

Rolf unterbrach ihre Gedanken aber ziemlich brutal: „Also nun, Ragna, Tacheles. Was hat meine Großmutter mit dir zu tun und woher weißt du das alles?"

„Mein Vater war der Letzte!"

„Er war der Letzte? Der Letzte der einhundertdreiundzwanzig?"

„Ja, verdammt. Und ich hab es nicht gewusst. Ich hab gedacht, Theresienstadt sei ein Ferienort in Polen. Meine Mutter hat immer gesagt, die Familie von Papa sei dort geblieben. Und ich als dreizehnjährige Nervensäge hab gedacht, sie seien dort, irgendwie weit weg und könnten uns nicht besuchen, weil sie kein Geld für eine Fahrkarte hatten. Dummes Zeug halt. Und dann kam der DOM. Und der hat mir alles Restliche genommen, was ich noch hatte, meine Pubertät, meine Aufsässigkeit, meine Überheblichkeit, aber auch meine Liebe. Er hat mich vernünftig gemacht, mit Instrumenten versehen, mit Werkzeugen, mit Waffen, aber nicht mit Erkenntnis! Die ganzen Jahre wusste ich nichts, nicht die Bohne. Ich bin, wie gesagt, jüdische Philosophieprofessorin, aber glaubst du, ich hätte mir die Mühe gemacht, dieses Theresienstadträtsel meiner Eltern jemals aufzuklären, Ich habe es verdrängt. Sag, Psychologe, kann man so etwas verdrängen? Restlos aus seinen Gedanken herausstreichen?"

„Da du es gemacht hast, geht es also. Aber das mit der Überheblichkeit …"

„Schon gut, Rolf Martens. Du bist irgendwie mit mir verwandt, führ dich also nicht so auf. Deinen Doktortitel musst du dir noch erarbeiten! Ich habe gestern Nachmittag meine Großeltern in Theresienstadt kennengelernt, nicht meinen Vater, aber der war auch dort. Aber ich habe mit einer Großtante von mir mit drei Kindern gesprochen, also die jüngere Schwester meiner Großmutter. Und eins dieser Kinder hat überlebt und ist deine Großmutter, sie dürfte um die drei Jahre alt gewesen sein, als ich sie 1943 gesehen und mit den Erwachsenen gesprochen habe. Sie wussten übrigens, dass sie sterben würden. Die Kinder natürlich nicht. Und eins mindestens hat schließlich irgendwie überlebt! Deine Großmutter eben! Das wollte ich dir sagen! Wie wir jetzt nun allerdings verwandt sind, weiß ich auch nicht. So über mehrere Ecken halt, Rolf."

„Du hast waaas?" Nun war Rolf doch aus der Spur. „Nee, näch? Hast du Hallus, Prof. Dr. Dr.?"

Ragna schwieg. Sie sah wie Rolfs Offensive ihr gegenüber nicht aufrecht zu erhalten war. Und ihre nicht ihm gegenüber.

„Woher ...? Warum?", stammelte Rolf.

„Ich hab mit der Druidin sprechen müssen, und habe mit ihr eine kleine Reise gemacht", antwortete Ragna. „Wir sollen nach Gemeinsamkeiten suchen, sagte sie!"

„Das sagt Yukete auch!", entfuhr es Rolf und Ragna müde: „Ja, ich weiß! Und ich weiß nun, warum meine Mutter Heroin mehr geliebt hat als mich!"

*

Buenos Aires am 1.06.1967: Die junge Marchellina, dreizehn Jahre alt, suchte ihren Vater. Das war gar nicht so einfach. Denn 1967 gab es noch kein Internet, jedenfalls nicht für eine durchschnittliche Bevölkerung in der ganzen Welt. Marchellina hatte ein Makel, wenn man es denn so nennen will, zumindest eine Besonderheit, die in Südamerika eher selten zu finden war, die ihr die Suche jedoch erleichterte: Sie hatte, trotz kaffeebrauner Haut, blaue, wasserblaue Augen. Und sie wusste, dass ihre Mutter Prostituierte war, als sie noch lebte, auch wenn Marchellina nicht so genau wusste, was eine Prostituierte, oder Nutte, Hure, wie andere sagten, überhaupt war. Jedenfalls hatte es mit Männern zu tun, für die Mama irgendetwas machte. Vielleicht nähte sie und musste Maß nehmen, wenn sie mit ihnen allein war, dachte Marchellina. Die Männer hatte sie allerdings nie gesehen. Marchellina musste immer in die Küche, wenn sie kamen.

Nun war die Mutter gestorben und Marchellina war allein zurückgeblieben. Die Mutter hatte ihr, viele Wochen bevor sie starb, einen Umschlag gegeben.

Darin waren alle Dokumente, die sie benötigte, Geburtsurkunde, Kinderausweis, Impfpass und so weiter – und die Mutter hatte einen Namen auf ein Bild geschrieben, das einen jungen, sehr gut aussehenden weißen Mann, wie sie fand, mit ebenso blauen Augen zeigte, wie Marchellina sie hatte. Nur Marchellinas Haut war kaffeebraun. Die Mutter sagte: „Das ist dein Vater! Der lebt in Deutschland. Du musst auf den Atlas gucken. Ich glaube es gibt zwei Deutschlands. Dein Vater lebt, soweit ich weiß, eher im Westen als im Osten. Aber ich weiß es nicht genau. Er ist ein netter Mann, er hat nicht gewusst, dass er eine Tochter hat, denn er ist in seine Heimat gereist, bevor ich überhaupt wusste, dass ich schwanger bin."

In den folgenden Wochen wurde die Mutter immer irrer. Erst verwechselte sie alles, dann erinnerte sie sich an nichts und dann kam sie ins Krankenhaus. Die Ärzte sagten, es sei eine Krankheit mit dem komplizierten Namen Syphilis und hatten Marchellina untersucht. Aber sie sagten, sie hätte sich nicht angesteckt und das sei eigentlich ein Wunder.

Nun, mit dreizehn Jahren wusste sie, dass die Babys zwar aus der Vagina der Mutter herauspflutschten, und auch, dass es zuvor einen Mann gegeben haben muss, der seinen Penis in eben jene Vagina hineingesteckt hatte, um dort sein Sperma abzugeben. Marchellina war immer eine fleißige Schülerin, auch im Sexualkundeunterricht, konnte sich aber nicht vorstellen, dass das ein Mann mit ihrer Vagina tun würde. Sie hatte mal einen Bleistift in ihr drittes Loch zwischen den Beinen hineingesteckt und das tat weh. Also musste das ziemlich blöd sein.

Aber ihre Mutter hatte das offenbar ertragen, denn sonst wäre sie nicht eine Marchellina geworden.

Als die Mutter starb, kam Marchellina in ein Waisenhaus. Und das gefiel ihr gar nicht. Sie lebte mit fünf anderen Mädchen in einem Zimmer und hier gab es ständig Zickenkrieg.

Die Kinder, insgesamt wohnten zweihundertachtzig Kinder in dem Haus, kamen alle aus dem Großraum von Buenos Aires, in dem schätzungsweise dreizehn Millionen Menschen leben. Und hier lernte sie einen Jungen kennen, der auch blaue Augen hatte. Er war zwei Jahre älter als sie. Sie hatten sich im Speisesaal, mit dem schlechtesten Essen, das sich Marchellina vorstellen konnte, kennengelernt. Marchellina wusste, dass Mario Argentinier war, wie sie selbst. Auch seine Eltern stammten aus Argentinien. Sie waren ebenfalls gestorben, aber bereits vor mehr als einem Jahr. Nicht an Syphilis wie ihre Mutter, sondern bei einem Verkehrsunfall.

Mario hatte ihr aber erzählt, dass sein Großvater aus Europa stammte, aus einem Land, das Germania hieß, also aus dem Deutschland wie auch ihr Vater. Da sie nun, neben den blauen Augen, eine weitere Gemeinsamkeit festgestellt hatten, wurden sie Freunde. Sie schauten im Schulatlas nach, und stellten fest, dass es ein ganz kleines Land in Europa war, viel kleiner als Argentinien, aber auch viel größer als andere Länder in Europa, jedenfalls dann, wenn man beide Deutschlands zusammen betrachtete. Marchellina schätzte, dass kaum mehr als hundert oder zweihundert Menschen dort leben konnten.

Mario behauptete, es wären auch viele, viele Tausend, Millionen, hatte er gesagt, jedenfalls in Deutschland, wo sein Großvater herkommen würde.

Auch er hatte Papiere vom Amt bekommen. Der einzige Nachlass, den seine Eltern hinterlassen hatten. Jedenfalls sagten das die Männer vom Amt, was Mario aber nicht glaubte. Er glaubte, dass sie sich alles unter den Nagel gerissen hatten und er leer ausgehen würde, obwohl er der einzige Sohn und auch einziger Verwandter seiner Eltern gewesen war. Er hatte den Männern gesagt, er würde zur Polizei gehen und da hatten sie nur gelacht. Er war schließlich erst vierzehn Jahre alt gewesen und wusste nicht, wie er erben konnte und was erben überhaupt ist.

Marchellina glaubte nicht, dass in diesem Land, Germania, so viele Menschen leben konnten wie in Argentinien.

„Beweis es!", hatte sie gesagt.

Mario war ihr Freund und er hatte lange überlegt. Er musste sein Versprechen halten und schmiedete mit ihr einen Plan, denn beide hatten die Nase voll von diesem Heim und von diesen Menschen, die sich Erzieher nannten, aber eigentlich nichts anderes als gewalttätige Schließer waren. Und die anderen Kinder waren kaum besser, denn jede und jeder versuchte nur, so gut durchzukommen, wie es eben möglich war – auch auf Kosten anderer.

„Also gut", sagte er, „morgen am Flughafen! Und zieh dir was wirklich Warmes an. Bring eine Plastikflasche mit Wasser mit. Mehr nicht! Ich habe Tortillas, das muss reichen. Wir fliegen nach Germania!"

Mario hatte einen dicken Kloß im Hals, als sie am 2. Juni 1967 auf dem Rollfeld zwischen den Koffern saßen und darauf warteten, dass sie in der Flugmaschine, im Gepäckraum, einen Platz finden konnten. Mario hatte zwar versucht herauszufinden, wann welches Flugzeug wohin ging, war sich aber nicht sicher. Jedenfalls nach Europa, hatte er gedacht, dann würden sie schon weiterschauen.

Jeder der beiden hatte einen Namen im Gedanken-Gepäck. Sie mussten nur lange genug suchen, um sie zu finden. Mario den Großvater und Marchellina den

Vater. Wo auch immer sie landen würden, sie würden sich auf den Weg machen. Europa war ja ziemlich klein!

Dass Europa so groß war, hätten sie nicht erwartet. Sie waren tatsächlich in Frankfurt gelandet, wurden dort von der Polizei, Bundesgrenzschutz, in Empfang genommen, hatte Mario, der von den Eltern ein wenig Deutsch gelernt hatte, Marchellina buchstabiert.

Da sie Papiere vorweisen konnten, kamen sie offenbar nicht in ein Gefängnis, sondern wurden von einer, eigentlich sehr netten Frau in ein Heim in Frankfurt gebracht. Das sah ganz, ganz anders aus, als das in Buenos Aires. Die Zimmer waren wunderschön eingerichtet und Mario und Marchellina hatten jeweils nur einen respektive eine Zimmergenossin. Mario konnte immer ein wenig übersetzen und er konnte der netten Frau sagen, dass er seinen Großvater und Marchellina ihren Vater suchen würden.

Schon am nächsten Tag hatte sie die erfreuliche Nachricht, dass sie beide gefunden hätte. Aber der Großvater sei gar nicht der Großvater von Mario und der Vater von Marchellina sagte, er habe keine Tochter.

*

Die Fünfergruppe hatte sich wieder zusammengefunden. In dieser Konstellation kannten sie sich nun grad erst zwanzig Tage. Es war der 4. März des Jahres 2014 und sie tauschten erst einmal alle Neuigkeiten aus, die sie zwischenzeitlich herausgefunden hatten.

Max hatte mittlerweile einen kleinen, aber luxuriösen Sitzungssaal in seinem Hotel geordert, in dem sie auch essen konnten. Er hatte allen angeboten, auch in dem Hotel ein Zimmer zu nehmen, aber keiner wollte: Hermann, Yukete und Rolf besaßen ihr Zuhause in Berlin. Marie hatte im Grunewald Trüffeln gesucht und natürlich auch gefunden und sie unter der Hand verkauft. Sie konnte sich also weiterhin ihre Pension in Neukölln leisten und fühlte sich dort wohl. Ragna blieb ebenfalls wo sie war, denn trotz allem Gemach blieb sie Jüdin, sagte sie und war geblieben, weil sie musste, nicht, weil sie wollte. Aber es habe nichts mit „euch ANDEREN" zu tun.

Marie hatte eine Neuigkeit zu berichten, die die anderen noch nicht kannten, nicht einmal ihre neue Sprache, aber sie klärte sie auf: „Gespräch mit Max. Interaktion mit euch. Eber ist Vergangenheit: Ich habe gestern lange mit Heinrich Jaenecke telefoniert, also meinem Onkel, oder besser Großonkel, wie ihr wisst. Erst war er ziemlich irritiert, fast genauso wie jetzt ihr mit eurer Sprache, die ich beherrsche, und konnte das nicht glauben. Mit meiner Waldsprache hätte er gleich aufgelegt. Also, dass ich seine Großnichte sein soll. Aber er wusste, dass sein Onkel, also mein Vater und meine Mutter, 1979, aber zu unterschiedlichen Zeiten gestorben waren. Er war zwar nicht bei der Beerdigung seines Onkels, weil man ihn als kritischen Journalisten nicht in die DDR lassen wollte. Aber er wusste, dass der Onkel drei Töchter hatte und eine als verschollen respektive tot galt. Sophie hieß sie, sagte er mir, aber nicht Marie. Ich hab ihm dann ein paar Erklärungen gegeben, aber ihm auch Zeit gelassen, selbst zu recherchieren und gewartet, bis er mich zurückgerufen hatte. Das tat er dann und schien zu glauben, dass ich die Wahrheit gesagt, auch wenn ich ihm natürlich nicht alles erzählt hatte, also vom Eber und so. Schließlich war er Journalist und hat bestimmt seine Quellen, um Wahrheit von Lüge zu unterscheiden. Außerdem gab es ja überhaupt keinen Grund oder Anlass, ihm gegenüber eine falsche Identität zu heucheln. Vielleicht hat er aber auch Lisa angerufen. Ich weiß es nicht. Jedenfalls sind Hermann und ich herzlich eingeladen, am nächsten Wochenende zum Essen zu kommen. Und er sagte, dass er vor allem natürlich mir eine weitere Verwandte vorstellen würde: Seine Tochter Marchellina und vielleicht würden auch deren zwei Söhne Gerome und Batista anwesend sein. Sie kann ausgezeichnet kochen, hatte er noch angefügt. Wusstet ihr, dass er eine Tochter hat?"

„Kein Schimmer", antwortete Hermann für alle anderen. „Eine Tochter tauchte in seiner Vita nicht auf! Und, soviel ich weiß, war er auch nicht verheiratet und Kinder waren bislang nicht aufgetaucht in den Informationen, die ich gefunden habe. Na gut, wir lassen uns überraschen. Dafür habe ich auch eine Neuigkeit, weiß aber nicht, ob die wirklich erfreulich ist. Ich habe mit Lisa Ebert, der Schlange, telefoniert. Sie hat mir nur kurz zwei Dinge gesagt: Zum einen soll ich dir, Marie, ausrichten, dass sie und eure Schwester Barbara dich nicht sehen wollen. Sie sagen, die Vergangenheit sei begraben und eine dritte Schwester ist ihnen nur aus dunklen Vorzeiten bekannt. Sie hätten beide keine Lust auf eine Familie, die es sowieso nie wirklich gegeben hatte. Und zum zweiten: Wir haben einen gemeinsamen Termin mit den beiden Bürgermeistern Wowereit und Buschkowsky. Und zwar in rund drei Monaten, mit der Bemerkung, dass die beiden Herren eben sehr beschäftigt seien und vorher, schon gar nicht gemeinsam, zur Verfügung ständen. Sie habe ihnen ausrichten lassen, dass es sich um eine historische Begebenheit handele, an der Heinrich Albertz und Friedrich Ebert junior 1967 beteiligt waren. Dafür hatten sie Interesse gezeigt und zwei Stunden am späten Nachmittag des, und nun haltet euch fest, 3. Juni 2014 zur Verfügung gestellt. Man sei dann sowieso im Neuköllner Rathaus bei einer gemeinsamen

Sitzung und könnte zwei Stunden im Anschluss aus reinem Interesse erübrigen. Eine wesentliche Rolle spieltest übrigens du dabei, Ragna, als Professorin der Universität Tel Aviv, wenn auch emeritiert. Das schien sie überzeugt zu haben. Und auch dich, Max, hat man offenbar gegoogelt, Informatik-Genie aus London, ebenso wie Rolf als Psychologe und Yukete als Voodoo-Philosoph. Offenbar habt ihr alle einen Titel, der die Menschen beeindruckt. Nur ich bin ein kleiner nichtssagender Beamter und Marie hat nichts als ihren Eber! Aber immerhin wurde sie als Enkelin von Friedrich Ebert apostrophiert!"

Offenbar hatten sie eine Gemeinsamkeit: Eine sensitive Übereinstimmung von Humor. Sogar Ragna lächelte, aber wahrscheinlich mehr deshalb, weil sie nun endlich so wahrgenommen worden war, wie sie sich selbst sah: als allererste Gestalterin des Seins.

Yukete nahm das Wort: „Mal ernsthaft: Hermann hat völlig recht, nicht damit, dass wir alle irgendetwas Besonderes sind, sondern, dass der Grund, warum wir uns vor zwanzig Tagen, zugegeben auf Maries Initiative hin, zusammengefunden haben, einen logischen Grund voraussetzt. Ich meine einen philosophisch-logischen Grund, keinen mathematischen …"

„Kannst du das mal erklären …", warf Marie ein, obwohl Hermann und Rolf den gleichen Einwand hatten.

„Also, ganz einfach", antwortete Yukete. „Mathematische Logik ist linear. Also eins folgt dem anderen, die Dimension ist die Aufeinanderfolge, in welche eindimensionale Richtung auch immer. Die philosophische Logik folgt aber anderen Dimensionen, Tiefe oder Höhe zum Beispiel, aber auch Menge, Dehnbarkeit, Endlich- und Unendlichkeit. Also, was ich meine ist, dass wir nicht eine abzählbare Gemeinsamkeit suchen sollten, sondern eine wirksame, heißt nichts anderes als: Wir haben uns gefunden, weil unsere Wirklichkeit aufeinander abgestimmt scheint. Und dafür muss es philosophisch-logische Gründe geben, keine esoterischen."

„So ganz habe ich das noch nicht verstanden, Yukete", sagte Hermann ganz offen. „Sag mal, was abzählbar ist und was nicht."

„Okay. Abzählbar ist zum Beispiel, dass wir alle Deutsch sprechen. Ich, Du, wir können uns verständigen. Oder aber wir haben alle keine Kinder, ist euch das aufgefallen? Aber das hat für jeden von uns eine eigene Erklärung. Aber in der abzählbaren Summe haben wir eben alle keine Kinder. Nicht abzählbar ist aber, dass Marie dich, lieber Hermann, auf der Straße in einem städtischen Moloch wie Berlin herausselektiert hat. Und das hat sie, sozusagen auf unser aller Geheiß, getan, obwohl wir gar nichts davon wussten. Aber es muss Gründe dafür geben, dass wir nach ganz kurzer Zeit sowohl einen komplementären als auch einen symmetrischen[76] Code gefunden haben, der uns sofort handlungsfähig gemacht hat als Gruppe. Das ist keinesfalls selbstverständlich, auch wenn wir es so empfinden mögen. Schaut euch um, in eurem Alltag, in keiner Gruppe geht es so effektiv zu wie nach zwanzig Tagen, nein, eigentlich schon nach zwei Tagen, bei uns. Nicht einmal bei den Wildschweinen in Maries Dannenberger Wald!"

„Und mich beziehst du damit ein, Yukete?", kam Ragna Max zuvor, dem die gleiche Frage auf der Zunge lag, jedenfalls was Ragna betraf.

„Selbstverständlich, liebe Ragna. Du magst Kratzbürste erster Güte sein, aber deine rationalen und auch deine emotionalen Beiträge haben eine Wirkungsebene, nicht nur allgemein, sondern bei uns …"

„Und bei der Druidin", ergänzte Marie.

„Warum ist der Druide nun eigentlich weiblich geworden?", fragte Max.

„Er scheint wohl eher androgyn zu sein", meinte Rolf, „wird Zeit, dass mal ein Mann Kontakt zu ihr aufnimmt. Dieser Geschlechterwahn sollte sich nicht auch auf ein Geisteswesen auswirken!"

„Was steht an?", fragte nun Max ganz pragmatisch. „Und was ist eigentlich meine komplementäre Aufgabe hier?"

Tatsächlich war Max bislang noch wenig gefordert.

„Das kann ich dir sagen, lieber Max", antwortete Yukete. „Mit meinem Logikvergleich habe ich keine Bewertung vorgenommen. Das vorweg. Aber du bist nicht der Mann der Tiefe, der Dehnung oder der Menge, auch wenn es natürlich in der Mathematik auch die Mengenlehre gibt. Du darfst sie mit einbeziehen. Aber du bist der Lineare. Dein Job ist es, unsere Kanäle zu reinigen, heißt nichts anderes, als aufzupassen, dass der Eber nicht mit uns durchgeht."

„Aha", ließ sich Marie hören.

„Und ich soll für die Mystik, also das „M" vom DOM, zuständig sein, sagte die Druidin", ergänzte Ragna, die von diesem Abschnitt der Diskussion mit der Druidin nichts berichtet hatte, weil sie es als zu intim betrachtet hatte. „Übrigens gemeinsam mit dir, Marie. Obwohl ich mir nicht vorstellen kann, dass wir beide da irgendwie symmetrisch interagieren könnten."

„Ja klar, Ragna, gerade deshalb: Aber interessant ist doch, dass wir grade erst angefangen haben, Aufgaben nach Maßgabe unserer Talente zu formulieren, obwohl *der* Druide es längst festgelegt hat!"

---

[76] eine sich ergänzende oder übereinstimmende Sprachregelung

„Stopp, Stopp", rief Hermann. „Was, verdammt noch mal, ist eigentlich unser Job??"

*

„Du bringst die Dinge immer auf den Punkt", sagte Marie. Sie waren auf den Weg nach Hamburg und Hermann fuhr mit seinem Hyundai i30cw. Er hatte die Woche gearbeitet und musste sich, anders als die ANDEREN, wenn man mal von Rolf absah, ab und zu auf seinen Job konzentrieren, auch wenn er einen ganzen Rucksack voll Routine mit sich herumschleppte.

„Mag sein, Marie, aber manchmal weiß ich wirklich nicht, warum ich mich auf meine alten, abgezählten Dienstjahre auf dieses Abenteuer eingelassen habe. Wohin auch immer das führen wird."

„Du hast irgendwie noch gar nichts von dir erzählt, Hermann. Wie ist dein Leben?"

„Gut, Marie. Jedenfalls bisher. Bin irgendwie in dieses Beamtendasein hineingeschlittert. Bereue es aber auch nicht. Ich verdiene ganz gut, habe viele interessante Menschen kennengelernt und bekomme bald eine reichhaltige Pension bis Lebensende."

„Das meine ich nicht, Hermann ..."

„Ich weiß, du meinst mein aktives Liebesleben oder so ..."

„Gefühlsleben, sagen wir einmal."

„Okay, Marie. Da gab es in der Vergangenheit ganz viel, nicht an Anzahl, Menge oder Masse, keine Ahnung ob linear, horizontal oder vertikal, jedenfalls sind dabei zwei Töchter herausgekommen, von zwei verschiedenen Frauen, die mit zwei Männern verheiratet sind, die sozusagen die eigentlichen Väter meiner Töchter sind. Aber wir verstehen uns ganz gut, nach wie vor, also meine Töchter und ich. Sie sind ganz in Ordnung. Ich selbst habe einen überschaubaren, aber intakten Freundeskreis, auch mit drei Frauen darunter, aber Sex ist bei mir nur noch Naseputzen. Habe zwei Herzinfarkte hinter mir, sieben Stents und muss Drogen nehmen, die alles Aufrechte in mir als Geisteshaltung firmierten. Reicht das?"

„Das hört sich ziemlich verbittert an", meinte Marie.

„Nein, nein, gar nicht. Ich habe ja nicht das Gefühl, irgendetwas verpasst zu haben. Im Gegenteil! Ich habe für mich alles gehabt, was möglich, was schön und tief in Yuketes Logik war und was ich nicht die Bohne bereue, auch wenn ich der einen oder anderen Frau wehgetan habe. Das weiß ich. Manche wollten geheira-

tet werden und sich die Pension mit mir teilen. Dazu war ich nicht bereit. Aber ich habe einen Dauerauftrag für „Ärzte ohne Grenzen und für „Greenpeace", das kompensiert das ein wenig."
„Ja, Hermann, du bist ein guter Eber! Bleib wie du bist!"
Bis Maschen sprachen sie über die ANDEREN. Sie gaben ihre Einschätzung ab, ohne zynisch zu werden oder gar über sie herzuziehen und waren meist einer Meinung.

In Hamburg mussten sie nicht lange suchen. Heinrich Jaenecke besaß eine wunderschöne und bestimmt sehr, sehr teure Villa an den Elbufern in Blankenese. Es hatte seinem Großvater gehört, wie sie später erfuhren, also Friedrich Ebert senior.

Sie wurden freundlich empfangen von einer Frau, die sich mit Marchellina da Silva vorstellte.

„Ich weiß nicht genau, wie unser Verwandtschaftsgrad ist", sagte sie, natürlich in tadellosem Deutsch, auch wenn man das bei ihrem Namen nicht vermutete, „aber wenn du die Tochter des Bruders der Mutter meines Vaters, also meiner Großmutter bist, dann bin ich wohl so etwa wie deine ..."

„Großcousine?", ergänzte Marie.

„Vielleicht. Ist ja aber auch egal. Ich freue mich, endlich einmal jemanden aus unserer Familie persönlich kennenzulernen, dazu gab es bislang noch keine einzige Gelegenheit. Heinrich natürlich ausgenommen. Wir haben jedenfalls den großen, alten Friedrich Ebert in unserer Ahnenlinie. Er muss ein wunderbarer Mensch gewesen sein!"

„Jaaa ..." Marie und Hermann waren noch nicht einmal ins Haus eingetreten und schon ging es um's Eingemachte.

Marchellina kürzte aber ab.

„Nun kommt herein. Du bist sicherlich Hermann, Marias Freund! Herzlich willkommen."

Auch Hermann wollte sein Ja ein wenig dehnen, aber sagte nur: „Ja und zwar ein sehr guter Freund von Marie, weil wir uns schon so lange kennen", mit einem lächelnden Blick an Maries Adresse, den Marchellina aber nur falsch deuten konnte. „Und ein Bewunderer von deinem Vater, Marchellina, habe in den letzten Tagen ein Buch von ihm durchgelesen, das von der Apartheid in Südafrika handelt und zwei weitere angefangen."

„Dann kannst du ja gleich mit ihm diskutieren", sagte sie und führte sie durch ein gemütliches, aber eher antik eingerichtetes Portal in so etwas wie eine Bibliothek, mit der Bemerkung: „Bei uns oben sieht es natürlich nicht ganz so verstaubt aus wie hier beim Heinrich!"

Heinrich Jaenecke sah aus wie eben ein fast neunzigjähriger Intellektueller auszusehen hatte. Er hatte ein noch ziemlich volles, hellgraues Haupthaar, ein faltiges Gesicht, dem man ansah, dass er lange in Südamerika gelebt hatte. Die Hautfarbe war allerdings nicht mit dem Kaffeebraun seiner Tochter vergleichbar.

Er stützte sich auf einen hölzernen Krückstock, aber stand relativ gelenkig auf, um seine Gäste zu begrüßen.

„Herzlich willkommen!", sagte er freundlich. „Meine alten Knochen kommen nicht mehr so schnell mit. Aber ich glaube, dass mein Verstand noch einigermaßen funktioniert. Marchellina hat Tee gekocht, oder möchtet ihr lieber Kaffee? Bitte setzt euch!"

Es war doch 18:00 Uhr geworden und Marchellina kündigte an, dass es um 20:00 Uhr eine Lammkeule geben würde.

„Ich hatte vergessen zu fragen, ob ihr oder einer von euch vielleicht Vegetarier ist?!"

Nachdem das geklärt war, verschwand Marchellina in die Küche und die drei setzten sich um einen runden Tisch in gemütliche, alte Sessel. Die Wände waren zu einem Großteil mit Regalen versehen, wie es nun einmal in einer Bibliothek üblich ist.

„Einige der Gegenstände stammen tatsächlich noch vom ‚alten Fritz'", erklärte er, als er ihre Blicke sah, „mit ‚altem Fritz' meine ich natürlich Friedrich Ebert, bei uns heißt er aber wie der alte Preußenkönig." Und lachte. „Wir wohnen hier aber erst, seitdem ich in Rente gegangen bin, jedenfalls in Rente aus meiner Redaktionszeit beim „STERN". Und Marchellina wohnt hier auch erst wenige Jahre, nachdem ihr Mann viel zu früh gestorben war, Schlaganfall, und Gerome und Babtist ihr eigenes Leben leben und nur hin und wieder zu Besuch da sind. Leider sind sie an diesem Wochenende nicht da. Ihr werdet sie bestimmt irgendwann kennenlernen, denn ich hoffe, dass das der erste, aber nicht der letzte Besuch sein wird, Sophie, oder soll ich Marie sagen?"

„Marie ist mir lieber, Sophie gab es nur als Jugendliche ... ähem, Heinrich?!" Den alten Mann, den sie ja eigentlich gar nicht kannte, zu duzen fiel ihr schwer und er bemerkte natürlich dieses Dilemma an der Aussprache.

„Kommt ja nicht auf die Idee, Opa zu mir zu sagen. Ich bin mit dem Namen Heinrich geschlagen, habe keinen anderen. Und ein ‚Sie' gibt es in diesem Hause nicht! Das gilt selbstverständlich auch für dich, Hermann, nehme ich an!"

„Ich freue mich wirklich, Sie ... dich kennenzulernen. Vor allem seit ich letzte

Woche eins deiner Bücher gelesen habe. Würde gern mit dir über die Zeit des Frederik de Clerk und Nelson Mandela reden. Aber wir haben wohl zurzeit andere, wichtigere Themen."

Und Marie ergänzte: „Bist du dir denn auch sicher, dass ich wirklich Sophie … Marie bin. Oder hast du irgendwelche Zweifel?"

„Nun, Marie, ich bin mir ziemlich sicher, dass du hier keine fiese Abzocke mit einem alten Mann und seiner Familie abziehst. Du hast am Telefon ein paar Dinge angesprochen, die eigentlich nur Insiderwissen aus unserer Familie sein können, auch wenn man vielleicht intensiv recherchieren kann. Aber du kannst mir ja deinen Unterarm zeigen …"

„Gern!" Marie zog ihre Jacke aus und krempelte den Ärmel hoch. Am Oberarm war ein nicht zu verkennendes Muttermal zu sehen, das aussah wie die Umrisse von Norwegen.

„Das kann man nicht nachmachen, Heinrich, du darfst es gerne anfassen."

„Schon gut, schon gut. Ich war mir auch deshalb sicher, weil ich Freunde im Neuköllner Rathaus habe. Und die haben mir vor allem Hermanns Identität beschrieben und mir sogar ein Foto geschickt. Und dass ein deutscher, kurz vor der Pension stehender Beamter irgendwelche gemeinen Tricks zur Anwendung bringt, halte ich für ausgeschlossen."

„Ich glaube, da irrst du dich, Heinrich", schmunzelte Hermann. „Ich bin für die Protokolle der Ausschusssitzungen zuständig, was meinst du, was da getrickst wird!"

Alle waren vergnügt und die Atmosphäre war so, dass Marie lückenlos ihre Geschichte erzählen konnte, nachdem Marchellina dazugekommen war.

„Die Lammkeule ist im Ofen und braucht mich erst einmal nicht", hatte sie ihr unerwartetes Wiedererscheinen kommentiert.

Da die Geschichte nicht in einer Stunde abzuhandeln war, wurde durch die besonders gut gelungene Lammkeule mit Kartoffelknödel und Brokkoli eine kurze Pause eingelegt.

Marie erzählte in neuberliner Berichtsform, Hermann ergänzte, als Marie mit ihrer Lebensgeschichte einschließlich Verschleppung durch die Zuhälter, ihre Lebenswanderung durch die Wälder und Häfen Deutschlands, einschließlich Kräutern, Bucheckern, Trüffeln und Eber übergegangen war, die Geschichte seit dem 3.06.1967 zu erzählen, vom DOM, dem Druiden und merkwürdigen Begebenheiten, den die ANDEREN und sie erlebt hatten.

Beim Datum 3.06.1967 schauten Heinrich und Marchellina, die bis dahin bei Rotwein, Kaffee und Kognak vor allem Verständnisfragen gestellt hatten, sich überrascht und einverständlich an. Hermann wollte auf den Alkoholgenuss verzichten, aber Marchellina sagte, dass das Haus riesengroß sei und mehrere Gästezimmer zur Verfügung stünden. Marie und Hermann nahmen dankbar an, weil sie vermuteten, dass es so viel zu berichten gab, dass die Zeit nicht ausreichen würde und ein alter Mann wie Heinrich wohl auch nicht mehr die allergrößte Kondition hatte. Damit irrten sie allerdings: Heinrich Jaenecke war hellwach, intelligent und redegewandt. Erst kurz vor Mitternacht zeigte er Erste Müdigkeitserscheinungen und verabschiedete sich ins Bett, mit der Bemerkung zu Marchellina: „Du kannst ja nun deinen 3. Juni 1967 erzählen!"

Und Marchellina erzählte, wie sie als Dreizehnjährige ihre Mutter verloren hatte, in einem Waisenhaus untergebracht war und mit einem anderen Jugendlichen nach Deutschland als blinde Passagiere in einem Flugzeug abgehauen waren. Und dass Heinrich nicht wusste, dass er eine Tochter hatte und dass Marchellinas Mutter, Maria da Silva, sich erst prostituieren musste, als Marchellina geboren war, um sich und das Kind einigermaßen „über die Runden zu kriegen". Für Frauen ohne Ausbildung gab es in Buenos Aires in den sechziger Jahren des letzten Jahrhunderts so gut wie keine Jobs, schon gar nicht, wenn sie Kinder zu versorgen hatten, vor allem wenn es uneheliche Kinder im erzkatholischen Argentinien waren. Marchellina berichtete, wie sie am 2. Juni 1967 in Frankfurt ankam und wie am 3. Juni 1967 Heinrich Jaenecke aus Hamburg nach Frankfurt gereist war, um die Geschichte zu hören, die dieses dreizehnjährige Mädchen zu berichten hatte. Eher weil er neugieriger Journalist war, als dass er die Geschichte einer für ihn unbekannten Tochter geglaubt hatte. Aber die Papiere, die sie mitbrachte, waren astrein und natürlich erinnerte er sich an Maria da Silva, die er bei seinem späteren Besuch im dreizehn Millionen Moloch Buenos Aires nicht wiedergefunden hatte. In einem Land, in dem es, damals jedenfalls, kein Melderegister oder so etwas gab. Er hatte seine Tochter selbstverständlich auch offiziell bei der deutschen Meldebehörde angemeldet, aber darauf bestanden, dass sie den Namen ihrer Mutter behielt. Er wollte verhindern, dass sie in irgendwelche Strudel seines doch immer wieder in der Öffentlichkeit auftauchenden Namens geriet.

„Was ist eigentlich mit diesem Jugendlichen passiert, mit dem du gereist bist?"
„Keine Ahnung! Er hat ja seinen Großvater gesucht. Ich hoffe, er hat ihn gefunden. Aber ich wusste ja weiter nichts von ihm, außer seinen Namen! Und dass er ein wenig Deutsch sprach und mir geholfen hat, den Behörden in Deutschland zu erklären, dass ich einen Vater suchte. Wir kannten uns kaum vier Wochen im Waisenhaus. Ehrlich gesagt, ich habe auch nicht wirklich nach ihm gesucht.

Es gab zu viele Eindrücke, die ich damals zu verarbeiten hatte – und zu lernen, zum Beispiel eure Sprache. Und als ich dann wieder an ihn dachte, hatte ich bereits zwei Kinder. Und dachte, er wird sicherlich seinen Weg gegangen sein!"
Aus reiner Höflichkeit fragte Hermann: „Wie hieß er denn?"
„Mario Hanewein", antwortete Marchellina. „Komischer Name, vor allem für Argentinien. Wahrscheinlich habe ich ihn mir deshalb gemerkt!"
Marie und Hermann hatten diesen Namen in stiller Übereinstimmung (noch) nicht kommentiert, sondern nur gefragt, ob Heinrich den Namen kannte.
„Ich weiß nicht, aber ich glaube schon, dass ich ihm alles erzählt habe, damals, mit dreizehn, vierzehn, fünfzehn Jahren. Da war ich zwar voll in der Pubertät, aber Heinrich hat mich immer behandelt wie ein rohes Ei – und er war für mich der Retter der Welt! Nachdem Hanni, seine damalige Lebensgefährtin, an Krebs gestorben war, hatte er sogar eine Erzieherin für mich eingestellt. Das ging aber nicht gut. Die habe ich rausgeekelt und wollte meinen Heinrich für mich allein. Da er viel auf Reisen war, blieb mir aber gar nichts übrig, als die eine oder andere Tagesmutter zu akzeptieren. Vielleicht gab es diese Gesprächsebene damals noch nicht. Und der Name war mir grad eben erst wieder präsent. Ich werde ihn morgen fragen!"

*

Am folgenden Morgen gab es ein gutes Frühstück, hergestellt von einer Frau, die regelmäßig der Familie Ebert zur Hand ging und sich einen angemessenen Verdienst sichern konnte. Ein bisschen hochherrschaftlich fanden das Marie und Hermann, aber die beiden Menschen darin strahlten etwas ganz anderes aus: Herzlichkeit, Wärme, Offenheit und Neugier.
Sie waren sich einig, dass sie sich alsbald wiedertreffen würden. Es gab noch sehr viel zu berichten. Heinrich und Marchellina wollten auch die ANDEREN kennenlernen. Marie und Hermann hatten interessante Profile dargestellt.
Vor allem Marchellina war sehr interessiert, denn auch sie fand, dass es merkwürdige Zufälle seien mit diesem Datum, an dem so viel passierte und, mit dem Besuch der Bürgermeister, schließlich auch passieren würde. Und sie interessierte sich für die Menschen, die hier „zufällig" zusammengetroffen waren. Marie und Hermann hatten sie spontan und sofort herzlich eingeladen, als Marchellina das bekundete, natürlich mit der Maßgabe, dass sie die ANDEREN fragen mussten. Sie würden sich aber ganz sicher eher auf sie freuen, als ablehnend zu reagieren.
Heinrich Jaenecke war kein bisschen gläubig im kirchlichen Sinne und ebenso

wenig wie Marchellina auch nicht esoterisch angehaucht. Aber auch sie mussten zugeben, dass die Sache mit dem DOM, von dem Heinrich in der Vergangenheit gelesen, dessen Existenz jedoch als mystische Überlieferung gedeutet hatte, und der oder dem Druiden ein paar empirische Tatsachen enthielten, die einfach nicht geleugnet werden konnten.

Marchellina sagte: „Vielleicht öffnet sich ja der Himmel alle paar Jahre am 3. Juni!"

„Ja", ergänzte Hermann, „oder die Hölle."

Kapitel zehn ist Marchellina und Heinrich, die sechs ANDEREN

Auf der Rücktour von Hamburg nach Berlin am Sonntagmorgen tauschten sie sich selbstredend über die intensiven Gespräche und in erster Linie über die Erwähnung des Namens Hanewein durch Marchellina aus, und ob das nichts als ein Zufall sein konnte: Ein argentinischer Junge mit dem Namen Mario Hanewein, der aus Argentinien nach Deutschland floh – und blaue Augen hatte, ebenso wie die kaffeebraune Marchellina da Silva/Ebert. Sie waren sich einig, dass es kein Zufall sein konnte. Aber gleichzeitig hatten sie keinerlei Ahnung oder Idee, was das nun wieder bedeuten sollte. Deshalb hatten sie das Ganze erst einmal nicht mit Marchellina oder Heinrich erörtert; die einhundertdreiundzwanzig Kinder, die Hanewein und Tante Lieschen gerettet hatten, waren (noch) nicht Thema gewesen – und es hatte einfach auch die Zeit gefehlt, dieses umfangreiche Thema anzusprechen. Sie hatten schon viel zu viel für Verwirrung gesorgt bei diesen beiden lieben Menschen, fanden sie. Sie mussten sich mit den ANDEREN beraten, und beriefen schon für Montagabend eine Konferenz in Max' Nobelhotel ein.

*

„Hanewein, Hanewein", dachte Heinrich laut nach. Marchellina hatte beim Nachmittagstee einfach nur diesen Namen in den Raum geworfen. Marie und Hermann waren nach dem Frühstück zurück nach Berlin gefahren, Hermann war pflichtbewusster Beamter und musste am Montagmorgen um 7:00 Uhr wieder in seinem Büro erscheinen. Außerdem war auch er nicht mehr der Jüngste und benötigte ein wenig Ruhe.

Marchellina war Dolmetscherin geworden. Sie beherrschte neben Spanisch, Portugiesisch, Deutsch, Englisch auch Russisch, Persisch und Fasi mehr oder weniger fließend. Darüber hinaus natürlich artverwandte Sprachen in Ansätzen.

Mittlerweile war sie neunundfünfzig Jahre alt, würde noch in diesem Jahr 2014 sechzig und konnte sich ihre Aufträge aussuchen, gegebenenfalls absagen und neu vergeben. Marchellina wurde häufig für Regierungsangelegenheiten angefordert, also, wenn in Berlin oder sonstwo in Deutschland oder der Welt eine vertrauenswürdige Dolmetscherin benötigt wurde.

Ihr Spezi dabei war Putin. Der sprach zwar selbst deutsch, aber bei offiziellen Treffen zwischen ihm und der Kanzlerin oder einem der deutschen Minister und Ministerinnen wurden aus protokollarischen Gründen zwei Dolmetscher benötigt, ein russischer und ein deutscher. Dabei stritt Marchellina sich ab und zu mit Wladimir Putin oder seinem persönlichen Dolmetscher über deutsche/ russische Formulierungen, was die deutsche Kanzlerin nicht immer amüsierte, weil sie ebenfalls rudimentär russisch sprach. Mit dem russischen Dolmetscher war das hin und wieder reinste Realsatire, aber Putin duldete dennoch keine andere Dolmetscherin als Marchellina, wenn er mit der Kanzlerin persönlich interagierte. Es war für ihn ein Spiel und Angela Merkel ließ es zu, weil sie sich nach dem Gespräch mit Putin von Marchellina in die Feinheiten der russischen Sprache einführen ließ, um das, was zwischen den Zeilen gesagt wurde, herauszufiltern.

Gespräche über die Ukraine und die Krim zum Beispiel waren ohne Marchellina kaum möglich.

Damit hatte sie eine gewisse Verpflichtung, aber eben auch eine entsprechend hohe Gage und die Freiheit, sich ansonsten die Aufträge auszusuchen. Und so häufig trafen sich Putin und Merkel nun auch wieder nicht, jedenfalls nicht allein. Bei Konferenzen wurde Marchellina nicht benötigt, weil es dort Simultanübersetzungen per Kopfhörer gab.

Ihre Ehe mit Hartmut, einem deutschen IT-Experten, der nach der Geburt seiner beiden Söhne vor allem Gewicht zugenommen hatte, war anfangs glücklich, später freundschaftlich, dann nur noch Gewöhnung.

Dennoch war Marchellina einsam gewesen, als ihre drei Männer sie verließen, zwei durch Erwachsenwerden, einer, indem er sich ins Jenseits verpisst hatte. Das Angebot ihres Vaters Heinrich kam daher wie gerufen, als dieser offiziell in Rente ging und das alte Patrizierhaus des alten Fritz übernehmen wollte, das bis dahin in einer Treuhänderschaft der Erben des „alten Fritz" lag. Heinrich hatte die anderen Erben ausgezahlt, darunter Lisa und Barbara Ebert, aber auch irgendwelche, ihm allesamt unbekannte Nachfahren von Georg und Heinrich Ebert, also den Brüdern seiner Mutter Amalie und von Friedrich Ebert junior, die zwar im Ersten Weltkrieg das Diesseitige verlassen, aber zuvor noch ihr Sperma vor allem über Frankreich ergossen hatten. Sie bekamen nicht das, was sie wollten, nämlich alles, aber das, was Heinrichs Anwälte als „dann werden sie dich zufrieden lassen" bezeichnete. Marchellina hatte daraufhin nicht lange überlegt, sie schuldete ihm etwas. Er hatte sie ins Leben gerufen und sie würde ihn bedingungslos bis zum Ende begleiten. Wie auch immer. Vor allem in Liebe, denn Heinrich war ein Mann, der nichts mehr und nichts weniger als Geborgenheit für sie verkörperte. Und sie benötigte sie heute umso mehr.

Nach dem Gespräch mit ihrer „neuen" Großnichte Marie und dem Beamten Hermann, dessen Nachnamen sie nicht einmal kannte, war sie mehr als nachdenklich geworden, ein bisschen melancholisch vielleicht. Sie dachte an Mario. Wie er ihr geholfen hatte. Und sie hatte nichts zurückgegeben. Sie hatte auch die Blicke gesehen zwischen Hermann und Marie. Da war mehr als das, was sie preisgeben wollten.

„Hanewein, Heinrich?"

„Ja, ja, ich erinnere mich. Da war was. In den vierziger, fünfziger Jahren. Lass mir Zeit, Kind. Warum willst du was wissen?"

„Du sagst mir, was dir einfällt und ich sage dir, was mich bewegt!"

„Okay Marchie, unser übliches Spiel. Haben wir lange nicht mehr gepflegt. Also: Ich glaube es gab einen hohen Nazi, der Hanewein hieß und eine chemische Fabrik, die von BASF oder Hoechst geschluckt worden war nach dem Krieg. Keine Ahnung, ob das zusammengehört. Jedenfalls ist ein Hanewein in den Nürnberger Prozessen freigesprochen worden, obwohl er Justiziar im Reichssicherheitshauptamt der Nazis war. Einziger Grund für dessen Freilassung war, wenn ich mich recht erinnere: Simon Wiesenthal, also, du weißt schon, der israelische Nazijäger, hatte Einspruch gegen die Anklage gegen ihn erhoben. Allein diese Tatsache reichte aus, diesen Hanewein in den fünfziger Jahren, also in den Nachfolgeprozessen in Nürnberg, von der Anklagebank zu entfernen. Ja, die Erinnerung kommt, Marchie! Das wurde in den Hinterzimmern entschieden. Richard, ja, Richard Hanewein hieß der Mann, wurde nicht nur einfach ins Leben entlassen, sondern völlig rehabilitiert und sogar für die neue deutsche Bundesrepublik in irgendeiner Funktion eingesetzt. Irgendeine größere Verwaltung, Landratsamt oder so. Und von Entnazifizierung keine Spur, keine Notwendigkeit. Ich hatte das damals in der „Süddeutschen" gelesen. Recherchiert hatte es Henry, der Engländer, nein – Ewald Hirsch, der Jude. Oder vielleicht auch beide. Aber sie leben lange nicht mehr. Aber ich glaube das war's. Aber Kind, ich weiß wirklich nicht, in welchem Zusammenhang du fragst. Es hat sicher etwas mit unseren beiden Gästen zu tun?!"

„Ich habe den Namen ins Gespräch geworfen, gestern Abend mit Hermann und Marie. Sie haben irgendwie merkwürdig reagiert. So, als wüssten sie mehr, als sie sagen wollten. Mit mir in Zusammenhang kannst du dich also nicht an den Namen erinnern?"

„Marchie, ich versuch's. Du hast mir nichts verschwiegen. Und es gab ja auch wenig zu verschweigen, damals. Hieß dein Freund so? Dein Mario? Hanewein aus Argentinien?"

„Ich liebe dich und deinen Geist, Opa Heinrich!"

„Sag ja nicht noch einmal Opa zu mir, sonst überfahre ich dich mit meinem Rollator!"

„Ja, du hast aber recht! Mario hieß so: Hanewein. Und es war nur Zufall, dass ich seinen Namen hörte, weil er den Menschen in Frankfurt, als wir damals ankamen, immer wieder gesagt hatte: Ich suche Opa Hanewein. Damals habe ich natürlich nichts verstanden, aber der Name Hanewein hatte sich irgendwie bei mir eingeprägt, weil er für mich so seltsam klang. Dennoch hatte ich ihn fast vergessen, aber gestern Abend, als du im Bett warst, habe ich mich plötzlich erinnert – und sofort ein schlechtes Gewissen bekommen!"

„Warum denn, Kind!"

„Das weißt du, Heinrich. Ich hatte ihn zwar nicht lange gekannt, aber er hat ein wenig übersetzen können, weil er eben einen deutschen Großvater gesucht hat. Seine Eltern waren deutschstämmig. Sie hatten eine kleine Schweinefarm bewirtschaftet, bevor sie bei einem Unfall starben, wie er mir erzählt hatte. Viel mehr weiß ich nicht. Nur, dass er sagte, dass die Schweine nun den Schweinen gehören würden. Du kannst dir denken, was er damit meinte, die damalige Junta in Argentinien! Mario hatte mir geholfen. Ohne ihn wäre ich nie auf die Idee gekommen, im Packraum eines Flugzeugs als blinder Passagier einzusteigen. Und dann hatte ich nur noch Augen für dich, Heinrich. Und hab den Mario irgendwie verdrängt. Warum er mir nun aber grad gestern wieder eingefallen war, ist mir schleierhaft. Auch so ein Zufall?!"

„Nee, bestimmt nicht, Marchie. Irgendetwas an der Geschichte der beiden muss dich inspiriert haben. Oder noch einfacher: Du hast ihnen deine Geschichte erzählt, nehme ich an. Soweit ich weiß, hast du das bislang sehr selten getan, also jemandem erzählt, was uns beiden so Tolles widerfahren ist, jedenfalls mir, denn ich hatte plötzlich eine dreizehnjährige Tochter!"

„Sag besser pubertierende Göre! Ich muss dir ganz schön auf den Wecker gefallen sein ..."

„Joa, aber das passiert schließlich heute immer noch, ab und an ..."

„Opa Heinrich! Halt dich zurück! Aber du magst recht haben. Es gibt nicht so viele Menschen, denen ich meine, unsere Geschichte anvertraut habe, wenn man mal von Hartmut, Gerome und Babtist absieht."

„Okay, dann wäre das also geklärt, aber du sagst, du hast ein schlechtes Gewissen und Marie und Hermann haben merkwürdig reagiert?"

„Ja, das eine hat aber mit dem anderen nichts zu tun. Warum habe ich bloß nicht ein einziges Mal versucht, Mario zu kontaktieren? Und warum hat er es nicht versucht?"

„Kannte er denn überhaupt deinen Nachnamen?"

„Nein, Heinrich, wahrscheinlich nicht", entgegnete sie nach einigem Nachsinnen. Im Kinderheim kannten die Kinder selten die familiären Hintergründe und Daten der anderen Kinder. „Und damals ging ja auch alles sehr schnell. Du warst da, Mario hat dir kurz erklärt, dass ich Papiere habe – und dann ging alles ruckzuck. Du wolltest wieder nach Hause und ich wollte nicht in dem Heim in Frankfurt bleiben. Also hast du mich eingepackt in deinen alten Volvo und mich nach Hamburg transportiert."

„Ja, so war das wohl. Eigentlich unverantwortlich von mir!"

„Nö, das war schon in Ordnung. Hanni hat sich ja meiner angenommen als sie noch lebte." Hanni war eine Freundin von Heinrich, die bei ihm einige Jahre bis zu ihrem Tod gelebt hatte und währenddessen für Marchellina auch eine Freundin geworden war, leider nur noch für zwei Jahre. „Unverantwortlich war, dass du mir mit fünfzehn Jahren, als Hanni von uns gegangen war, eine doofe Erzieherin verpasst hast. Unmöglich!"

„Ja, ja, schon gut. Irgendetwas musste ich schließlich tun. Hatte und wollte ja sonst keine neue Partnerin nach Hannis Tod. Außerdem war ich ständig unterwegs und konnte dich schließlich nicht überallhin mitnehmen."

„Ist ja nun auch Geschichte, lieber Heinrich. Aber dass du mir die Welt gezeigt hast, wenn das schulisch möglich war, dafür bin ich dir ewig dankbar!"

„Witzig war, dass du dich spontan mit Leuten verständigen konntest, bei denen ich nur Bahnhof verstand, in Russland zum Beispiel und Afrika. Du hast ein schier unglaubliches Sprachtalent, Marchie. Und das hast du ganz bestimmt nicht von mir geerbt. Aber sag, Kind, was wollen wir nun tun? Mit Marie und Hermann – und natürlich auch mit Mario?!"

„Ich weiß es nicht wirklich. Ich würde gern diese ganze Gruppe mal in Augenschein nehmen. Vielleicht, wenn Marie und Hermann das Einverständnis haben, fahre ich nächstes Wochenende mal hin."

„Ja, das ist gut", entgegnete Heinrich nachdenklich. „Ich will auch wissen, was das für eine Geschichte ist. Da wird es Details geben und Differenzierungen, die uns die beiden nicht haben mitteilen können. Dafür gab es an einem Abend und zu kurzen Morgen zu wenig Zeit. Und ich nehme an, dass sie auch deshalb den Namen Hanewein nicht aufgegriffen haben, also aus Zeitgründen. Ich selbst würde sehr gerne da auch am Ball bleiben. Aber ich fahre ganz bestimmt nicht mehr nach Berlin oder sonst irgendwohin. Das schaffe ich nicht mehr und hab auch keine Lust. Und ganz viele neue Menschen kennenlernen brauche ich auch nicht mehr, kenne mehr als genug von unserer Spezies. Und die wenigsten haben mir wirklich gefallen. Das ist mir zu anstrengend, Beziehungsleistung und großartige Kommunikation, nee, nee!"

„Ich werde dein Auge, dein Ohr und deine Hand sein. Und zuvor werde ich im Internet recherchieren, ob ich Mario Hanewein dort entdecken kann."

„Das mach, Kind, aber du solltest damit warten, irgendwie aktiv zu werden, zum Beispiel Kontakt aufzunehmen. Denn wer weiß, was hinter dieser Geschichte in Berlin steckt. Wenn es da einen Zusammenhang mit deinem Mario gibt, dann solltest du diese Information vielleicht zuvor zur Kenntnis genommen haben!"

Marchellina pflichtete ihrem Vater bei.

*

Während sich Hermann und Marie in Hamburg aufhielten, hatten Yukete und Rolf versucht, mehr über die Hintergründe zu erfahren, die die einhunderteinundzwanzig Schicksale betraf, denn zwei dieser Schicksale waren geklärt: Rolfs Großmutter war eine davon und Ragnas Vater der andere. Und sie wussten durch den Druiden, dass sie die Einzigen waren, die in Deutschland geblieben waren. Was sie aber vor allem wussten, war, dass sie keinerlei Ansatz hatten, herauszubekommen, was mit den jungen Menschen geschehen war. Man hatte sie versteckt, ihnen wahrscheinlich eine neue und falsche Identität verpasst, und sie wussten, dass diese Kinder zwischen 1940 und 1945 auf Schiffen in die Welt transportiert worden waren. Jedenfalls war ihnen nichts anderes bekannt, als dass es nur Schiffe waren. Sie hatten zwar eine Liste dieser Schiffe, welches Schiff allerdings welches Kind wohin gebracht hatte, wussten sie natürlich nicht. Sie kannten diese Kinder ja nicht. Und da es sich nicht um einhunderteinundzwanzig Schiffe handelte, sondern lediglich um achtundvierzig, musste man davon ausgehen, dass entweder mehrere Kinder mitgenommen worden waren, oder die Schiffe auf mehreren Reisen jeweils ein Kind im Laderaum oder wo auch immer im Schiff versteckt hatten. Das Letztere war sogar wahrscheinlich, weil mehrere Kinder auch immer ein höheres Risiko bedeutete, aufgedeckt zu werden. Ein einziges Kind konnte man vielleicht sogar auch als Sohn des Kapitäns erklären oder Tochter vom Chief. Aber die „Töchter" waren ja auch als Jungs präpariert, als Schiffsjungs.

Und dann gab es eine ominöse Liste, aber auch da waren sie sich nicht einmal sicher, ob es sich überhaupt um eine Liste gehandelt hatte, die Tante Lieschen ihrem Neffen Max zum Transport in den Osten der Stadt Berlin gegen fünfzig Mark verpasst hatte. Vielleicht hatte das Dokument gar nichts damit zu tun, denn schließlich war Alice McGraw englische Spionin und hatte sicherlich noch andere Eisen im Feuer.

Aber eigentlich waren beide überzeugt, dass sich am 2. und 3. Juni 1967 alles um ein Gesamtpaket drehte. Es gab eine tausendseitige Abhandlung über die Zukunft Westeuropas oder vielleicht sogar der Welt.

Aber auch diese Erkenntnis brachte sie nicht weiter. Sie wälzten noch einmal die Papiere, die Max ihnen überlassen hatte, aber sie fanden einfach keinen Hinweis, keinerlei Ansatzpunkt der Suche.

Das Einzige, was sie mit an Sicherheit grenzender Wahrscheinlichkeit wussten, war, dass diese Kinder in alle Welt verstreut waren, mittlerweile nicht mehr leben dürften in der Mehrheit oder schon über neunzig Jahre alt waren.

Yukete und Rolf stellten sich also wiederholt die Frage: Warum suchten sie diese Kinder eigentlich beziehungsweise deren zu vermutende Nachfahren?

Sie mussten ganz einfach, und weil Mbeete das verlangte. Vielleicht sollte ich einfach mal aufklären, dass Mbeete mein Pseudonym für die afrikanische Mentalität war. Mit einem Druiden hätten die meisten afrikanischen Völker nämlich gar nichts anfangen können!

*

Ragna und Max hatten sich für Samstagabend verabredet. Sie wollten mal in Ruhe miteinander reden, schließlich hatte alles mit ihnen angefangen, so jedenfalls empfanden sie ihr Schicksal, bei dem sie nun vier Schicksalsgenossinnen und -genossen gefunden hatten.

„Eigentlich sollten wie dafür dankbar sein, Ragna!" Diesmal hatte er das Restaurant ausgesucht und Ragna hatte sich statt für koscher für vegetarisch entschieden.

„Ja sicher, Max. Ich bin vielleicht einfach zu gebeutelt und durch den Wind. Wir sind, glaube ich, einer Chimäre aufgesattelt. Irgendwie sind wir dafür bezahlt worden, dass wir nicht sein durften. Und nun sind wir vielleicht selbst Chimären?!"

„Ich weiß nicht, Ragna", entgegnete Max nachdenklich. „Ich bin ja kein Philosoph wie du, reinster Naturwissenschaftler halt. Vielleicht hat es mich dadurch nicht so hart getroffen wie dich?!"

Sie tauschten sich nun ein wenig differenzierter über ihre Erfahrungen mit dem DOM respektive mit der/dem DruidIn aus. Sie hatten merkwürdigerweise keine Angst mehr! Irgendwie würde Yukete sie beschützen, konnten beide das konkret benennen. Warum gerade und allein Yukete, der junge, schwarze Afrikaner, war ihnen völlig schleierhaft und sie unterließen es, darüber zu spekulieren.

Denn eigentlich hatte dieser mit den anderen Vorgängen am wenigsten zu tun. Und vor dem DOM hatte Yukete sich immer nur gefürchtet, obwohl er ihn nie live erlebt hatte in seiner Entwicklung. Nun gut, Mbeete war das Äquivalent für den Druiden, aber irgendwie verwachsen in die afrikanische Geisterwelt, wie Voodoo, Mbira oder Rastafai.

„Nun ja", gab Ragna zu, „bis vorgestern habe ich weder mit dem DOM kommuniziert noch mit der Druidin!"

„Und ich nicht einmal das! Außer natürlich das, was wir 1967 aus dem Mund des Pfaffen gehört haben!"

„Ja, und das kann einfach nicht die Druidin gewesen sein. Ich bin nach wie vor überzeugt, dass der DOM zu uns gesprochen hat. Wir haben irgendetwas losgelöst, was ihn in seiner Existenz bedroht hat! So wie die Druidin kürzlich mit mir kommuniziert hat, war das alles andere als furchteinflößend. Zwar arrogant und anmaßend, aber das sind in letzter Zeit offenbar eine ganze Reihe von Menschen, jedenfalls mir gegenüber. Tatsächlich muss ich dich da ausnehmen, fällt mir grad ins Bewusstsein."

„Was auf keinen Fall auf Gegenseitigkeit beruht, liebe Ragna", antwortete Max ganz ernst. „Hast du eigentlich bemerkt, dass du ständig versucht hast, mich irgendwie zu verletzen, seelisch, meine ich. Obwohl wir doch eigentlich eine Schicksalsgemeinschaft haben?!"

„Nein!" Ragna suchte sich zu erinnern und stellte fest, dass Max eigentlich recht hatte. Er war Ziel ihrer Angriffe, vor allem nun, nachdem sie sich in Berlin seit langer Zeit wiedersahen und sie überhaupt gar keinen Anlass hatte, Max für irgendwas verantwortlich zu machen. „Ich meine, ja. Jetzt, wo du es sagst, habe ich wohl ziemlich viel Mist von mir gegeben. Bitte entschuldige. Aber mein Leben ist verkorkst und irgendwer muss herhalten. Und bevor ich mit der Druidin gesprochen hatte, warst du wahrscheinlich meine einzig mögliche Zielscheibe für meine Wut!"

„Gut, Ragna, Entschuldigung akzeptiert. Jedenfalls wenn du jetzt weißt, dass ich damals nichts als ein Knabe war, pubertierend wie du, aber lange nicht so weit, so initiativ gefangen in den schwierigen Synapsenverbindungen. Gradliniger, linear, würde Yukete sagen. Bei dir ist da viel, viel mehr. Keine Ahnung, was uns differenziert unterscheidet. Aber mir hat meine lineare Mathematik geholfen, mit den Turbulenzen fertigzuwerden. Das ging dir offenbar ganz, ganz anders?!"

„Ach Max, wenn ich dir das alles sagen könnte. Ich habe versagt, habe alles verdorben. Hab mich immer angegriffen gefühlt. Von meinem Mann, von allen Männern eigentlich, von meinen Studenten, von meinen akademischen Kollegen, sogar von meinen Freunden, denn sie haben immer nur zu Claude Hirsch gehalten, also meinem Ehemann. Sie haben mir vorgeworfen, dass ich ihm keine Kinder schenken konnte, dass ich seine Kratzbürste war, ihn bevormunden würde und er überhaupt der netteste Mensch auf Erden war, im Gegensatz zu mir. Vielleicht war er das sogar und ich habe ihm den Stacheldraht geliefert, die sein freundliches Ego von mir weggetrieben hat. Vielleicht habe ich unbewusst in den letzten Tagen das Gleiche mit dir getrieben. Ich weiß es nicht, entschuldige mich aber dafür, noch einmal!"

„Es ist gut, Ragna, auch ich war einmal verliebt in einen Claude, aber der hieß nicht Hirsch, lebte in Vancouver, Kanada, und war so heterosexuell, dass er mich auch nur mit einer Drahtbürste angefasst hätte."

„Was können wir beitragen?", fragte Ragna unvermittelt.

„Gute Frage, sehr gute Frage, Ragna. Außer, dass ich viel Geld habe und Tante Lieschen Papiere beisteuern konnte, habe ich seit ... na ja, seit es halt losgegangen ist, kaum drei Wochen her, gar nichts beizutragen."

„Und mir geht, oder besser, ging es bis vorgestern so, dass ich sogar das Gefühl hatte, der destruktive Part dieser Sechsergruppe zu sein."

„Nun nicht mehr", fragte Max, „seit der Druidin?"

„Ja, Max, sie hat mir die Angst genommen, und auch ein bisschen die Wut!"

„Kannst du ihr mal sagen, sie soll sich bei mir melden? Hätte da auch so einen kleinen Therapiebedarf in Sachen DOM ... und Konsorten!"

„Ich versuch's, Max, hab aber leider ihre Telefonnummer nicht! Magst du mir sagen, was, wie du den DOM erlebt hast, also abgesehen von unserer gemeinsamen Erfahrung?"

„Ja, weißt du ... Ich habe ihn natürlich nicht gesehen. Und von einem Druiden wusste ich nichts. Ich hatte nur immer das Gefühl, unter Beobachtung zu stehen. Und manchmal, nicht sehr häufig, aber bestimmt einmal im Monat, kam irgendetwas hinzu. Ich kann es nicht beschreiben. Ich würde es als eine Verzerrung der Wahrnehmung bezeichnen. Das passierte häufig in Flugzeugen.

Erst dachte ich, es seien die üblichen Turbulenzen. Aber allmählich wurde mir klar, dass es in den Jets nur mir so ging. Aber auch in Aufzügen, auf Brücken, bei vielen Menschen in einer Menge. Klaustrophobie[77], Agoraphobie[78] und Brückenangst auf einem Haufen. Allerdings keine Arachnophobie[79], also überhaupt nichts, was direkt mit Natur zu tun hatte. Was der Grund dafür war, dass ich mir ein Cottage auf dem Land zugelegt hatte, nahe London, als mir genug Geld zur Verfügung stand. Was wirklich komisch ist, also, dass was mir in London ständig begegnete, hatte sich hier in Berlin offenbar erledigt. Nichts, keine Turbulenzen. Vielleicht ist das der Grund, warum ich nicht wie du weg will oder den Ekel Alfred raushängen lassen musste."

„Ja, nein, lieber Max, mir ging es ja genauso. Nur dass ich das falsch interpretiert hatte! Ein Signal, nun frei zu sein, wegzulaufen, nach Australien oder sonstwo hin, um diese Turbulenzen dann endgültig hinter mir zu lassen."

„Ich habe dir übrigens etwas verschwiegen, Ragna, damals. Vielleicht spielt es ja gar keine Rolle. Aber als ich den Briefumschlag in der Kneipe in Ostberlin abgegeben habe, bekam ich einen zweiten zurück. Ich hatte es vor dir verborgen, damit du mir nicht noch einmal die fünfzig Mark abzockst, die ich von Tante Lieschen erwarten würde. Tante Lieschen hat mir dann übrigens sogar hundert Mark gegeben, als ich den Briefumschlag vor unserer Abfahrt abgeliefert hab."

*

3. Juni 1961: Richard Hanewein hatte ein gut ausgestattetes Büro im Kreishaus von Lüneburg, schließlich war er als Landrat Chef von mehreren hundert MitarbeiterInnen: Beamten, Angestellten und Arbeitern. Seine Freundin Alice McGraw hatte dafür gesorgt, dass sein Büro nicht verwanzt war. Britische Geheimdienstler, getarnt als Elektriker, checkten das Büro regelmäßig. Zu Haus bei ihm war das leider nicht möglich gewesen, weil ein regelmäßiger Besuch einer fünfköpfigen Handwerkertruppe Außenstehenden aufgefallen wäre, sodass sie sich nun nur hier treffen konnten: Er, Alice McGraw, Richards Frau Francine und der Altkommunist Arthur Wachsmeier. Zuvor, also auch in den Jahren vor dem Ende des „tausendjährigen Reichs" hatten sie bei ihren geheimen Treffen

---

[77] Angst vor geschlossenen Räumen
[78] Angst vor Menschenansammlungen
[79] Angst vor Spinnen

lange Spaziergänge in den Wäldern rund um Lüchow-Dannenberg gemacht. Eben auch, um nicht abgehört werden zu können. Damals war auch Alices Mann Alexander dabei gewesen, der als Pilot der Royal Air Force 1945 mit seinem Flugzeug im Bombenhagel von Leipzig abgestürzt war.

Alice McGraw und Arthur Wachsmeier waren nach dem Krieg respektive nach Richard Haneweins Freispruch bei den Nürnberger Prozessen aus Berlin angereist. Sie trafen sich nicht mehr so häufig wie während der Kriegsjahre, hatten sich aber verabredet, mindestens einmal im Jahr zu schauen, ob ihre Klientel nicht nur überlebt, sondern auch die Entwicklungsschritte machen würde, wie sie es hofften und, soweit es ihnen aus der Ferne möglich war, versuchten zu beeinflussen: antifaschistisch. Sie hatten sich schon vor dem Krieg verständigt. Sie allein, neben Hitler, ein paar unbekannten Nazigrößen und zwei, drei ebenso unbekannten Geheimarchivaren, kannten das Vermächtnis von Friedrich Ebert.

Obwohl ihnen nicht wirklich bewusst war, ob jener Adolf Hitler tatsächlich diese, mit einer originalen Adler[80] geschriebenen 1.146 Seiten, aufgeteilt in siebzehn Kapitel nach einem fast hundertseitigen Prolog des ehemaligen Reichspräsidenten, wirklich und in Gänze gelesen hatte. Sie wussten nur, dass er und vor allem Hermann Göring dieses Dokument in einem Bunker unter der Erde von Stapelburg im Hartz unter höchste Geheimhaltungsstufe versteckt hatten. Göring hatte es sicher gelesen, darin waren sich die vier einig. Nicht allein deshalb, weil er der einzige Intellektuelle der Führungsgruppe um Hitler war, sondern weil seine letzte Aussage, bevor er sich während der Nürnberger Prozesse 1946 das Leben nahm, lautete: „Ich hatte zwölf Jahre ein sehr gutes Leben, allein dafür hat es sich gelohnt. Nun kann ich abtreten und den Visionären den Platz lassen."

Den Dreien war es dabei völlig egal, welche Visionäre Göring damit gemeint hatte! Klar war ihnen, dass mögliche Nazi-Visionäre nichts anderes als kranke Hirne waren. Richard Hanewein hatte das Dokument Friedrich Eberts 1938 fast vollständig abfotografieren können; schließlich war er Justiziar des Reichssicherheitshauptamtes und hatte somit Zugang zu streng geheimen Dokumenten. Er hatte es erst seinem besten Freund Arthur Wachsmeier zu lesen gegeben und viele Wochen mit ihm diskutiert.

Arthur Wachsmeier war der Überzeugung, dass diese Ausführungen dem kommunistischen Manifest und dem Kapital von Karl Marx, das Richard Hanewein seinerzeit nicht differenziert nachvollziehen konnte, zwar in seiner

---

[80] legendäre Schreibmaschinenmarke

praktischen Konsequenz widersprachen, aber nicht in seiner philosophischen Ausrichtung und geschichtlichen Bedeutung.

„Evolution statt Revolution", gab Arthur zu, „und ein anderes geschichtliches Verständnis. Nämlich, dass die Menschheit, genau wie pubertierende Jugendliche, diese Phase der Werdung überstehen müssen, und zwar mit allen Konsequenzen. Das hätte Karl Marx wahrscheinlich nur ein Lächeln gekostet."

„Wahrscheinlich, aber damit hatte dein Karl Marx, lieber Arthur, leider einen Gedankenfehler gemacht. Ich glaube, ihm hat gefehlt, den Menschen an sich und zwar als Teil der Natur in der Zeit zu betrachten, wie es Aristoteles schon tat und Immanuel Kant. Wenn ich diesen Glauben nicht hätte, hätte ich im Reichssicherheitshauptamt eine Bombe gelegt. Und es hätte sich am System der Nazis dennoch nichts verändert!"

Es waren lange Tage der Diskussion zwischen den beiden Freunden. Schließlich siegte ein Kompromiss:

„Und wenn du wenigstens versuchst, durch diese Erkenntnis, die uns Friedrich Ebert übermittelt, Einfluss auf die Prozesse der Geschichte zu nehmen?", fragte Arthur seinen Freund. „Geh zu den Briten, sag ihnen, was Friedrich Ebert über die Zukunft dieses Hitler, allein in seinem Prolog geschrieben hat. Das wird sie vielleicht bewegen, die Geschichte perspektivisch zu verändern!"

Gemeinsam setzten sich Arthur Wachsmeier und Richard Hanewein daran, die beide leidlich Englisch in Sprache und Wort beherrschten, eine Zusammenfassung dieses sechsundneunzigseitigen Prologs zu schreiben, die auch die Schnüffler des MI Six in Wallung bringen würden.

Wie bekannt, waren die Funktionäre in Politik und Geheimdienst in Großbritannien nicht in der Lage, diese bösen Visionen in eine (vielleicht revolutionäre) Handlungsweise umzusetzen.

Nur Alexander und Alice McGraw hatten begriffen, dass Friedrich Ebert etwas geschaffen hatte, was nur mit Leonardo da Vinci vergleichbar war. Er hatte die Zukunft kalibriert, und zwar aufgrund einer radikalen, unumstößlichen Gegenwartsanalyse bereits im Jahre 1923.

Richard Hanewein und Arthur Wachsmeier hatten zu Alexander und Alice McGraw nicht nur eine Freundschaft entwickelt, sondern angesichts der Verweigerung des britischen Geheimdienstes, zu einer eingeschworenen Gemeinschaft: Sie wollten das Vermächtnis Friedrich Eberts wenigstens in ihrem Lebensabschnitt soweit umsetzen, als dass die angekündigten Katastrophen keine Handlungsparalyse nach sich zogen. Sie wussten, dass sie nicht die Zukunft ganzheitlich verändern könnten, aber sie wussten von Friedrich Ebert, dass ein

einziges Körnchen den Sandstrand definiert. „Seid Sand im Getriebe der Welt!",
hatte Günter Eich geschrieben und sie hatten sich bereits 1938 vorgenommen,
mindestens ein Sandkorn zu sein.

Das hatten sie, nun 1961, schon als ihre eigene, persönliche Geschichte hinter sich und hätten sich nun zur Ruhe setzen können. Sie wussten, dass sie hundertdreiundzwanzig Jugendliche gerettet hatten, Jugendliche, die heute, 1961, zwischen einunddreißig und fünfunddreißig Jahre alt waren. Die meisten von ihnen entwickelten sich sehr gut, einige wenige benötigten ihre direktive Hilfe. Wichtig war ihnen aber, dass alle wissen mussten, was ihre Lebensaufgabe war – und warum.

Nun, 1961, war es Zeit, sie aufzuklären. Und ihnen ihre wahre Geschichte zu erzählen. Ihnen zu sagen, dass sie zwar allein aus den KZs gerettet wurden, aber auch eine Familie hatten. Richard Hanewein hatte von allen jeweils ein Profil erstellt, einen Stammbaum, eine Offenbarung der Grausamkeiten, von denen diese nun erwachsenen Menschen nichts wissen konnten. Denn in allen Fällen waren diese Menschen die Einzigen, die von ihrer Familie übriggeblieben waren, weil die Öfen der Nazis gnadenlos waren. Alle jugendlichen Flüchtlinge hatten einen neuen Namen bekommen, den Alice und Alexander McGraw, Arthur Wachsmeier und Richard Hanewein ihnen gegeben hatten. Sie hatten ihnen durch die vielen anonymen Helfer, die sie gewinnen konnten, Gastfamilien vermittelt, die, im Verhältnis zu ihren eigenen Lebensbedingungen in den unterschiedlichen Ländern, gut bezahlt wurden, um diese jungen Menschen aufzunehmen. Drei Jahre lang wurden diese Familien mit halbjährlich abnehmender Tendenz finanziert, anschließend wurde der Kontakt endgültig eingestellt, um zu verhindern, dass es nur um diese Zuwendung gehen würde. Viele Familien hatten diese Flüchtlinge an Kindes statt angenommen und sie nach Abebben der Zahlungen dennoch weiter in ihrer Gemeinschaft integriert, nur wenige waren mit dem sechzehnten, siebzehnten oder achtzehnten Lebensjahr auf sich selbst angewiesen gewesen. Nun, 1961, also in der Regel acht bis elf Jahre später, war der Zeitpunkt gekommen, dass sie nicht nur ihren wirklichen Namen kennenlernen sollten, falls sie sich selbst nicht erinnern würden, sondern auch wissen mussten, was und warum das alles mit ihnen geschehen war.

Das Quartett (früher mit Alexander, heute mit Francine) hatten in keiner Sekunde ihres Lebens eine oder einen einzigen ihrer „Mündel" unbeobachtet gelassen, auch wenn das über die Meere, Grenzen und Kriege nicht immer ganz einfach war. Nun jedoch, im Jahr 1961, konnten sie sich frei bewegen. Sie hatten vereinbart, jeden und jede persönlich zu besuchen. Sie waren so frei wie noch nie in ihrem Leben. Sie konnten nach Asien fliegen, nach Amerika, Südamerika,

China, in die Karibik, ja, sogar nach Russland, jedenfalls Arthur aus der neu geschaffenen Deutschen Demokratischen Republik der Sowjets.

Also machten sie sich auf den Weg, jedenfalls bis zum 13. August 1961. Arthur Wachsmeier hatte sein Domizil in der Bernauer Straße in Berlin. Ihn erreichte die Nachricht über den Bau der Mauer in Berlin am 13. August in Wladiwostok. Hier hatte er erst sein drittes Mündel getroffen. Eigentlich wollte er weiter nach China, Vietnam, Laos, Korea. Das war sein Auftrag.

Aber die Verhältnisse in Berlin, vor allem aber in der Schweinebucht in Kuba waren nicht dazu angetan, sich weiter auf einen humanistischen Trip im Fernosten der Welt zu begeben, der bei dieser Weltlage vielleicht ein Kampf gegen Windmühlen werden würde, oder womöglich tödlich enden konnte.

Arthur Wachsmeier reiste daher mit der transsibirischen Eisenbahn zurück nach Berlin. Hier starrte er von nun an aus seinem Fenster in der Bernauer Straße auf einen Beton- und Stacheldrahtwall.

Richard Hanewein und Alice McGraw nahmen selbstredend auch diese Entwicklung zur Kenntnis, vor allem, dass sie ganz plötzlich nicht mehr mit ihrem Freund Arthur Wachsmeier direkt kommunizieren konnten, denn Richard war in Lüneburg im Westen und Alice zufällig in Westberlin sicher.

Sie hätten es wissen müssen. Friedrich Ebert hatte dargestellt, dass die Welt sich zweiteilen würde nach Hitlers Regime. Das Quartett hatte geahnt, dass es sich um ein stalinistisches Vermächtnis handelte, auch, dass die Amerikaner den Sieg gegen das faschistische Deutschland nutzen würden, um ihre Präsenz in Europa, ihrem Ur-Vaterland, ein für alle Mal festzuzurren. Dass aber tatsächlich eine Mauer gebaut werden konnte, in der Mitte eines einzigen Volkes, war weder ihnen noch Friedrich Ebert 1923 in den Sinn gekommen.

Vor allem nicht, weil sie sich im August 1961, kurz nachdem Walter Ulbricht im Fernsehen sagte „Niemand will eine Mauer bauen!" umtriebig in der Welt waren, um ihre „Klientel" zu betreuen.

Sie kehrten zwar umgehend zurück, warum wussten sie dann aber selbst nicht. Hier würden sie nichts ändern können. Richard Hanewein hatte Anfang der fünfziger Jahre seine Aufgabe in Lüneburg als Landrat angetreten und nur im Urlaub konnte er sich um die Menschen kümmern, die ihm am Herzen lagen. Seine Frau Francine besuchte neben Alice McGraw die meisten der einhunderteinundzwanzig Menschen, vorrangig im portugiesisch-, spanisch- und französischsprachigen Raum, also vorrangig in südamerikanischen und karibischen Staaten. Alice McGraw die englischsprachigen Gebiete, allerdings war ihr Wohnsitz im geteilten Berlin nicht unbedingt die beste Ausgangslage. Und auch Arthur Wachsmeier machte sich wieder auf den Weg in die Staaten, in die er als DDR-Bürger einreisen durfte. Entgegen der editionalen[81] Meinungsmache im kapitalistischen Westen waren das eine ganze Reihe von exklusiven Staaten, darunter eben nicht nur Kuba, sondern neben allen osteuropäischen Staaten wie die baltischen Staaten oder die im Balkan, aber 1961 eben auch die sozialistischen Republiken Ghana, Guinea, Mali, Vietnam, Somalia, Indonesien, Korea, Sri Lanka, die Mongolei und, dank Mao Tsetung, eben auch China.

In den Jahren 1961 bis 1967 hatten sie fast alle „Kinder der Lager", wie sie sie nannten, aufgesucht. Vierzehn waren verstorben, durch Krankheiten, Unfälle, eine junge Frau wurde in Pakistan ermordet.

Aber einhundertsieben Menschen, die lange Zeit gerätselt hatten, warum sie in einer sozialen Umwelt lebten, die häufig, wenn auch nicht immer, ganz, ganz anders war als sie selbst, wurden nun in ihren diffusen Erinnerungen einer Flucht aus einem nationalsozialistischen Deutschland auf ein Wissens- und Wirklichkeitsgleis gebracht, mit dem sie leben konnten. Vor allem in memoriam ihrer vergasten, erschossenen, verbrannten Angehörigen. Sie hatten bis zu den Besuchen einer der vier Fluchthelfer 1961 bis 1967 nicht gewusst, welcher Identität sie wirklich angehörten. Selbstredend konnten sich die meisten daran erinnern, wie sie per Schiff dort gelandet waren wo sie waren – und manche sogar an die Lager, die sie kaum wahrgenommen hatten. Schließlich waren sie mit demselben Zug von dort wieder abgefahren. Aber sie wussten natürlich, was dort geschehen war, in Auschwitz zum Beispiel, in Bergen-Belsen oder Treblinka. Und ihnen war klar, dass sie dort ihre nahestehenden Angehörigen verloren hatten, wie und vor allem warum, war den meisten jedoch schleierhaft. Einige hatten sich an die jüdische Religion erinnert und sie wieder in ihr Leben gerufen, einige wussten, dass sie einer Volksgruppe angehört hatte, die man Zigeuner nannte, jedenfalls bei den Faschisten. Die allermeisten jedoch hatten sich in ihr Schicksal ergeben und versucht, das Beste aus ihrem neuen Lebensraum zu machen. Alle einhundertsieben „Kinder der Lager" hatten dennoch, oder vielleicht gerade wegen dieser nicht ganz durchschaubaren Sozialisation, selbst schon Kinder gezeugt. Diese hatten in diesen sechziger Jahren in der Pubertät mit ebensolchen Problemen zu kämpfen, wie ihre Eltern selbst zwischen 1940 und 1950 unter ganz, ganz anderen Umständen. Diese Eltern wussten, dass sie anders geheißen hatten, als sie mit ihren Familien in dunkle Züge einsteigen

---

[81] in Schrift, Bild und Sprache in der Öffentlichkeit

mussten. Sie durften nichts behalten, nicht ihre Bekleidung, nicht einmal ihren Vornamen, und den Nachnamen Hanewein hatten sie erst an Bord eines Schiffes erhalten. Zur Tarnung, wurde ihnen gesagt, aber, dass sie diesen Namen niemals aufgeben durften, damit man sie wiederfinden konnte. Und ihnen wurde gesagt, dass sie sich den neuen Vornamen während der Schiffsfahrt einprägen mussten. Vor allem dieser neue Vorname war die Eintrittskarte ins neue Leben, denn dieser entsprach der Nationalität, Sprache und Kultur ihrer neuen Zukunft.

Das Quartett bemühte sich, nachdem sie ihre „Kinder der Lager" nach und nach ins rechte Bild gesetzt hatten, Racheinstinkte niedrig zu halten.

1967 waren alle einhundertsieben überlebende Haneweins dokumentiert. Der nächste Schritt bedeutete, sie ins aktive Boot zu holen. Es musste eine Liste aller Haneweins erstellt werden, mit allen zur Verfügung stehenden Daten, die allen Haneweins bekannt gegeben werden mussten. Alice, Arthur, Francine und Richard waren sich einig, dass nur absolute Transparenz, im Sinne von Friedrich Ebert, zielführend sein könne.

Aber 1967 war es nicht wirklich möglich, eine so umfangreiche Datensammlung unbemerkt von West nach Ost und von Ost nach West zu schaffen.

Alice McGraw hatte sich auf ihren Neffen gefreut. Max schien ein kluges Kind. Auch wenn ihr seine Freundin ein wenig zu altklug schien. Sie war sich anfangs nicht sicher, ob sie ihren vierzehnjährigen Neffen mit solch einer brisanten Ladung in den Osten der Stadt schicken konnte. Aber die Verschlüsselung der Dokumente war perfekt, weil sie nur vier Menschen auf der Erde beherrschten. Auch wenn Max also erwischt wurde, konnte er als Kind nicht belangt werden und die Papiere waren für nicht eingeweihte Spione unverständlich, eher harmlos, einhundertsieben Rezepte für vegetarische Gerichte. Nur Arthur wusste Bescheid. Und er würde am Standort sein und seine Liste transportieren, damit, nun endlich alle einhundertelf Menschen, nämlich die einhundertsieben Haneweins der Welt plus Richard und Francine, Arthur Wachsmeier und Alice McGraw eine wirkliche Familie bilden konnten.

Und die zweihundertvierundfünfzig Kinder der „Kinder der Lager", also „Enkel der Lager", einhundertsechsundzwanzig Mädchen, einhunderteinundzwanzig Jungen und sieben Kinder, die nicht eindeutig einem Geschlecht zuzuordnen waren. Das war nicht neu für das Quartett, denn sie wussten, dass diese Menschen die ersten Todesopfer des Naziregimes gewesen waren. Sie wurden gleich bei der Geburt getötet – eins der nationalsozialistischen Euthanasie-Gesetze.

Die Eltern, also die „Kinder der Lager", erhielten eine ausschließlich für sie dokumentierte Mappe. Diese enthielt alle Dokumente, die sie vielleicht niemals benötigten, die ihnen aber ihre tatsächliche Identität verifizierten. Aber das Quartett beließ es nicht dabei. Sie baten sie nicht nur darum, sich um Wahrheit und antifaschistische Wirklichkeit zu bemühen, überall dort, wo sie sich aufhielten, sondern auch um Bildung. Um Bildung ihrer Kinder und deren Kinder.

In manchen Ländern in Europa, den USA oder Australien, war das eine überflüssige Ansprache, in manchen karibischen, afrikanischen, südamerikanischen, orientalischen oder asiatischen Ländern hingegen nicht. Dafür hatten sie Mittel akquiriert aus Quellen, die Richard Hanewein noch immer aus seiner Tätigkeit im Reichssicherheitshauptamt zu nutzen wusste. Auch wenn allen klar war, dass es sich hierbei um nichts anderes als um Erpressung handelte.

Richard Hanewein besaß nämlich eine weitere Liste. Eine Liste von Menschen, die das dritte Reich gesellschaftlich und politisch überlebt hatten, nun in neuen Funktionen und Verantwortungen in der Wirtschaft, der Justiz oder der Politik der neuen Bundesrepublik Deutschland standen. Würde Hanewein sein Wissen über deren Rolle bei den Nazis offenbaren, würden diese ihre Existenz verlieren, ihre materielle, ethische und ihre soziale. Das war ihnen ein wenig Geld wert, Geld, das sie sogar als Spende für Entwicklungshilfeprojekte für Länder der Dritten Welt von der Steuer absetzen konnten. Da sie untereinander nichts voneinander wussten, da sie wie Marionetten von Richard Hanewein geführt wurden, konnten sie sich nicht wehren; jeder dieser meist Männer, es waren nur vier Frauen darunter, ehemalige KZ-Aufseherinnen aus vier Lagern, die sich nicht kannten, waren der Meinung, dass sie allein davon betroffen waren. Hanewein kannte seine Klientel. Faschisten sind von hohler Intelligenz; hohle Gefäße schallen meist am lautesten, deshalb benötigen sie ein Forum, aber sie zerbrechen sehr schnell, wenn man ihnen die Basis entzieht, zum Beispiel die Seilschaften. Hanewein war geschult durch seine Zeit bei den Nazis. Er wusste, wie er diese Seilschaften durchtrennen konnte – und tat es. Sie sollten bluten, auch wenn sie es als Wiedergutmachung empfanden.

Und so erhielten einhundertsieben junge Menschen, nämlich immer eins der Kinder der ursprünglichen „Lagerkinder" in achtundsiebzig Ländern der Erde jeweils ein Stipendium für ein Studium, das über das Goethe-Institut in Bonn abgewickelt wurde – und zwar in fast allen Fachrichtungen, die eine universitäre Bildung hergab. Die Auswahl wurde ebenfalls vom Goethe-Institut durchgeführt, nämlich durch durchaus gängige Auswahl- und Testverfahren für die einzelnen angestrebten Fachrichtungen.

*

Dass der vierzehnjährige Mario Hanewein durch seine gemeinsame Flucht mit der dreizehnjährigen, argentinischen Urenkelin Friedrich Eberts, erst einmal nur einen kleinen mathematischen Knick ins Universum der Haneweins, und wohl auch in die Vision des Friedrich Ebert einleitete, war dem Quartett natürlich nicht bewusst.

Beide Quartetts, die vor und die nach 1945, waren nun, im Jahr der ANDEREN, 2014, tot.

Die Variablen des Lebens der einhundertsieben studierenden oder studierten jungen Haneweins blieben. Und auch die ihrer einhundertsiebenundvierzig Geschwister, die zwar keine Stipendien erhielten, in der Regel aber doch ein mehr oder weniger normales und generatives Leben führen durften und in die Entwicklung miteinbezogen waren. Neid war dabei selten, denn die Geschwister wussten auch, was auf die einhundertsieben auserwählten Stipendiaten zukommen würde: Erfolgserwartung, Leistungsstress und womöglich eine zukünftige Verantwortung, die nicht leicht zu tragen sein würde.

Im Jahre 2014 hingegen, als auch diese neue Generation längst im geschlechtsfähigem Alter war, hatten diese einhundertsieben Akademiker mit Diplom, Dissertation und sogar Habilitation, selbst keinerlei Nachkommen. Auch in diesem Bereich waren ihre Geschwister besser dran.

Es gab nur einen einzigen Epigonen des Urvaters Hanewein, der kein Kind eines Lagerkindes war: Yukete!

Kapitel zwölf ist Marchellina und Heinrich, die nun acht dann aber wieder sieben ANDEREN

Montagabend, 31. März 2014: „Wir wissen nicht, was Marchellina da Silva mit dem Namen Hanewein wirklich verbindet", eröffnete Marie im Konferenzzimmer des Hotels ihren Bericht über den Besuch bei ihrem Großonkel. „Aber sie will zu uns kommen! Wir hatten zu wenig Zeit, um den Namen Hanewein zu thematisieren."

Selbstredend waren alle einverstanden, dass sie Marchellina da Silva am kommenden Wochenende in Berlin herzlich willkommen heißen würden. Schließlich waren sie keinerlei „geschlossene Gesellschaft"!

Bei der Gelegenheit machten sie sich bewusst, dass nunmehr der zwanzigste Tag datiert war. Vor allem Hermann hatte zuvor niemanden gekannt, aber außer die Studienfreunde Rolf und Yukete waren alle anderen mehr oder weniger sporadisch aufeinandergetroffen, Marie, Max und Ragna fast ausschließlich in einer frühen Vergangenheit, auch wenn Ragna und Max hin und wieder ihre DOM-Leiden ausgetauscht hatten. Aber auch das waren Jahrzehnte-Kontakte.

Aber alle verband das Dilemma, das Dilemma an sich. Ragna und Yukete sagten: „Phänomenologie![82]", leise, aber wie verabredet. „Husserl", sagte Ragna, „ein Feind der jüdischen Tradition!"

„Ein Meister der existenziellen Philosophie!", konstatierte Yukete.

„Und was bleibt von Albert Einstein?", musste Rolf hinzufügen.

„Nix!", sagte Marie. „Nur der Eber. Vielleicht noch der Himmel! Ich habe ihn gesehen, Einstein hat ihn nur berechnet."

„Und die Gesetzmäßigkeit des Alterungsprozesses, was nicht nur auf mich, sondern auch auf dich und dein nun langsam abgestandenes männliches Schwein zutrifft", fügte Hermann fast aggressiv in neuem Selbstbewusstsein, seit seinem Gespräch mit Heinrich Jaenecke, hinzu. Hermann hatte keine Ahnung, wer Husserl sein konnte, von Einstein hatte er aber nicht nur „etwas gehört", sondern mehr gelesen, als manche sich in dieser Gruppe wohl vorstellen konnten, von einem alternden Beamten. Und er war es leid, dass alle anderen ihn behandelten, als sei er ein philosophischer Idiot. Einsteins „Gottesbeweise" zum Beispiel,

---

[82] Edmund Husserl, „Die Phänomenologie", 1947

die Hermann faszinierend fand, ähnlich wie die von Sigmund Freud aber ganz anders als die von Anselm von Canterbury oder Thomas von Aquin.

Die Menschen, vor allem die Klerikalen jedweder religiösen Richtung (auch Freuds eigenen, also der jüdischen) dachten, dass er mit der Relativitätstheorie das Gegenteil betrieb, also den Gegen-Gottes-Beweis. Dabei hatte Einstein, ganz genauso wie Sigmund Freud, aber unabhängig voneinander, nicht einen Gott geleugnet, sondern den Antichristen, einen Teufel, Satan, Beelzebub, überhaupt die Hölle und das, was diese Klerikalen benutzten, um ihre „gläubige Herde" in die Knie zu zwingen, leugneten, ad absurdum führten.

Die Hölle aller literarischer Relevanz der Jahrhunderte war nichts als ein Geschäft, ein teuflisches zwar, weil es um Macht, um nichts anderes als um Macht über Menschen ging.

Ein Gott hingegen interessierte diese Macht nicht, denn der Teufel war viel, viel mächtiger: Er konnte bestrafen, ein Gott *musste* lieben!

Glauben wurde und wird reduziert auf die Möglichkeit zu sanktionieren. Deshalb war und ist Gott für die Menschen nicht direkt erfahrbar, wenn sie nicht selbst aktiv liebten, barmherzig waren oder einfach nur empathisch.

Der Teufel hingegen benötigt den Menschen nur als *Objekt*. Grausamkeit, Folter, Selbstzerstörung (im Mittelalter und heute in der Sharia z.B.), Leid, Unglück und Tod gehören zum Leben, zum Charakter der Menschheit dazu: Der DOM stellte fest: Die Menschheit ist böse, auch wenn es einzelne gute Menschen gibt – und damit ist der DOM *objektiv*.

Liebe aber, als ausschließlich aktive Initiative durch die Menschen selbst, sagten Freud und Einstein, kann die Existenz Gottes belegen, denn nur ein liebender Gott kann ein Gott sein! Und da es einen beziehungsrelevanten Gott nicht geben kann (auch wenn die Gläubigen im Beten das herzustellen versuchen), bleibt einzig der einzelne Mensch (oder die einzelnen Wesen vom Orion oder Beteigeuze) das Antlitz Gottes.

Freud und Einstein konnten sogar beweisen, dass es ihn, den liebenden Gott selbst geben musste, mindestens aber gegeben haben musste (und keineswegs eine Person ist oder war). Wer sonst als ein Gott hätte die Initialzündung für das Leben, für den Kosmos geben können? Oder für die Balance im Universum zwischen Nieder- und Aufgang, zwischen der Ausgeglichenheit der Geschlechter? Niemand als nur er (oder sie – oder androgyn)!

Hermann hatte „seinen" Einstein verstanden, dieser hatte seine Seele berührt: Einen Gott, den es gab, konnte es nicht geben. Solange wir Menschen Gott definieren, meistens als Abbild des Menschen (auch wenn es umgekehrt behauptet wird und immer irgendwie persönlich, um mit ihm/ an ihn [an]beten zu können) ist er nicht Gottes-, sondern Menschenwerk. Und Menschenwerk kann niemals Gotteswerk sein, denn dann wäre der Mensch Gott. So einfach wie es schien, war es klar. Edmund Husserl jedoch verstand er nicht, vielleicht nur, weil er ihn nicht kannte, nicht phänomenologisch aktiv geworden ist zu lieben?!

Lieber Hermann, kaum jemand hat mir die Phänomenologie so gut erklärt
wie DU!

Hermann hatte es tatsächlich gehört, aber natürlich nicht geglaubt!

„Ja, Hermann", erriet Yukete Hermanns

aber nicht meine

Gedanken, „du hast recht, wir sollten zu unseren Wurzeln zurückkehren! Unsere, also unsere studierte Philosophien, wie bei mir und Ragna, sind nicht wirklich individuell zielführend, dann wäre Philosophie Psychologie, auch wenn es natürlich auch eine Philosophie der Psychologie gibt und geben muss. Und natürlich auch dein Eber ist nicht interaktiv zielführend, liebe Marie, weil er nur für dich allein eine philosophische Bedeutung hat, für uns nur eine symbolische. Wir sollten daher die Dinge beim Namen nennen und, ich meine, wir sollten bei uns damit anfangen! Ich zum Beispiel heiße Jogoomvinjo[83] auf Swahili! Das ist mein echter Nachname. Steht sowohl in meinem afrikanischen, der gar nichts mehr gilt, als auch seit Langem in meinem deutschen Pass! Und vielleicht wusstet ihr nicht einmal, dass ich ein richtiger Deutscher bin. Also Herr Jogoomvinjo, wie man mich an der Universität, zum Beispiel im Prüfungsamt, bei den Professoren oder in irgendwelchen Behörden hätten immer wieder anreden müssen. Aber ich heiße überall nur Yukete!", sagte Yukete. „Wer von euch wusste das?"

„Na klar weiß ich das, Yukete", antwortete Rolf, „ich kann es nur nicht aussprechen und würde dich keinesfalls Herr Dingsdabumsda nennen! Apropos Namen. Irgendwie haben wir uns alle von Anfang an geduzt, wohl, weil du, Marie, damit angefangen hast, vor nun genau zwanzig Tagen. Das allein ist ja schon erstaunlich genug. Und deshalb sollten wir es mit Husserl und der Phänomenologie nicht unnütz verkomplizieren. Daher noch einmal auf den Punkt: Du, liebe Marie, heißt Ebert, als Einzige übrigens, die uns bekannt ist mit diesem bedeutungsvollen Namen, wenn man mal von deinen reizenden Schwestern absieht. Hermann, du heißt Müller, du Ragna, Sagel und du, Max eben Behrends. Ich heiße Martens und keiner von uns heißt Hanewein! Und

---

[83] Jogoo = der Hahn, Mvinjo = der Wein

nun kommt Marchellina da Silva, die Tochter von Heinrich Jaenecke, Sohn der Schwester des Friedrich Ebert!", konstatierte Rolf.

„Und dennoch sollen wir dessen Sippschaft betreuen!", sagte Hermann.

„Nein, lieber Hermann!", antwortete Marie. „Sie werden uns betreuen!"

„Wie meinst du das?", kam es aus mehreren Mündern gleichzeitig.

„Ich weiß nicht recht", sagte Marie, „aber ich glaube, wir sind nur Mittel zum Zweck. Die wirklichen Aktivposten scheinen mir die Haneweins zu sein. Auch wenn sie es selbst vielleicht gar nicht wissen. Aber anders macht das ganze Theater, das wir nun seit fast drei Wochen erleben, gar keinen Sinn!"

„Erleben wir wirklich ein Theater?", meinte Max. „Oder ist es vielleicht nicht so, dass wir hier selbst irgendein Theater inszenieren?"

„Max, glaubst du ich mache Theater? Also wirklich …!"

„Schon gut, schon gut, Ragna. Ich meine damit, dass wir uns selbst überprüfen sollten, ob wir vielleicht so etwas praktizieren, wie sich selbst erfüllende Prophezeiungen. Du, Rolf, müsstest als Psychologe doch wissen, was ich meine?!"

„Du hast sicherlich recht, Max", antwortete Rolf, „wir sollten nicht naiv sein und uns irgendwie in eine Vision einlullen, die uns grade die Welt erklären soll. Aber auf der anderen Seite gibt es eben ein paar Fakten, historische Fakten und rein funktionale, wenn du an die einhundertdreiundzwanzig Jugendlichen aus den KZs denkst. Tatsache ist außerdem, dass es ein Dokument gibt, das uns noch immer in seiner Gesamtheit fehlt. Und dass nun grad deine Tante einen ganzen Stapel an Material hinterlassen hat, das nicht nur die Fakten, die wir haben, konsolidieren, sondern die aufzeigen, dass wir uns tatsächlich in einem Prozess befinden, den man nicht anders als historisch bezeichnen kann. Damit will ich uns nicht aufwerten, oder wichtiger machen, als wir sind. Aber ich glaube nicht, dass du zum Beispiel, lieber Hermann, deine Recherchen mit irgendeiner Absicht betrieben als nur die, der Wahrheit oder der Wirklichkeit näherzukommen!"

„Selbstredend!", sagte Hermann und fügte hinzu: „Eigentlich bin ich ja so etwas wie der Patient. Also ich meine, jemand, der zu euch gekommen ist, weil er glaubte, verrückt zu sein. Kann ja auch sein, dass ich das bin. Aber dann hat Marie als Auslöserin Schuld daran und Rolf konnte mir keine vernünftige Therapie zugutekommen lassen als die, die ich nun erfahre."

„Ich muss euch leider sagen, dass ihr euch täuscht", zündete nun Yukete seinen kleinen Böller, nachdem er ein wenig belustigt zugehört hatte. „Es gibt jemanden aus der Sippschaft Hanewein unter uns!"

Alle schauten sich gegenseitig an und wussten nicht, was Yukete meinte.

„Jogoomvinjo, also mein Nachname, bedeutet auf Swahili nichts anderes als Hahn und Wein, Hanewein!"

Yukete erklärte, dass es in seiner Familie keine Nachnamen gab. Dort, wo er herkam, war der Name des Stammes der sogenannte Nachname, eigentlich genau wie in Europa. Auch wenn es hier weniger die Zugehörigkeit zu einer Stammesgruppe war, die den semantischen Namenszusatz bestimmte, sondern die berufliche Herkunft: Müller, Meyer, Köhler und so weiter. Mit der Kolonialisierung waren die Urstämme in Afrika zusammengebrochen. Es gab sie nicht mehr als Lebensgemeinschaft, sondern seine Familie vom Stamm der Kikuyu war im Kibera-Slum von Nairobi nicht einmal eine behördliche Nummer. Und offenbar hatte sein Pate ausgeholfen mit seinem Namen, weil das Goethe-Institut schließlich ohne Nachnamen nicht auskam.

„Und aus Respekt vor der afrikanischen Seele hat er mir dann eben den Hanewein in Swahili verpasst, nehme ich jedenfalls an!"

„Und du wirst uns nun betreuen", schmunzelte Marie.

Es gab zwei Listen. Eine von West- nach Ostberlin, eine von Ost nach West, wie Max nun klargestellt hatte. Alle stimmten ihm zu, dass er die Tragweite nicht hätte erkennen können. Er war 1967 richtig wütend gewesen auf Ragna. Sie hatte einfach die fünfzig Mark einkassiert, die Tante Lieschen ja eigentlich ihm zugesteckt hatte. Er hatte ihr logischerweise nicht erzählt, dass er noch einmal fünfzig Mark erhalten würde, wenn er einen fast gleichaussehenden Umschlag wieder zu seiner Tante zurückbrachte. Ob Zufall oder gewollt, hatte der Ober ihm den Umschlag zugesteckt, als Ragna zum Klo gegangen war.

Max hatte den Umschlag in seine Jacke gesteckt. Er war zwar ziemlich dick, DIN-A5, passte jedoch in die Innentasche seiner Bomberjacke, wie sie damals, ohne dem späteren Nazibeigeschmack, modisch angesagt war.

Er hatte sie fast vergessen, die Geschehnisse der Nacht und des nächsten Tages waren zu dominant.

Aber kurz vor Abfuhr des Zuges, der die Gruppe pubertierender Konfirmanden zurück ins norddeutsche Idyll brachte, suchte er seine Tante Lieschen, diesmal natürlich ohne Ragna, wieder auf. Er übergab ihr den Umschlag, erhielt nun sogar hundert Mark und eine so herzliche Umarmung, dass er sich vehement daraus herauswinden musste. Auch eine Tante Lieschen hatte nicht das Recht, ihm so nahezukommen wie nie jemand zuvor!

„Max, du Lieber", hatte sie gesagt, „du weißt gar nicht, welche Freude du mir gemacht hast. Ich werde dich belohnen. Und diese hundert Mark gibst du bitte nicht deinem Mädchen. Solche Mädchen werden dir ohnehin irgendwann alles nehmen, was du hast!"

So richtig hatte Max das nicht verstanden, aber dass Ragna das drei Tage zuvor schon bewiesen hatte, war ihm sehr, sehr klar.

Dennoch konnte er sich eine Frage nicht verkneifen: „Kannst du mir sagen, was der DOM ist?"

Tante und Großneffe hatten sich eigentlich schon fast verabschiedet – und Max musste zum Bus, der ihn und die Gruppe zum Bahnhof Zoo bugsieren sollte.

„Was weißt du vom DOM?", fragte Tante Lieschen und war sehr, sehr blass geworden.

Max berichtete in kurzen, stockenden Sätzen, was er erlebt hatte, und dann zitierte er flüssig und ohne zu stocken:

„Ich setze euch davon in Kenntnis, dass der DOM existiert. Deis Omnipotate Mystica! Ihr beide habt in der letzten Nacht etwas wahrgenommen, was ihr nicht wahrnehmen durftet. Das hat Folgen für euch beide. Ich muss euch ernsthaft warnen! Euer Es, das euch nun absichtslos erweitert wurde, wird euch Entwicklungsleistungen erlauben, die ihr zwar nutzen könnt, aber ontologisch mit Vorsicht zu gestalten sind, wenn Geist, Raum und Zeit nicht im Einklang sind! Ich werde euch rufen, wenn ihr gebraucht werdet!"

Tante Lieschen sagte: „Bitte, mein Junge, schreib's mir auf, wenn du kannst!"

Max konnte das ohne Problem und sagte. „Jetzt muss ich aber los, Tante Lieschen, sonst komme ich zu spät!"

Er musste sich noch einmal eine Umarmung gefallen lassen, ohne weitere, vielleicht nur wieder fünfzig Mark (oder vielleicht nur noch zwanzig), was ihn ein wenig enttäuschte, weil er ja offenbar was ganz, ganz Wichtiges gesagt hatte.

Aber es blieb bei einem Versprechen, das Max ebenso wenig verstand, nämlich, dass er wohl kaum materielle Probleme haben werde, und der Aussage:

„Aber du musst wirklich auf dich aufpassen, mein Junge! Denke immer daran, dass du Leben zerstörst, wenn du lebst! Das tun wir alle und die Buddhisten auch. Aber du musst es immer wissen, bei jedem Schritt, den du machst! Also pass auf dich auf, und nicht nur auf dich!"

Wieder hatte Max nichts verstanden, hätte es aber genauso detailliert aufschreiben können wie das Zitat des DOMs.

Viele Jahre später, erst in London, tat er das, in Englisch und war sich gar nicht sicher, ob Tante Lieschen das nicht auch in Englisch gesprochen hatte!

*

„Es muss eine weitere Liste geben!", sagte Max am Freitag nachdenklich nach dem Essen. Sie hatten zum Anlass des Besuchs von Marchellina da Silva einen Tisch im „Wartesaal" in Charlottenburg reserviert, weil sie dort so kurzfristig noch einen Tisch für sieben Personen bekommen hatten. Das Essen war vorzüglich und es war schon nach Mitternacht, als Max diesen Satz in die Runde warf.

Hanewein war das Thema gewesen, das sie entschieden hatten anzusprechen, nachdem sie sich gegenseitig vorgestellt hatten.

„Marco Hanewein könnte der Schlüssel sein", hatte Yukete zuvor gesagt. „Wenn ein Kind aus Brasilien den deutschen Namen Hanewein wieder nach Deutschland zurückträgt."

„Genau wie bei dir, lieber Yukete Hanewein!", ergänzte Rolf und musste Marchellina an dieser Stelle über die Swahili-Übersetzung aufklären.

„Es muss eine weitere Liste geben!" benötigte Erläuterungen über Max' Rolle bei seiner Tante Lieschen. Er erzählte von dem zweiten Auftrag, den Max von Ost- nach Westberlin getragen hatte.

„Ich muss ja eine ordentliche Zicke gewesen sein", kommentierte Ragna.

Max ergänzte: „Ja, warst du, wie vielleicht 99 % aller pubertierenden Gören. Aber darum geht es heute sicherlich nicht! Es geht um den DOM, Ragna! Darüber haben wir nämlich kaum gesprochen. Und es geht offenbar darum, liebe Marchellina, was Ragna und ich 1967 gehört hatten, als wir nach einer durchwachten Nacht von unserem Pastor gehört hatten. Für dich zitiere ich das noch mal, auch wenn ich weiß, dass das kaum noch einer hören will:

„Ich setze euch davon in Kenntnis, dass der DOM existiert. Deis Omnipotate Mystica! Ihr beide habt in der letzten Nacht etwas wahrgenommen, was ihr nicht wahrnehmen durftet. Das hat Folgen für euch beide. Ich muss euch ernsthaft warnen! Euer Es, das euch nun absichtslos erweitert wurde, wird euch Entwicklungsleistungen erlauben, die ihr zwar nutzen könnt, aber ontologisch mit Vorsicht zu gestalten sind, wenn Geist, Raum und Zeit nicht im Einklang sind! Ich werde euch rufen, wenn ihr gebraucht werdet!"

Hermann übernahm die Aufklärung. Er war der Einzige, der bislang noch gar keinen Kontakt zum DOM gehabt hatte, jedenfalls nicht so, dass es glaubwürdig wäre, und den Druiden kannte er nur aus Asterix und Obelix:

„Echt, Marchellina, das Ganze ist für mich auch ziemlich esoterisch und kaum nachvollziehbar. Habe diese fünf Leute in den letzten drei Wochen schätzen gelernt und glaube ihnen daher, auch wenn ich, zugegebenermaßen, dieses Zitat mittlerweile als archäologisches Phänomen empfinde. Wenige Tage zuvor hätte ich das Ganze sogar als esoterischen Unsinn abgetan. Ich bin noch immer überzeugt, dass es sich hier um irgendein Psychotaterada handelt, das unsere Freundinnen und Freunde, und letztendlich auch mich, hier befallen hat. Aber das ist schließlich auch unsere Realität, dass wir befallen werden von merkwürdigen Zuständen. Ist mir übrigens kürzlich auch so gegangen. Ohne dass ich jenen Kontakt zum Druiden gehabt hatte. Also: Es gibt eben jenen DOM, bewiesen durch das Zitat von Max und Ragna, und es gibt den oder die Druidin, in Afrika offenbar auch Mbeete genannt, der mit allen hier, außer mit mir und dir, Marchellina, nehme ich jedenfalls an, Kontakt aufgenommen hat, warum auch immer. Vielleicht sind wir in diesem Kismet einfach zu unwichtig, keine Ahnung. Irgendwie hat das dann auch noch mit Voodoo zu tun. Aber da halte ich mich raus. Mag keine Nadeln in meinem Körper, auch nicht als Hermann-Puppe. Das, was Max da grad zitiert hat, ist der Ursatz von 1967, der offenbar alles durcheinanderbringt, und mich dennoch langsam langweilt. Max, Ragna und Marie wurden zuerst infiziert, aber nun auch wir, die Familie Ebert mit all ihren EpigonInnen, also nun auch dich, Marchellina. Auch wenn er, übrigens nur ein einziges Mal, gesprochen hat, scheint der DOM keine Person zu sein, genauso wenig wie Gott. Das meine nicht nur ich, sondern zum Beispiel auch Einstein und Sigmund Freud. Das, was es definitiv nicht gibt, ist der Teufel! Satan liegt ausschließlich in uns. Wir können scheißgrausame Dinge tun, also wir als Menschheit sind einfach nur beschissen, schaut euch diesen ganzen Mist an – Krieg, Klimakatastrophe, Faschisten, Islamisten und so weiter. Und, wie ich es bisher begriffen habe, scheint der DOM nicht der Teufel an sich zu sein, sondern derjenige, der *objektiv* ist, der eben genau diese Scheiße in sich bündelt – das Gute, die wenigen Individuen, wie Mahatma Gandhi, Martin Luther King oder Heinrich Albertz haben nicht genügend Gewicht, um den DOM anders zu gewichten. Er, wahrscheinlich müsste man Es sagen, weil es ein Ding zu sein scheint, aber das *Es* ist ja leider schon bei Freud für unser Unterbewusstsein reserviert, ist eben nur so böse wie wir Menschen sind. Der Teufel hätte eine eigene teuflische Seele, aber der würde an Bosheit, Grausamkeit und Verlogenheit nicht an uns herankommen, wie ihr wisst, wenn ihr die Welt betrachtet, heute und in der Vergangenheit. Jedenfalls hat der DOM ein Wesen geschaffen, dass das Ding DOM operationalisiert, also in Tat und Handlung umsetzt: Druide oder Mbeete. Ich glaube, dass der DOM, der sich übrigens deshalb von Gott unterscheidet, weil er sich offenbar ausschließlich um uns kümmert, also um unsere Erde, unsere Zivilisation und nicht die vom Adlernebel, Orion oder Beteigeuze. Wobei Gott da wohl auch nicht wesentlich aktiv ist. Die Beteigeuzianer hätten ja zum Beispiel sagen können: Hallo, Leute da unten, oder vielleicht oben, auf

Terra, da gibt es einen DOM und einen Druiden, Mbeete oder wie auch immer die Beteigeuzianer ihren Dingsbums nennen: Lasst uns doch zusammentun und schauen, was wir ziel- und lösungsorientiert im Universum so bewegen können. Aber da hatte sie oder er wohl keine Lust dazu. Gott war ja nur anwesend als das alles geschaffen wurde, sagt jedenfalls Einstein, der DOM ist offenbar im Hier und Jetzt. Beide sind wohl Plasmawesen, würde ich mir denken, oder vielleicht Hologramme, keine Ahnung, aber der DOM scheint mir als einziger, vielleicht durch die Druidin oder dem Mbeete, eben nur gegenwärtig in unserem Sein, in unseren Gedanken, Gefühlen, in unserem *ES*, vielleicht nur in unserer Fantasie. Oder wir erleben grad irgendeine Liveshow von RTL II und sollten dazu lächeln: Holt uns raus, auch wenn wir nicht prominent sind!"

Besser hätte ich es nicht formulieren können, jedenfalls nicht, wenn ich bei einer Talkshow zu Gast wäre!

„Einspruch!" Ragna war rot angelaufen vor Wut. „So kann man nicht argumentieren – das ist unwissenschaftlich und zynisch! Unser Gott Moses hat immer eingegriffen. Er ist im Hier und Jetzt ..."

Sie wurde leise, aber bestimmt unterbrochen von Marie: „... und was bleibt dann noch von meinem Eber, Hermann – er war und ist mein Freund, mein Gegner und mein metaphysischer Pate. Den kannst du nicht durch Sarkasmus ersetzen!"

Marchellina war überaus erstaunt, was hier an Emotionen abging, auch wenn sie nicht alles wirklich nachvollziehen konnte. Ein paar Momente erinnerte sie das Ganze an den Film „Einer flog über's Kuckucksnest", sagte es aber nicht, noch nicht.

„Und ihr kennt euch wirklich erst seit zwanzig Tagen?", fragte sie. „Denn ich fand das, was Hermann da gesagt hat, durchaus klar und informativ. Vieles von dem, was er gesagt hat, stimmt mit meiner Weltsicht überein, wenn man mal von den Plasma- und Hologrammwesen absieht ..."

„Nein, alles gut", sagte Rolf, der Psychotherapeut. „Ich gehe davon aus, dass du das mal rauslassen musstest, Hermann. Das ist völlig in Ordnung. Und ich stimme Marchellina zu: Du hast die Dinge benannt, die wichtig sind, natürlich abgesehen von Plasma und Hologramm. Wir müssen deine Ansicht aber auch nicht im Detail teilen. Wir müssen uns nur darüber bewusst sein, dass wir seit nun einundzwanzig Tagen gemeinsam über Fakten aus der Vergangenheit gestolpert sind, die uns zu irgendeinem Weckruf inspirieren sollen. Marchellina, ich glaube, du bekommst einen ziemlich verrückten Eindruck von uns!"

„Ja! Durchaus!", sagte Marchellina. „Ihr seid so verrückt, dass ich wirklich glaube, dass ihr verrückt seid!", sagte sie ein wenig schmunzelnd. „Mein Vater ist aber Realist, der realistische und intelligenteste Realist, den es aus meiner Sicht gibt. Und damit rückt er ab von allen, die sich im journalistischen Gewerbe tummeln. Denn dort gibt es nur Wahnvorstellungen, neurotische Sensationsgeilheit, psychopathische Gewaltfantasien oder schlichtweg Dummheit. Ihr braucht doch nur diese dummen Zeitungen lesen, mal ganz abgesehen von der „BILD". Unsere Medien sind voll von Schwachsinn. Und wenn das unsere Normalität ist, dann gute Nacht! Da bin ich dann doch lieber ein wenig mehr verrückt! Gott, DOM, Druide, Mbeete hin oder her!"

„Du bringst eine erfrischende Note", fand Hermann, bestärkt aus seinem Monolog.

Alle anderen stimmten zu, mehr oder weniger verbal. Ragna und Marie versöhnten sich mit Hermanns Aussagen. Es waren eben seine. Und Yukete und Max berichteten Marchellina über die Vorgänge der letzten drei Wochen. Natürlich eben auch über den Namen Hanewein und die Hintergründe, die sie recherchiert hatten.

„Das heißt", resümierte Marchellina für sich, aber für die anderen nachvollziehbar, „dass der junge Marco Hanewein, der mich gerettet hat, ein Junge aus den Lagern der Nazis war? Das kann doch nicht sein!"

„Nein", sagte Rolf, „er selbst nicht, dafür war er zu jung. Aber sein Vater, seine Mutter. Vielleicht waren diese auch gestorben und er wuchs irgendwo anders auf und behielt seinen Namen, das wissen wir nicht. Aber er hieß eben genauso wie Richard Hanewein!"

„Und wie ich!", fügte Yukete hinzu.

„Marco Hanewein", sagte Max, während er seinen PC öffnete und ein paar Minuten scrollte, „gibt es nicht! Nicht in Deutschland, nicht in Argentinien, scheinbar nirgendwo!"

„Aber vielleicht in Swahili", merkte Marie an, „vielleicht gibt es einen Marco ja genauso in Swahili, wie Hahn und Wein?"

Max glaubte es nicht, gab aber seiner Suchmaschine einen entsprechenden Input. Und es dauerte einige Minuten.

„Marco gibt es weltweit millionenfach! Marco Hanewein überhaupt nicht, nicht als Hahn und nicht als Wein, nirgends!"

„Ich glaube, wir sollten unabhängig voneinander recherchieren", meinte Yukete, „jede und jeder auf seine oder ihre Weise!"

Max und Rolf nickten einvernehmlich, Hermann wog seinen Kopf.

„Ihr blöden Wackeldackel", eiferte sich nun Ragna, die sich wieder mit Mühe zurückgehalten hatte. „Ich will nicht recherchieren! Ich will empfinden, die Druidin oder die Mbeete zurate ziehen, irgendwie, meinetwegen mit Esoterik, Phänomenologie oder spirituellen Sitzungen. Jedenfalls setze ich mich vor keinen PC und mach mir die Augen kaputt!"

„Ich auch nicht!", ergänzte Marchellina weniger temperamentvoll. „Und als argentinische Ur-Hamburgerin liebe ich Berlin und hab nur Zeit bis Montagfrüh, dann rufen Heinrich, vielleicht meine Söhne und vor allem meine anderen Pflichten – meist am PC!!"

Marie entschied: „Morgen früh ist Shopping in Berlin, Frauentag, anschließend Wellness, vegetarisches Essen und irgendein Guru, der uns in Trance versetzt. Die Eber suhlen sich in ihrem World-wide-web-Schlamm, wir drei im weiblichen Genuss!"

„Nicht alle Eber suhlen sich im Schlamm", entgegnete Hermann, „ich fahre morgen früh nach Lüneburg. Hab da einen alten Freund. Um genau zu sein handelt es sich um den aktuellen Landrat von Lüneburg, der eigentlich gar nicht mein Freund ist. Der hat mal vor Urzeiten mit mir gemeinsam die Ausbildung zum Diplom-Verwaltungswirt absolviert. Hat beim Examen von mir abgeschrieben. Schuldet mir also mindestens den Einblick ins Archiv des Landratsamts. Also dem, in dem Richard Hanewein nach seiner Entnazifizierung residiert hat und in offenbar ständigem Kontakt mit Alice McGraw war! Vielleicht finde ich etwas Interessantes. Hab sonst nichts Besonderes vor und das Bier in Lüneburg ist nordisch gut!"

Glaubt nicht, dass ich an diesen esoterischen Unsinn glaube! Wäre ja auch phänomenologischer Unsinn: Der Druide, die Mbeete soll ein geistloses Wesen sein, erfunden von Gurus der Neo-psychedelischen-Metaphysik-Bewegung, vielleicht sogar den Beatles, Black Sabbat oder Amon Dyhl. Ich bin schon noch am Ball! Aber bald scheint ihr mich ersetzen zu wollen? Ihr alle, die ihr da zuschaut? Der Eber hat mir übrigens verraten, dass Marie existenzmindernd sein kann! – Und ich dachte, wir wären Freundinnen, Marie und ich, und Ragna.

Rolf hatte die Eröffnung der Übersetzung Yuketes Nachnamen keine Ruhe gelassen. Er war richtig wütend darüber geworden, dass Yukete es ihnen so lange vorenthalten hatte. Aber Yukete hatte natürlich auch gute Argumente: Dass der Name Hanewein eine besondere Rolle spielte, wussten sie erst seit zwei Tagen, auch wenn ihnen Richard Hanewein schon länger bekannt war – und dass sein Pate einem jungen Afrikaner, der keinen eigenen Nachnamen trug, seinen eigenen, wenn auch in Swahili-Übersetzung, gegeben hatte, um ihm den Eintritt in die Bildungseinrichtungen des deutschen und damit bürokratischen Goethe-Instituts zu ermöglichen, war dann eben auch nicht besonders außergewöhnlich. Das sah Rolf ganz anders, auch wenn er Yukete recht geben musste, was den Zeitfaktor anging. Dennoch hätte er seinem besten Freund schon sagen können, dass er den Namen seines Paten bekommen hatte.

Aber auch darauf hatte Yukete eine, jedenfalls von einem empathischen Freund nachvollziehbare Antwort: „Du mein Freund und Weißgesicht Rolf Martens hast mich hypnotisiert. Du hast mir einige Geheimnisse offenbart, aus meiner Vergangenheit, aus meiner Entwicklung, aus meinen kulturellen Bezügen. Du hast mir aufgezeigt, dass das, was ich derzeit leiste, nur dadurch möglich war und ist, dass ich einen Paten hatte, ja sogar noch habe, das Stipendium des Goethe-Instituts, das für mich sorgt. Sogar mein geheimer und mystischer Mbeete wurde von Marie in einen simplen Eber, dann in einen germanischen Druiden determiniert. Meine afrikanische Seele weint, auch wenn meine europäisch sozialisierte Seele gerade hyperventiliert für die Zuwendung, die sie erhält. Und du willst mir wirklich vorwerfen, dass ich nicht einmal mein eigenes, persönlich-intimes Geheimnis Jogoomvinjo für mich behalten habe? Eigentlich heißt dieses Geheimnis nichts anderes als jemand, der Wein und Huhn genießt. Das tue ich übrigens auch. Allerdings mit meinen Gewürzen, nicht mit eurem Majoran, Thymian und Petersilie!"

„Aber gut, lieber Freund", sagte Rolf. „Ich gehöre zu den einsamen Pfandfindern, auch wenn ich noch kein grauer Wolf bin. Gebt mir Zeit, liebe Damen, meine Wellness ist die Freiheit des Denkens, ohne dass mein Ganzkörper durch Wellness, Gurus oder Bachblüten beeinflusst wird!"

Sie hatten sich darauf geeinigt: Eine Woche macht jede und jeder, was sie wollen oder nicht wollen.

Der April meldete sich mit der Sommerzeit, auch im Hinblick auf das Gespräch mit den Bürgermeistern im Juni – und Marchellina versprach, am kommenden Wochenende noch einmal nach Berlin zu kommen, nicht ohne anzufügen, dass dann auch einmal ein Besuch in Hamburg – für alle – Pflichtprogramm sei. Schließlich gab es da noch einen Ebert-Epigonen, der ein Recht hatte, die ANDEREN insgesamt kennenzulernen – vor allem würde er ihnen nämlich etwas über Wowereit und Buschkowsky sagen können, beide kannte er seit Langem persönlich. Hans Jaenecke würde ihnen gegensätzliche Charaktere bescheinigen, prophezeite ihnen Marchellina, welche, wollte sie ihrem Vater aber nicht vorwegnehmen.

*

Hermann war am frühen Samstag nach Lüneburg gefahren, selbstredend mit seinem Hyundai. Sein ehemaliger Kommilitone und dessen Frau begrüßten Hermann wie einen lange vermissten Freund. Nach einem guten Essen in einem guten Restaurant in Lüneburg und einem nicht so guten Spaziergang durch die Altstadt Lüneburgs, weil der Landrat hier alle drei Minuten angesprochen wurde, mal von widerlichen Schleimern, mal von aggressiven Mitbürgern, die den Landrat für die eigenen Probleme verantwortlich machten. Ob zu Recht oder Unrecht, konnte Hermann nicht entscheiden, verblieben sie dann doch im Wohnzimmer der ansehnlichen Villa des Landrats am Stadtrand bei einem offenbar sehr alt und teuren, aber dennoch ausgezeichneten Rotwein.

Hermann hatte seinen ehemaligen Studienkollegen als ziemlich simplen Fatzke in Erinnerung, und stellte nun fest, dass dieser Mensch durchaus Charisma gewonnen hatte, wenn auch aufgesetzt und machtimpliziert. Als Freund hätte er diesen Menschen nicht betrachten wollen und dessen Ehefrau eindeutig als CDU-Frauenunion-Aktivistin identifiziert, noch weniger.

Aber Hermann war ein soziales Chamäleon, wie er wusste, und passte sich der kryptosozialen und pietistischen Interaktion halbwegs an. Es hatte sich herausgestellt, dass dieses Ehepaar wenig wirkliche Freunde hatte, also Menschen, die unvoreingenommen mit ihnen kommunizierten. Wie der Spaziergang war offenbar ihr ganzes Leben: Menschen begegneten ihnen als Abhängige oder Feinde, nur wenige als ehrliche Gegner und nur eine christlich-pietistische Kirchengemeinde schien ihnen Zufluchtsort zu sein. Hermann hatte durchaus Mitgefühl und ahnte, dass er hier eine Funktion hatte: Ein Mensch außerhalb dieser Sphäre, die ihnen Macht verlieh, aber kein Glück, außer der Abwesenheit von Unglück und materieller Gewogenheit. Er sollte die menschliche Gewogenheit dieser einsamen Menschen werden und eigentlich hatte er dazu keine Lust.

Hermann hatte sich angekündigt als historischer, nebenberuflicher Autor, Heimatforscher, auf den Spuren der föderalen Entstehung und Entwicklung der Kommunen Niedersachsens nach dem Zweiten Weltkrieg. Als Beamter hatte er Zugang zu diversen Archiven in Berlin und suchte nun den Zugang in der Provinz, um ein Gesamtbild der Nachkriegsentwicklung der deutschen Exekutive zu gewinnen. Außerdem würde er sich freuen, seinen alten Kameraden wiederzusehen, bei dieser Gelegenheit. Er wurde per Mail von der Sekretärin des Landrats willkommen geheißen; aufgrund dieser unpersönlichen Antwort hatte Hermann das Angebot, im Gästezimmer der Familie des Landrats zu übernachten, mit der Begründung abgelehnt, keine Umstände erzeugen zu wollen und hatte ein gutes Hotel gebucht.

Gegen Mitternacht nach diesem ersten Treffen mit dem leutseligen Ehepaar ließ er sich mit einem Taxi dorthin chauffieren, nach den üblichen Kondolenzen seinen Gastgebern gegenüber und der Vereinbarung des Treffens am Sonntagmorgen im „Heiligtum", wie der Landrat sein eigenes Büro im Kreishaus nannte, dem er vorstand.

Hermann hatte sich von Max ausstatten lassen. Vor allem mit Minikameras und hochspeichernden USB-Sticks. Sie wussten, dass die Archive der Landkreise in Niedersachsen mikrofilm- und computergestützt instrumentalisiert waren. Außerdem gab es wenige, meist schützenswerte Papierformate, Chroniken besonderer Ereignisse oder über Persönlichkeiten des kommunalen Lebens.

Es gab einen öffentlich zugänglichen Archivbereich und einen, zu dem nur Wissenschaftler oder andere, besonders seriöse Persönlichkeiten des öffentlichen Rechts Zugang hatten – und natürlich der Landrat. Dieser begleitete Hermann im öffentlichen Bereich, weil er auch selbst hier seine Errungenschaften zeigen konnte, der geheime Bereich langweilte den Landrat aber derart, dass er sich verabschiedete und seinen alten Freund, wie er ihn nannte, seinem archäologischen Schicksal und die Zugangskarte überließ.

Sie hatten verabredet, sich am Abend im Hotel zu treffen, in dem Hermann abgestiegen war, um noch einen kleinen Abschiedsdrink zu nehmen und natürlich die Zugangskarte zu übergeben. Hermann hatte, wider Erwarten, einen ganzen Tag Zeit und vermutete, dass sein „Freund" die Gelegenheit nutzte, für seine Frau entschuldigt, seine Geliebte, oder vielleicht einfach nur einen Puff aufzusuchen. So machte er sich an die Arbeit und wurde nicht gestört; geheime Spionageinstrumente waren eigentlich überflüssig aber genauso effizient wie ungeheime.

Hermann fand, was er suchte: Die Persönlichkeit Richard Haneweins – und die Kurzfassung, oder besser, die Übersicht über siebzehn Kapitel von Friedrich Eberts Dokumentation „Über die Zukunft der deutschen und europäischen Gesellschaft, eine prophylaktische Abrechnung mit dem real existierenden Faschismus", einschließlich eines ausführlichen Vorwortes über die damals nahende Katastrophe des Nationalsozialismus in Deutschland, geschrieben, wohlgemerkt Anfang der zwanziger Jahre des zwanzigsten Jahrhunderts, als Hitler noch eine Nullnummer war.

Hermann war verzaubert. Er hielt ein papierenes Original in der Hand, das Richard Hanewein relativ offen, wenn auch in diesem geheimen Provinzarchiv hinterlegt hatte, von dem offenbar niemand so richtig Kenntnis genommen hatte. Hermann hatte entschieden, ein Dieb zu werden, auch wenn das nicht vorgesehen war. Aber er konnte sich kaum vorstellen, dass hier jemand nach diesem Dokument suchen würde, außer er und die ANDEREN. Aber, ehrlich wie er war, hinterlegte er eine Kopie des Dokuments im Fach des Archivs; der landrätige Freund bewies seine Unbedarftheit und hatte ihm zuvor den Kopierer des Archivs gezeigt.

Alle übrigen Erkenntnisse waren aber weniger materiell archäologisch. Kaum verständlich war zum Beispiel, dass niemand bemerkt hatte, dass der britische Geheimdienst im Kreishaus der Hansestadt Lüneburg lange Jahre ein und aus ging – und Alice McGraw kontinuierlich ihre Spuren hinterlassen hatte.

Hermann war aber auch klar, dass das „Heiligtum" des heutigen Landrats kaum mit dem Büro des Landrats Anfang der fünfziger Jahre vergleichbar war. Seinerzeit war Richard Hanewein jemand, der praktisch in jeder Entscheidung involviert war, vom Boden- und Wasserverband, Landwirtschaft, Baugenehmigungen, Wirtschaftsförderung bis hin zur Konzeptionierung von Kindergärten oder Jugendarbeit. Er hatte seinerzeit drei Ingenieure, die ihn fachlich berieten, dreiundzwanzig Verwaltungsbeamte, ausschließlich Männer und vierzehn Damen, die den Ingenieuren und Beamten als Stenotypistinnen zur Seite standen, indem sie deren Ergüsse zu Papier brachten, auf mechanischen, später elektrischen Kugelkopfschreibmaschinen.

Heute hingen war der Landrat Vorgesetzter von mehreren Hundert Fachjongleuren und deren operationalisierenden Vasallen, selbstredend instrumentalisiert durch intelligente Technik – IT und mobile Akteure, die die Macht des Rates auch ins Land trugen.

Richard Hanewein hatte tatsächlich Pionierarbeit geleistet, fand Hermann und beneidete ihn dafür. Hanewein hatte aufgeräumt, hatte selbst und effektiv, unter Hilfenahme von Simon Wiesenthal, seine anfangs achtundachtzig MitarbeiterInnen, die ihm, durch die Siegermächte entnazifiziert, zur Übernahme in eine kommunale Selbstverwaltung übergeben, noch einmal durchleuchtet und achtundvierzig entlassen beziehungsweise in den vorläufigen Ruhestand versetzt. Die Beamten, die Widerspruch eingelegt hatten, versetzte er zum Beispiel in Veterinärämter kurz hinter Kuhstedt oder Fickmühlen.

Hermann bewunderte diesen Mann. Er war konsequent und ambivalent humanitär. Eine Zerreißprobe, derer sich Hermann niemals hätte aussetzen können. Richard Hanewein nutzte während des Kriegs die Goldzähne der vergasten und verbrannten Juden, um hundertdreiundzwanzig Jugendliche zu befreien, und nun, nach dem Krieg, beförderte er achtundvierzig Menschen ins soziale Niemandsland, nur, weil sie eben jenem Idioten Hitler den erhobenen Arm entgegengehalten hatten, dem er selbst in Widerstand gehorcht hatte. Dialektik, fiel Hermann ein, um nicht „böser Wendehals" denken zu müssen.

Aber als Hermann Müller Friedrich Eberts Themen besah, wurde ihm allmählich klar, dass Richard Hanewein seit Ende der dreißiger Jahre von diesen Erkenntnissen inspiriert war: Nicht der Zweck heiligt die Mittel, sondern jedwede Funktionalität darf nur dem Zweck dienen, dem DOM eine Antwort zu geben, objektiv sich selbst auf den Scheiterhaufen der Geschichte zu stellen. Richard Hanewein hatte sich offenbar vorgenommen, der Zünder zu sein für Friedrich Eberts Dynamit.

Aber irgendjemand hatte das verhindert, dachte Hermann, irgendjemand, der die Macht dazu hatte ...

*Hermann, Hermann. Du kennst mich doch gar nicht! Natürlich musste ich das verhindern! Verstehst du nicht? Die richtige Option kann am falschen Platz oder zur falschen Zeit die falsche Option sein! Alice, Alexander, Richard, Francine und Arthur hatten das auch nicht begreifen wollen! Nur Marie und ihr Eber waren zeit- und raumkonform! Deshalb hatte der DOM bei ihr keine Chance, nur und ausschließlich deshalb, Hermann! Hermann?? **Hermann?!** Er will mich nicht hören!*

Mbeete, vielleicht, der oder die Druidin? Vielleicht. Ich werde sie fragen, die Freunde des Druiden!, dachte Hermann. Und ob wir die siebzehn Aufforderungen des Friedrich Ebert im Hier und Jetzt tatsächlich umsetzen können!

Kapitel dreizehn ist Rolf und Hermann, die Begegnung der Frauen in Berlin

Samstag, 6. April 2014: Ragna, Marie und Marchellina waren unterwegs, natürlich im Berlin der Hackeschen Höfe, Mitte, Tiergarten und in Kreuzberg. Sie redeten über „Gott und die Welt", über Stoffe und Farben, Klamotten, Angela und Putin, über Menschen, die sie nicht kannten, aber irgendwie im Rampenlicht standen, einmal kurz über den schönen Yukete und wie er sich unterschied, aber sie unterließen es, über die ANDEREN zu sprechen, denn sie gehörten ja dazu. Irgendwann jedoch war es Marchellina nicht genug.

„Vielleicht geht es mich nichts an, vielleicht bin ich zu jung für euch, aber sagt mir: Was ist wirklich los?"

Ragna und Marie waren keine besten Freundinnen, ganz gewiss nicht. Nun aber sahen sie sich an, als würden sie wissen, dass nun der unangenehme Teil der Frauenkonnektion stattfinden würde.

Sie hatten sich, vegetarisch gesättigt, in eine Kneipe zurückgezogen, nachdem sie entschieden hatten, auf altersunpassenden Eskapaden zu verzichten.

„Nun gut", begann Ragna. „Es handelt sich hier um einige Phänomene, deren Prämissen und Syllogismen wir noch nicht auf die wirkliche kontinuierliche Konklusion determinieren können!"

„Ragna meint", ergänzte Marie, „wir haben keine Ahnung, um was es geht!"

Ragna war schon wieder kurz vorm Explodieren. Es war ihr wirklich gut gegangen an diesem Tag. Lange hatte sie nicht mehr so zwanglos gelebt, in einer Dreieinigkeit dieser unterschiedlichen Frauen.

Und nun musste wieder diese Frage gestellt werden. Die Frage nach Wissen und Macht.

„Habe ich irgendwie in ein Wespennest gestochen?", fragte Marchellina.

„Ja, Marchellina, hast du", antwortete Marie ohne Rücksicht auf Ragnas Gefühle, „Ragna war nun heute richtig frei. Hat ja richtig Spaß gemacht mit euch beiden! Das erste Mal seit sie in Berlin ist, war sie wirklich entspannt! Und nun hast du sie wieder an ihren Doktor, an ihre missionarische Professur erinnert."

„Vergiss nicht deinen dämlichen Eber zu erwähnen", versetzte Ragna – und genau das tat Marie. Sie berichtete Marchellina von ihrem Schicksal, von ihrer Odyssee von Berlin, als Tochter des damaligen Bürgermeisters Ostberlins, über die Drogenexzesse im Milieu von Berlin, den brutalen Freiern in München und über ihr Leben auf der Flucht vor dem DOM, ihrer Rettung durch die Druidin und ihre olfaktorische Gabe, die sie durch ihre Reise erworben und letztendlich trüffelwirtschaftlich gerettet hatte. Und auch von ihrer sprachlichen Verwirrung vom Wald zur Stadt.

Der Eber hatte ihr nicht nur eine andere Sprache beschert, sondern Menschlichkeit gelehrt und die Abkehr von Rache und Vergeltung, sei sie nun ethisch gerechtfertigt oder nicht.

Ragna und Marchellina hatten still zugehört und begriffen allmählich, was es bedeutet hatte, über vier Jahrzehnte archaische Lebensbedingungen halbwegs bewusst gewählt und dennoch erlitten zu haben – und das sagte Marchellina auch.

„Nein, liebe Nichte", antwortete Marie, „mir war es gut gegangen, wenn man mal von meiner Nierenverletzung absieht. Die war sehr, sehr schmerzhaft. Aber schau mich an. Ich bin nun über sechzig und mich trübt sonst keinerlei Zipperlein. Mir ist nicht einmal ein Klimakterium bewusst! Und ich kann genießen. Meine Nase riecht nicht nur Trüffeln und Kräuter, sie riecht auch Glück und Unglück, Tiefe und Sein. Und du, liebe Ragna, riechst, im Gegensatz zu Marchellina, eindeutig nicht glücklich!"

Marchellina musste hart schlucken und schaute verstohlen zu Ragna: Würde sie nun total ausflippen?

Aber Ragna reagierte diesmal anders. Fast ruhig sagte sie: „Nun gut, Marie. So detailliert kannte ich deine Geschichte nicht. Und, dass der Eber dich lebensgefährlich verletzt hatte, wusste ich auch nicht. Ich werde euch jetzt meine Geschichte erzählen, sie ist lange nicht so abenteuerlich, aber mindestens doppelt so schmerzhaft – übrigens einschließlich eines ausgeprägten Klimakteriums, in dem ich überflüssigerweise offenbar noch immer feststecke!"

Marie und Marchellina erfuhren nicht nur davon, dass Ragna ihre Eltern liebte, so sehr liebte, dass sie ihnen Gewalt angetan hatte, einfach deshalb, weil sie ihnen den Weg weisen wollte, den Weg einer Moral, die sie selbst nicht reflektiert hatte als dreizehnjähriges Girlie. Sie war nach dem DOM 1967 nach Hause gekommen und hatte das Kommando übernommen, wie sie es heute ausdrückte. Noch immer hatte sie damals nichts von ihrer eigenen Geschichte gewusst, die ihrer jüdischen Verwandten, die in den Gaskammern der Nazis umgekommen waren. Erst die Druidin hatte ihr die Augen letztendlich geöffnet, auch wenn Ragna natürlich gewusst hatte, dass ihre Vorfahren im KZ umgekommen waren. Aber erst vor vier Tagen erfuhr sie die wirkliche Dimension der Grausamkeit des Naziregimes!!

Damals jedoch, nach ihrer Rückkehr aus Berlin, hatte sie ein Gefühl für ihre Eltern und ihre Freundinnen in der Schule entwickelt, die sie nun, nach den vielen Jahren einer mittelbaren Erkenntnis nicht gerade als olfaktorisch beschrieb, aber durchaus ähnlich. Aber der Geruch, den Marie so plastisch beschreiben konnte, hatte Ragna auch erlebt. Auch wenn man es nicht wirklich als Geruch oder Geschmack, aber als eine Sinneswahrnehmung definieren konnte, die ihr erlaubte, sofort und ohne zu überlegen Handlungsentscheidungen zu treffen und umzusetzen. Das, was weder ihre Eltern noch ihre Schulkameradinnen und Kameraden in dieser Geschwindigkeit beherrschten, außer Max. Sie und Max waren sich jedoch aus dem Weg gegangen, damals, wohl, weil sie ahnten, dass sie in eine Konkurrenzschleife geraten würden, die keine/r von ihnen gewinnen konnte. Und heute war es kaum anders.

Ragna begann zu herrschen – und heute, im Schwitzkasten der weiblichen Wahrheit, konnte sie das eingestehen. Denn nichts anderes beherrschte fortan ihr Leben. Die Eltern starben gemeinsam, bei einem Verkehrsunfall. Ragna hatte ihr Leben lang diesen Suizid geleugnet, nun aber, vierzig Jahre später, als einzig wahre Wirklichkeit eingestehen müssen. Ragna war zwar familienfreundlich geworden, indem sie eine ordnende Struktur schaffen konnte bei ihren eher konfusen Eltern, allerdings war es nichts als Selbstzweck. Der DOM hatte sie verwandelt in eine metakommunikative und regulative Größe, aber versäumt, sie beziehungsfähig zu machen. Das konnten damals weder ihre Eltern begreifen noch ihre wenigen männlichen Beziehungen, allen voran ihr Mann Claude Hirsch, der von ihr, ihrer überragenden Intelligenz fasziniert war – bis er bemerken musste, dass sie keinesfalls frigide, aber absolut liebesunfähig war und blieb. Claude hatte sich bemüht, aber Ragna hatte sich niemals wirklich fallen lassen können.

Ragna konnte heute erstmals eingestehen, dass sie am Ende eines sexuellen, womöglich schönen Fallens, immer den DOM befürchtet hatte und damit das Fallen eben nicht zulassen konnte. Nicht ihr Claude hatte versagt, sondern nur sie selbst. Und das war nicht nur irreversibel, sondern es betraf zu viele ihrer Lebensbereiche, ihren Charakter, der nur noch die Macht und die Wut übrig ließ!

„Nicht wieder rückgängig machbar, irreversibel", übersetzte Marie leise für sich selbst, und dann aber auch für Ragna und Marchellina: „Ich hatte nur ein einziges Mal richtigen Sex in meinem Leben, solltet ihr wissen. Mit Yukete, vor drei Tagen! Ich gehe davon aus, dass ihr das für euch behaltet!"

Und nun schaue ich hinunter und finde nichts. Was ist da bloß zwischen den

Beinen, die ich nicht habe? Kann das sein, was eigentlich dem DOM fehlt, so als Korrektiv der Wirklichkeit ...?

*

„Ich habe hier etwas, was dich vielleicht interessieren könnte", sagte Hermann Sonntagabend am Telefon und Rolf antwortete, dass auch er und Max auf der Spur von etwas waren, das interessant zu sein schien. Sie würden am Montag nach Zürich fliegen und dort bis voraussichtlich Mittwoch bleiben.

„Hat das Zeit bis dahin?", fragte Rolf.

„Na ja, es läuft uns jedenfalls nicht weg! Und ich habe Montag und Dienstag Abendtermine, die ich eh nicht absagen kann, rein dienstlich, meine ich. Also können wir uns erst danach treffen. Am Telefon kann ich das schlecht transportieren!"

„Stichwort, Hermann, was hast du gefunden?"

„Ich habe das Vorwort des Friedrich Ebert, handschriftlich, im Original!"

„Woaohw! Das muss ich sehen, so bald wie möglich!" Rolf war hin- und hergerissen, was wichtiger war. Aber Max und er hatten den Flug gebucht. Sie mussten auf den alten Fritz warten!

„Und eine, vielleicht nicht ganz so wichtige Übersicht über die siebzehn Kapitel des Buchs, das Friedrich Ebert geschrieben hat, irgendwie mit ein paar Erklärungen, aber eben nur ein paar mit einer alten Schreibmaschine geschriebene Seiten, nicht das gesamte Werk. Nur das Vorwort scheint mir sehr, sehr original zu sein. Muss man mal untersuchen lassen, damit wir nicht auf einen Kujau reinfallen![84]"

„Okay, Hermann, du hast recht! Das ist alles sehr interessant und wir sollten uns das gemeinsam ansehen, bevor wir die ANDEREN insgesamt ins Bild setzen. Wir sollten Max hinzuziehen!", meinte Rolf.

„... und Yukete?!", fragte Hermann.

„Geht nicht, Hermann, der ist ab in die Heimat!"

„In die Heimat? Nach Afrika?"

„Genau, der ist nach Nairobi abgeflogen. Auf Spurensuche – und wartet auf die Ergebnisse, die Max und ich in Zürich zu finden hoffen!"

*

---

[84] der Fälscher von Hitlers Tagebüchern

Yuketes Entschluss hatte festgestanden. Er musste zurück in sein Afrika, jedenfalls für eine Weile. Er benötigte dringend die Mystik Afrikas, um klar denken zu können. Ihm war, schon bevor er diesen Satz seinem Freund Rolf mitteilte, klar, dass ihm diese Aussage als Widerspruch vorgehalten würde, aber wie immer hatte Yukete eine Antwort: „Dialektik, lieber Rolf! Kennst du! Zwei Seiten einer Medaille. Die eine sagt ja, die andere nein, die eine sagt Voodoo, die andere Immanuel Kant. Und dann haben auch beide Seiten eine eigene Stimme, die eine kann ich hier hören, die andere nicht."

„Na gut, ab dafür, Yukete, aber ehrlich gesagt, um Immanuel Kant zu hören, muss ich nicht nach Ostpreußen[85] fahren!"

*

Rolf hatte noch einmal versucht, Yuketes Hintergrund und seine tatsächliche Verbindung zu Richard Hanewein zu recherchieren. Erst war er die normalen Wege gegangen, hatte zum Beispiel im Goethe-Institut nachgefragt, ob jener Hanewein das Stipendium Yuketes noch immer finanzierte. Aber die Antwort war eindeutig, keine Überraschung. Man wusste, dass Richard Hanewein Yuketes Pate gewesen war, jedenfalls zu dessen Lebzeiten. Das aktuelle Stipendium war aber ganz normal über das Außenministerium der Bundesrepublik Deutschland finanziert und leistungsabhängig. Es würde enden, sobald Yukete Jogoomvinjo seinen Abschluss absolvieren oder er die geforderten Leistungsscheine nicht erbringen würde.

Hier war Rolf also nicht weitergekommen und war nun anders vorgegangen. Er hatte die Schlüsselworte aus den Dokumenten von Alice McGraw systematisch als Suchbegriffe genutzt, einhundertdreiundzwanzig Jugendliche zum Beispiel, Antifaschismus, oder auch alle Namen der vier beziehungsweise fünf Freunde[86] um Alice McGraw. Er hatte sogar versucht, ein Sütterlinprogramm auf seinen Rechner zu installieren – und es war ihm gelungen.

Als er die einzig logische Schlussfolgerung vermutete, rief er Max an. „Du musst von deiner Tante noch mehr bekommen haben, Max! Das waren doch nicht nur diese Papiere?"

---

[85] die Heimat von Immanuel Kant

[86] Zur Erinnerung: Alexander McGraw war als Pilot ums Leben gekommen, dafür hatte Francine Hanewein die Gruppe wieder komplettiert.

„Nein, natürlich nicht! Ich hab euch doch erzählt, dass ich eine Menge Geld von Tante Lieschen geerbt hatte."

„Ja, Max, aber wie hast du es geerbt?", fragte Rolf direkt und Max antwortete ohne zu zögern: „Das war natürlich kein Bargeld. Es waren zum Beispiel englische Staatsanleihen, ein Stapel Aktien zum Beispiel von Rolls-Royce, Flugzeugbau, drei unterschiedliche Bankkonten und ziemlich gefüllte Schließfächer in drei Banken in Frankfurt, London und Zürich. Willst du wissen, wie viel mir das eingebracht hat?" Max war so reich geworden, dass er mittlerweile über den Dingen stand, wenn sein Reichtum zur Diskussion gestellt wurde. Aber merkwürdig fand er Rolfs Anruf schon.

„War irgendetwas merkwürdig an diesem Erbfall?", fragte Rolf unbeirrt.

„Na ja, Rolf. Es war eben merkwürdig viel Geld, das ich plötzlich hatte – wie gesagt. Ich war schon vorher kein armer Mann und der Teufel hatte auf den großen Haufen noch draufgeschissen. Ich hab's euch schon erzählt! Und davon habe ich übrigens hundertfünfzig Brunnen in Tansania bauen lassen, hab vier Patenschaften von vier meiner Nichten und Neffen übernommen, aber auch mehr als hundert anonyme Patenkinder in Afrika ..."

„Stopp, stopp, Max!", unterbrach ihn Rolf. „Du hast dich bei mir für nichts zu rechtfertigen. Ich will nicht wissen, wie viel Geld du hast oder was du damit machst!"

„Aber was willst du dann?", fragte Max nun völlig irritiert.

„Vielleicht habe ich mich missverständlich ausgedrückt, Max?!", antwortete Rolf. „War an dieser Erbschaft irgendetwas ungewöhnlich, rätselhaft, vielleicht paradox, oder einfach nur unklar? Max, denk nach! Deine Tante hat da ein paar Hinweise in den Papieren, die jedenfalls recht rätselhaft sind und irgendwie etwas mit Geld zu tun haben. Sie schrieb zum Beispiel in ihren späteren Briefen an Richard Hanewein, dass es eine Prozessqualität geben müsse, wenn alle ihr Geld erhalten würden – und davon, dass Geld in diesem Fall verbindend sein müsse. Alles ziemlich mysteriös, ich weiß, aber ich glaube, dass du der einzige Überlebende bist, der die Antwort darauf kennen kann."

„Ich hab keine Ahnung, lieber Rolf, ehrlich ..." Und nach einer Weile: „... doch, doch, jetzt, wo du es sagst. In Zürich zum Beispiel hat Tante Lieschen mir ein Nummernkonto vererbt mit zwei Schließfächern. Übrigens mit verhältnismäßig wenig Einlagen, die Frankfurter und Londoner Banken waren weit besser ausgestattet! Auf dem Konto in Zürich waren kaum 100.000 Euro und in dem einen Schließfach der weitaus größte Teil der Papiere, die ich dir übergeben habe. Das zweite Schließfach hatte ich allerdings nicht öffnen können. Es war mit einem Code versehen, den ich nicht hatte oder habe. Der Bankdirektor hat mir unmissverständlich erklärt, dass dieses Codewort versiegelt im Tresor der Bank liegen würde. Nur wenn ich den ersten und letzten Buchstaben des Codes nennen könnte, würde überhaupt erst ein Vergleich des versiegelten Codes mit dem vorgelegten geprüft! Also „auf blauen Dunst" war da nix zu machen, kein Ratespiel so nach dem Motto, Geburtsdatum der Oma oder Rentenversicherungsnummer der Tante, oder so. Der Bankdirektor hatte mir ziemlich zynisch mitgeteilt, dass meine Tante da etwas eingerichtet hatte, was sie selbst als Bank hätten einführen sollen statt dieser dämlichen Nummernkonten. Denn, auch wenn man den ersten und letzten Buchstaben erriet, würde der wirkliche Code eben auf einem ganz anderen Blatt stehen, im wahrsten Sinne des Wortes. Anders ausgedrückt, er gab mir eigentlich keine Chance, diesen Code jemals zu knacken! Denn mehr als einen Versuch würde es nicht geben."

„Mensch, Max! Das ist doch klar wie Kloßbrühe!", rief Rolf.

„Versteh ich nicht!", sagte Max.

„Sehr, sehr simpel. Y und e!", flüsterte Rolf.

Und Max, nach einem kurzen Fragezeichen im Gesicht, wurde ebenso schlagartig klar: „Y, e?! Yukete, klar, Yukete! Heute scheint das völlig logisch. Aber all die Jahre …?! Okay, Rolf, wir fliegen morgen nach Zürich und probieren es aus!"

*

Hermann war wie üblich am Montagmorgen der Erste im Büro seines Dezernats, dem er vorstand. Selbstredend auch als Vorbild für sein Team, welches das allerdings als solches nicht mehr wahrnahm. Der Alte war eben wie er war, wussten sie und mochten ihn, was er nicht wusste, weil er sich darüber keine Gedanken machte. Mittlerweile war er nicht nur Chef-Protokollant, sein Dezernat umfasste ebenso das Referat Sitzungsplanung und -organisation. Er hatte die Termine zu planen, die dann in der Bezirksversammlung beschlossen wurden, die Räume vorzuhalten, für Bewirtung oder Dolmetscher zu sorgen, wenn nötig. Das bedeutete zwar, dass er nur noch selten selbst Protokoll führte, aber dennoch zeichnete er für alle Protokolle die Verantwortung und keines verließ das Büro, ohne dass es auf seinem Schreibtisch gelandet war und sein Genehmigungs-*Mü*-Kürzel erhalten hatte. Neue Mitarbeiter und Mitarbeiterinnen mussten damit leben, dass sie ihre Protokolle mehrmals schreiben mussten, bis er zufrieden war, vor allem was die Form, die Grammatik, die Taktik und die „Fettnäpfchenrelevanz" anging, weniger der Inhalt.

Als Erstes, ebenfalls wie üblich, checkte er seine E-Mails. Dabei gab es immer auch ein paar verschlüsselte, entweder von Abgeordneten, die ihm Mitteilungen schickten, meist für die Aufnahme bestimmter Ansichten in irgendein Protokoll irgendeiner Ausschusssitzung, die andere Mitarbeiter des Rathauses nicht lesen sollten. Hermann wusste, dass die meisten sich bemühten, den tatsächlichen Ablauf dieser Sitzung protokollarisch zu deren Gunsten beim Protokollanten zu beeinflussen.

„Denken Sie daran, dass …!"
„Sollten Sie mich wörtlich zitieren, werde ich …"
„Prof. Dr. Dr. sowieso ist der Meinung, dass Sie …!"
„Datenschutzprobleme bekommen Sie, wenn Sie …!" und so weiter und so fort.

Es gab Drohungen, Bestechungs- und Intrigenversuche sowie Denunziationen. Auch deshalb war Hermann prinzipiell Single geblieben, taktisch unangreifbar und bemühte sich, emotional über den Dingen zu stehen. Selten hatte Hermann auf solche Erpressungsversuche reagiert und wenn, dann nur mit ausgeprägtem Humor. Eigentlich hätten alle Abgeordneten das wissen müssen, da aber die Fluktuation im Berliner Senat, Abgeordnetenhaus, den Parteien und in den Ausschüssen so hoch war, blieben die Versuche nicht aus. Aber es gab auch altgediente Abgeordnete, die es immer wieder versuchten. Vielleicht war es ihnen ein Sport geworden, dachte Hermann.

Diesmal war aber eine verschlüsselte Nachricht dabei, die er eindeutig dem Verfassungsschutz zuordnen konnte, der ja eigentlich nicht zu entschlüsseln war und ihm niemals eine offizielle Mail schicken würde. Hermann musste lächeln, denn das konnte nur Lisa Ebert respektive Louisa Ebelt sein, weil nur sie definitiv wusste, dass er diesen Code vor einiger Zeit entschlüsselt hatte und sie ihm dadurch eine Nachricht zukommen lassen konnte, die tatsächlich nur er lesen konnte.

Und tatsächlich las er, nachdem er diese Mail bearbeitet hatte: „Okay, du kleiner Beamten-Hermann, ich weiß ja nun, dass du weißt, dass ich alles von dir weiß, aber du nur Fragmente von mir, wie zum Beispiel meinen eigentlichen Namen! Diesen Status quo, dass meine Herkunft öffentlich nicht bekannt ist, möchte ich allerdings aufrechterhalten. Und somit hast du mich ein wenig in der Hand. Es käme mir nicht gut zupass, wenn ich nun als Tochter von Friedrich Ebert junior, SED-Bürgermeister Ostberlins in den vierziger-, fünfziger- und sechziger Jahren heute geoutet würde. Also lass uns drüber reden. Schlage vor, dass wir uns treffen, du weißt schon, in „unserer" Kneipe, vielleicht finden wir ein Gentlemens' Agreement, eine Win-win-Vereinbarung?!"

Hermann mailte umgehend zurück: „Heute Abend, 20:00 Uhr – in „*unserer Kneipe*"!", und beorderte eine Vertreterin für die an diesem Abend geplante Jugendhilfeausschusssitzung, bei der er Protokoll führen wollte.

Daraufhin rief er Marie auf dem Handy an, an das sie sich eigentlich gewöhnen wollte, aber nicht tat. Aber diesmal konnte sie die Vibration und das Geklingel nicht ignorieren, weil sie mit Ragna und Marchellina beim Frühstück in deren Hotel saßen, um sie kurz vor ihrem Abflug nach Hamburg zu verabschieden.

Marie hatte ihr Handy laut gestellt, als sie Hermanns Namen las, sodass Ragna und Marchellina zuhören konnten. Hermann hatte kurz von der Mail berichtet und vom vereinbarten Treffen, „wobei ich annehme, dass der Beweggrund, den sie genannt hat, nur vorgeschoben ist. Sie beabsichtigt irgendetwas anderes, diese Schlange ... ähem, entschuldige Marie, sie ist ja nach wie vor deine Schwester!"

Aber Marie konnte Hermann gut verstehen, wie es ihm ging und glaubte zu wissen, was Lisa Ebert beabsichtigte: „Sie will mich treffen, lieber Hermann, das ist doch klar!"

„Und warum ruft sie dich dann nicht einfach an? Sie ist doch beim Verfassungsschutz und kennt deine Handynummer und alle anderen Nummern, die irgendeine Bedeutung für deine Existenz haben."

„Das sind ja nicht so ganz viele", antwortete Marie schmunzelnd. „Und wie du richtigerweise festgestellt hast, ist sie eben eine ganz geheime Spionin. Da kommt man nicht so ganz offen auf jemanden zu und sagt: Hey, Schwesterchen, ich will mit dir plaudern!"

„Und plaudern will sie ganz sicherlich nicht", merkte Ragna an und flüsterte in Richtung Marchellina, „ich glaube, zu deiner Tante Lisa haben wir ein ziemlich narratives[87] Verhältnis!"

„Das verstehe ich nicht, liebe Ragna, magst du es mir erklären?", antwortete Marchellina nach dem Telefonat mit Hermann.

Diese Lisa Ebert – oder wie immer sie sich nennen mochte, war für Ragna ein „Ding in einer Menge", kein Subjekt, erläuterte sie Marchellina, natürlich wieder mit dem Professorengehabe.

„Ein winziges Teilchen der Objektivität, wenn es in einer Menge überhaupt Teilchen geben konnte, kaum ein Subjekt", erklärte Ragna. „Eine Menge würde zu einer Masse mutieren und damit schlussendlich, eschatologisch im Tohuwabohu enden!"

---

[87] historische Zusammenhänge auf die aktuelle Situation übertragen

„Ragna meint", Marie mutierte allmählich zur Dolmetscherin für Ragna, „dass meine Schwester ein ziemliches Luder ist, unehrlich, intrigant und eigentlich nicht wert ist, eine Beziehung zu ihr einzugehen oder gar zu pflegen. Dennoch werde ich hingehen. Allein schon, um sie mir anzuschauen!"

Marie hatte das Telefonat mit Hermann damit beendet, dass sie ebenfalls an dem Treffen in der Kneipe teilnehmen würde. Erst einmal, ohne sich erkennen zu geben. Marie schloss aus, dass Lisa sie – jedenfalls auf den ersten Blick in einer Kneipe – erkennen würde. Auf den zweiten wäre sicherlich ihre Narbe unter dem linken Auge und schlussendlich ihr Muttermal am Oberarm, in Form von Norwegen, ein unverkennbares Erkennungszeichen. Marie hatte aber nicht die Absicht, sich in einem Top in die Kneipe zu setzen.

„Wenn du willst, Marie, bin ich auch dabei", sagte Ragna, offensichtlich ohne ihr wirklich böse zu sein, dass Marie ständig Ragnas Sprache richtigzustellen versuchte. „Vielleicht kann ich objektiver damit umgehen, als ihr, also Hermann und du, Marie. Als Analystin bin ich nämlich unschlagbar, auch wenn mich keiner hier verstehen will!"

Tatsächlich hatte sich die Atmosphäre wieder entspannt. Die gemeinsame Sause durch das weibliche Berlin hatte sie tatsächlich sanft gemacht. Ragna nahm das Leben wieder auf, jedenfalls auf ihre Art und Weise. Sie konnte sogar mit den beiden Freundinnen herzlich lachen.

„Schade, dass mein Flieger geht", betonte Marchellina, „auch ich wäre morgen Abend gern dabei!"

*

Louisa Ebelt alias Lisa Ebert hatte eigentlich überhaupt keine oder keinen Vertrauten. Ihr dummes Schwesterlein zählte nicht und ebenso deren dumpfer Ehemann – von den geheimdienstlichen Kollegen und Kolleginnen mal ganz zu schweigen. Lisa war dennoch immer wieder in der Lage gewesen, sich an den Mainstreams der Zeit anzupassen. Das hatte sie in der DDR getan, danach im Verfassungsschutz der BRD. Das hatte sie von ihrem Vater nicht nur gelernt, sondern verinnerlicht, auch, wenn sie ihn keine Sekunde ihres Lebens geliebt hatte. Da, aber auch nur da, unterschied sie sich von ihren Schwestern *nicht*. Aber sie respektierte ihn, wusste seine Lebensleistung bis zu dem Zeitpunkt zu schätzen, wo er nicht mehr konsequent gehandelt hatte, Schwäche zeigte, sich den Hierarchien unterordnete, statt sie zu nutzen.

In memoriam ihres Vaters vollzog sie jedwede Metamorphose, wenn es um ihre Interessen ging. Das hatte sie immer wieder bewiesen – und tat es ständig bei ihrer jüngeren Schwester. Und bei ihren ständig wechselnden Lovern oder Loverinnen. Warum also sollte es ihr nicht auch bei ihrer älteren Schwester Sophie gelingen, denn ihr war natürlich klar, dass jener Hermann-Müller-Beamten-Dumpfbacke, Sophie, oder Marie, wie sie sich heute nannte, irgendwie mit ins Boot holen würde. Vielleicht nicht sofort, aber sicherlich informativ. Lisa war sich bewusst, dass sie mit dem Deal, diese komische Gruppe ewig Gestriger, wie sie dachte, ein Date mit den beiden Bürgermeistern Wowereit und Buschkowsky anzubahnen, sich selbst ins Abseits katapultiert hatte.

Lisa hatte nicht gewusst, dass eine Prof. Dr. Dr. Ragna Sagel der Universität Jerusalem und ein Dr. Max Behrend, Multimillionär aus London, ein Dr. Rolf Martens, Psychotherapeut und ein Yukete Jogoomvinjo, afrikanischer Doktorand der Philosophie in Berlin zum Umfeld ihrer verschollenen Schwester gehörten, nicht nur dieser banale Beamte.

Sie sah plötzlich mit diesem Deal, nämlich eigentlich ihre ältere Schwester ein für alle Mal loszuwerden, eine grundsätzlich falsche Entscheidung getroffen zu haben.

Sie würde als Randfigur ins Nichts abrutschen, wenn sie sich nicht in die Interaktion, vor allem auf dieser Bürgermeisterebene, begeben würde – und zwar auf ihre Art und Weise, nämlich die Prozesse zu bestimmen, nicht sich ihnen auszuliefern.

Sie wusste, sie würde Kreide fressen müssen – erst einmal. Diesem Beamten-Arsch gegenüber, aber in der Folge auch ihrer biologischen Schwester.

Am Dienstag begab sie sich zu ihrem Stylisten. Der Auftrag war: Gib mir ein eher schüchternes, biblisch gesehen, reumütiges Aussehen. Eine angepasste Frisur, nichts Auffälliges. Unschuldig, eher alternativ, aber durchaus lebensbejahende Kleidung. Jeans, flache Schuhe, Rucksäckchen statt Handtasche. Bodenständig, aber auf keinen Fall naives Landei. Eher selbstbewusste Grün/B90-Aktivistin – mit Modebewusstsein.

*

Yukete atmete keineswegs durch. Allein der Flughafen von Nairobi war ein Desaster. Aber das war schließlich nicht neu für ihn. Wenn er erledigt hatte, was er sich vorgenommen hatte in der Universität und dem Goethe-Institut, würde er sich ein paar Tage auf den Weg ins Kitui National Reserve machen. Hier hatte er sich ein Blockhaus – schon von Berlin aus – für ein verlängertes Wochenende gebucht, genau wie ein europäischer Tourist, hatte er dabei gedacht. Sein „Zuhause" im Slum von Nairobi würde er meiden, denn er wollte nicht in irgendeiner traurigen oder verklärten Vergangenheit herumrühren, sondern sich Gedanken über eine Zukunft machen, die vielleicht auch Auswirkungen auf sein Heimatland hatte, wenn auch anders als in Europa, vermutete er. Außerdem war ihm klar, dass er zwar in den Slums seine Familie nicht wiederfinden würde, aber Verwandte, Bekannte, notleidende Kinder, denen er nicht würde helfen können. Allein seine Tränen würden niemandem helfen, nicht einmal eine Dollarspende im Rahmen seiner Möglichkeiten. Das konnte er auch von Deutschland aus.

Sein Besuch in der Universität jedenfalls war ermutigend. Der Standard der jungen, philosophischen Fakultät war durchaus vielversprechend, auch wenn es nur eine kleine Handvoll Studenten gab, noch weniger Studentinnen und eigentlich nur zwei Professoren, die Yukete aber herzlich begrüßten, weil einer ebenfalls in Berlin studiert hatte, der andere in Marburg. Beide waren froh, mal wieder deutsch zu fachsimpeln über Leibnitz, Einstein, Kirkegaard, Nietzsche und Sloterdijk.

Vorher hatte er im Goethe-Institut sein gemietetes Fach in Augenschein genommen und die Bücher und Dokumentationen aussortiert, die er nicht nach Deutschland mitnehmen wollte. Diese spendete er dann den jungen Kommilitonen der philosophischen Fakultät, nicht ohne sie genauestens nach geheimen Botschaften seines Paten Richard Hanewein zu untersuchen. Schließlich hatte er aber all diese Bücher gelesen, was ihn heute wunderte, denn es waren über einhundert Werke verschiedener Schriftsteller, beileibe nicht alles Philosophen, die sogar eigentlich in der Minderheit waren. Aber alle waren historische Dokumente der deutschen Lyrik und Prosa von Thomas Mann, Bertolt Brecht, Heinrich Böll bis Günter Wallraff und Bernd Engelmann.

Und dann fand er den „Wink mit dem Zaunpfahl" seines Paten dennoch: Es gab ein Buch, dass er tatsächlich nicht bis zum Ende durchgelesen hatte, weil er die Ideen in Rudolf Diesels „Solidarismus"[88] für blauäugig und nicht umsetzbar gehalten hatte. Rudolf Diesel war ein Genie, hatte den Diesel-Motor erfunden und vieles mehr! Aber Yukete sprach ihm eine wirksame Sozial- und Wirtschaftskompetenz ab. Außerdem hatte Yukete seinerzeit den Begriff „Bienenstock" in dessen Theorie „Solidarismus" als weder ansprechend noch umsetzbar empfunden.

---

[88] Rudolf Diesel, 1912, „Solidarismus"

Wie alle anderen Bücher hatte er auch dieses „ausgeschüttelt". Wie auch bei allen anderen Büchern fiel keine irgendwie geartete Nachricht seines Paten heraus, aber es entfaltete sich eine Tabelle, die Rudolf Diesel auf Seite 149 auf ein DIN-A4-großes Blatt aufgelistet hat, um seine Thesen auch zahlenmäßig zu beweisen. Offenbar hatte Richard Hanewein, anders als Yukete, an die Offenbarungen des Rudolf Diesel geglaubt. Gelangweilt hatte Yukete es aufgeklappt und hineingeschaut.

Und hier stand auf der Rückseite dieser Tabelle die erste und einzige persönliche Nachricht, die Yukete je von seinem Paten erhalten hatte:

„Lieber Yukete! Ich habe meine beste Freundin, neben meiner Frau Francine, Alice McGraw, gebeten, nach meinem Tod unter deinem Namen in Zürich ein Vermächtnis zu hinterlassen, das die Geschichte der Welt ändern könnte. Ich habe es dem faschistischen Usurpator Hitler entrissen, nachdem der Urheber 1925 von ebensolchen Faschisten ermordet worden war. Wir sind heute, also zu der Zeit, wo ich diese Zeilen schreibe, noch nicht so weit, die Weisheiten des Friedrich Ebert so in Angriff zu nehmen, dass wir zielorientiert ein neues Gesellschaftskonzept vorweisen können, das diesen Erkenntnissen entsprechen würde! Ich weiß nicht, ob ihr so weit sein werdet in eurer Zeit. Du wirst es entscheiden müssen. Denn dafür hast du unsere Patenschaft und unser Stipendium erhalten. Und deshalb auch diese Geheimniskrämerei. Wenn deine Zeit nicht reif sein sollte, wirst du einen Menschen auswählen müssen, der dieses Vermächtnis in die Zeit trägt, die es ermöglicht. Rudolf Diesel übrigens hatte zumindest eine Vision, schon bevor Friedrich Ebert sein Manifest schrieb, und wahrscheinlich kannte er sie nicht. Sie könnte aber eine Anregung sein, zukünftige Gesellschaften zu formen."

*

Montag, 8. April 2014 zwischen 2:13 und 6:15 Uhr: Max war schweißnass aufgewacht. Ihm war schwindelig und das große, französische Bett in seiner Suite drehte sich wie ein Karussell. 2:13 Uhr zeigte sein Wecker. Um 9:30 ging der Flieger nach Zürich.

„Ich setze dich davon in Kenntnis, dass der DOM existiert. Deis Omnipotate Mystica! Du hast in der Nacht vom 2. auf den 3. Juni 1967 etwas wahrgenommen, was du nicht wahrnehmen durftest. Das hatte Folgen für dich. Ich hatte dich gewarnt! Dein Es, das dir seinerzeit absichtslos erweitert wurde, hat dir Entwicklungsleistungen erlaubt, die du nutzen konntest. Dabei hast du ontologisch jede Vorsicht vermissen lassen, nun drohen Geist, Raum und Zeit ihren Einklang zu

verlieren! Ich rufe dich, du wirst gebraucht! Dein Auftrag: Verhindere den Verlust der Balance des Seins!"

Max wusste nicht, ob er träumte oder er nun tatsächlich zur Begleichung einer ihm unbekannten Schuld herangezogen werden sollte.

„Ich setze dich davon in Kenntnis, dass der DOM existiert. Deis Omnipotate Mystica! Du hast in der Nacht vom 2. auf den 3. Juni 1967 etwas wahrgenommen, was du nicht wahrnehmen durftest. Das hatte Folgen für dich. Ich hatte dich gewarnt! Dein Es, das dir seinerzeit absichtslos erweitert wurde, hat dir Entwicklungsleistungen erlaubt, die du nutzen konntest. Dabei hast du ontologisch jede Vorsicht vermissen lassen, nun drohen Geist, Raum und Zeit ihren Einklang zu verlieren! Ich rufe dich, du wirst gebraucht! Dein Auftrag: Verhindere den Verlust der Balance des Seins!"

Die Ansage wiederholte sich zwischen 2:13 Uhr und 5:45 Uhr gefühlt an die tausend Mal. Wahrscheinlich war die Zahl aber gar nicht entscheidend. Wahrscheinlicher war, dass der DOM diesen Satz in sein Gehirn gesetzt hatte, wo es sich nun in einer Endlosschleife befand.

Dennoch bemühte sich Max einen einigermaßen klaren Gedanken zu fassen. Er war völlig übermüdet und ließ sich ein Katerfrühstück auf's Zimmer bringen, obwohl er am Abend zuvor keinen Tropfen Alkohol getrunken hatte. Die Reise nach Zürich konnte er dennoch nicht platzen lassen. Er wusste nicht, wie er es den ANDEREN, als erstes natürlich Rolf, erklären konnte.

Und Rolf würde natürlich auch sofort wahrnehmen, dass mit ihm, Max, irgendetwas nicht stimmen konnte. Also dachte er, muss eine Notlüge her: Nach dem Frühstück öffnete er seine Bar, goss sich ein halbes Wasserglas irischen Whiskeys ein und leerte es schlückchenweise.

Seinen kleinen Reisetrolley für den kurzen Trip nach Zürich mit einer Übernachtung hatte er schon am Abend zuvor gepackt. Er bestellte sich ein Taxi zum Flughafen Tegel, wo Rolf bereits auf ihn wartete.

„Mensch, Max, du siehst scheiße aus, was ist los?", platzte Rolf erwartungsgemäß hervor.

„Alter Kumpel, gestern Nacht, Rolf", lallte Max halbtrunken, aber doch noch verhältnismäßig klar, „und alte Whiskey!"

„Okay, Max!" Rolf hatte mitfühlendes Verständnis. „Lass uns zum Departure gehen. Im Flieger kannst du zwei Stunden schlafen – und im Flughafen Zürich gibt's dann 'nen schwarzen Kaffee, Eier und Speck!"

„Brrr ...", war Max' einziger Kommentar und während des Fluges grübelte er darüber nach, was er nun zu tun hatte, und, wie er es verhindern konnte, was er zu tun hatte, wie er sich selbst verhindern konnte.

*

Montagabend, 8. April 2014, 20:00 Uhr: Hermann hatte Lisa Ebert zuerst gar nicht erkannt, als er sie wahrnahm, kurz vor seinem Tisch, an dem er schon ein erstes Weizenbier getrunken hatte, dachte er: Die Schlange, die ein Chamäleon war, und sagte: „Frau Ebelt, wollen Sie zum Karneval?"

Louisa Ebelt hatte so etwas erwartet und sagte nur trocken: „Herr Müller, heute bin ich privat hier. Was sie zuvor sahen, war meine Berufsbekleidung!"

Ragna und Marie, die ein paar Tische weiter saßen und übers offene Handy von Hermann mithören konnten, wussten intuitiv, dass das gelogen war. Louisa Ebelt inszenierte sich, ständig und immer wieder.

„Als Lisa Ebert wird sie dazu keine Plattform bekommen!", sagte Marie wenig beeindruckt vom Äußeren ihrer Schwester.

Louisa Ebelt alias Lisa Ebert hatte sich vorbereitet, wie Hermann schnell feststellen konnte. Gleichzeitig stellte er auch bei ihr immer wieder fest, dass die simpelsten Geister erfolgreich die Machtleiter besteigen konnten – Intelligenz war bei Macht offensichtlich nicht gefragt. Ein Hitler (ohne Berufsausbildung) zum Beispiel oder ein Honecker (abgebrochene Dachdeckerlehre) waren gesellschaftliche Nullnummern, jedenfalls was ihre Berufschancen anging, auch wenn ein Berufsabschluss natürlich nicht allein ein Intelligenzmaßstab ist – aber persönliche Macht über andere Menschen kompensiert natürlich soziale Minderwertigkeitsgefühle.

Nach ein paar einleitenden, wie sie meinte vertrauensbildenden Worten über ein gemeinsames Geheimnis (sie meinte ihren Geburtsnamen), gemeinsame Interessen (sie meinte den deutschen Staat) und einer gemeinsamen Strategie (sie meinte die Arbeit mit Geheimcodes) war Luisa Ebelt soweit offen wie erforderlich: „Wir hatten in der DDR eine schwierige Kindheit mit unserem Vater!" – „Wir hatten sicherlich ein paar materielle Vorteile gegenüber anderen in unserer Kindheit, aber die emotionale Ebene war grausam!" – „Ich habe soweit Erfolg gehabt, wie ich mir Mühe gegeben habe in meinem Job" – und log, dass sich die Balken bogen: –, „aber in meinem Innern bin ich immer nach christlichen Gesichtspunkten vorgegangen!" – „Ich habe viele Menschen gerettet, die ansonsten der Stasi anheimgefallen wären!" – „Ich wähle schon immer grün, die Partei

(Linke) benötige ich nur, um meine Vergangenheit zu verarbeiten!" – und – „Ich bin selbstverständlich interessiert an eurem selbstlosen Engagement!"

Es war nichts als Geschwafel, was Louisa Ebelt von sich gab, stellte nicht nur Hermann nach kurzer Zeit fest. Seine kurzen Nachfragen prallten nicht ab, sondern rutschten auf einer seichten Erklärungsebene kreisförmig zu ihm zurück. Zwei-, dreimal versuchte Hermann, einen kleinen Tiefgang ins Gespräch zu bringen, aber es war zwecklos. Louisa Ebelt war derart indolent, dass sie nicht verstand, was Hermann gemeint haben könnte, wenn er zum Beispiel von der Verantwortung des eigenen Handelns in der Zeit des Seins sprach, oder von emotionaler Intelligenz oder Bildungsdiversität. Entweder spielte sie die Naive oder sie kapierte wirklich überhaupt nichts.

Marie tendierte zum Letzteren und Ragna stimmte ihr zu. Letztendlich blieb nichts als Leere. Der Termin mit den Bürgermeistern stand fest: Der 3. Juni 2014, Mittwoch, nachmittags 16:00 Uhr für zwei Stunden.

Weder Louisa Ebelt noch Lisa Ebert würde daran teilnehmen, und verhindern konnte sie das Treffen auch nicht mehr. Hermann blieb standhaft, ohne das mit den beiden Zuhörerinnen absprechen zu können, sodass Louisa nun ihr wahres Gesicht zeigte: „Ich nehme an, Herr Müller, die zwei Gläser Martini haben Sie mir spendiert. Ich empfehle Sie weiter. Habe Ihnen geholfen wo ich konnte mit dem Termin bei den Bürgermeistern. Ich will und werde nicht verstehen, warum ich dabei außen vor bleiben soll. Aber das letzte Wort darüber ist noch nicht gesprochen, welche ominösen Millionäre, Professoren und Doktoren meine kranke Schwester da auch immer aufgerissen haben mag. Ich werde deren Vita ganz genau überprüfen. Und glauben Sie mir, Herr Müller, sollte ich etwas finden, was die beiden Bürgermeister irgendwie in Gefahr bringen könnte bei diesem Termin, werde ich Terroralarm schlagen. Extremisten haben wir genug – und ich glaube nicht, Herr Müller, dass Sie noch sehr lange als Beamter in diesem Staate fungieren können!"

„Stimmt, Frau Ebelt!", schmunzelte Hermann. „Ich werde demnächst in den wohlverdienten Ruhestand treten. Adieu Frau Ebert, auf Nimmerwiedersehen", konnte er sich dann nicht verkneifen.

„Sie hat fertig!", sprach Hermann ins Handy, nachdem seine Gesprächspartnerin das Lokal verlassen hatte. „Ich komme zu euch!"

Hermann nahm sein Bierglas und setzte sich zu Ragna und Marie.

„Jetzt weiß ich erst, woher der Wind wehte", meinte Ragna, „deine Schwester Marie wollte sich bei uns einschleichen. Sie wollte zu uns gehören, sie wollte unser Gespräch mit den Bürgermeistern als Sprungbrett für ihre Karriere nutzen!"

„Ja", sagte Marie, „wenn sie wirklich ehrlich gewesen wäre, wenn sie einen Funken an, wie du gesagt hast, Hermann, emotionaler Intelligenz bewiesen hätte, oder zumindest so etwas wie Einfühlungsvermögen in eine für sie doch völlig unbekannte Thematik, wer weiß, vielleicht hätte ich mich dann doch zu erkennen gegeben. Aber so, so glaube ich, bleibt es hoffentlich dabei, wie Hermann es ausgedrückt hat: Auf Nimmerwiedersehen!"
„Ja", sagte Hermann nachdenklich, „das ist aber eher unwahrscheinlich. Ich glaube eher, dass wir nun neben dem DOM einen weiteren Feind gefunden haben. Und Louisa wird unsere Aktivitäten ganz bestimmt nicht dulden, jeweils innerhalb ihrer Möglichkeiten zu verhindern oder zu torpedieren versuchen, wenn sie die dafür nötigen Informationen bekommt – und da ist sie leider Profi! Wir dürfen sie nicht unterschätzen und sie nicht aus den Augen verlieren!"
„Ja, Hermann", schloss Marie den Abend ab. „Das wird dann wohl eher deine Aufgabe sein. Ich engagiere dich hiermit als Babysitter und Vormund für meine dumme, kleine Schwester! Und nun bin ich müde!"

*

„Ich setze dich davon in Kenntnis, dass der DOM existiert. Deis Omnipotate Mystica! Du hast in der Nacht vom 2. auf den 3. Juni 1967 etwas wahrgenommen, was du nicht wahrnehmen durftest. Das hatte Folgen für dich. Ich hatte dich gewarnt! Dein Es, das dir seinerzeit absichtslos erweitert wurde, hat dir Entwicklungsleistungen erlaubt, die du nutzen konntest. Dabei hast du ontologisch jede Vorsicht vermissen lassen, nun drohen Geist, Raum und Zeit ihren Einklang zu verlieren! Ich rufe dich, du wirst gebraucht! Dein Auftrag: Verhindere den Verlust der Balance des Seins!"
Ragna war Montagnacht, genauer gesagt Dienstagmorgen um 2:13 Uhr sofort hellwach. Anders als in der Nacht zuvor bei Max, ließ Ragna aber keine Endlosschleife in ihren Gedanken zu. Sie blockierte den DOM. Es schien ganz einfach zu sein, und sie bemerkte deutlich, dass der DOM offenbar keinerlei Tiefendimension besitzt. Er kam nicht weiter an sie heran. Er blieb an der äußeren Hirnrinde, dem Cortex cerebri hängen, sodass sie ihn wahrnehmen konnte, sich aber reflexartig in ihre eigene Tiefe zurückzog. So als wäre sie ihr Leben lang genau darauf vorbereitet gewesen.
Ohne lange zu überlegen und auch nicht genau zu wissen warum, rief sie umgehend Marie an. Wider Erwarten, Ragna wäre alternativ sofort mit einem Taxi zu ihr in die Pension gefahren, meldete sich Marie sofort. Tagsüber hörte Marie

ihr neues Handy selten, nachts waren ihre Sinne aber aus ihrer Waldheimat geschärft und jedes Geräusch erforderte eine sofortige Recherche nach der Ursache.

„Hör zu", sagte Ragna und berichtete ihr von der Tirade, die sie grad vom DOM empfangen hatte. „Ja", sagte Marie nachdenklich. „Das ist nicht die Druidin. Das hört sich nach dem DOM selbst an! Ich komme sofort! Da stimmt irgendetwas ganz und gar nicht!"

Beide kamen nicht einmal auf die Idee, die ANDEREN irgendwie mit einzubeziehen.

Ragna hatte bei der Nachtbereitschaft des jüdischen Hotels Kaffee und Brötchen bestellt.

„Da stimmt irgendetwas ganz und gar nicht!", wiederholte Marie, als sie in Ragnas recht geräumigem Zimmer saßen.

„Ja, liebe Marie", Ragna traten Tränen in die Augen, „ich fürchte mich sehr! Aber ich fürchte noch mehr, was das mit Max machen wird!"

Marie nahm Ragna in den Arm und streichelte ihre Wange. „Wie kommst du nun grad auf Max?"

„Wie …? Ja, na klar! Du kannst es ja so genau nicht wissen. Ich sag dir noch einmal, was ich vor einer Stunde gehört und gefühlt habe!"

Ragna wiederholte:

„Ich setze dich davon in Kenntnis, dass der DOM existiert. Deis Omnipotate Mystica! Du hast in der Nacht vom 2. auf den 3. Juni 1967 etwas wahrgenommen, was du nicht wahrnehmen durftest. Das hatte Folgen für dich. Ich hatte dich gewarnt! Dein Es, das dir seinerzeit absichtslos erweitert wurde, hat dir Entwicklungsleistungen erlaubt, die du nutzen konntest. Dabei hast du ontologisch jede Vorsicht vermissen lassen, nun drohen Geist, Raum und Zeit ihren Einklang zu verlieren! Ich rufe dich, du wirst gebraucht! Dein Auftrag: Verhindere den Verlust der Balance des Seins!"

„Verstehst du, Ragna?! Das ist exakt der Text, den Max und ich 1967 vom DOM gehört haben, sozusagen angepasst an die heutige Situation und mit einer unverhohlenen Drohung, die der DOM aber auch seinerzeit schon ausgesprochen hat. Und denk mal an den merkwürdigen Anruf heute am späten Nachmittag von Yukete. Auch er war auf der Suche nach Max, obwohl wir ihn doch in Afrika vermutet hatten."

„Ja, Ragna. Du hast recht! Yuketes Anruf war wirklich merkwürdig. Und jetzt, wo du es sagst, fällt es ganz deutlich auf. Der Wortschatz vom DOM scheint nicht besonders groß zu sein?! Aber was hat das konkret mit Max zu tun?"

„Max hat damals mit mir gemeinsam die Nachricht vom DOM empfangen.

Ich gehe jede Wette ein, dass das auch jetzt der Fall ist. Und ich bin mir genauso sicher, dass Max nicht in der Lage ist, diesen Angriff abzuwehren!"

„Angriff? Was meinst du damit? Das sind doch nur Worte, die du geträumt hast! Oder habe ich dich falsch verstanden?"

„Mensch, Marie! Denk an deinen Eber. Die wenigen Worte, die der DOM benutzt, zeugen sicherlich davon, was auch der Druide gesagt hat: Der DOM kann keinen Kontakt zu Menschen aufnehmen. Aber offenbar kann er Briefe schreiben, visuelle oder akustische Briefe, wenn du so willst. Genau wie dein Eber. Das war kein Traum, liebe Marie, das war knallharte Realität. Aber sie ist an meinem Cortex cerebri hängengeblieben. Ich habe über vierzig Jahre gebraucht, um hier Grenzen zu ziehen, die von außen nicht zu durchdringen sind. Hinter dem Cortex stecke nur ich, ich ganz allein. Da hatte noch niemand Zugang, keine Mutter, kein Vater, kein Max, kein Claude Hirsch und auch keiner aus der Gruppe der ANDEREN, auch nicht Yukete übrigens. Die Einzige, die dazu in der Lage war, war die Druidin. Und die war es jetzt ganz bestimmt nicht!"

„... und deshalb bist du dir sicher, dass dieser Brief ... diese Nachricht vom DOM stammt, und so etwas wie ein Rundbrief an dich und Max ist."

„Ja." Ragna musste tatsächlich etwas schmunzeln. „Und nun stell dir vor, dass dieser ... Rundbrief Max erreicht und er nicht in der Lage ist, diesen an seinem äußeren Cortex zu stoppen. Was meinst du, Marie, was passiert mit ihm? Wie ist dein Eber hinter deinen Cortex gekommen?"

Marie wurde sehr, sehr nachdenklich. Ragna überraschte sie von Mal zu Mal. Ragna hat offenbar viel mehr begriffen als sie selbst. Vielleicht auch als alle ANDEREN. Und sie hatte recht. Sie mussten Max kontaktieren.

„Yukete ist offenbar auf eine ähnliche Bedrohung gestoßen. Wir müssen Max kontaktieren!", sagte sie dann auch folgerichtig.

„Das habe ich selbstverständlich schon getan, genau wie Yukete gestern. Er geht aber nicht an sein Handy – und Rolf auch nicht. Beide sind ja in Zürich und hatten gestern Nachmittag den Termin bei der Bank von Max."

„Ja, ich weiß, wegen dem Schließfach von Tante Lieschen. Mich wundert sowieso, dass sich die beiden noch nicht gemeldet haben. Ungewöhnlich!"

„Ja", antwortete Ragna nachdenklich. „Aber wir waren ja auch unterwegs mit Hermann und deiner Schlangenschwester. Vielleicht haben wir sie nicht gehört?"

„Das konnten sie aber nicht wissen, und ..."

„Klar ...", vervollständigte Ragna Maries Satz, „dann hätten sie eine Nachricht auf deinem, meinem oder Hermanns Handy hinterlassen. Und Yukete ist auf dem Weg zurück aus Afrika ..."

„… auf der Suche nach seinem Eber, den er offenbar gefunden hat und der ihm irgendeine Nachricht über Max hat zukommen lassen", vervollständigte nun Marie. „Was bleibt ist …"
„… irgendwie Kontakt zur Druidin zu bekommen!"
„Genau wie Yukete!"
Tut mir leid, Mädels, habe grad in der afrikanischen Schweiz zu arbeiten, wie ihr richtig vermutet.

Kapitel vierzehn sind Rolf und Max, Mbeete und Yukete, die ANDEREN mit Marchellina da Silva und Heinrich Jaenecke

Montag, 8. April 2014: „Es hat geklappt, Max, es hat tatsächlich geklappt!" Rolf war aus dem Häuschen. Sie gingen auf der rechten Straßenseite am Limmatquai entlang, an dem die Schweizer Privatbank ansässig ist, in der Alice McGraw für Max Nummernkonten und Schließfächer hinterlassen hatte, die sie gerade verließen. Sie mussten die Straßenseite wechseln, um den Limmat-Fluss, der im Zürichsee mündet, auf der Limmatbrücke zu überqueren, um nach fünf weiteren Minuten ihr Hotel, das „Widderhotel" mitten in Zürichs Innenstadt, zu erreichen.

„… und was für eine Ausbeute", war Rolf kaum zu stoppen, der seine Aufmerksamkeit voll auf den Erfolg gerichtet hatte. „Friedrich Eberts Gesamtwerk im Original, also jedenfalls in dem Original, das Richard Hanewein im Nazibunker abgekupfert hat." Max zeigte sich durchaus auch erfreut, pflegte, so interpretierte Rolf jedenfalls dessen kinästhetische Grundhaltung an diesem Tag, eine eher leise Freude. Außerdem war sein Kater offenbar noch nicht ganz abgeflaut. „… und diese Liste! Das ist, glaube ich, die Krönung dessen, was wir bisher an praktischen Dingen aus dieser Zeit herausgefunden haben!" Rolf war ausschließlich mit seinen Gedanken beschäftigt. „Ich werde sofort die ANDEREN anrufen, wenn wir im Hotel sind …"

Sie hatten zwei schmale Aluminiumkoffer mit zur Bank gebracht, da sie nicht wussten, wie viel Volumen das Schließfach haben würde. Max hatte es in der Vergangenheit nicht einmal betrachten dürfen. Im kleineren Koffer befand sich die Liste, von der Rolf sprach, und den er selbst in der Hand hielt, im größeren, von Max transportiert, das Manuskript des Friedrich Ebert. Außerdem ein Brief von Alice McGraw, adressiert an Max, den dieser aber nicht öffnen wollte, solange Bankangestellte zugegen waren. Auch ihre „Ausbeute" aus dem Schließfach hatten sie nur kurz identifiziert – die Sachlage war aber so offensichtlich, dass sie schon nach kurzer Zeit die Bank mit ihren Aktenkoffern verlassen konnten.

Die Klärung des Codes hatte allerdings zuvor eine Weile gedauert. Der Bankdirektor persönlich hatte Max interviewt, erst einmal unter Ausschluss von Rolf, der bei einer Tasse Kaffee in einem luxuriösen Wartezimmer Platz nehmen durfte. Allein die Buchstaben „Y" und „e", die Max auf ein dafür vorgesehenes

Formular schreiben und mit Datum versehen unterzeichnen musste, wurden wiederum vom Bankdirektor und seiner anwesenden Sekretärin gegengezeichnet. „Nötigenfalls zur Beweisführung", wurde Max aufgeklärt. Offensichtlich dauerte es eine Zeit, bis die Sekretärin auf dem Rechner des Bankdirektors die codierte Datei gefunden hatte, die der Bankchef dann nach Eingabe einer achtzehnstelligen Nummer öffnen konnte. Dann schnaubte er zufrieden und veranlasste telefonisch einen weiteren Angestellten, den entsprechenden Brief aus dem Tresor der Bank zu holen. Kurz zuvor hatte er Max gebeten, auf ein gesondertes, aus Büttenpapier bestehendes Blatt, den von ihm anzugebenden Code Buchstabe für Buchstabe aufzuschreiben, um ihn dann mit dem Original vergleichen zu können. Sie passten haargenau überein und von nun an ging es Schlag auf Schlag, bis sie auf dem Limmatquai an der Fußgängerampel standen, um die Straße zu überqueren.

Im Augenwinkel sah Max, was nun passierte und erstarrte bewegungslos.

Ein Lkw mit Anhänger kam herangefahren, die Ampel wechselte von Rot auf Gelb, der offenbar noch sehr junge Lkw-Fahrer trat auf die Bremse. Die Bremse blockierte die Reifen, der Lkw stoppte abrupt ab, als zwei Sekunden später die Bremse vom Fahrer ohne weiteren Widerstand bis zur Bodenmatte durchgetreten wurde. Der Fahrer reagierte spontan, als das Fahrerhaus wieder vorwärtsschoss, und versuchte den Lenker geradezuhalten, um den Lkw wenigstens auf der Spur zu halten. Gleichzeitig trat er auf die Motorbremse, um das Gefährt auf diesem Wege allmählich unter Kontrolle zu bringen. Das gelang ein paar Meter, die Zugmaschine hatte den Ampelmast passiert, als, wie es fast zu erwarten war und Max auch vorausgesehen hatte, der Anhänger ausbrach und mit einer enormen Wucht den Ampelmast hinwegfegte, an dessen linken Seite Rolf stand, als dieser auf Max einredete, der sich auf der anderen Seite des Ampelmastes aufhielt und in Richtung des Geschehens blickte.

Drei Schritte zurück. Max, rette dich! Drei Schritte! Das schaffst du! Der Weg zur Balance nimmt die erste Hürde. Einer der ANDEREN steht nicht mehr im Weg. Du hast Zeit, die Dokumente zu vernichten. Max. Die Liste wird zerstört!

Max hörte sein eigenes Unterbewusstsein und schrie stumm: Nein, nein, nein, nicht ROLF!

Max packte Rolf am Kragen, riss ihn zurück, sodass dieser mit dem Kopf gegen die dem Ampelmast gegenüberliegende Hauswand krachte und in sich zusammensank.

Der Anhänger rasierte den Ampelmast weg, was das Gefährt zusätzlich zu den Bemühungen des Fahrers allmählich abstoppte, sodass es nach circa 80 Metern zu stehen kam.

Der Koffer, den Rolf in der Hand gehalten hatte, wurde ihm vom Gelenk gerissen und verschwand im nur noch als Schrott zu bezeichnenden Anhänger, der aber offenbar leer war. Die Katastrophe wäre nicht auszudenken gewesen, hätte der Lkw irgendeine schwere oder gefährliche Ladung transportiert.

So aber ging alles verhältnismäßig glimpflich über die Bühne: Nach ein paar Schreckminuten, in der die Ruhe um den Vorfall kaum zu unterbieten war, da der Fahrer offenbar den Motor des Lkw hatte abwürgen können, stob eine Kakophonie am Limmatquai entlang. Der Anhänger fing an zu brennen, erst leise mit einigen Flämmchen, dann toste plötzlich ein Feuer über die Plane. Menschen rannten herum, Frauen und Kinder schrien, Hunde bellten, manche der Autofahrer hatten ihren Bordfeuerlöscher hervorgegraben, kamen aber natürlich gegen das Feuer nicht an. Wenige Minuten waren zusätzlich Martinshörner zu hören und der Limmatquai füllte sich mit Autos und Menschen, natürlich in gehörigem Abstand zum Lkw-Anhänger. Der junge Fahrer war zwischenzeitlich unverletzt ausgestiegen und hatte, trotz Schockzustand, sofort seinen Feuerlöscher aus der Fahrerkabine in Anschlag gebracht. Die Feuerwehr hatte kurz darauf das Feuer im Griff und eine Gruppe von Sanitätern spähte nach Verletzten. Sie entdeckten Max, der sich über den bewusstlosen Rolf gebeugt hatte und erleichtert feststellte, dass Puls und Atem funktionierten. Die Sanitäter taten ihren Job flink, aber gewissenhaft, legten ihm eine Sauerstoffmaske an und ein Arzt, der sonst keine Aufgabe fand, verpasste Rolf eine Spritze, zur Vorbeugung, wie er Max gegenüber aussagte, damit Rolf nach dem Aufwachen keinen zusätzlichen Schock erleiden müsste. Im Übrigen diagnostizierte er vorläufig eine Gehirnerschütterung bei Rolf, zur Abklärung möglicher innerer Blutungen wäre aber eine CT des Kopfes in der Klinik angezeigt. Der Arzt sah sich auch Max an und stellte fest, dass dieser zwar ziemlich lädiert aussah, aber keine weiteren körperlichen Symptome zeigte. Dennoch entschied er, dass beide erst einmal in die Erstaufnahme der nächsten Klinik gehörten.

Bevor der Abtransport durch den Krankenwagen dann geschah, kamen zwei Polizisten und befragten Max nach dem Geschehen. Zwischenzeitlich war zwar auch Rolf erwacht, der Arzt entschied jedoch, dass dieser noch zu schwach für eine Befragung war.

Max verdeutlichte den Polizisten, nachdem er nach bestem Wissen und Gewissen, natürlich ohne seine mordlüsternen Zwischengedanken, den Hergang des Unfalls geschildert hatte, dass sie einen schmalen Aluminiumkoffer mit wichtigen Dokumenten vermissten, der von dem Unfallfahrzeug mitgerissen worden war. Die Polizisten erfragten Details, zum Beispiel ob dieser Wertsachen oder Geld enthielt, ob er verschlossen war oder nicht, und ob er von den Untersuchungsbeamten geöffnet werden dürfe, falls sie ihn unversehrt fanden. Max bestätigte, dass es sich um historische Dokumente handeln würde, die in jedem Fall mit aller Vorsicht zu handhaben waren, wenn sie denn diesen Unfall überstanden hätten. Das Papier enthielt keine Geheimnisse, war aber für Wissenschaftler von unschätzbarem Wert. Den größeren Aluminiumkoffer hatte er fest in der Hand gehalten und ihn nach Aufforderung durch die Beamten auch geöffnet. In der Tat sahen sie auch hier nichts anders als ziemlich vergilbte Dokumente, die sie weiter nicht interessierten.

Max konnte nachweisen, dass sie im „Widderhotel" eingecheckt hatten, sodass die Beamten ihm mitteilten, dass ein Sachbearbeiter der Polizei am nächsten Morgen ins Hotel kommen würde, um das Protokoll unterschreiben zu lassen. Mit Glück würde dieser dann auch den zweiten Koffer mitbringen können.

In der Klinik wurde Max noch einmal ohne weiteren Befund gecheckt, Rolf kam in die Röhre und nach drei Stunden gab es auch bei ihm keine andere Diagnose als eine gehörige Gehirnerschütterung. Man verordnete ihm eine Nacht zur Beobachtung in der Klinik und anschließend mindestens eine Woche absolute Ruhe.

Max betüddelte seinen Freund noch eine Weile, verabschiedete sich aber mit dem Versprechen, ihn am nächsten Morgen wieder aufzusuchen, nach Möglichkeit um ihn abzuholen, zum bereits gebuchten Flug am Nachmittag nach Berlin. Außerdem versprach Max, die ANDEREN über das Geschehene zu informieren, sein eigenes Handy war beim Unfall irgendwie abhanden gekommen.

*

„Yukete, du musst zurück! Jetzt, sofort!"
Yukete hatte es sich grad in seiner Blockhütte bequem gemacht und wollte seine erste Allein-Safari in den Dschungel ausrüsten. „Mbeete?"

Mbeete hatte sich bislang noch nie direkt und persönlich an Yukete gewandt. Von daher war er nicht nur überrascht, sondern fast ein wenig hilflos. Er überprüfte seine Sinne. War es ein Tagtraum? Hatten die ANDEREN auch seinen Kopf verrückt? Mbeete war ein Mythos, wenn auch ein afrikanisch durchaus realer Mythos. Aber dass Mbeete in Beziehung zu einem Menschen trat, war seiner afrikanischen Seele noch nirgendwo begegnet, wenn man mal von den vielen selbsternannten Medizinmännern absah, die ständig davon sprachen, dass Mbeete ihnen die eine oder andere Vision erteilt hatte.

Und dann natürlich Ragna zuletzt und natürlich Marie mit ihrer Druidin.

„*Yukete, du musst zurück! Jetzt, sofort!*"

Yukete fiel bei der zweiten Ansprache nichts Sinnvolleres ein als nur „Warum?" zu fragen.

„*Du musst Max stoppen. Der DOM hat einen Brief an ihn geschrieben!*"

Yukete fand allmählich in die Rationalität zurück. Er stellte sich auf den Balkon der Blockhütte, vergewisserte sich, dass niemand in der Nähe war, der ihn sehen oder hören konnte und sagte:

„Also gut. Du bist Mbeete und ich bin Yukete. Du redest mit mir als würden wir uns lange kennen. Ich kenne dich aber nicht ..."

„*Doch, doch, doch, Yukete. Wir haben jetzt dafür keine Zeit, aber ich habe schon mit deiner Schwester Szmutuda über deine Zukunft gesprochen. Hab dich schon aus dem Nairobi-Fluss gerettet, als du als siebenjähriger übermütig und ohne Schwimmen gelernt zu haben, hineingesprungen bist. Und später habe ich dich dann Hanewein empfohlen.*

Also mach jetzt keine westlichen Zicken! Nimm deinen afrikanischen Hintern und mach dich auf nach Zürich, Schweiz, Hotel ‚Widder'. Da passieren grad wunderliche Dinge, die ich nicht beeinflussen kann!

Ende der Ansprache"

Was blieb ihm übrig, als sich auf den Weg zu machen, denn sein weiteres Rufen nach Mbeete blieb unbeantwortet.

„Scheiße, scheiße, scheiße", sagte er laut und auf Deutsch, packte seine Sachen, nahm seinen gemieteten Jeep und machte sich auf zum Flughafen Nairobi, wo er den Mietwagen abgab und sich ins nächstbeste Flugzeug setzte, dass Richtung Amsterdam abhob.

*

Lousia Ebelt stellte fest, dass sie das erste Mal in ihrem Leben in einer Sackgasse angekommen war. Ihre Strategie war nicht aufgegangen, ihre Kostümierung hatte ihre Wirkung völlig verfehlt. Sie fragte sich, woran das lag. Bislang waren ihr alle Alternativen, Linken und sonstige Spontis auf den Leim gegangen, wenn sie sich ein entsprechend angepasstes Outfit besorgte, sich butterweich und hypersensibel gab, den Anschein eines „sich outens" als von der Gesellschaft bestrafte, liebesbedürftige und missverstandene Seele präsentierte.

Eigentlich war sie angetreten, diese Fassade so lange wie möglich, auf jeden Fall bis zum Interview mit den Bürgermeistern aufrechtzuhalten, sogar ihrer Schwester gegenüber, um dann mit den daraus zu erwartenden Pfründen Profit zu schlagen. Sie grübelte und grübelte; ihr fiel nichts zielführendes ein. Daher setzte sie sich in ihren Carrera und machte sich auf den Weg zu ihrer Schwester Barbara. Selbstredend erhoffte sie sich von ihr keinerlei Anregungen oder gar wertvolle Tipps, wie sie weiter vorgehen könnte; schließlich würde ihre Schwester gar nicht wissen, worum es überhaupt ging. Aber sie hatte die Erfahrung gemacht, wenn sie dort war, bekam sie den Kopf frei, wurde betüddelt und gut bekocht, konnte seelenruhig schlafen und hatte vor allem die Erfahrung gemacht, dass sie auf dem Rückweg nach Berlin häufig die berühmten Aha-Erlebnisse hatte.

Diesmal war es aber anders. Am Abend waren sie, ihre Schwester und deren Mann irgendwie auf die Familiengeschichte zu sprechen gekommen. Nach wie vor galt ihr Agreement, ihre Schwester Marie zu ignorieren. Dennoch war sie Anlass, ein wenig über die Familienbande zu sinnieren. Und irgendwann kamen sie auf die Schwester des Vaters Friedrich Ebert junior zu sprechen: Amalie Ebert, die zwar in den dreißiger Jahren verstorben war und seinerzeit mit einem Jaenecke, dessen Vornamen ihnen nicht mehr präsent war, verheiratet war. Aber sie erinnerten sich an deren Sohn Heinrich Jaenecke, nicht persönlich, aber er hatte sich beim Tod des Vaters und der Mutter erstmalig als Verwandter offenbart und schriftlich kondoliert.

Außerdem war er ein ziemlich bekannter Journalist beim „Stern" gewesen, aber nun lange im Ruhestand, wenn er denn überhaupt noch lebte. Außerdem wussten sie natürlich von den vielen entfernten Verwandten in Frankreich, Kinder, Enkel und Urenkel der beiden Brüder vom Vater, die im Ersten Weltkrieg in Frankreich gefallen waren, aber zuvor eine Reihe von Ebert-Epigonen geschaffen hatten. Auch diese hatten sich beim Tod des Vaters gemeldet, aber offensichtlich wollten sie nur vom Erbe absahnen. Heinrich Jaenecke hatte zum Beispiel ein paar Wertgegenstände direkt vom Großvater geerbt, ohne dass diese Dinge, es war vor allem eine große Villa in Blankenese, in der Erbschaftsmasse des Vaters überhaupt aufgetaucht waren. Er hatte den Schwestern, und wohl auch den siebenundzwanzig Anverwandten aus Frankreich jeweils einen Anteil an der Erbschaft des Großvaters ausgezahlt. Er wollte sicherlich verhindern, dass bei seinem Tod wieder alle Verwandten auf der Matte stehen würden. Er hatte wohl anderes mit der Villa und den historischen Möbeln, Lampen, Gemälden und Skulpturen vor, die er seinerzeit hatte in Geldwert schätzen lassen und danach die Verwandten ausgezahlt. Denn, soweit sie wussten, hatte Heinrich Jaenecke keine eigenen Kinder. Lisa nahm an, dass er so etwas wie eine Stiftung oder ein Friedrich Ebert-/Heinrich-Jaenecke-Museum als Nachlass festlegen würde. Sie hätten davon gehört, oder anders, der Nachlassverwalter hätte sie als nächste Verwandte darüber in Kenntnis setzen müssen. Daher war mit Sicherheit davon auszugehen, dass jener Heinrich Jaenecke noch lebte.

Auf dem Rückweg in ihrem Porsche überlegte sie bei schlappen 130 Stundenkilometern, wie sie diese Verbindung für ihre Vorhaben nutzen könnte. Jedenfalls würde sie den alten Onkel, er würde über achtzig Jahre alt sein, vielleicht dement, aber sicher nicht mehr so ganz zurechnungsfähig, einen kleinen Besuch abstatten. Natürlich nicht ohne sich über ihre Netzwerke zu informieren, welchen Status sie bei ihm vorfinden würde.

Sie staunte daher, dass der alte Herr offenbar nicht nur seine Sinne völlig beisammen zu haben schien, er hatte grad ein weiteres Fachbuch veröffentlicht über die Völkerwanderungen des zwanzigsten Jahrhunderts, was Lisa nicht die Bohne interessierte, und, was sie allerdings eine intensivere Recherche kostete, dass er keineswegs kinderlos war, sondern eine Tochter hatte. Marchellina da Silva, selbst bereits siebenundfünfzig Jahre alt, Witwe, mit zwei erwachsenen Söhnen, Batista und Gerome. Lisa vermutete, dass Heinrich Jaenecke diese Frau adoptiert hatte, als sie noch minderjährig war. Lisa konnte zurückverfolgen, dass diese Frau seit dem dreizehnten Lebensjahr bei Heinrich Jaenecke lebte beziehungsweise gelebt hat, dann studiert, eine Familie gegründet hatte, um offenbar nun, seit ein paar Jahren, ihren alten Adoptivvater zu versorgen und zu pflegen.

Die Söhne hatten mittlerweile ihr eigenes Leben gestaltet, beide studierten allerdings noch in Hamburg, waren also noch von der Versorgung der Mutter respektive des Adoptivgroßvaters abhängig.

Lisa ahnte, dass es dort etwas zu holen geben müsste. Sie brauchte ein Konzept!

*

Als Max im Hotel angekommen war, war es bereits 21:00 Uhr und er völlig aus der Spur. Im Restaurant speiste er ein leichtes Mal und war nach zwei Gläsern Wein und einem Grappa nach dem Fisch hundemüde. Gleichzeitig war er aber auch total aufgekratzt und vor allem fürchtete er die Nacht. Was wäre, wenn der DOM ihm wieder eine Chimäre in den Kopf setzte? Was wäre, wenn er diesmal irgendeinem Drang nicht widerstehen könnte. Nein, Rolf war nicht wirklich in Gefahr, redete er sich ein. Niemals hätte er es willentlich zugelassen, dass ihm etwas passierte. Der DOM wollte vielleicht nur diese Liste vernichten, dachte er, vielleicht war Rolf gar nicht gemeint. Der DOM war schließlich nicht böse, wurde im Kreis der ANDEREN immer behauptet. Er agiert nicht, er ist nicht der Teufel oder Satan, sondern nur das Abbild der Menschheit. Und, Max atmete ein wenig auf, der DOM war nicht in Beziehung zu ihm getreten. Er hatte ihm nur so etwas wie einen „Brief" geschrieben. Und dieser akustische Brief war in seinem Kopf herumgeschwirrt, so wie ein musikalischer Ohrwurm, man wird ihn nicht los, auch wenn man will. Aber nun war er gewappnet. Er würde aufmerksam und wachsam bleiben. Der DOM würde keinen Einfluss mehr auf ihn haben.

Aber sich nun einfach schlafen legen konnte er auch nicht. Außerdem hatte er noch den Koffer mit dem Manuskript von Friedrich Ebert, der gesichtet werden musste.

Als ihm dann seine ausgezeichnet ausgestattete Bar in seiner Suite ins Bewusstsein rückte, machte er sich dorthin auf.

Nachdem er sich einen alten irischen Whiskey auf Eis eingeschenkt hatte, öffnete er den Koffer und betrachtete den vergilbten Papierstapel, den er mit der Hand bereits in der Bank kurz durchgeblättert hatte.

Das Deckblatt war fast leer, nur links unten stand mit Schreibmaschine geschrieben: *Friedrich Ebert 1920 – 1925*. Die Buchstaben waren so unterschiedlich, sodass man schon am Schriftbild sah, dass es sich hier um eine sehr alte, mechanische Schreibmaschine gehandelt hatte. Max war sich sicher, dass Experten herausbekommen könnten, mit welcher Marke.

Auf Seite 2 begann der Text mit der Kapitelübersicht:

Kapitel 1 – Die Erkenntnis – Ministerium für erneuerbares Wissen

Kapitel 2 – Die Elemente – Ministerium für Wasser, Boden, Energie

Kapitel 3 – Der Behaviorismus – Ministerium für die Übertragung erwirtschafteter und technischer Werte auf die Menschen

Kapitel 4 – Das Recht – Ministerium für angewandte Gerechtigkeit

Kapitel 5 – Der Lobbyismus – Ministerium für angewandte Transparenz und emotionale Intelligenz

Kapitel 6 – Die Waffen der Welt – Ministerium des humanen Waffenrecyclings

Kapitel 7 – Die Volksgesundheit – Ministerium der Körper-, Seele- und Geisthaltung

Kapitel 8 – Die Freiheit – Ministerium für angewandte Toleranz und Minderheitenschutz

Kapitel 9 – Die Globalisierung – Ministerium für die Freundschaft der Völker und Grenzsenkung

Kapitel 10 – Die Natur – Ministerium zur Erhaltung von Fauna und Flora

Kapitel 11 – Die Gesellschaft – Ministerium für angewandte Arbeitslehre und Leistungsmotivation in individueller Lebenswelt und Gemeinwesen
Kapitel 12 – Der Raum – Ministerium für angewandte Heimat, Erdung und Erdungsaustausch
Kapitel 13 – Die Zeit – Ministerium für Geschichte, Erneuerung, Entfernung und Status
Kapitel 14 – Die Ernährung – Ministerium für die Erhaltung der weltweiten Lebenserhaltung
Kapitel 15 – Die Kommunikation – Ministerium für Familie, Schule, Generationen-, Beziehungs- und Inhaltstransfer
Kapitel 16 – Die bildende Kunst – Ministerium für Kultur und multikulturellen Austausch
Kapitel 17 – Die Edition – Ministerium für angewandte Medienlehre und Entpropagandisierung

Max hatte nicht erwartet, dass die Abhandlung Friedrich Eberts der heutigen Sprachregelung entsprach, dennoch hatte er das Gefühl, dass die Begriffe nicht alle nur altertümlich waren. Der Begriff *Globalisierung* zum Beispiel war doch eigentlich erst im 21. Jahrhundert in den Fokus des Interesses gekommen. Aber Erdung und Erdungsaustausch schienen ihm Begriffe, die er erwartet hatte, auch wenn er sie in diesem Kontext, oder besser gesagt, ohne Text, (noch) nicht verstand.

Die Zuordnung zu Ministerien war ihm völlig schleierhaft, deutete aber darauf hin, dass es sich auch um ein politisches Manifest handelte.

Rechts unten am Endes dieses Blattes, das er auf mindestens hundertzwanzig Milligramm statt des achtzig Milligramm Standardpapiers schätzte, war eine Seitenzahl angegeben: Seite 98 statt Seite 1, oder vielleicht 7, wenn man das Impressum berücksichtigte. Es fehlte also nicht nur der Titel der Abhandlung, sondern auch das Vorwort.

Auf der letzten Seite stand unten rechts *1.156*. Max hatte viel zu lesen und begann mit Seite 100, Kapitel 1: Die Erkenntnis. Allein dieses Kapitel hielt vierundsiebzig Seiten Lesestoff für Max parat. Als er mit dem Lesen begann, hatte er sich bereits den dritten Whiskey nachgeschenkt.

Max war nicht auf die Idee gekommen, die ANDEREN über den Unfall und ihre Ausbeute aus der Bank in Kenntnis zu setzen. Sie waren seit dem Unfall irgendwie nicht mehr in seinem Kopf präsent.

*

Marchellina hatte ihrem Vater ausführlich über den Ablauf des Wochenendes in Berlin berichtet. Das Schicksal der Marie hatte Heinrich besonders betroffen gemacht. Die (reale) Metapher mit dem Eber ließ ihn sinnieren, ob er seiner Tochter gegenüber nicht auch so eine widersprüchliche Vaterfigur war. Aber Marchellina bestritt dies konsequent.

„Außerdem lebst du ja noch, du alter Eber Heinrich!", und fügte hinzu: „Sag mir lieber, was du von dieser Druidenerfahrung hältst! Meinst du, dass da etwas Wahres dran ist?"

„Etwas Wahres weiß ich nicht", entgegnete der alte Mann, „wenn du mich aber gefragt hättest, ob es etwas Wirkliches sein könnte, muss ich deine nicht gestellte Frage entschieden mit Ja beantworten!"

„Du meinst also, wenn ich dich richtig verstanden habe, die Wirklichkeit ist immer die Wirklichkeit des oder der Einzelnen. Subjektiv ist die Druidin wirklich, objektiv kann sie aber nicht wahr sein, weil dann alle Menschen diese Erfahrung machen können müssten!"

„Ja, ja, kleine argentinische Marchellina", schmunzelte Heinrich, „machen, können, müssten! Wahrheit ist am besten im Konjunktiv handhabbar. Aber dennoch hast du natürlich recht, was eigentlich nur davon zeugt, wie gut du mich kennst. Ich glaube, dass diese Erfahrungen von Ragna und Marie durchaus nicht nur subjektiv wirklich sind, sondern eine Vorstufe sein könnten für eine erfahrbare Wahrheit aller. Also das Beispiel: Die Gebrüder Wright oder, richtiger, ein Herr Weißkopf aus Deutschland waren das erste Mal mit einer Flugmaschine unterwegs. Von der ersten Eisenbahnfahrt mit satten fünfzehn Stundenkilometern nahm man an, dass die Menschen davon krank werden würden. Beide und noch tausende andere Beispiele in der Geschichte der Menschheit hatten bewiesen, dass die Wirklichkeit eines oder weniger Menschen, nicht immer, aber häufig, zur Folge hat, dass sie auch für andere oder für alle Menschen erfahrbar sind. Damit ist das Fliegen mit einer Maschine objektiv betrachtet nicht nur wirklich, sondern sogar wahr. Jedenfalls, wenn man Wahrheit mit Erfahrbarkeit gleichsetzt."

„Du meinst also, ich sollte irgendwie lernen, eine Druidinnenerfahrung zu machen ...?"

„Nein, Kind. Du sollst nur offen bleiben für Erfahrbarkeit eines Phänomens, das du bisher nicht kennst. Vielleicht erfährst du es nie, aber vielleicht doch. Du brauchst nichts anderes, als die Kanäle für beide Optionen gleichberechtigt offen zu halten. Dann passiert es oder nicht!"

„Genau wie ein Lottogewinn?!", wollte Marchellina provozieren.

„Genau! Aber dann musst du eben auch Lotto spielen!", entgegnete Heinrich prompt.

„Heißt, wenn ich nicht bei den Menschen am Ball bleibe, wollen sie nun fliegen, Eisenbahn fahren oder Druidinnen erfahren, werde ich weder fliegen, Eisenbahn fahren oder eine Druidin erleben!"

„Jooa, aber vielleicht doch. Nämlich, wenn du selbst, du weißt noch: Am Anfang ist die Idee ...! Wenn du die Idee hast und sie umsetzen kannst, aus welchen Gründen auch immer. So wie Marie, sozusagen als Initialzündung dann auch für die ANDEREN, erst einmal für Ragna, aber ich wette, die anderen ANDEREN werden dem Beispiel folgen – müssen!"

„Okay, Paps! Ich gehe nicht für vierzig Jahre in den Wald. Ich halte mich an die ANDEREN."

„Gut, Kind, und nun lass uns nach Marco Hanewein schauen und danach, was die beiden Bürgermeister damit zu tun haben könnten."

Heinrich hatte vorgearbeitet und all seine Netzwerke in Anspruch genommen. Ein Mensch mit dem Namen Marco Hanewein war nicht im Netz, in keinem Zeitungsarchiv, in keinem Einwohnermeldeamt, das Heinrich Jaenecke erreichen konnte, verzeichnet. Er hatte in Frankfurt begonnen. Dort, in den Archiven des Frankfurter Flughafens, vor allem beim damaligen Bundesgrenzschutz, wo Marco Hanewein einmalig auftauchte. Er hatte Papiere dabei, die ihn auswiesen als Sohn von Gabriele und Diego Hanewein, Buenos Aires, Argentinien, verstorben bei einem Verkehrsunfall 1966. Er wurde abgeholt von Richard Hanewein, der zwar keine Papiere vorweisen konnte, dass er der Großvater war, der aber, als Landrat des Landkreises Lüneburg den Beamten versichern konnte, dass sie entfernt verwandt seien und er sich dem Jungen annehmen würde. Nicht allein der Name überzeugte die Beamten, schließlich konnte Richard Hanewein seine Identität beweisen, vor allem dessen Reputation als hoher, politischer Beamter. Außerdem waren die Beamten froh, dass sie, genau wie bei dem zweiten blinden Passagier dieser Maschine, dem jungen Mädchen Marchellina da Silva, die Verantwortung für die Kinder sehr schnell wieder los waren, was bei anderen blinden Passagieren nur sehr selten der Fall war. Meist wurden diese der Fürsorge übergeben. Dass für zwei blinde Passagiere aus Südamerika auch zwei honore Persönlichkeiten sich nicht nur zur Übernahme der Verantwortung bereit erklärten, sondern sogar die Kosten für den Transfer von Buenos Aires in den Schoß der deutschen Behörden übernahmen, war schon sehr ungewöhnlich.

An dieser Stelle endete allerdings die Recherche der Jaeneckes/da Silvas. Es war mehr als wahrscheinlich, dass Richard Hanewein seinen, ja, wie soll man sagen,

Adoptivsohn vielleicht, mit nach Lüneburg genommen und dort irgendwie hat registrieren lassen.

Aber die Daten waren übers Internet oder andere Kanäle, die Heinrich Jaenecke zur Verfügung standen, nicht herauszufinden. In den Daten, die im Einwohnermeldeamt aktuell bis ins Jahr 1974 zurückzuverfolgen waren, tauchte der Name Marco Hanewein nicht mehr auf.

„Da muss er dann, warte mal, etwa zweiundzwanzig Jahre alt gewesen sein", sinnierte Marchellina.

„Heißt, dass er vorher Lüneburg verlassen haben muss. Wann und warum können wir aber, mindestens von hier aus, nicht herausfinden!"

„Doch, lieber Paps, das können wir!" Marchellina war ein klein wenig stolz darauf, dass sie ihrem Vater einen Schritt voraus war.

„Na, Marchie, kann ich das glauben?"

Statt ihm zu antworten nahm sie das Telefon, es war Montagnachmittag und sie tippte Hermanns Handynummer ein. Dieser meldete sich nach dem dritten Klingeln und Marchellina erklärte ihr Anliegen. Hermann war sofort bereit, seine Kontakte, die er ja grad nach dem Wochenende in der Lüneburger Heide zu beerdigen geglaubt hatte, kurzfristig wieder aufzufrischen.

„Unser Hermann, den du vor Kurzem kennengelernt hast, ist mit dem heutigen Landrat in Lüneburg irgendwie bekannt. Ich glaube, sie haben gemeinsam studiert oder so in grauer Vorzeit. Der wird ihm Zugang zum Archiv verschaffen können!", erläuterte Marchellina.

„Mit gezinkten Karten gespielt!", kommentierte Heinrich.

Kurz darauf ging das Telefon, Marchellina meldete sich mit „Hier bei Jaenecke …"

„Hier ist Lisa Ebert, ich würde gern meinen Großonkel Heinrich sprechen!"

Marchellina war sprachlos, fing aber sofort an loszuprusten, um sich dann mühsam zu beherrschen.

„Einen Moment bitte …", sagte sie ins Telefon, hielt die Sprechmuscheln zu und fragte ihren Vater: „Möchtest du vielleicht deine Großnichte Lisa Ebert alias Lousia Ebelt sprechen?" Selbstverständlich hatte Marchellina Heinrich von der geheimen und verwandten Spionin erzählt.

„Sie kann zu meiner Beerdigung kommen. Vorher kann sie sich zum Teufel scheren!", sagte er gespielt düster.

„Tut mir leid, Frau Ebelt, äh, Entschuldigung, Ebert, aber er ist unpässlich!", sagte sie, nachdem sie die Hand von der Muschel genommen hatte. Sie hörte wie Lisa ziemlich irritiert war.

„Ich, äh, ich rufe dann morgen noch einmal an?"

„Tut mir leid, Frau Ebert, aber auch dann wird er unpässlich sein, und auch übermorgen, überübermorgen, überüberübermorgen, in der nächsten Woche, im nächsten Monat und ich glaube, er hat für die nächsten Jahre Unpässlichkeit gepachtet. Jedenfalls für Sie. Buenas tardes!"

Damit legte sie auf und prustete dann lauthals heraus. Heinrich schloss sich dem Gelächter so laut an, dass er anfing zu husten.

„Alte Menschen haben keinen Humor mehr zu haben, es könnte böse Folgen haben", sagte er, nachdem sie sich langsam beruhigt hatten.

„Aber noch bösere Folgen hätte es gehabt, wenn du hier allein wärst und deine Großnichte zum Tee eingeladen hättest!"

„Du scheinst mich ja für völlig senil zu halten, Miststück!"

*

Montagnachmittag bis Dienstagmorgen, 2:13 Uhr: Yukete hatte jeweils noch einen Platz in der Abendmaschine von Amsterdam nach Frankfurt und eine Nachtmaschine von dort nach Zürich ergattert. Während des langen und der zwei kurzen Flüge hatte er Zeit genug, um über all das nachzudenken, was er eigentlich in der Blockhütte im kenyatischen Dschungel wenigstens eine Zeit lang, vergessen wollte. Irgendwie ging es Schlag auf Schlag, hatte er das Gefühl. Es war kaum ein Wochenende her, dass sie beschlossen hatten, dass jede und jeder erst einmal seine und ihre eigenen Wege gehen. Kaum beschlossen, benötigten sie wieder gegenseitige Hilfe. Am späten Montagnachmittag am Flughafen in Amsterdam hatte Yukete bis zum nächsten Abflugtermin sein Handy genommen, um zu hören, was die ANDEREN wussten, was da geschehen war bei Max. Ragna, Marie und Hermann erreichte er auf einen Schlag. Die drei waren in einer „Vorbesprechung", weil sie sich am Abend mit Maries Schwester Lisa Ebert treffen wollten. Davon hatte Yukete nichts gewusst. Er würde sich über Anlass und Ergebnis später aufklären lassen. Dass Hermann in Lüneburg war, um auf den Spuren seines Paten Richard Hanewein zu wandeln, wusste er hingegen schon, musste sich aber am Telefon erst einmal nur damit zufriedengeben, dass es durchaus erfolgreich war. Details würden sie später besprechen. Vorrangig war ein Kontakt zu Rolf und/oder Max. Dabei konnte sich nun Yukete wiederum nicht klar äußern, weder, warum er frühzeitig aus Afrika zurückgekommen war, noch, warum er so dringend Max suchte. Er wusste es selbst nicht, sagte er am Telefon. Er bat aber die Damen, ihm ein Zimmer für diese Nacht im Hotel „Widder" in Zürich zu buchen, in der Hoffnung, dass dort noch etwas frei war. Das tat Ragna umgehend und sie hatte Glück. Sie gab Bescheid, dass Herr Yukete Jogoomvinjo eher später am Abend im Hotel erscheinen würde. Das war in diesem Nobelhotel überhaupt kein Problem, er würde sogar noch ein Nachtmahl erhalten.

Weitere Versuche, Rolf oder Max zu erreichen, waren erfolglos.

Um fast 0:00 Uhr war Yukete am Hotel angekommen, holte seinen Zimmerschlüssel am 24-Stunden-Empfang ab und bekam den Hinweis, dass im Restaurant noch ein kaltes Abendessen zur Verfügung stand, weil die Küche grad geschlossen wurde, um noch eine warme Mahlzeit servieren zu können. Dass Yukete schwarz wie die Nacht war, spielte in diesem Hotel offenbar überhaupt keine Rolle. Sein weniges Gepäck wurde ins Zimmer gebracht, die meisten Dinge hatte er per Express ab Amsterdam nach Berlin zum Flughafen Tegel transportieren lassen. Er fragte den Concierge nach seinen Freunden Max Behrend und Rolf Martens und erfuhr, dass Rolf aufgrund eines Verkehrsunfalls in der Nähe in einer Klinik lag. Man konnte ihn insoweit beruhigen, dass am Empfang bekannt war, dass es sich „nur" um eine Gehirnerschütterung gehandelt habe und Herr Martens schon an diesem Morgen wieder entlassen werden würde, wenn es nicht dramatische Komplikationen geben würde.

„Und Herr Dr. Behrend ist nicht in seiner Suite!", sagte der Concierge und brauchte dabei nicht einmal auf's Brett zu schauen, ob der Schlüssel noch da sei. „Er wird aber sicher bald zurück sein!", sagte der Hotelangestellte und schaute etwas peinlich berührt. Das war Yukete zwar nicht entgangen, aber er beschloss, erst etwas zu essen – vielleicht würde Max dann ja in seinem Hotel bald erscheinen.

Eine Stunde später war das aber noch immer nicht der Fall. Yukete trat noch einmal an den Empfang und befragte den Hotelmitarbeiter erneut, bis dieser zugeben musste, dass der Herr Dr. Behrend wohl doch ein wenig betrunken schien. Yukete vermutete, dass der Angestellte untertrieben hatte. Max war stramm betrunken und Yukete überlegte, was in dessen betrunkenen Kopf vorgehen würde, was er nachts in einer für ihn fremden Stadt unternehmen wollte.

Dass er ein Bordell aufsuchen würde, war auszuschließen, Max war schwul. Ein Schwulentreff in Zürich, als Mann aus England, auch kaum zu glauben. Weiter zu trinken – in Zürich gab es eine Sperrstunde, und die war seit einer Stunde überschritten.

Nein, es musste irgendetwas mit unseren Vorgängen zu tun haben, dachte Yukete, was seine Schritte lenken würde, und mit Mbeete. Aber wo könnte er hingehen, was verband Zürich mit dem Geschehen der ANDEREN? Nichts, stellte er fest, nichts als die Bank, in der sich das Schließfach befand – und das war nun leer und die Bank geschlossen.

Intuitiv wandte er sich noch einmal an den Concierge: „Hatte Herr Dr. Behrend irgendetwas dabei, als er das Haus verließ?"

„Er hatte ein Paket unter dem Arm, etwas größer als DIN-A4, ziemlich dick in einem gängigen, beigen Briefumschlag", sagte der Angestellte und dann etwas zögerlich: „… und eine halbvolle Flasche Whiskey!"

Max hatte es sich also irgendwo draußen mit dem Manuskript von Friedrich-Ebert bequem gemacht, vermutete Yukete und atmete sichtlich und einigermaßen beruhigt aus. Nun musste er ihn nur noch finden. Er ließ sich die nähere Umgebung um das Hotel herum beschreiben und war sofort überzeugt: Max war zum Fluss, zum Limmat oder wie der hieß, hier würde er am Ufer sitzen und sinnieren über das Leben Friedrich Eberts, denn Lesen konnte er ganz sicher nicht mehr.

Yukete machte sich auf die Suche, es war 1:45 Uhr, Dienstag, 9. April 2014 geworden.

Erst suchte er die Straßen und Gässchen in der Nähe des Hotels ab, dann das Ufer des Limmat. Schon hier fiel ihm auf, dass im Wasser des Flusses, der sich in Richtung Zürichsee bewegte, kleine weiße Punkte zu sehen waren, die auf den sanften Wellen schaukelten. Dann, Yukete wollte den Limmat auf der nahen Brücke überqueren, sah er schon von Weitem eine Gestalt, die mitten auf der Brücke neben dem Geländer hockte. Yukete verdoppelte seine Schrittfolge und je näher er kam, erkannte er nicht nur den von ihm gesuchten Max, sondern auch, wie dieser nach und nach Papierschnipsel ins Wasser streute. Nun fing Yukete an zu rennen, denn er ahnte, was dort vor sich ging.

In der Tat saß Max vor einem nun nur noch circa einhundert Seiten umfassenden, ziemlich vergilbten Papierstapel. Yukete wendete sich an Max und sagte: „Mensch, Max, was machst du denn da?"

Max blickte auf und trotz seines alkoholwirren Blicks erkannte er Yukete sofort, ohne dass er irgendwie überrascht war.

„Hei, heijo Yukete. Du kommst, um mir zu helfen. Schau, schau, ich stelle die Balance wieder her!"

„Du machst was?"

Max' Stimme senkte sich zu einem Bass:

„*Ich setze dich davon in Kenntnis, dass der DOM existiert. Deis Omnipotate Mystica! Du hast in der Nacht vom 2. auf den 3. Juni 1967 etwas wahrgenommen, was du nicht wahrnehmen durftest. Das hatte Folgen für dich. Ich hatte dich gewarnt! Dein Es, das dir seinerzeit absichtslos erweitert wurde, hat dir Entwicklungsleistungen erlaubt, die du nutzen konntest. Dabei hast du ontologisch jede Vorsicht vermissen lassen, nun drohen Geist, Raum und Zeit ihren Einklang zu verlieren! Ich rufe dich, du wirst gebraucht! Dein Auftrag: Verhindere den Verlust der Balance des Seins!*

Und nun verhindere und verhindere und verhindere ich, nachdem Rolf einfach, einfach nicht sterben wollte!"

Yukete begriff, was vor sich ging. Der DOM hatte sich tatsächlich das zweite Mal, neben 1967 eingemischt, wieder bei Max. Und Max war dem nicht gewachsen.

„Nein, Max, du verhinderst nicht den Verlust der Balance, du bringst alle deine Freunde in Schieflage! Und jetzt ist Schluss damit" Mit diesen Worten nahm er den noch übrig gebliebenen Papierstapel mit der einen Hand und mit der anderen warf er die Whiskeyflasche, die neben Max stand, in den Fluss.

„Hey ... yupp!", lallte Max, als Yukete ihn unter die linke Achsel packte, nach oben zog und mit ihm in ziemlicher Schräglage in Richtung Hotel losmarschierte. Dort angekommen bat er den Concierge um Mithilfe. Mit vereinten Kräften bugsierten sie den schon halb schlafenden Max in seine Suite. Yukete zog ihm das Jackett und die Schuhe aus, nachdem er den Hotelangestellten mit einem großzügigen Trinkgeld verabschiedete.

In dem Moment tönten Max und sein eigenes Handy gleichzeitig – es war 3:00 Uhr morgens – an einem Apparat war Ragna und am anderen Marie zu hören.

Kapitel fünfzehn sind Louisa Ebelts Waffen

Noch in der Nacht hatten sie entschieden: Der Dienstag gehörte der Genesung von Rolf und Max. Yukete hatte Ragna und Marie von den Geschehnissen in Kenntnis gesetzt, nachdem sie sich geeinigt hatten, von welchem Telefon sie das Gespräch weiterführten.

Noch während des Gesprächs hatte Ragna ihren Rechner hervorgekramt und sich vergewissert, dass sie sowohl am Morgen einen Flug von Berlin nach Zürich als auch ein Hotelzimmer buchen konnten. Das „Widderhotel" hatte allerdings nur noch die „Just-married-Suite", nachdem Yukete im Empfang sein Zimmer und die Drei-Zimmer-Suite von Max, in der Rolf das Dienstbotenzimmer bewohnte, um mindestens eine Nacht verlängert hatte. Das kleine Einzelzimmer von Yukete bereitete dabei größere Schwierigkeiten als die Suite, die eher selten bewohnt wurde, meist von arabischen Emiren oder Filmstars, weil ein Normalbürger sich diese gar nicht leisten konnte. Aber der Hoteldirektor hatte aufgrund des Unfalls von Dr. Martens und der Unpässlichkeit von Herrn Generaldirektor Dr. Behrend ein Einsehen und verlegte den fest gebuchten Gast für Yuketes Zimmer auf ein befreundetes Hotel. So wie sich der Direktor ausdrückte, nahm er wohl an, dass Yukete so etwas wie ein schwarzer Diener, vielleicht Sklave der beiden weißen Herren war. Yukete musste jedenfalls herzhaft lachen. Er hatte die kurze Nacht von 4:30 bis 8:00 Uhr auf dem Riesensofa verbracht, das er vor die Tür von Max' Schlafzimmer geschoben hatte.

Er bestellte für 10:00 Uhr ein ausreichendes Katerfrühstück für Max und bestellte sich ein Taxi in die Klinik, die ihm genannt wurde, wo er Rolf finden würde. Zuvor hatte er Max einen Brief so ans Bett geklebt, dass er ihn keinesfalls übersehen konnte, auch wenn er noch über ein Promille Alkohol im Blut haben würde.

„Wenn du deine Suite verlässt, bevor ich wieder da bin, verlässt du die Welt! Yukete – dein Code!"

Gegen Mittag war Yukete zurück mit Rolf im Schlepptau, den Yukete über die Geschehnisse der letzten Nacht ins Bild gesetzt hatte. Sie hatten sich geeinigt, das Ganze erst einmal noch nicht zu thematisieren, obwohl Max sofort begann: „Ich, ich weiß nicht, was ich sagen soll ...?! Wo bist du überhaupt hergekommen, Yukete?"

„Aus Afrika, Max, direkt aus meinem Dschungelurlaub. Mbeete hat mich

gerufen, Max. Er hat mir gesagt, dass du dabei bist, gehörigen Mist zu bauen. Und leider konnte ich den Mist nicht verhindern, oder zumindest nicht ganz!"
Rolf hatte geschwiegen, wie verabredet.
Aber das lastete noch weit mehr auf Max' Gewissen. „Und du, Rolf, ist nun alles kaputt?"
„Was kaputt ist, werden wir noch sehen, Max. Wir müssen erst herausfinden, was dich derart getrieben hat. Dafür muss es eine Ursache geben."
„Schluss", kommandierte Yukete. „Rolf bekommt jetzt erst einmal etwas zu essen, anschließend seid ihr beide für die nächsten vier Stunden meine Patienten. Ich werde euch jetzt jeweils einen afrikanischen Tee zubereiten, die Zutaten habe ich direkt aus Nairobi mitgebracht. Und dann geht ihr beide wieder ins Bett. In der Zwischenzeit hole ich Ragna und Marie vom Flughafen ab und heute Abend reden wir. Morgen fahren wir dann gemeinsam zurück nach Berlin, und zwar mit einem Pkw. Ich hab vorhin einen großen Volvo gemietet, den wir dann in Berlin wieder abgeben können. Also, auf geht's!"

*

Hermann hatte seinen „alten Freund" in Lüneburg angerufen und ihm gesagt, dass er im Zuge seiner Recherchen für das Fachbuch über die „Entstehung und Entwicklung der Kommunen Niedersachsens nach dem Zweiten Weltkrieg" selbstverständlich den ersten Vorgänger Richard Hanewein genauer unter die Lupe genommen hat. Dabei war ihm aufgefallen, dass der damalige Oberkreisdirektor einen Sohn mit Vornamen Marco hatte, der aber nirgendwo mehr in den Dateien des späteren Einwohnermeldeamtes in Lüneburg aufgetaucht war.

Der Landrat Lüneburg bedankte sich bei seinem „alten Kumpel" noch einmal herzlich für das gelungene Wochenende und ließ auch von seiner Ehefrau grüßen. Diese kleine Rechercheaufgabe würde er einer seiner MitarbeiterInnen im Einwohnermeldeamt übertragen. Die Leiterin würde sich dann direkt mit ihm in Verbindung setzen. Würde aber wohl ein, zwei Stunden dauern, sie muss dafür jemanden ins Archiv schicken,

„… dessen staubige Luft du ja bereits ausgiebig kennengelernt hattest, lieber Freund!"

Hermann war sich nicht darüber bewusst gewesen, dass er so einen nachhaltigen Eindruck hinterlassen hatte, bestätigte aber seine These, dass diese beiden Menschen der höheren Gesellschaftsschicht, jedenfalls in Lüneburg, sehr einsame Menschen waren.

Zweieinhalb Stunden später meldete sich, wie konnte es anders sein, eine Frau Müller im Rathaus Charlottenburg, wo Hermann grad eine Sitzung des Finanzausschusses vorbereitete.

Als diese ihren Bericht beendet hatte, sorgte er per Internet dafür, dass ihr per Express ein Blumenstrauß zugestellt wurde: „Mit Dank für Frau Müller, Lüneburg, von Herrn Müller, Berlin."

Anschließend recherchierte er auf eigene Faust ein wenig, bis er dann kurzerhand Marchellina da Silva anrief.

Nach einer kurzen Begrüßung ließ er dann die Katze aus dem Sack: „Dein damaliger Retter Marco Hanewein lebt, und nicht nur das. Soll ich von Anfang an erzählen, Marchellina?"

„Ja, natürlich, leg los!"

„Also, Richard Hanewein hat Marco seinerzeit aus Frankfurt abgeholt, genau wie Heinrich dich – und mit nach Hause genommen. Die Haneweins, also Richard und Francine, konnten keine Kinder bekommen, jedenfalls hatten sie keine eigenen und daher hatten sie Marco adoptiert, nachdem alle Papiere geprüft und für authentisch befunden wurden. Dabei wurde festgelegt, dass Marco Hanewein die doppelte Staatsbürgerschaft erhielt, die deutsche und die argentinische. Begründet wurde es damit, dass seine verstorbenen leiblichen Eltern schließlich argentinische Staatsbürger deutschen Ursprungs waren. Mit neunzehn hat Marco dann sein Abitur mit Auszeichnung bestanden und ist dann spurlos verschwunden, jedenfalls für die Behörde in Lüneburg und auch sonstwo in Deutschland. Dafür tauchte aber ein Student in Buenos Aires auf, mit dem Namen Diego Hanewein. Das allerdings weiß ich nur, weil in Lüneburg im Jahr 1970 beglaubigte Kopien von Marco Hanewein ins Auswärtige Amt geschickt wurden, um über ein Stipendium des Goethe-Instituts für einen argentinischen Studenten zu entscheiden, der in Buenos Aires studieren wollte. Es handelte sich um Marco Diego Hanewein. Marco hatte wohl seinen deutschen Vornamen gestrichen, um in Argentinien als junger Student besser Fuß fassen zu können. Schließlich sprach er ja auch perfekt spanisch mit argentinischem Slang. Und heute ist er übrigens immer noch an der Universität tätig, als Professor für Toxikologie mit dem Spezialgebiet Gifte in der Fauna und Flora Südamerikas. Was sagst du nun?"

„Ich bin baff", gestand Marchellina ein. „Vor allem, dass du das so schnell herausbekommen hast, wo doch sogar mein allwissender Vater an der Recherche gescheitert war. Und ich freu mich natürlich, dass Marco noch lebt. Ich werde umgehend mit ihm Kontakt aufnehmen, muss aber den alten Heinrich erstmal mit ins Boot holen. Weiß auch noch gar nicht genau, was ich Marco sagen soll. Aber das soll nicht dein Problem sein, lieber Hermann! Hab ganz, ganz lieben Dank, du hast einen ganzen Fels bei mir im Brett! Ich hoffe wir sehen uns bald wieder. Vielleicht sagst du mir Bescheid, wenn ihr euch alle wieder trefft. Ich wäre gern dabei, wenn ihr mich denn haben wollt, ich habe noch so viele Fragen. Noch besser fände ich es, wenn ihr alle, wenn es geht, sehr bald nach Hamburg kommt. Heinrich würde gern alle die ANDEREN kennenlernen – und, wie du weißt, ist unsere Villa groß genug, um alle aufzunehmen! Übrigens ist Heinrich grad dabei, ein ausgefeiltes Profil der beiden Bürgermeister zu erstellen. Vielleicht ist das ja ein kleiner Anreiz?!"

„Ich glaube ein zusätzlicher Anreiz ist wirklich nicht nötig, Marchellina. Ich freue mich, wenn wir uns sehen – und das geht den ANDEREN genauso, da kannst du ganz sicher sein!"

*

Lisas Weltbild begann zu wanken. Das war seit ihrer Kindheit noch nie der Fall gewesen. Sie hatte sich bisher überall durchgeboxt, von den Pionieren über die Kaderschule, den Seminaren der Staatssicherheit bis hin zur Geheimdienstindoktrination durch Herrn Markus Wolff[89]. Ihre Karriere war immer abhängig davon, dass sie sich anpassen konnte. Dass sie in der Lage war, in alle möglichen Rollen zu schlüpfen, äußerlich und innerlich. Der Fall der Mauer hatte da eigentlich gar keine Bedeutung mehr für sie. Auf dem Bahnhof des Lebens verließ sie frühzeitig den einen Zug, wechselte das Gleis und fuhr in eine andere Richtung wieder mit Volldampf davon.

Nun war sie völlig perplex. Dieser Hermann Müller, allein der Name, das Bild, das Gesicht, die Erscheinung, die sich ihr im Kopf bildete, war mittlerweile wie Styropor auf Glas. Sie kannte ihn seit vielen Jahren, seit sie die Seite von Ost nach West gewechselt hatte und für die verfassungsmäßige Überwachung der Senatsverwaltung Berlin zuständig war. Als Verfassungsschützerin hatte sie einen klaren Auftrag, auch wenn kaum jemand in der Gesellschaft wusste, dass alle Mitarbeiter und Mitarbeiterinnen der Bundes-, Landesbehörden in einigen besonderen Fällen sogar der Kommunen, ständig überwacht wurden. Alle Beamten hatten beim Verfassungsschutz ein differenziertes Profil, aber auch alle

---

[89] Chef der Auslandsspionage in der DDR bis 1989

gehobenen und höheren Angestellten. Jedwede Änderung in der Lebensführung des oder der Einzelnen wurde registriert und wenn etwas auffällig war, wurden die Ursachen recherchiert. Zum Beispiel wenn jemand einen Pkw oder eine Immobilie kaufte, die dem Einkommen eigentlich nicht entsprach. Man kannte die Vorlieben und Laster der Mitarbeiter und Mitarbeiterinnen, deren Schulden, den Umgang mit Alkohol, Drogen, Medikamenten oder anderen Süchten. Man wusste, wann und warum sie zum Beispiel krankgeschrieben wurden – Lisa musste immer lächeln, wenn sie von der ärztlichen Schweigepflicht reden hörte oder von der Unverletzlichkeit der Wohnung, vom Verbot des Abhörens von Telefonen oder Computern. Das war reine Illusion, um nicht zu sagen reine Lüge, die aber auch von jeder Bundesregierung vehement aufrechterhalten wurde. Datenschutzbeauftragte waren vom Verfassungsschutz geschult, auch wenn das natürlich nicht auf den Fahnen der Fort- und Weiterbildungsinstitute für Datenschützer hervorprangte. Whistleblower hatten immer nur einen kleinen Ausschnitt der Wahrheit, die sie aufzudecken bemühten. Das System war durchaus mit denen der Terrororganisationen „afghanischer Taliban" oder „Islamischer Staat" vergleichbar: Jede Zelle des staatlichen Machtapparates ist vergleichsweise unabhängig, die Gewaltenteilung Legislative, Judikative und Exekutive[90] eher symbolisch, die Theorie des Staates umgrenzt eher den Aufgabenbereich als die Ausprägung der Macht. Die Hierarchien hierin sind zwar klar, vertikal und unmissverständlich für jedes Teil dieser Zelle. Dass der oberste Bewahrer einer Zelle zum Whistleblower werden könnte, ist aber eher unwahrscheinlich und bislang auch noch nie vorgekommen, weil auch jener ein Teil einer übergeordneten Zelle ist, die mit den Aufgaben und Inhalten der Zelle, die er oder sie selbst vertritt, erst einmal gar nichts zu tun hat. Jede Metazelle hat wiederum einen Metazellenbewahrer, der einer noch einmal übergeordneten Metazelle angehört. Es gibt keine Spinne im Netz, die das Netz kontrolliert, sondern viele Netze, die nur durch einen schmalen Grad verbunden sind, um die Bewegungen von der einen zur anderen Zelle zu transportieren.

Lisa war sich als Louisa darüber immer bewusst gewesen – und sie war weit davon entfernt, jemals eine Whistleblowerin zu werden. Das würden ihren eigenen Interessen diametral entgegenstehen. Deshalb kam ihr ein solcher oder ähnlicher Gedanke, ihren Job oder ihre Auftraggeber und Chefs infrage zu stellen, nicht in den Sinn. Sie war zwar nur ein kleines Rädchen in der Maschinerie, aber

---

[90] Gesetzgebung, Rechtsprechung und Verwaltung

sie war ein integrierter Teil davon. Ein Stück Familie, das sie innerlich immer vermisst hatte und bei der Stasi und nun beim Verfassungsschutz gefunden hatte. Dabei waren die Kolleginnen und Kollegen zum Beispiel der NSA, CIA, Mossad oder FSB keineswegs die bösen Feinde. Nein, im Gegenteil, sie waren zwar Konkurrenten, aber eher im sportlichen Sinne, die Brüder und Schwestern der anderen Familien, denen man gern ein Schnäppchen schlägt, aber keineswegs vernichten möchte.

Manchmal arbeitete man sogar zusammen, nicht nur, wenn es gemeinsame Feindbilder gab, sondern wenn, auch in den eigenen Staatsreihen, Feinde des Systems auftauchten.

Und nun sah sie sich einem Phänomen gegenübergestellt, das ihr zuvor niemals bewusst gewesen war. Dieser Hermann war nur ein Synonym dafür, wusste sie. Ihre Schwester Marie und die merkwürdigen Personen in deren Hintergrund machten ihr richtig Sorgen. Sie kannte die Feinde der Gesellschaft, früher waren es die dekadenten Kapitalisten, wie es hieß, aber alle, also auch ihre Stasi-Kollegen, wussten, dass es nur deshalb die bösen Kapitalisten waren, weil diese ihnen die Güter und Möglichkeiten vorenthielten, die sie selbst gerne hätten und durch ihre Stasi-Zugehörigkeit nun wenigstens ansatzweise ausleben konnte: persönlicher Luxus.

Nun im kapitalistischen Luxus angekommen, war die strategische Stoßrichtung erst einmal die Sicherung dieses Luxus, also die Bekämpfung von Systemfeinden, und dann natürlich die Mehrung dieses Luxus, der nur durch Aufstieg in der Hierarchie wirklich sicher möglich war. Und der Aufstieg in der Hierarchie hieß: Informationen sammeln, so viele wie möglich, über Personen und über andere Systeme.

Daran hatte sie sich immer gehalten. Louisa war in der Hierarchie dennoch eher langsam aufgestiegen, was sie ausschließlich mit ihrer Stasi-Vergangenheit in Verbindung brachte. Dennoch war sie als Abteilungsleiterin für das Senatswesen in einer recht hohen und gesicherten Position.

Die Schmarotzer der Gesellschaft interessierten sie nicht, oder nur dann, wenn sie auf sie traf, was sehr selten der Fall war. Die aktuelle Bedrohung war dennoch offenbar: Es kamen immer mehr Ausländer in ihre schöne Stadt Berlin. In der DDR waren es die Insektenfresser, die Vietnamesen, die hier eigentlich nicht hergehörten, heute waren es Zigeuner aus dem Balkan, die die Menschen beklauten, die Araber aller Couleur, die uns Frauen vergewaltigten, weil ihre eigenen so hässlich sind, dass sie sich verschleiern müssen und dann die vielen Neger, die unser Blut schänden.

Mit Vergnügen hat sie in den Jahren seit dem Mauerbau beobachtet, wie die westdeutsche Studentenbewegung eingeschlafen ist, wie die sogenannten Linken, die nichts, aber auch gar nichts mit ihrer PDS und der „Linken" zu tun hatte, ihre autonom genannte Intellektuellenbewegung zur Bedeutungslosigkeit verschwand. Die wirklichen Feinde saßen in der Regierung, hier in Berlin, wusste Louisa, eine butterweiche CDU und Kanzlerin Merkel, die die kulturellen Werte und zivilisatorischen Errungenschaften Deutschlands für kleines Geld verscherbelte und die Türen öffnete für Schmarotzer und religiöse Fanatiker, die die Frauen unterdrückten und unschuldige Menschen ermordeten. Das jüdische und saudiarabische Kapital würde die deutsche Wirtschaft unterwandern und die Chinesen würden die deutschen Fabriken aufkaufen, die einmal deutsche Wertarbeit geleistet hatten. Organisationen wie „Greenpeace", „Ärzte ohne Grenzen" oder „Transparency" würden von Ölbaronen aus den reichen arabischen Ländern finanziert und die sogenannten Grünen waren lächerliche Träumer.

Ein wenig neidisch schaute sie nach Dresden und Leipzig. Der neuen Bewegung „PEGIDA", also die „Patriotischen Europäer gegen die Islamisierung des Abendlandes" hätte sie sich auch gern angeschlossen, aber als Staatsbeamtin im Geheimdienst hätte sie sich höchstens dienstlich bei den Montagsdemos aufhalten können.

Hermann Müller und ihre Schwester Marie hatte sie bislang nicht zu den akuten Feinden gezählt, nun aber, wie sie herausbekommen hatte, befand sich unter der Gruppe nicht nur eine jüdische Schlampe aus Jerusalem, ein schwuler aber reicher Underdog aus England und nun auch noch ein schwarzer Kaffer, den sie aus dem Dschungel Dunkelafrikas geholt hatten.

Louisa hatte sich zwar dennoch in der Lage gefühlt, sich so weit zu verwandeln, dass sie sich dieser Herausforderung gestellt hätte. Ihr verzweifelter Versuch, ihre eigene, wenn auch entfernte Verwandtschaft als Sprungbrett zu nutzen, war nicht nur gescheitert, sondern eine Demütigung gewesen, die weder Lisa noch Louisa jemals erlebt hatten.

Louisa schwor sich, Lisa nun endgültig zu begraben. Sie würde sich von ihr nicht mehr einlullen lassen, sondern von nun an Stärke beweisen – und sich rächen, ein für alle Mal.

Marie würde sterben und ganz hinten in ihrem Hinterkopf glaubte sie eine sanfte, aber respekteinflößende Bassstimme zu hören: *Brav, meine Tochter!*

*

Yukete hatte Max auf die Bretter geschickt. Sein Tee hatte eine umgehende Wirkung und Max schien sogar dankbar zu ein, dass er in seinem Zustand nicht weiter gequält wurde – er quälte sich selbst am allermeisten.

Rolf sagte: „Lass mal gut sein, Yukete, ich kenne deinen Tee zur Genüge und benötige ihn heute nicht! Hab ja nun lange genug gelegen! Ich werde mich auch so schonen! Ich glaube, wir beide müssen reden. Max wird ja mindestens vier Stunden schlafen! Lass uns ins Restaurant gehen. Ich hab Hunger! Denn das Frühstück in der Klinik war, na, sagen wir mal, sehr überschaubar!"

„Okay", sagte Yukete, „der Tee kann auch warten bis heute Abend." Er nahm eine Mappe unter den Arm und mit der Bemerkung „Die Reste von Max' Attentat" gingen sie Richtung Aufzug.

Als sie am Empfang vorbei ins Restaurant gehen wollten, wurden sie aufgehalten. Der Tagesdienst, der nicht so recht im Bilde schien, hatte aber Rolf vom Vortag erkannt. „Herr Dr. Martens, bitte. Im Foyer wartet ein Herr von der Polizei auf Sie. Ich hab grad in der Suite von Herrn Dr. Behrends angerufen, dort meldet sich aber niemand!" Was Rolf und Yukete eher beruhigte.

„Okay, Danke, wir kümmern uns!"

Im Foyer des Hotels saß ein uniformierter Polizist mit einem großen schwarzen Rollkoffer an seiner Seite. Rolf stellte sich und Yukete vor und der Polizist sagte: „Eigentlich wollte ich Herrn Dr. Behrend sprechen. Ich benötige seine Unterschrift für's Protokoll. Und Sie sollte ich auch noch mal kurz nach dem Unfall befragen", sagte der Beamte, „jedenfalls, wenn Sie die Klinik verlassen hätten, äh verlassen haben, äh konnten."

„Ich bin ja nun offensichtlich hier, Herr Obermeister", Rolf kannte sich offenbar mit den Polizeirängen in der Schweiz aus. „Herr Behrend ist unpässlich. Das mit der Unterschrift müssen wir ein anderes Mal nachholen, aber ich kann ja das Protokoll an mich nehmen und wir werden es Ihnen faxen lassen, sobald seine Unterschrift erfolgt ist. Und mich können Sie jetzt gleich befragen, wenn es nicht zu viel Zeit in Anspruch nimmt, wir wollten nämlich grad ins Restaurant, einen Happen essen!"

„Ja, gut, Herr Dr. ... äh, nur ein paar Fragen." Der junge Polizist hatte dabei immer eher Yukete angeschaut, während er mit Rolf sprach. „... muss er dabei sein?"

„Hab schon verstanden, junger Mann", entgegnete Yukete. „Meine Seele ist nur halb so schwarz wie meine Haut. Aber ich geh schon mal eine Bestellung aufgeben. N' gutes Steak, Rolf?"

„Okay Yukete, du kennst ja meinen Geschmack – englisch!"

Rolf bestätigte die Angaben, die Max am Tag zuvor schon abgegeben hatte, jedenfalls soweit er sich überhaupt erinnerte, und das waren eigentlich nur ein paar Fragmente des Geschehens. Der Polizist gab sich aber offenbar zufrieden, die Sachlage hatte sich zwischenzeitlich ja auch soweit geklärt, dass offenbar ein Versagen der Bremsen am Lkw als unfallursächlich festgestellt worden war. Für die Versicherung übergab der Polizist die Protokoll- und Revier-Nummer und bat um Rück-Fax des Protokolls, sobald Herr Dr. Behrend dieses abgezeichnet hatte. Die Sache war damit erledigt.

„Und was ist nun mit meinem Aktenkoffer geschehen?"

„Exgüsi, hätt ich beinahe vergessen." Mit den Worten öffnete er den Rollkoffer neben sich und entnahm diesem einen ziemlich verbeulten und versenkten Aluminiumkoffer, den Rolf dennoch als den Seinen erkannte. „Die Kollegen von der Technik haben versucht ihn zu öffnen. Das wäre ihnen auch gelungen, sagten sie, wollten aber nicht riskieren, den Inhalt zu beschädigen. Man hätte dann die Polizei in Regress stellen können. Also kann ich Ihnen den Koffer nur so übergeben, wie wir ihn im ausgebrannten Anhänger gefunden haben. Bitte unterschreiben Sie mir, dass Sie diesen, unabhängig vom Zustand des Inhalts, wieder in Empfang genommen haben."

Rolf unterschrieb und transportierte den Koffer zum Empfang mit der Bitte diesen solange aufzubewahren, bis er im Restaurant sein, nun ein wenig spät gewordenes, Mittagessen zu sich genommen hatte.

Yukete hatte bestellt und das Essen kam fast gleichzeitig wie Rolf am Tisch an. Nach dem Essen sagte Yukete: „Ich habe die Papiere durchgeschaut, die Max noch hinterlassen hat. Offensichtlich hat er mit seinen Schnipselkünsten von hinten angefangen. Das meiste ist übern Jordan respektive Limmat, direkt im Zürcher See untergegangen. Übrig geblieben ist nur das erste Kapitel mit der Überschrift „Die Erkenntnis – Ministerium für erneuerbares Wissen" und ein Fragment des zweiten Kapitels mit der Überschrift „Die Elemente – Ministerium für Wasser, Boden, Energie". Kein Vorwort, kein Inhaltsverzeichnis! Entweder hat er beides zuvor ebenfalls zerbröselt oder es war weder das eine noch das andere dabei."

„Dieser Idiot, warum hat er das bloß gemacht?", sagte Rolf. „Ich könnte ihn treten und schütteln …"

„… ja, Rolf, wenn du nicht ein empathischer Psychotherapeut wärst, nicht wahr!", sagte Yukete nicht ohne einen gewissen zynischen, afrikanischen Unterton.

„Mensch, der Junge war einfach nur besoffen …!", murrte Rolf, wahrscheinlich auch aufgrund seiner noch immer lauernden Kopfschmerzen.

„Nein, Rolf, das allein war es nicht. Schau mal. Ich hab's noch in der Nacht aufgeschrieben, was Max mir im besoffenen Kopf gesagt hat …" und übergab Rolf einen DIN-A5-Zettel mit dem „Rundschreiben" des DOMs, und fügte hinzu, nachdem sich Rolf die elf Zeilen durchgelesen hatte: „Diese elf Zeilen sind identisch mit dem, was Ragna in dieser Nacht geträumt hat, wenn man denn von Träumen sprechen kann. Jedenfalls hat sie mir das heute Nacht bestätigt. Deshalb kommen die beiden hierher. Denn es gibt hier eine neue Qualität, wenn man's genau nimmt, zwei neue Qualitäten!"

„Lass mich raten", sagte nun Rolf nachdenklich. „Du bist hier, weil … der Druide dich gerufen hat?"

„Mbeete, Rolf, ja. Das hat er. Das erste Mal, dass ich nun wirklich bestätigen kann, dass Ragna und Marie nicht etwas fantasiert haben mit ihren Aussagen über die Druidin. Ich wollte es erst nicht glauben, hatte dann aber keine Wahl. Mbeete hat mir bewiesen, dass er existent ist, Rolf."

„Wie hat er das gemacht?", fragte Rolf spontan.

„Lange Geschichte, Rolf, hat mit meiner Familie zu tun. Ist aber ja auch überflüssig. Die Tatsachen sprechen für sich! Ich bin hier, weil mein Job hätte sein sollen, Max aufzuhalten. Das ist mir leider nicht gelungen. Aber woher sollte ich wohl sonst wissen können, dass Max in einer betrunkenen Endlosschleife psychotische Anwandlungen bekommt?"

„Ja klar, Yukete. Das ist eigentlich Beweis genug. Und was ist die zweite Qualität? Die kann ich beim besten Willen nicht erraten?!"

„Dass der DOM jetzt endgültig initiativ geworden ist, Rolf. Das war bislang nur ein einziges Mal der Fall, nämlich am 3. Juni 1967 gegenüber Ragna und Max. Und beide Empfänger für den DOM, wenn man so will, sind nun wieder von ihm konsultiert worden. Das ist mehr als merkwürdig."

„Mhm, Mhm", machte Rolf. „Diese Tatsache müssten wir dann eigentlich auch mit dem Druiden oder Mbeete diskutieren, findest du nicht auch?"

„Da hast du völlig recht, lieber Rolf, aber leider habe ich weder seine Telefonnummer, seine Mailadresse, noch ein Fax oder seine Postanschrift. Keine Ahnung, wie ich ihn erreichen soll. Von daher sollten wir das Ganze erst einmal mit Ragna und Marie besprechen, denn die muss ich in", Yukete schaute zur Uhr, „knapp eineinhalb Stunden vom Flugplatz abholen."

„Na schön, dann haben wir noch ein wenig Zeit, uns den Koffer anzuschauen!"

„Welchen Koffer?", fragte Yukete.

„Na den mit der Liste, hatte ich das nicht gesagt? Jedenfalls wenn von der Liste noch etwas übrig sein sollte", entgegnete Rolf.

Nach mehreren Versuchen gaben sie mit dem gleichen Ergebnis auf, wie die Polizeitechniker: Würden sie mit Gewalt den Koffer öffnen, war die Liste in Gefahr beschädigt zu werden. Hier mussten Spezialisten ran, waren sie sich einig. Der Koffer musste warten, bis sie wieder in Berlin waren.

„Und nun darfst du mir einen deiner Tees mixen, Yukete." Rolfs Kopfschmerzen waren mittlerweile unerträglich geworden. „Aber bitte mit einer reduzierten Dosierung. Ich will nicht den ganzen restlichen Tag weggetreten sein!"

*

Nachdem Hermann am Montag Feierabend gemacht hatte, es war später geworden, als er geglaubt hatte, setzte er sich in sein gemütliches Wohnzimmer, öffnete eine Flasche Trollinger mit Lemberger und goss sich ein Glas Rotwein ein.

Nachdem er seine Erfolgsstory aus Lüneburg an Marchellina weitergegeben hatte, war er wieder seiner Alltagsbeschäftigung nachgegangen, die ihn voll in Anspruch nahm. Als er dann Marchellinas Stimme am Telefon zum dritten Mal an diesem Tag vernommen hatte, war er kaum noch richtig konzentriert. Marchellina berichtete, dass sich Lisa Ebert gemeldet hatte, um ihren Großonkel zu sprechen. Marchellina erzählte, dass sie Louisa hatte abblitzen lassen. Am Nachmittag dachte er nur, dass Marchellina das gut gemacht hatte und arbeitete weiter.

Nun am Abend war er sich nicht mehr ganz so sicher. Er wurde immer unruhiger, und wusste nicht so recht warum.

Wenn du schon nicht an mich glauben willst, du Sturkopf Hermann Müller, dann musst du mich eben spüren!

Also telefonierte er zum vierten Mal mit Marchellina und ließ sich den genauen Wortlaut des Telefonats mit Lousia Ebelt von Marchellina vorbeten.

„Warum willst du das so genau wissen?", fragte Marchellina.

„Ich weiß es nicht, Marchellina. Irgendetwas sagt mir, dass Louisa das nicht wird stehen lassen können! Und ich muss herausbekommen, was sie nun vorhat."

Irgendetwas?? Du bist ein Ignorant, Hermann.

Hermann wollte schon auflegen, da sagte Marchellina noch: „Stopp, Hermann, warte noch. Ich weiß nicht, ob das wichtig ist, aber sie hat sich mit Lisa Ebert gemeldet. Klar, vielleicht, als Louisa Ebelt hätte sie ja wohl kaum ihren Großonkel sprechen wollen, aber sie sprach ihren Namen irgendwie so, wie soll ich sagen, weich, vielleicht, ein wenig leidend aus. Ich kenne sie ja nicht, aber sie war keineswegs fordernd oder irgendwie frech, so wie ihr sie mir beschrieben habt."

Das passte, fand Hermann, nachdem sie das Gespräch beendet hatten und er wünschte, dass Rolf nun anwesend wäre. Hermann hatte einen Verdacht. Und dieser Verdacht könnte eine sehr gefährliche Note haben, einen Beigeschmack, der kaum wirklich berechenbar war.

Dennoch musste er Rolfs Einschätzung abwarten, denn merkwürdigerweise ging er nicht ans Telefon.

Hermann würde von nun an den Spieß umdrehen. Er würde Louisa Ebelt von jetzt an genau beobachten, ganz genau. Und dafür benötigte er nicht nur ein paar „Instrumente", die er allerdings nur von seinem Büro aus besorgen konnte, sondern auch noch mehr Informationen. Also setzte er sich an seinen Rechner und legte los, alle seine Netzwerke zu aktivieren.

Morgens um vier war das Profil fertig und allein das ergab, was er vermutet, nein befürchtet hatte. Er fand nicht nur ein Profil der Louisa Ebelt, sondern eine ganze Reihe von Rollen, in die sie schlüpfen konnte, und eine Identität als Lisa Ebert, was immer das auch bedeuten mochte.

Und nun war er sehr, sehr müde!

*

Max war aufgewacht. Er hatte tief und traumlos geschlafen, was ihn erst einmal erfreute, denn er fühlte sich körperlich frischer, als er nach seiner Alkoholeskapade erwartet hatte. Gleichzeitig holte ihn die Erinnerung ein. Was hatte er getan …? War Rolf …?, nein, Rolf musste es gut gehen. Er hatte ihn aus der Gefahrenzone weggezogen und in die Klinik gebracht. Gehirnerschütterung. Er würde heute entlassen werden. Max hatte die Klinik verlassen, nachdem er sich überzeugt hatte, dass Rolf nichts Schlimmeres passiert war, und war mit dem Koffer per Taxi ins Hotel gefahren. Er hatte im Restaurant gegessen, dazu Wein getrunken. Dann war er in die Suite gegangen, hatte den Koffer geöffnet und in Friedrich Eberts Manifest gestöbert.

Nein, fiel Max ein. Da hatte er schon den zweiten Whiskey in der Hand und kurz darauf den dritten. Max wusste, dass er angefangen hatte zu lesen, aber dann verschwamm allmählich die Erinnerung. Der DOM war zurückgekehrt?! War er das? Die Erinnerung verschlang die Nächte. Die Endlosschleife, sie kam schon in Berlin, schon bevor sie das Manuskript in den Händen hielten. War sie wiedererschienen? Max wusste es nicht und fast hätte er sich die elf Zeilen noch einmal vorgesagt. Aber er stoppte. Nein, das durfte er nicht, es würde sich wiederholen, immer wieder, immer wieder.

In dem Moment klopfte es an der Tür und noch bevor er „Herein" rufen konnte, stürmte Ragna auf ihn zu. Wo kommt die denn her?, dachte er noch und dann wurde er verschlungen, jedenfalls fühlte es sich so an.

*

Yukete, Ragna und Marie nahmen im Hotel erst einmal ihre Zimmer in Augenschein. Yukete überließ bis zum Abendessen den Damen das Feld; er selbst würde sich zwei Stunden hinlegen müssen. Die letzte Nacht forderte ihren Tribut. Er benötigte seinen eigenen Tee nicht.

Nachdem Marie und Ragna eine Münze geworfen hatten, wer auf welcher Seite des Hochzeitsnachtbettes schlafen würde, und sich im Bad kurz frisch gemacht hatten, suchten sie Max' Suite auf. Yukete hatte ihnen die Schließkarte besorgt und ihnen gesagt, wann ungefähr Max aufwachen würde. Rolf war noch immer dem afrikanischen Tee erlegen und würde das auch noch eine Stunde lang bleiben, wusste aber, dass der Treffpunkt der kleinen Gruppe nun gewohnheitsmäßig Max' Suite war, weil sie am meisten Platz vorwies.

Die Frauen ahnten, wie es Max nun gehen würde. Das schlechte Gewissen würde ihn wahrscheinlich völlig handlungsunfähig machen. Ihre Aufgabe war es nun, Max soweit emotional wieder zu stabilisieren, dass er seelisch nicht abdriftete. Das trauten sie sich auch ohne den Therapeuten Rolf zu, würden ihn aber benötigen, damit Max prophylaktisch lernen würde, mit solchen Angriffen des DOMs in Zukunft umzugehen. Marie und Ragna hatten dafür ihr eigenes System gefunden, das wusste Max sicherlich auch, aber er brauchte „das Rad nicht neu erfinden". Sowohl Ragna als auch Marie würden ihm ein paar praktische Tricks beibringen, den DOM abzuwehren. Rolf würde die Techniken verfeinern und kontrollierbar machen. Sie hatten einen langen Abend in Zürich vor sich.

Als Rolf erwachte, waren seine Kopfschmerzen verschwunden. Rolf kannte Yuketes Tees und man konnte sich auf seine Mischung verlassen. Es war kein großes Geheimnis, wie er wusste. Yukete hatte ihm die Zutaten gezeigt und aufgelistet. Es waren ein paar afrikanische Dschungelkräuter darunter, wie zum Beispiel Babaganush, Chakalaka, Zahtar oder Zhag, aber auch ein paar aus der TCM[91],

---

[91] Traditionelle Chinesische Medizin

wie Sumach, Ginseng, Rhizoma oder Astragali und ganz und gar europäische, wie Eisenhut, Blutweiderich, Eibe oder Alraune. Letztere hatte er durch seinen „fachlichen" Austausch mit Marie noch sehr ergebnisorientiert verfeinert.

Dann schaute Rolf auf sein Handy, das er in der Klinik ausschalten musste und noch nicht daran gedacht hatte, es wieder einzuschalten. Neben Ragna und Maries Anrufen, die sich ja nun erledigt hatten, war aber auch Hermanns Nummer auf der Anruferliste. Er rief ihn zurück und beide tauschten die aktuellen Neuigkeiten aus Zürich, Berlin und Hamburg aus. Das musste natürlich nur in Kurzform geschehen, aber sie vereinbarten, dass sie auf jeden Fall am kommenden Wochenende eine längere Aussprache aller Akteure durchführen mussten. Es schien sich ja nun irgendeine Struktur abzuzeichnen in den Wirren der ganzen Visionen der letzten drei Wochen.

„Heinrich Jaenecke und Marchellina da Silva haben uns übrigens eingeladen, fürs kommende Wochenende, 11. bis 13. April, einschließlich Kost und Logis. Ich kann euch versichern, dort ist ausreichend Platz für uns alle! Besprich das mit den ANDEREN!"

Als zwei Stunden später auch Yukete im Appartement von Max erschien, war die große Aufregung bereits soweit vorbei. Max schien begriffen zu haben, dass er selbst nur bedingt verantwortlich war für das, was geschehen war. Der DOM hatte versucht, von ihm Besitz zu ergreifen.

„Und das ist ihm nicht gelungen", betonte Rolf, „denn Max hat mein Leben gerettet, statt es auf dem Scheiterhaufen des DOMs zu drapieren. Du konntest also schon da der Manipulation deines äußeren Cortex entgegengetreten. Und dann hast du einen dummen Fehler gemacht! Du hast versucht, dich bewusstlos zu trinken, damit der DOM seine Manipulationsversuche nicht fortsetzen kann und hast damit genau das Gegenteil erreicht."

„Ich denke, das wird dir in Zukunft nicht mehr passieren, Max!", merkte Marie an.

„Ganz gewiss nicht", antwortete Max, nun doch entlastet in seiner Gewissensbildung. „Aber dennoch habe ich nun einen nicht wiedergutzumachenden Schaden verursacht. Das tut mir aufrichtig leid!"

„Okay", übernahm Yukete nun die Moderation. „Lasst uns kurz den Schaden betrachten, und eine kleine Inventur durchführen ... ähem, ich glaube, ich muss mit einer Negativ-Inventur beginnen ..."

„Du ...", kam es wie ein Chor.

„Ja, Leute, ich bin einfach pleite und kann morgen mein Hotelzimmer nicht mehr bezahlen. Als ich den Mietwagen abholte, hat meine Kreditkarte den

Dienst verweigert, sodass ich meine Barschaften zusammenkratzen musste. Und für die Mietkaution musste ich meinen Ausweis hinterlassen, den ich heute oder morgen einlösen muss. Dafür brauche ich 500 Euro, die wir dann aber in Berlin zurückbekommen, jedenfalls nach Abzug aller Kosten und Mietgebühren. Vielleicht kann mir eine oder einer von euch einen kleinen Kredit zukommen lassen. Ich zahle ihn zurück, vielleicht in Raten, wenn das geht."

Nun wurde Max energisch: „Das kann doch nicht wahr sein! Du brichst deinen Urlaub ab, du gibst dein letztes Geld aus, um mich zu retten und jetzt bettelst du um einen Kredit. Das kommt überhaupt nicht infrage, mal ganz abgesehen von einer Ratenzahlung!"

Alle schauten Max etwas konsterniert an, sie wussten nicht, ob er das ernst oder spaßig meinte.

„Ich habe schon seit einer Woche darüber nachgedacht – und wollte es euch sagen, wenn alle wieder zusammenkommen. Aber okay, dann eben jetzt. Ich habe eine Stiftung gegründet. Sie heißt, wie kann es auch anders sein, Richard-Hanewein-Stiftung. Obwohl es natürlich auch andere Namensoptionen gegeben hätte. Friedrich Ebert-Stiftung kam nicht infrage, gibt's schließlich schon und ist parteipolitisch an die SPD angegliedert. Ich hätte sie auch Alice-McGraw-Stiftung nennen können, aber dann wären die anderen, also Richards Frau Francine, Alice Fliegeroffizier Alexander und auch jener Kommunist mit dem Namen Arthur Wachsmeier, ungerecht unerwähnt geblieben. Nein, ich war davon ausgegangen, dass ihr mit Hanewein als Namensgeber einverstanden wäret, zumal dieser ja eigentlich die ganze Lawine erst ins Rollen gebracht hat ..."

„Ja, schon", sagte Ragna, „aber was soll die Stiftung bewegen, was ist der Stiftungszweck, den hast du doch notariell angeben müssen?!"

„Stiftung zur Verhinderung von Faschismus, Rassen- und Minderheitendiskriminierung und die Umsetzung von Humanität und Gleichbehandlung von Männern und Frauen, homo- und heterosexuellen Menschen und der Schutz und die Partizipation von Minderheiten in allen Staaten der Erde." Vielleicht war ich zu bescheiden in meiner Formulierung, aber wenn ihr wollt, können wir das noch ein wenig ausformulieren!"

Alle waren nicht nur ziemlich erstaunt, sondern mussten nun doch schmunzeln.

„Und diese Stiftung borgt mir nun 500 Euro?", fragte Yukete pragmatisch.

„Kommt gar nicht infrage! Für die Stiftung ist ein Konto bei der Bank für Sozialwirtschaft in Berlin eingerichtet und eine Einlage von einer Million EURO, erst einmal jedenfalls. Ich beabsichtige, dafür ein paar Sponsoren aufzutreiben, die mit der einen oder anderen Million, oder vielleicht auch nur mit ein paar Tausend nachhelfen. Und, Yukete, nein, die Stiftung gibt keine Kredite für schwarze, mittellose Studenten. Für Studentenkredite ist das Goethe-Institut der Bundesregierung verantwortlich."

Marie lachte herzlich. „Ich wette, jetzt holt er die Trüffeln aus der Erde."

„Na ja, noch nicht sofort. Aber morgen oder übermorgen in Berlin muss jeder von euch in die Schöneberger Filiale der Bank für Sozialwirtschaft, denn dort liegen eure Mastercards parat – ihr braucht nur unterzeichnen und könnt dann eure Kosten davon ausgleichen, die ihr habt. Auch die aus der Vergangenheit, also der letzten drei Wochen, seit wir, aus welchem Grund auch immer, ein Team bilden. Es gibt übrigens kein Limit – und ich werde Hermann von der Senatsverwaltung als Stiftungsdirektor abwerben. Ich bitte euch, mir dabei zu helfen. Er braucht ja nur etwas früher in Pension gehen und kann dann ein ordentliches Direktorengehalt, sozusagen als Rentennebenjob, einstreichen. Aber ich weiß natürlich, dass das für Hermann keine Motivation darstellt."

Nachdem die Finanzfrage nun also geklärt war, Ragna eine weitere Einlage von 200.000 Euro zusagte und Max zusicherte, dass er bis zur Kartenausgabe in Vorleistung treten würde. Yukete sollte noch am gleichen Abend seinen Pass einlösen.

Die eher dramatische Inventur lag aber nun noch vor ihnen. Sie beschlossen, im Hotel einen gesonderten Raum anzumieten, der es erlaubte, eine gute Mahlzeit einzunehmen und die Papiere zu sichten, die übrig geblieben waren.

Yukete stellte sachlich fest, dass von den eintausendeinhundertachtundsechzig Seiten schon einmal knappe hundert gefehlt hatten, das Vorwort. „Aber das ist uns tatsächlich im Original erhalten, weil Hermann es im Lüneburger Archiv gefunden hat. Das gleiche gilt für das Inhaltsverzeichnis!"

Es verblieben exakt einhundertzwölf Seiten: „Die Erkenntnis – Ministerium für erneuerbares Wissen" und ein Fragment des zweiten Kapitels mit der Überschrift „Die Elemente – Ministerium für Wasser, Boden, Energie".

Yukete hatte den Hotelempfang beauftragt, erst einmal fünf Kopien der Seiten zu erstellen, sodass jede/r ein Exemplar erhielt.

„Ich hab's schon durchgelesen und ich kann euch sagen, es ist explosiv. Aber wir sollten auf die Inhalte erst eingehen, wenn es alle gelesen haben, also auch Hermann, Marchellina und vielleicht auch Heinrich Jaenecke!", stellte Yukete fest.

„Apropos Marchellina und Heinrich. Sie haben uns zum nächsten Wochenende nach Hamburg eingeladen, ich hab vorhin mit Hermann telefoniert. Seid ihr dabei?"

Die Meinung war einhellig, keine und keiner hatte noch andere Prioritäten, sodass Rolf noch ergänzte: „… und er hatte drastische Neuigkeiten von deiner Schwester, Marie. Und von Marco Hanewein. Aber vielleicht sollte er es euch selbst berichten …?!"

Was gar nicht infrage kam. Also musste Rolf erst einmal außer der Reihe der Inventur von den Aktivitäten in Hamburg und Berlin berichten.

Alle waren sich einig, dass sich die Geschehnisse überschlugen und Yukete wurde noch nachdenklicher, was alle wahrnahmen.

Aber bevor sie ihn befragten, betrachteten sie erst einmal den Koffer, in dem sich eine Liste befand, die bisher nur Rolf durchgeblättert hatte. Auch diese kleine Gruppe war sich einig: Dieser Koffer gehörte in die Hände eines Fachmannes, um den Inhalt nicht zu gefährden.

Rolf schilderte seinen ersten Eindruck: „Also, wenn ich das richtig gesehen habe, ist das eine Liste der ‚Lagerkinder', so jedenfalls war die Überschrift, also um genau zu sein ‚Kinder der Lager'. Es gab mehrere Spalten, und wenn ich es richtig in Erinnerung habe, waren dort Länder, Städte und Namen aufgeführt, und zwar Vornamen, offensichtlich in der Sprache der Länder mit dem Nachnamen Hanewein. Und dann, da bin ich mir nicht ganz sicher, auch irgendein Datum, vielleicht die Ankunft in diesem Land und vielleicht auch ein oder manchmal auch mehrere weitere Name in jeweils einer Zeile, die dann aber breiter war, wenn mehrere Namen untereinanderstanden. Das war's. Ich hab natürlich nicht damit gerechnet, dass dieser Unfall passieren würde. Daher hab ich die Daten selbst nur fragmentarisch in Erinnerung."

Sie wurden sich einig, erst einmal abzuwarten, was das Ergebnis der fachmännischen Öffnung bringen würde. Rolf übernahm die Durchführung dann in Berlin.

„Nun, Yukete, du hast was auf der Seele", sagte Marie sanft.

„Ja, ich hab's Rolf schon gesagt", begann Yukete. „Dass Mbeete mich das erste Mal direkt kontaktiert hat, ist selbstredend, denn sonst wäre ich gar nicht hier. Aber für mich war das natürlich eine besondere Erfahrung und ich frage mich, wo er jetzt steckt?!"

Marie antwortete ihm, schließlich kannte sie ihn am besten: „Er beobachtet uns, Yukete. Er mischt sich nur ein, wenn es gar nicht anders geht. Aber man und auch frau kann sich auf sie verlassen, also ich meine die Druidin oder die Mbeete. Aber: Willkommen im Club."

Rolf war kein bisschen neidisch. „Ich kann auf eine Begegnung verzichten!"
„Da hast du völlig recht, Rolf", mischte sich Ragna ein. „Wenn sie da ist, hast du erst einmal ein paar Fehlentscheidungen hinter dir, die revidiert werden müssen, jedenfalls war es bei mir so. Also, sei froh, dass du bisher offenbar alles richtig gemacht hast, lieber Cousin dritten oder vierten Grades!"
„Okay", fuhr Yukete fort, „dennoch habe ich diesen Kontakt keineswegs dramatisch empfunden und Mbeete hat mir auch nicht gesagt, was ich alles für einen Mist gebaut habe. Aber vielleicht kommt das ja noch. Wichtiger finde ich eine andere Tatsache!"
„Ich glaube ich weiß, was du meinst, Yukete, aber sag's, damit wir alle wissen, was auf uns zukommen kann!", sagte Marie leise.
„Der DOM hat am 3. Juni 1967 das bislang einzige Mal Kontakt aufgenommen, und zwar, jedenfalls soweit wir wissen, ausschließlich zu Ragna und Max. Das ist nun Sonntagnacht bei Max und Montagnacht bei Ragna das zweite Mal geschehen, mit fast den gleichen Worten wie 1967, nur sozusagen der Zeit und dem Anlass angepasst. Außerdem zeitlich versetzt, was von einer strategischen Grundüberlegung zeugt. Also, was ich sagen will ist, dass der DOM initiativ geworden ist und zwar nicht durch den/die Druidin, nicht durch Mbeete, sondern unabhängig von ihr oder ihm. Ich hätte gern gewusst, wie er dazu steht. Aber ich weiß nicht, wie ich Kontakt aufnehmen soll!"
„Das wissen wir auch nicht", entgegnete Ragna. „... und ich glaube, dass du nicht korrekt formuliert hast. Die Druidin ist und war niemals das Sprachrohr des DOMs. Sie hat es immer wieder betont. Sie hat wörtlich gesagt: „Ich bin das Produkt des DOMs, die Kompensation und die Sublimation des Zeitenspruchs der Geschichte." Anders ausgedrückt: Mbeete ist zeitlich, daher kann er oder sie Kontakt aufnehmen. Der DOM kann das nicht. Er kann offenbar nur stempeln, eine Visitenkarte abgeben, vielleicht einen Flyer, der aussagt, welche Ziele er verfolgt sehen will. Aber er selbst schaltet sich nicht wirklich ein. Es war deine und meine Psyche, die auf ihn reagiert haben, nicht unser soziales Wesen. Wir haben keine Beziehung zu ihm, du nicht und ich auch nicht!"
„Du hast sicherlich recht, Ragna", schränkte Rolf ein, „Fakt ist, und da gebe ich Yukete recht: Der DOM hat irgendetwas vor. Und nun scheiden offenbar Ragna und Max als Instrumente aus. Denn beide, ebenso wie Marie, wissen sich vor ihm abzuschotten. Und Yukete und ich wissen das nun auch. Wir werden Hermann, Marchellina und Heinrich darauf vorbereiten müssen, auch wenn ich nicht glaube, dass sie betroffen sein werden."
„Wir müssen aufpassen, liebe Leute", schloss Ragna die Diskussion ab. „Wenn

wir Menschen mit ins Boot holen, dann haben sie bestimmte Charaktereigenschaften. Egal wie man sie differenzieren mag, diese Eigenschaften zeichnet sie als Subjekte aus. Und die Objektivität lässt sich von einzelnen Subjekten nicht den Rang ablaufen!"

Kapitel sechzehn sind Lisa Eberts Waffen

Louisa standen alle Möglichkeiten zur Verfügung, das war ihr klar. Vor allem die CIA war in Sachen Waffenforschung allen anderen Diensten und Staaten voraus.

All ihre Gedanken kreisten derzeit um ihre Rache. Anfangs hatte sie diesen Gedanken vermieden, mittlerweile musste sie sich aber selbst eingestehen, dass Marie für alles herhielt, was ihr entgangen war: Emotion, reine Gefühle, Wärme, Geborgenheit und Klarheit der Weltsicht. Theoretisch waren Louisa Humanismus, Empathie und Liebe bekannt. Sie hatte sich geschult, sich entsprechend zu verhalten, Signale an ihre Umwelt zu senden, die unmissverständlich nett gemeint waren, im Interesse und Solidarität der sie begegnenden Menschen. In ihrem Innern hielt sie das Ganze für dummes Zeug, nicht durchdacht, weil es immer irgendwelche Grübeleien oder Leiden zur Folge haben konnte, und vor allem nicht echt. Sie glaubte, der Mensch sei dafür gemacht zu überleben, seine Interessen zu wahren, sich allein durch's Leben zu kämpfen, um irgendwann den großen Mammut zu erlegen. Zwar konnte es sein, dass man sich zwischendurch totstellen oder das Weite suchen musste, aber Louisa wusste unwiderruflich, und das hat sie ihr Leben lang lernen müssen: Ziele erreicht man nur durch den Kampf und kämpfen bedeutet eben auch Risiken eingehen, denn ohne Risiken gibt es keinerlei Erfolg.

Bezeichnenderweise bekam sie selten die gleichen Gefühle zurück, die sie den anderen glaubte perfekt vorgeführt zu haben, außer vielleicht bei ihren AgentenkollegInnen. Diese waren meist in der gleichen Position und in den unterschiedlichsten sozialen Rollen. Sie spielten ihr Spiel, sie waren auf der Bühne des Spionagelebens und hatten alle Nase lang eine neue Rolle einzunehmen, selbstredend zielführend im Interesse der Menschen ihres Staates, ihrer Nation. Trotz Konkurrenz verband sie das und rein privat war man eine Gemeinschaft; man traf sich zum Bier in der Kneipe, im Sommer zum Grillen im Park und hin und wieder sogar zu gemeinsamen Kulturerlebnissen. Im Dienst passte keine Briefmarke zwischen ihre Interessen, im Privaten waren die Tore weit offen: Man half sich gegenseitig, tröstete sich sogar hin und wieder bei Misserfolgen, sogar wenn der Tröster auch der Verursacher war.

Und gegen Dritte war man eins. Dritte waren vor allem diejenigen, die das System, die Struktur hinterfragten oder gar überflüssig fanden, abschaffen wollten. Die Menschen in diesem Job glaubten bedingungslos an die Hierarchien, an die Familien auf den unterschiedlichen Strukturebenen. Hin und wieder wechselte man von der einen in die andere Familie. Louisa war zweimal gewechselt, von der Stasi und FSB-Familie mit all ihren sowjetischen Ablegern in die Internationale, in der die NSA, der Mossad, MI Six, MAD BND, CIA und der SDECE[92] wesentliche Rollen spielten. Die Kollegen vom CIA hatte sie bei ihrem ausbildungsbedingten Abstecher in die Auslandsspionage des Markus Wolff kennengelernt und die Kontakte nie abreißen lassen. Neben der NSA war auch die CIA für den Inlandgeheimdienst, vor allem in Deutschland, sehr von Nutzen.

Und diese Verbindungen kamen ihr nun zugute. Sie hatte ihre private Hardware und Software von Kollegen der NSA einrichten lassen. Sie konnte sich also zu einem hohen Wahrscheinlichkeitsgrad darauf verlassen, dass die Firewall nur von denen überwunden werden konnte, die sich mit den Systemen der NSA-Genies auskannten. In Deutschland war das niemand, soweit sie wusste. Ihre dienstlichen Extra- und Intranetze entsprachen natürlich den Standards des deutschen Geheimdienstes und waren eher veraltet, so veraltet, dass ein Hermann Müller in der Lage gewesen war, ihren Code zu knacken. Das würde ihm und auch keinem anderen, der Polizei nicht zum Beispiel oder ihren eigenen Kollegen vom Verfassungsschutz, bei ihrem privaten Rechner gelingen. Auch wenn sie bezweifelte, dass jener Hermann Müller dies überhaupt versuchen würde; er hatte ja gar keinen Anlass dazu. Er hatte sie abgespeist mit Nichtigkeiten, er hatte ihr einen Korb gegeben, verhindert, ihrer eigenen Schwester zu folgen.

Sie redete sich ein, dass sie ein echtes Interesse gehabt hatte, dass sie bereit war, an dem Termin mit den Bürgermeistern teilzunehmen, um sich neu zu orientieren, sich einer Bewegung anzuschließen, die neue Wege gehen wollte. Welche, wusste sie allerdings nicht. Aber das war auch erst einmal nicht wichtig, beim Gespräch an der Spitze Berlins würde es offenbar werden und dann ...

Louisa konzentrierte sich darauf, dass dieses Gespräch niemals stattfinden würde, jedenfalls nicht ohne sie. Am liebsten würde sie die ganze Gruppe ausschalten, aber sie wusste, dass das unmöglich war, oder jedenfalls nicht zielführend. Ihre Strategie war eher darauf ausgerichtet, Marie auszuschalten und dann quasi den Platz ihrer Schwester einzunehmen.

Eigentlich hatte sie vor, den anderen Teil ihrer Familie auf ihre Seite zu bringen, aber Heinrich Jaenecke war offenbar der Manipulationen dieser Marchellina

---

[92] Französischer Geheimdienst: Service de Documentation Extérieur et de Contre-Espionage

da Silva ausgeliefert. Woher diese Person auch immer ihre Macht hervorgebracht hat. Aber Louisa konnte es sich vorstellen. Sie hatte wahrscheinlich ähnliche Strategien angewendet, wie sie selbst es getan hätte. Marchellina da Silva war ihr wahrscheinlich einfach nur zuvorgekommen. Louisa dachte, auch sie auszuschalten, aber das würde sie nur langfristig weiterbringen, denn in der Folge musste sie ja den greisen und wahrscheinlich dementen Heinrich Jaenecke auf ihre Seite bringen. Und der kannte sie schließlich kaum. Nein, Sophie, oder Marie, wie sie sich heute nannte, hatte oberste Priorität. Und das musste bald passieren. Schließlich benötigte sie anschließend noch Zeit um sich in die Gruppe der ANDEREN einzufinden, sie zu unterwandern und letztlich zu beherrschen, um am 3. Juni 2016 eine respektable Sprecherin der Gruppe zu werden.

Bei der Durchsicht ihrer Möglichkeiten hatte sie eine Vorselektion vorgenommen. Ein direkter Tötungsakt kam nicht infrage. Sophie gegenüberzutreten, sie zu erschießen, erstechen, erdrosseln oder sonst wie direkt körperlich niederzumachen, schloss sie aus. Nicht nur, weil die Aufklärungswahrscheinlichkeit sehr hoch war, sondern weil Louisa sich davor ekelte, sich mit Blut zu besudeln oder dem Tod direkt gegenübertreten zu müssen. Nein, Sophies Tod musste indirekt passieren, nicht durch ihre Hand, sondern durch ein anderes Medium. Gift kam natürlich infrage, oder Elektrizität, vielleicht sogar Plutonium oder ein Unfall, vielleicht mit dem Pkw, aber das schied aus, weil Marie keinen Führerschein besaß, wie Louisa wusste.

Sie hatte eine ganze Reihe von Möglichkeiten, die ihr die Tötungsmaschinerie der CIA zur Verfügung stellen konnte, durchgespielt und war immer wieder erstaunt, welche Energien die Amerikaner aufbrachten, um neue Waffen zu finden, oder anders ausgedrückt, Gegenstände oder Materialien so umzuwidmen, dass sie statt ein Segen, ein Martyrium der Menschen wurden.

Da unterschieden sie sich nicht nur von den Nazis nicht, die in dieser Beziehung bei Weitem perverser in ihrer Fantasie waren, wenn man mal an die Menschenversuche eines Dr. Mengele oder Dr. Eisele dachte, aber die Amis hatten durchaus auch deren Erkenntnisse nicht nur in ihr Repertoire aufgenommen, sondern weiterentwickelt. *Zyklon B* zum Beispiel, das die Nazis zur Vergasung der Juden in Auschwitz verwendet hatten, war nun ein effektives, fast sauberes Kampfgas, das schmerzlos aber sofort tötete.

Leider konnte man es im Körper der Toten noch immer nachweisen und kam daher für Louisa nicht infrage.

Nach langem Suchen fand sie, was ideal war für ihre Ansprüche. Es handelte sich ebenfalls um ein Gas, das aber auf keinen Fall nachweisbar war, weder in den getöteten Körpern, noch in den Räumen, wo es angewendet wurde: Bisoprololhemifumarat.

Bisoprolol hatte sie mal gehört, ein Kollege musste das täglich schlucken, weil er unter einer koronaren Herzerkrankung litt. Ihr wurde aber schnell klar, warum dieses Medikament gasförmig ein tödliches Gift werden konnte: Bisoprolol bewirkt eine Senkung des Blutdrucks, würde man dieses Medikament nun konzentriert einem Menschen über einen längeren Zeitraum, die Amis sprachen hier von zwei bis drei Stunden, aussetzen, würde jedes Herz irgendwann innerhalb dieses Zeitraums schlappmachen. Außerdem hatten die Amis das Präparat soweit aufgepuscht, dass es weder im Körper noch im Raum nachweisbar war, weil es sich nach wenigen Stunden substanzlos verflüchtigte. Herzversagen und Schluss.

Die Frage war nun also nur noch die praktische Umsetzung. Es taugte übrigens nicht für eine Gruppentötung, weil das Gas unterschiedlich auf die Individuen wirkte, der eine kackte früher ab, der andere später, fand Louisa heraus. Louisa fand das schade, sah aber ein, dass dann die später eingewirkten Opfer die früheren retten würden und nichts war gewonnen. Also, wie schon zuvor beschlossen, blieb sie bei Sophie/Marie. Sie würde an Herzversagen sterben und niemand würde irgendetwas ahnen oder vermuten und sie, Louisa, könnte, wie Olysseus (oder wie der nun hieß) aus der Asche Maries Platz einnehmen.

So jedenfalls stellte sie sich das vor und brauchte nur noch zwei bis drei Stunden Zeit, um Marie das Gas zu servieren. In der praktischen Umsetzung war es natürlich nicht ganz so einfach. Das Gas gab es in verschiedenen Versionen, in stählernen Gasflaschen in mehreren Größen, aber auch als Granaten, die man zünden konnte, auch mit Zeituhren versehen. Nachteil war hier, dass man dann die Mantelteilchen finden würde, egal wo und wie man sie platzierte. Am effektivsten war der direkte Zustrom, am besten wenn die Zielperson schlief. Louisa musste also eine Möglichkeit finden, in der Pension, in der Marie sich einquartiert hatte, nachts Zugang zu ihr zu finden.

Und das war einfacher als sie dachte. Sie telefonierte mit der Pension und tatsächlich war ein Zimmer frei. Und wenn sie erst einmal in dem Haus war, natürlich mit der besten äußerlichen Tarnung, die ihr zur Verfügung stand – eine allein reisende japanische Touristin –, waren ihr alle Möglichkeiten offen. Diese Verkleidung hatte sie schon zwei-, dreimal angewandt, bisher allerdings ausschließlich im Ausland. Die Figur war derart auffällig unauffällig, dass jeder sich an sie erinnerte, aber nur als solche, nämlich allein reisende japanische Touristin, kein Gesicht, kein Name (Lushi Bushi Sagatomie oder so), den man sich hatte merken können. Ein paar Brocken Japanisch beherrschte sie aufgrund einer Fortbildung in Tokio vor drei Jahren. Und wenn sie erst einmal Zugang zur Pension hatte, würde sich alles Weitere finden.

*

Hermann hatte jeden ihrer Schritte beobachtet. Alle wichtigen Termine in dieser Woche hatte er seiner Stellvertreterin übertragen mit dem Hinweis, er hatte im Auftrag der Bürgermeisterberater einige Recherchen anzustellen, um die nächste Sitzung des Bauausschusses vorzubereiten.

Mittlerweile war es ihm gelungen, Louisa Ebelts Dienstcomputer zu kontrollieren. Ebenso ihr Telefon und Fax. Von allen Faxen bekam er eine Kopie, ebenso von allen Mails, die an und von Louisa gesendet wurden. Wenn sie telefonierte oder einen Anruf bekam, läutete auch sein Telefon. Außerdem hatte er Zugang zu allen Überwachungskameras in allen Behörden der Senatsverwaltung. Da der Verfassungsschutz in den einzelnen Gebäuden, deren Mitarbeiter von ihm überprüft wurde, keine eigenen Räumlichkeiten besaß, wurden häufig Räume ausgesondert, die den internen Spionen zur Verfügung gestellt wurden. Meist waren diese in Kellern angesiedelt oder auf dem Dachboden. Die Hausmeister wussten davon, aber nicht, dass es sich um den Geheimdienst handelte, und ein paar Geheimnisträger.

Insgesamt hatte Hermann Louisa Schritt für Schritt unter Kontrolle, außer, wenn sie die Toilette aufsuchte, auf den Straßen, im Auto, der U- oder S-Bahn oder zu Hause in ihren privaten Räumen war. Hermann ließ sich aber auch hier nicht abschütteln. Über den ISDN-Schalter der Telekom versuchte er die Datenverbindung zu ihrem privaten Rechner zu bekommen, scheiterte jedoch bei den Versuchen. Dabei war er aber so vorsichtig, dass er versuchte, keine Spuren zu hinterlassen. Er stellte fest, dass Louisa ein Sicherungskonzept hatte, das er nicht knacken konnte und das keinesfalls zur Hard- oder Software gehörte, die beim Verfassungsschutz, MAD oder BND[93] Standard war. Da war auch für ihn nichts zu machen. Also kontrollierte er ihre dienstlichen Aktivitäten und ihr privates Telefon.

Nach zwei Tagen der Beobachtung, in denen er alle zwei Stunden seine Lauschinstrumente abfragte, fiel ihm ein Telefonat auf, ein Gespräch mit der Pension, in

---

[93] Militärischer Abschirmdienst und Bundesnachrichtendienst

der Marie ihr Quartier genommen hatte. Er schrieb sich den genauen Zeitpunkt auf und rief Marie an.

Marie erkundigte sich beim Empfang, ob in einem bestimmten Zeitraum von zehn Minuten vor drei Stunden ein Anruf für sie eingegangen wäre, weil sie in dieser Zeitspanne einen wichtigen Anruf erwartet hatte. Die Empfangsdame schaute auf die Anruferliste des Telefons und dachte laut: „Es waren nur zwei Anrufe, der Bäcker, der seinen Auftrag entgegennehmen wollte und eine japanische Touristin, die ein Zimmer suchte. Das war's."

„Schade", sagte Marie, und ein wenig lächelnd: „Konnten Sie der Japanerin denn helfen?"

„Ja, tatsächlich, wir hatten noch ein Zimmer frei. Neben ihnen, also wundern Sie sich nicht, wenn Ihnen eine Asiatin über den Flur läuft!" Und lachte ebenfalls.

*

„Eigentlich hatte Richard mir einen Yukete Jogoomvinjo angekündigt", sagte Diego am Telefon. „Aber ich freue mich natürlich umso mehr, dass grade du dich gemeldet hast. Als Jugendlicher in Lüneburg habe ich so oft an dich gedacht und dich gesucht wie verrückt. Ich habe wirklich echt gelitten damals. Leider gab es da noch nicht die IT-Möglichkeiten wie heute. Irgendwann hatte ich dann aufgegeben und vermutet, dass du einen deutschen Vornamen angenommen hattest, ich kannte deinen Nachnamen ja gar nicht, Marchellina."

„Das ging mir genauso, lieber Marco." Marchellina hatte Marcos Stimme sofort wiedererkannt. Es ist schon merkwürdig, wie lange ein Gehör sich erinnern kann.

Nachdem Hermann ihr das Geheimnis um Marco Hanewein gelüftet hatte, konnte sie nicht abwarten. Sie hatte in Buenos Aires recherchiert und war sehr schnell auf die Mail-Adresse von Diego Hanewein gestoßen. Daraufhin hatte sie ihm eine ausführliche Mail geschrieben, ohne alle Vorankündigung. Sie hatte ihm sofort von den ANDEREN berichtet, von den Vorgängen der letzten drei Wochen und dass sie lange Zeit vergeblich darüber nachgegrübelt hatte, wie sie ihren Retter Marco kontaktieren könnte, deren Nachnamen sie bis vor ein paar Tagen nicht gewusst hatte. Der Bericht über die ANDEREN war schließlich der Schlüssel und sie schrieb, wie Hermann Müller, der die Recherche über Richard Hanewein nach dem Krieg übernommen hatte, seine tatsächliche Vita herausbekommen hatte. Anfangs hatte sie überlegt, ob sie *ihren* Marco einfach so mit einbeziehen konnte in die Geschehnisse, die sie kaum selbst erlebt hatte, sondern von den ANDEREN, zwar glaubwürdig aber dennoch aus zweiter Hand, berichtet hatten.

„Wenn deine neuen Freunde keine Transparenz erlauben, dann kannst du dich schnellstens von ihnen absetzen!", hatte Heinrich natürlich wieder den Stein der Weisen parat.

So gesehen war es sogar kontraindiziert, irgendjemandem zu verschweigen, was hier vorging. Und ihr Marco Hanewein hatte natürlich damit zu tun.

Wieviel er dann tatsächlich damit zu tun hatte, zeigte sich in dieser Woche von Montag, den 8. bis Donnerstag, den 11. April 2014. In dieser Zeit hatten sie sich gegenseitig achtundzwanzig Mails geschickt und vierundfünfzig Telefonate geführt. Meist auf Spanisch, aber auch einmal auf Deutsch, weil sie unbedingt ihrem Heinrich ihren Marco vorstellen wollte und umgekehrt.

„Obwohl es sehr, sehr ungewöhnlich ist, wenn mich jemand Marco nennt", sagte Diego Hanewein schon beim ersten Telefonat. „Aber bleib ruhig dabei, Marco hört sich auf Spanisch ja ganz witzig an. Das habe ich schon als Kind so empfunden, allerdings war das nicht immer witzig, in der Schule zum Beispiel oder in dem schrecklichen Heim, in dem wir uns damals kennengelernt hatten."

Und das, was Marchellina Marco zu berichten hatte, erstaunte Marco zwar vom irrwitzigen Vorgang her, zum Beispiel als Marchellina ihm vom Lebensweg der Marie/Sophie Ebert erzählte, aber nicht von der Tatsache, dass er irgendwann kontaktiert werden würde.

„Wie gesagt", erläuterte Marco, „Richard hat mich darauf vorbereitet, dass ein Schwarzafrikaner mit Namen Yukete, dessen Pate Richard war, sich bei mir melden würde. Ich habe ihn leider nicht kennengelernt. Ich war zwar zur Beerdigung meines Richards und meiner Francine, die mich damals aufgenommen hat wie eine echte Mutter, auch bei denen von Alice McGraw und Arthur Wachsmeier in Deutschland, aber sozusagen inkognito. Richard hatte mir verboten, selbst mit Yukete Jogoomvinjo Kontakt aufzunehmen. Richard sagte, er sei noch ein Jugendlicher. Er müsse erst noch seinen Weg finden, dann würde er sich von sich aus bei uns melden. Wir sollten ihm einfach Zeit geben, dass er das Offensichtliche erkennt. Es wäre natürlich schön, wenn wir ihn kennenlernen könnten!"

„Das ist überhaupt kein Problem, lieber Marco. Er lebt zwar in Berlin und ist noch Student der Philosophie, aber ich habe laufend Kontakt zu ihm und zu den ANDEREN. Aber sag Marco, warum sprichst du von uns im Plural? Hast du eine Familie? Frau und Kinder!"

„Ja", lachte Diego Hanewein. „Hab ich, Frau und drei Töchter. Eine ist Lehrerin in Düsseldorf, eine Ärztin bei „Ärzte ohne Grenzen" und die jüngste studiert noch, hier bei uns an der Uni, denn meine Frau Nereva hat ebenfalls einen Lehrauftrag in Buenos an der Uni. Hier haben wir uns auch kennengelernt. Nicht sehr romantisch, nicht wahr! Aber die vier Mädels meine ich nicht mit dem „wir". Denn wie bei euch, gibt es auch hier so etwas wie die ANDEREN, wir nennen uns nur nicht so!"

Und was Diego Hanewein nun zu berichten hatte, war sowohl für Marchellina als auch für ihren Heinrich kaum zu glauben!

„Du musst kommen, Diego, das kann ich den ANDEREN einfach nicht nur als Bote berichten. Das musst du schon selbst. Die ANDEREN sind am kommenden Wochenende bei uns in Hamburg. Kannst du dich kurzfristig freimachen?"

Marco/Diego Hanewein konnte. In Buenos Aires waren Semesterferien – und auch Marchellina, die schon die ganze Woche ihre Einsätze als Dolmetscherin abgesagt und Ersatz besorgt hatte, würde ihren Marco als Überraschungsgast einquartieren.

*

Nachdem Hermann am Donnerstagabend seinen Bericht beendet hatte, wiederholte Yukete Ragnas Einschätzung aus Zürich: „Die Objektivität lässt sich von einzelnen Subjekten nicht den Rang ablaufen!"

„Ja", sagte Marie. „Ich erinnere mich, aber im Zusammenhang mit Max' Trauma. Wie meinst du das, Yukete?"

Yukete sagte: „Ich glaube, dass auch hier der DOM irgendwie seine Hand im Spiel hat. Vielleicht ist ja deine Schwester, Marie, irgendein Instrument des DOMs geworden. Sie war und ist schließlich in diese ganze Entwicklung auch irgendwie verquickt. Und das kein bisschen positiv!"

Hermann: „Den Satz kannte ich noch nicht. Ragna und du, Yukete, ihr könntet natürlich recht haben. Ich hab eher daran gedacht, dass diese Louisa Ebelt schizophren ist oder so, eine Frau mit zwei Persönlichkeiten, Lisa Ebert und Louisa Ebelt. Und jetzt kommt wahrscheinlich auch noch eine japanische Loui-Sa oder so dazu?! Rolf, was meinst du, kann sie ein Psycho sein?"

„Möglich", antwortete Rolf, „aber das eine schließt das andere ja nicht aus. Wie schätzt du das ein, Marie? Ist deine Schwester vielleicht psychisch krank? Und können wir sicher sein, dass diese japanische Touristin mit deiner Schwester identisch ist?"

„Na ja, erst zur zweiten Frage. Ich bin recht klein und schlank, Lisa ist noch zwei Zentimeter kleiner als ich und hat eine Modelfigur. Wäre auch verwunderlich bei ihrer narzisstischen Lebensweise. Sie hat zwar blonde Haare und blaue Augen und ihre Gesichtszüge sind nun nicht gerade asiatisch. Aber das kann man ändern. Und außerdem ist sie ja eine Spionin. Das dürfte zu ihrem Job dazu gehören, sich eine andere Identität zu schaffen!"

„Ja", sagte Rolf, „und diese Tatsache allein könnte bedeuten, dass Lisa allmählich den Bezug zur Realität verloren hat. Dass sie ihre Wirklichkeit verzerrt wahrnimmt. In ihren unterschiedlichen Rollen. Kann sein, dass sie sich da mehrfach identifiziert. Mindestens muss sie das ja zwischen ihrer Identität als deine Schwester Lisa Ebert und als Staatssicherheits- und Verfassungsschutzmitarbeiterin Louisa Ebelt. Aber vielleicht hat sie tatsächlich noch mehr Identitäten."

Sie waren sich einig. Ob Louisa Ebelt nun eine Vasallin des DOMs oder eine schizophrene Mehrfachpersönlichkeit war, sie entwickelte sich mehr und mehr zu einer Zeitbombe. Auch ihre Motivation schien ihnen deutlich: dass sie ihnen den Weg zu den Bürgermeistern geebnet hatte und dann von ihnen, allen voran von ihrer Schwester, ausgegliedert worden war, musste sie wütend gemacht haben. Das ein, wie Hermann es selbst sagte, durchschnittlicher Beamter ihre wohlgehüteten Geheimnisse mir nichts dir nichts aufdecken konnte, dass sogar ihre Familie und seien es auch die entfernten Jaeneckes, ihr eine derbe Abfuhr erteilt hatte, musste sie richtig böse gemacht haben.

„Und nehmen wir nun noch eine Borderline-Störung an", dozierte Rolf, „dann haben wir es mit einer potenziellen, nicht berechenbaren Gewalttäterin zu tun ..."

„... und deshalb", schaltete sich erstmals Max wieder initiativ ein, „wirst du dein Quartier hier bei mir im Hotel übersiedeln. Die Kosten übernimmt die Stiftung und deine Trüffeln essen wir selbst!"

Marie konnte nicht widersprechen, weil alle ANDEREN keinen Widerspruch ihrerseits duldeten. Nur Hermann machte eine Einschränkung. „Du solltest aber das Zimmer noch ein paar Tage behalten, also offiziell jedenfalls und auch nicht zu offensichtlich deine Sachen abtransportieren. Ich bin einfach gespannt, was Louisa als japanische Touristin in der Pension geplant hat. Ich bin mir nämlich ganz sicher, dass sie das ist! Und ab morgen sind wir ja sowieso zwei Nächte nicht in Berlin. Vielleicht wissen wir dann am Montag schon mehr."

Eigentlich hatten sie sich nur getroffen, damit alle auf dem neuesten Stand waren, soweit das noch nicht geschehen war. Und zur Organisation ihrer Fahrt nach Hamburg. Max hatte einen Privatjet organisiert, sodass sie unabhängig von Flug- und Fahrplänen waren. Alle hatten Bauchschmerzen dabei, Marie, Yukete und Rolf protestierten laut. Sie fanden, dass sie sowieso schon zu viel des persönlichen Luxus lebten. Aber Max war anderer Auffassung: „Gut, wir werden uns dann mäßigen, wenn es nötig ist. Aber unsere Stiftung hat jetzt bereits fast drei Millionen Euro Einlagen. Ich habe euch schon mal gesagt: Der Teufel scheißt auf den größten Haufen. Und ich kenne eine Reihe von Teufeln, ich hab meine Sponsorenliste nicht einmal ansatzweise abgearbeitet. Und solange wir keinen Direktor haben, der einen vernünftigen Verteilungs- und Sparplan auflegt, werden wir die praktischen Seiten nutzen."

Und damit waren sie beim Thema. Hermann wand sich wie ein Aal. Er wollte Ende des Jahres in Pension gehen und dann gar nichts mehr machen. Ihm war wohl bewusst, dass das sowieso eine Illusion war, dass mit den „gar nichts tun". Und er hatte auch kein Hobby, das ihn einen Arbeitstag ersetzen würde, die nächsten Jahre, die ihm noch vergönnt waren. Also bat er erst einmal um Bedenkzeit, aber alle wussten, wie er sich entscheiden würde, obwohl Max kein Wort über die Gehaltsvorstellungen für den Direktor der „Stiftung Richard Hanewein" von sich gegeben hatte.

Zwischenzeitlich hatten übrigens alle ihre Mastercards erhalten und sich auch offiziell als ständige VertreterInnen der Stiftung beim Notar, den Max ins Hotel bestellt hatte, eintragen lassen.

Rolf hatte den Koffer öffnen lassen. Die Listen, die sich darin befanden, hatten keinerlei Schaden genommen. Mindestens drei der vier offensichtlichen Strategien des DOMs waren gescheitert: Rolf lebte, Max und Ragna waren nicht mehr seinem Einfluss preisgegeben, was auch langfristig zu hoffen war, die Originalliste der „Kinder des Lagers" war erhalten geblieben und „nur" Friedrich Eberts Manifest war weitestgehend zerstört.

Es war später geworden als sie gewollt hatten. Jede und jeder bekam eine Kopie der Liste und sie verabredeten sich für den nächsten Morgen am Flugplatz. Marie holte in Begleitung von Rolf noch ein paar persönliche Dinge aus Maries Pension, von einer japanischen Touristin war nichts zu sehen oder zu hören.

*

Das Wochenende in Hamburg fand nach langer Diskussion am Sonntagabend dann doch ein Ende. Es war die wichtigste und erste offizielle Zusammenkunft, die die ANDEREN durchgeführt hatten und die darin mündete, dass die Stiftung, die Max gegründet hatte, eine Finanzierungs- und Organisationsaufgabe erhielt, die nur ein fachkundiger Manager gewährleisten konnte.

Grund hierfür war, dass der „Überraschungsgast" Diego Hanewein, der als

Sohn eines Lagerkindes, nämlich sein Vater, der nach seiner „Befreiung" aus dem KZ Birkenau tatsächlich den Fluchtnamen Diego erhalten hatte, nämlich auf dem Mehrzweckfrachter „Marianne", der 1944 von Bremerhaven in Richtung Südamerika ablegte. Diego Hanewein war dreizehn Jahre alt gewesen, als er seine Eltern und einige andere Verwandte das letzte Mal gesehen hatte, bevor deren menschliche Überreste in den Öfen der Nazis verschwanden.

Diego Hanewein, der bei einer Familie nahe Buenos Aires Unterschlupf fand, die eine Schweinefarm betrieb, nannte seinen Sohn, in Angedenken seiner deutschen Herkunft, Marco. Als Marco fünfzehn Jahre alt war, starben die Eltern jedoch bei einem Verkehrsunfall und er musste ins Heim nach Buenos Aires. Sein Erbe hatten sich irgendwelche Behördenmitarbeiter der damaligen Junta in Argentinien unter den Nagel gerissen. Die Flucht als blinder Passagier und die Aufnahme durch Richard Hanewein persönlich war den ANDEREN bekannt und hatte ja erst dazu geführt, dass Marchellina mit ihm Kontakt aufnehmen konnte. Marco Hanewein wuchs die kommenden vier Jahre bei seinem Retter Richard Hanewein und seiner Frau Francine auf, die ihn sofort nach seiner Ankunft in Deutschland adoptierten. Allmählich setzten Tante Alice, wie Marco sie nannte (nicht Tante Lieschen wie Max), Onkel Arthur, Richard und Francine den Jungen ins Bild über alle Umtriebe der Viererguppe vor und nach dem Krieg. Er erfuhr selbstverständlich auch seinen wahren Namen, respektive den seines Vaters und das Schicksal, das seiner jüdischen Familie widerfahren war.

Aufgrund dieser Zusammenhänge entschied sich Marco Hanewein, der ja perfekt spanisch sprach, die Vision seines Patenquartetts nach seinem Abitur fortzuführen und in Argentinien seinen Weg zu gehen.

Marco, der dann in Argentinien den Vornamen seines Vaters angenommen hatte, nämlich Diego, war dabei in ständigem Kontakt zu den vier Menschen geblieben, die er und die ihn sehr liebten; sie besuchten sich gegenseitig, bis nacheinander in wenigen Monaten/Jahren Abstand erst Arthur Wachsmeier, dann Richard Hanewein gefolgt von seiner Frau Francine und zuletzt Alice McGraw starben. Marco/Diego war bei allen Beerdigungen dabei, hatte aber klare Anweisungen von den Vieren erhalten. So wusste er zwar vom jungen Paten Yukete des Richard Hanewein, also das einzige Patenkind, das weder *Kind* noch *Enkel der Lager* war, aber Richard hatte verboten, zu ihm Kontakt aufzunehmen. Yukete würde selbst zu ihm Kontakt aufnehmen, wenn er soweit war, dafür sei gesorgt, auch wenn er ein paar Jahre warten müsse. Diese Kontaktaufnahme hatte zwar nunmehr Marchellina übernommen, aber das war nicht mehr wichtig. Die beiden Patenkinder des Richard Hanewein, Diego Hanewein und Yukete Jogoomvinjo, dem einen persönlich bekannt, dem anderen jahrelang nicht einmal bewusst, verstanden sich aber sofort.

Nachdem sich die Aufregung über den Überraschungsgast gelegt hatte, Marchellina ihre Freundin gebeten hatte, zu kochen, die Zimmer in der Villa verteilt waren, ging die Gruppe, die nun einen deutlichen Zuwachs gewonnen hatte, zum gemütlichen, aber produktiven Teil des Abends über. Es waren einfach noch zu viele Fragen offen. Eine Überraschung kam dann auch ziemlich bald, eine Überraschung, die die Sichtweise der ANDEREN völlig veränderte, ja geradezu aus den Angeln hob:

Als die Liste auf den Tisch kam, die Rolf für alle kopiert und jeder der ANDEREN, außer Heinrich und Marchellina, bereits durchgeschaut hatten, sagte Marco Hanewein lapidar: „Ja, die kenne ich! Die hat mir Alice McGraw zu ihren Lebzeiten gegeben – und sie ist Grundlage für die *Enkel der Lager!*"

„*Enkel der Lager?*", kam es fast wie im Chor, und Yukete ergänzte: „Wir kennen aber nur den Begriff ‚Kinder der Lager!'"

„Nun", sagte Marco/Diego, „dann schaut euch mal die Liste genauer an. Sie ist entstanden zwischen den Jahren 1968 bis 1979. Da waren die vier noch recht aktiv. Und du, Yukete, hast noch nicht einmal gelebt. Ich war dreiundzwanzig und studierte schon in Buenos Aires. Ich war der Einzige der *Enkel der Lager*, der Richard kannte! Aber ich blieb nicht der Einzige, denn die vier haben alle *Kinder der Lager* und ihre Familien besucht. Einhundertsieben dieser Kinder stehen auf der Liste, die da vor euch liegt. Alle hundertsieben haben in ihren Zufluchtsländern studiert. Arthur, Alice, Francine und Richard haben nicht nur diese einhundertsieben jungen Menschen ausgesucht, sondern sie haben diese ausgewählt von den weit über zweihundert Enkeln, also Kindern, die Nachkommen sind von denen, die die vier aus den Konzentrationslagern der Nazi gerettet hatten. Und diese über zweihundert Kinder mussten allesamt diverse Tests ablegen, natürlich freiwillig, aber keins der Kinder oder Eltern entzogen sich dem, und zwar nach natur-, ideal- und empirischen wissenschaftlichen Fachgebieten. Einhundertsieben blieben übrig und alle erhielten in ihren Ländern ein Stipendium des Goethe-Instituts, das auch diese Tests durchgeführt hatte auf Anregung des Quartetts aus Deutschland, das wiederum das Manifest Friedrich Eberts zugrunde legte. Mich eingeschlossen!"

Alle staunten nicht schlecht und folgerichtig war Max, der das aufgeregte Schweigen unterbrach: „Also hast du, habt ihr das Manifest vom alten Fritz, also wie Friedrich Ebert hier in Hamburg heißt?"

„Nein, leider nicht", antwortete Marco/Diego. „Alice sagte mir, bevor sie starb, dass Richard angeordnet hat, dass Yukete das erben soll, wenn er soweit ist. Und sie den Auftrag hatte, sich einen Weg zu überlegen, den Transfer auch über die Generationen hinaus sicherzustellen."

Max verließ den Raum und Ragna folgte ihm umgehend. Marco, Marchellina und Heinrich wurden aufgeklärt, was an dieser Stelle so dramatisch war.

Sie schwiegen eine Weile, dann stand Rolf ebenfalls auf.

„Rolf ist unser Psychiater", klärte nun Marie auf.

Marchellina goss Rot- und Weißwein nach, räumte ein wenig auf und stellte frische Knabbersachen auf den Tisch.

Nach zwanzig Minuten kamen die drei gemeinsam wieder ins Zimmer, setzten sich auf ihre Plätze und Rolf sagte:

„Ich hatte mich auch schon gewundert, warum auf der Liste akademische Fachgebiete den Namen zugeordnet sind![94]" Rolf signalisierte damit natürlich auch, dass es nichts zu besprechen gab um oder über Max.

Marco nahm deshalb den Faden auch auf: „Ich habe es selbst lange Zeit nicht gewusst, außer, dass ich selbstredend ebenso ausgiebige Tests über mich ergehen lassen musste, bis ich ein Stipendium erhalten hatte. Aber das Fachgebiet habe ich mir selbst ausgesucht, genau wie alle anderen auch. Schließlich kann man niemandem irgendein Studium aufzwingen. Aber man hat mich für ausreichend befähigt gehalten, gerade Toxikologie zu studieren."

„Aber du sagtest, es hat sich alles daran orientiert, was Friedrich Ebert geschrieben hat?"

„Das jedenfalls hat mir Richard so gesagt. Was aber Toxikologie mit Friedrich Ebert zu tun hat, weiß ich auch nicht!"

„Komplexe Multifachkompetenz", mischte sich nun sogar der alte Heinrich Jaenecke ein. „Wenn ich meinen Großvater richtig einschätze, dann hat er eben nicht die Fachbereiche vorgegeben, sondern die nötigen Erfordernisse für seine Vision. Und dabei hat er einfach nur dafür sorgen wollen, dass nicht alle Menschen Sozialpädagogik oder Journalistik studieren, weil es zu einer bestimmten Zeit grade in, also modern ist. Jeder sollte nach seinen Talenten und Fähigkeiten studieren, wobei Tests wahrscheinliche Irrungen hervorgebracht haben, die die Kandidaten wahrscheinlich selbst gar nicht gewusst hatten."

„Da hast du recht, Heinrich", antwortete Marco nachdenklich. „Wenn ich mich recht erinnere, wollte ich ursprünglich Kriminalistik studieren. Vielleicht

---

[94] Die Liste der 107 Haneweins befindet sich im Anhang.

hatte ich zu viele Tatortkrimis geschaut. Mir wurde aber ziemlich schnell klar, dass das nur dummes Zeug war. Außerdem war ich ja in Buenos Aires aufgewachsen – und da haben mich schon immer alle Tiere und Pflanzen interessiert, vor allem die eben, die gefährlich sein konnten – nicht nur für die Schweine, die mein Vater gezüchtet hat!"

Marchellina konnte nicht mehr an sich halten: „Jetzt musst du aber mal die Bombe platzen lassen, Marco!"

„Ja, klar! Das ist für euch jetzt wahrscheinlich schon eher überraschend. Ich weiß, dass ihr euch erst seit, ich glaube, nun vier Wochen kennt, jedenfalls in dieser Zusammensetzung, nicht wahr?"

„Ja, korrekt. Marie hat uns zusammengewürfelt. Die Kriterien, nach denen sie uns ausgewählt hat, sind uns aber noch immer nicht wirklich klar geworden", sagte Yukete.

„Mir auch nicht", sagte Marie. „Scheint mir Druidenwerk zu sein."

Marco hielt die Anmerkung von Marie wohl für einen Witz, denn er fuhr fort: „Ob ich euch da zu einer endgültigen Erkenntnis verhelfen kann, weiß ich nicht wirklich. Aber ich kann euch erzählen, dass es mehrere Gruppen gibt, die sich mit dem Vermächtnis Friedrich Eberts auseinandersetzen, auch wenn ich weiß, dass keiner das Manuskript wirklich kennt. Uns allen liegt das Vorwort vor, also das über Adolf Hitler und Konsorten, das Inhaltsverzeichnis des Gesamtwerks, das, wie Heinrich eben ja zu recht eingeworfen hat, die Bereiche beschreibt, für die Menschen aus seiner Sicht wichtig sind, und eben die Listen, die ihr in der Hand habt. Diese Listen haben aber auch alle der einhundertsieben Menschen, die ihr hier auf der Liste findet. Wie ich schon gesagt habe, die Listen entstanden zwischen 1968 und 1979. Vielleicht haben die vier seinerzeit nicht alle persönlich aufgesucht, in manche Länder kam man damals im „Kalten Krieg" ja nicht so ohne Weiteres hinein. Das weiß ich aber nicht genau, es ist aber wahrscheinlich, denn als die Listen fertig waren, haben sie sie allen einfach so per Post zugeschickt, eben gemeinsam mit dem Vorwort und dem Inhaltsverzeichnis. Punkt. Nichts anderes und keinen weiteren Kommentar als jenen, den sie bereits zuvor bei ihrer Rundreise den Familien der Kinder der Lager vermittelt hatten, die sie persönlich erreichen und ins Bild setzen konnten. Nämlich deren jeweils persönliche Geschichte vor und während der Rettung aus den Konzentrationslagern, übrigens einschließlich aller Papiere über ihre Verwandten, die zu einem ganz hohen Prozentanteil die Lager leider nicht überlebt hatten. Ich weiß das, weil ich eben Kontakt zu einigen dieser einhundertsieben Menschen hatte und habe."

„Du bist noch immer nicht auf den Punkt gekommen", beschwerte sich nun Marchellina.

„Ja, also was ich konkret sagen will ist, ähem. Ihr nennt euch die ANDEREN, wahrscheinlich mangels konkreter Mission, äh, sorry, ich weiß es natürlich nicht genau. Wir jedenfalls nennen uns die *Enkel der Lager,* und haben ziemlich genaue Visionen. Manche der Gruppen haben sogar eine Konzeption, eine Zielbeschreibung, haben sich Aufgaben gesetzt, die sie sich zu lösen verschrieben haben."

„Welche Gruppen, wer sind denn *wir*?", fragte Yukete noch einmal konkreter.

„Also meine Gruppe", begann Marco/Diego erneut, „besteht aus Rodrigo Hanewein aus Brasilien, er ist Epidemiologe, Leonor Hanewein, Mathematikerin/Informatikerin ebenfalls aus Brasilien, aber aus Brasilia, nicht aus Rio de Janeiro wie Rodrigo. Anhoa Hanewein ist dabei, sie ist ökologische Psychologin und lebt in Guatemala, Joshua Hanewein betreibt in Panama als Ingenieur ein Tiefbauunternehmen, das zum Beispiel grad an der Vertiefung des Panama-Kanals beteiligt ist, und nicht immer bei den Treffen dabei ist, weil er sehr wenig Zeit hat im Moment. Izan und Hector Hanewein sind Archäologen, Izan aus Uruguay und Hector aus Venezuela. Und last but not least kommt Jimena aus Nicaragua, sie ist Amphibien-Biologin und mir natürlich fachlich und auch persönlich am nächsten, was meine vier Frauen natürlich nicht immer so witzig finden."

Marie war der Mund offen stehen geblieben: „Und ihr, ihr seid die *Enkel der Lager*?"

„Ja und nein, Marie", stotterte Marco ein wenig. „Wir sind nur die südamerikanische Gruppe!"

Marchellina konnte nicht anders: „Ja, stellt euch vor. Die *Enkel der Lager* sind eine internationale Gemeinschaft! Sie kennen sich untereinander und korrespondieren seit Jahren – wir dagegen sind zeitlich gesehen noch im Säuglingsalter, jedenfalls damit verglichen – und Marco hat das Ganze aufgebaut."

„Stopp, stopp, stopp, Marchellina!", bremste Marco sie ein wenig ab. „Ich hatte nur den Vorteil, von Richard und Francine adoptiert worden zu sein. Wusste also ein paar Jahre vor den anderen, worum es in unserem Leben gehen würde, nämlich an allererster Stelle die Verhinderung von faschistoiden Entwicklungen auf der ganzen Welt, einfach deshalb, weil wir auf der ganzen Welt verteilt sind. Gelungen ist es uns übrigens nicht so richtig, wie ihr wisst. Systeme wie Nord-Korea, Weißrussland oder jetzt aktuell sogar in Europa mit Ungarn konnten wir nicht verhindern, obwohl auch in diesen Ländern jeweils einer oder eine von uns aufgewachsen ist."

„Du kennst alle hundertsieben *Enkel der Lager*?", fragte Max, der damit signalisierte, dass er wieder am Ball war.

„Nein, nein, beileibe nicht. Ich kenne nur von jeder Gruppe einen Vertreter, sozusagen den Moderator der Gruppen. Ich kann sie benennen: Das ist Ruby Hanewein, Politologin, für die Gruppe USA, Mexiko, Kanada, Grönland und andere Länder dieser Region, Ethan Hanewein, Veterinärphysiologe, aus den Bahamas ist für die Südseestaaten zuständig, Diego Hanewein, Materialprüfer, kommt aus Angola und steht für Afrika, Shadia Hanewein ist Tunesin und für die Arabischen Staaten zuständig, Jekaterina, Psychologin, aus Moskau für die osteuropäischen und ostasiatischen Staaten, Dong aus Shanghai hat BWL studiert und macht China, Korea, Vietnam, Myan Mar, Kambodscha und so weiter, Ozeanien betreut Megan Hanewein aus Neuseeland, die Philologin ist, und für Europa ist Olle Hanewein zuständig, also für alle westeuropäischen Staaten, außer für Deutschland. Und wir treffen uns in dieser Gruppe einmal im Jahr."

„Warum ohne Deutschland?", fragte Heinrich.

„Weil Richard das so bestimmt hat. Und weil, weil ... ähem", fing Marco wieder an zu stottern.

„Ja, nun sag schon!", sagte ausgerechnet Yukete.

„Sorry, aber jetzt, wo ich es sagen soll, hört es sich ziemlich komisch an. So wie der Messias oder so, aber so war es von Paps Richard, Tante Alice, Onkel Arthur und Mom Francine ganz bestimmt nicht gedacht ..."

„Jaa ...?!"

„Wir sollten ausschließlich auf Yukete warten. Dann kämen auch aus Deutschland Leute dazu, wie viele konnte Richard aber nicht sagen. Er sprach von mindestens zwei plus Yukete. Keine Ahnung, warum!"

Rolf und Ragna schauten sich bedeutungsschwer an. „Das sind wohl wir beide!", Rolf zeigte auf Ragna. „Unsere Eltern gehörten zu den *Kindern der Lager*. Sie waren die letzten, die Richard 1945 aus den Lagern holen wollte. Dann kam das Kriegsende dazwischen, die KZs wurden befreit und unsere Eltern wurden nicht mehr ins Ausland verschickt."

„Woahh", staunte nun Marco. „Willkommen im Club! Jedenfalls war uns deutlich, dass wir erst dann unsere Visionen operationalisieren, die uns so viele Jahre umgetrieben haben. Ja, und nun habe ich dich, Yukete, kennengelernt und festgestellt, dass du ja ein ganz normaler Mensch bist, wenn auch ziemlich schwarz!"

„Ich hoffe, du bist nun nicht enttäuscht, Diego, Marco! Aber sag mal, hat Mbeete da nicht irgendwie mitgemischt?"

„Wer?", fragte Marco.

„Der Eber, der Druide …?", fügte Marie hinzu.
„Die Druidin?", sagte Ragna, als Marco immer nur den Kopf schüttelte.
„Dann hast du vielleicht eine Nachricht vom DOM bekommen?"
„Ihr sprecht in Rätseln! Der DOM steht doch in Köln oder so. Und die Druiden kenn ich nur aus Asterix und Obelix. Und ein Herr Umbete hat sich auch nicht vorgestellt. Ist das ein Voodoo-Priester?"

Heinrich Jaenecke musste wieder lachen, so sehr, dass er anfing zu husten, während alle anderen irgendwie nur noch irritiert waren.

*

Das Wochenende in Hamburg war, wie gesagt, vorbei. Es war die wichtigste und erste offizielle Zusammenkunft, die ANDEREN durchgeführt hatten und die darin mündete, dass die Stiftung, die Max gegründet hatte, eine Finanzierungs- und Organisationsaufgabe erhielt, die nur ein fachkundiger Manager gewährleisten konnte.

Nachdem die zielführenden Gedanken, auch ohne die differenzierten Visionen des Friedrich Ebert, ausgesprochen waren, erklärte sich Hermann Müller bereit, die Umsetzung soweit organisatorisch anzupacken, dass er sich dann zur Ruhe setzen konnte, wenn die Strukturen dafür ausdiskutiert und stabilisiert worden sind. Sie waren sich einig geworden, dass es keine Tabus geben dürfe und keine Ausgrenzung, außer die von faschistoidem Gedankengut oder entsprechenden Unterwanderungsversuchen. Sie waren sich einig, dass solche sowieso scheitern mussten, weil Transparenz, Humanität und Toleranz als solche den monokratischen, absoluten, elitären, nationalsozialistischen, militaristischen, feudalen, oligarchen oder anderen diktatorischen und kryptoprogesellschaftlichen Lebensmodellen keine Angriffsfläche bieten würden.

Und ihnen wurde allmählich bewusst, dass das Fehlen des Manuskripts von Friedrich Ebert auch eine Chance bieten könnte, nämlich eine Vision zu erarbeiten, die nicht nur auf den, wenn auch genialen, Gedankengängen eines Einzelnen folgten, sondern die von vielen Visionären. Und ihnen standen sozusagen einhundertsieben fachlich ausgezeichnet vorgebildete Visionäre zur Verfügung, die als *Enkel der Lager* eine natürliche Beziehung zur Erlangung einer gewaltfreien Welt hatten.

Daher beschlossen sie, gemeinsam mit ihnen eine Zukunftswerkstatt auszurichten und zwar rund um das Gespräch mit den beiden Bürgermeistern.

An dieser Stelle meldeten sich Rolf und Heinrich fast zeitgleich zu Wort: „Veto,

Veto!", rief Heinrich, und Rolf: „Das können wir nicht machen! Auf keinen Fall! Da kann ich jedenfalls nicht mitmachen!"

„Was meint ihr?", fragte Yukete. „Eine Zukunftswerkstatt ist doch ergebnisoffen. Und auch wenn wir Friedrich Eberts Inhaltsangabe als Grundstruktur für unsere Denkfabrik nutzen, heißt das doch nicht, dass wir sie für alle Zeiten aufrechterhalten müssen. Sie dient doch nur dazu, fachorientierte Gruppen zusammenzustellen!"

„Ihr betreibt dann eine Kaderschulung!", sagte Heinrich, der sich eher als externen Berater empfand und Rolf ergänzte: „Nicht nur das, liebe Freunde. Denkt doch einmal nach, was wir nach außen manifestieren: Eine Gruppe, wenn man mal von Yukete absieht, ausschließlich deutschstämmiger Intellektueller, macht eine *Denk*fabrik, versteht ihr, sie wollen die *Zukunft* der Welt definieren und beeinflussen, um nicht zu sagen *manipulieren!* ‚*Am deutschen Wesen soll die Welt genesen!'* Ihr erinnert euch? Dass die meisten jüdischen Ursprungs sind oder aus Sinti- oder Roma-Familien stammen, wird in vielen Medien keine Rolle spielen!"

Sie mussten ausnahmslos Heinrich und Rolf zustimmen. So einfach, wie sie dachten, würde es nicht werden. Es gab eine Reihe von Vorschlägen, zum Beispiel, dass jeder *Enkel der Lager* jeweils einen Freund/eine Freundin aus dem Staat mitbrachte mit der Voraussetzung, sie wären Ureinwohner dieser Nation.

Aber Rolf ließ nicht locker: „Was ist mit den Gastarbeitern aus Bangladesch, die in Dubai die Stadien für die Weltmeisterschaft ausbauen, was ist mit den Deutschtürken hier im Land, was ist mit den Schwulen, Transsexuellen, mit den Vertretern von Religionen und Sekten, die ein eigenes Lebensmodell predigen, mit den Naturvölkern Afrikas, mit den staatenlosen Nationen überhaupt? Mit den Menschen, die alle diese Kategorien nicht erfüllen?"

„Und was ist mit mir?", ergänzte Heinrich lächelnd. „Ich bin ein Greis, ich habe eintausend Jahre Erfahrung vorzuweisen. Und dabei vertrete ich sogar weltweit eine Mehrheit der Menschen, nämlich uns Alten. Aber ich fühle mich von euch Youngstern überhaupt nicht vertreten. Außerdem würdigt ihr in keiner Weise meinen Beitrag, den ich aufgrund meiner Erfahrungen geben könnte. Und auch nicht derjenigen in meinem Alter, die noch immer auf dem Fischmarkt in Hamburg Strümpfe verkaufen müssen, weil ihre Rente nicht ausreicht!"

Die Gruppe stellte fest, dass es fast unmöglich schien, eine Arbeitsgrundlage zu finden, die den didaktischen, methodischen, zielgruppenorientierten und auch medialen Erfordernissen entsprechen würde.

Und wieder war es Rolf, der eine mögliche Lösung präsentierte: „Wir müssen aufhören, innerhalb unseres Kreises oder unserer Kreise zu denken!", dozierte er.

„Es gibt so schöne Worte wie Lebenswelt- oder Sozialraumorientierung, dezentral und bedarfsgerecht. Wir können nicht nur *eine* Zukunftswerkstatt ausrichten, sondern wenn, dann *so viele wie möglich*. Marco hat es ja schon vorgegeben: Es gibt doch schon neun solcher dezentral organisierter Gruppen, die unsere Vision aufgrund Friedrich Eberts Basis teilen und auch die sind jede bereits eine Zusammenkunft von Menschen aus mehreren Staaten, Nationen und Regionen. Warum lassen wir sie nicht autonom eigene Zukunftswerkstätten in ihren Ländern organisieren. Vielleicht in Form von Open-space-Konferenzen. Das ist eine Tagungs- und Kongressmethode, um möglichst viele Teilnehmer und Teilnehmerinnen, also es geht um bis zu fünfhundert Menschen und mehr[95], an einem Oberthema zu Handlungsstrategien zu kommen. Für unser Anliegen optimal, finde ich, solange wir keine Begrenzungen festlegen oder Gruppen ausschließen. Theoretisch können hier sogar Nazis, Hooligans oder andere Faschisten teilnehmen – sie werden ihre Irritationen erkennen müssen, wenn sie nicht allzu verbohrt sind. Denn obwohl wir für Wahrheit und Wahrhaftigkeit, Toleranz, Humanismus und Gewaltfreiheit werben und darüber aufklären wollen, dass jede Form von Absolutismus, wie Juntas, Feudalismus, Mono- oder Plutokratie mittelfristig den Menschen und der Menschheit nur schaden, während Polyarchien und Soziokratien die Bedürfnisse aller Menschen eines Staates, einer Region oder einer Nation berücksichtigen können, müssen wir eine offene Diskussion ermöglichen, also eine, die Irrtümer und Verirrungen zulässt, sie nicht sanktioniert, sondern auf einen Weg der Selbsterkenntnis führt. Das könnte ein ‚Open Space' als Methode sinnvoll begleiten. Vielleicht können wir uns als Moderatoren zur Verfügung stellen, damit meine ich auch die Mitglieder der *Enkel der Lager,* als diejenigen, die nicht besser sind, sondern einen Erfahrungsprozess hinter sich haben, der ihnen bestimmte, individuelle und damit subjektive Erkenntnisse ermöglicht hat, ohne dass damit gesagt ist, dass wir nicht mehr dazulernen können.

Vielleicht aber ein wenig als Vorbilder fungieren, die ihre Erkenntnis von eigenen Vorbildern abgeleitet haben. Und es gibt ja nicht nur einen Friedrich Ebert! Es gibt auch einen Mahatma Gandhi, eine Rosa Luxemburg, eine Anne Frank, einen Martin Luther King, einen Albert Einstein, einen Heinrich Albertz

---

[95] Das geschieht in fünf Schritten: 1. Erklärung der Methode, 2. Themensammlung, 3. Arbeitsgruppen, 4. Sharing, also Zusammentragen der Gruppenergebnisse (nicht moderiert, sondern schriftlich an Stellwänden, 5. Handlungsergebnis

[90] die Macht vieler bzw. aller Gesellschaftsteile

und live sogar einen Heinrich Jaenecke", blinzelte Rolf zu Heinrich hinüber, der darauf reagierte: „Du hast einen Schalk im Nacken, mein kleiner Therapeut!"

Aber Yukete ergänzte ernst: „Rolf hat völlig recht! Wir haben eine Anzahl von humanistischen und/oder philosophischen Vorbildern und Idolen international, jedes Land, jede Nation, jede Volksgruppe hat ihre eigenen Subjekte, oder sagen wir besser ‚besonders gute Individuen'. Wenn wir diese in den Vordergrund stellen, nicht unbedingt als ideologische Vorbilder, sondern als persönliche, als Menschen mit Zivilcourage, um dann mit diesen Individuen, mit diesen Subjekten der Objektivität den Rang abzulaufen und den DOM endgültig zu besiegen!"

Yukete war ganz bestimmt nicht der Messias, und auch keine Marie, Ragna oder Marchellina, kein Heinrich, Rolf, Max, Marco/Diego oder all die *Enkel der Lager.*

Kapitel siebzehn ist Louisa, Lisa, der DOM, Yukete, Mbeete, der Druide, der Eber und die Druidin

Louisa war so weit. Das Bisoprololgas zu besorgen hatte kaum vierundzwanzig Stunden gedauert. Offensichtlich besaßen die Amerikaner unerschöpfliche Ressourcen und Lagerungsmöglichkeiten von Waffen aller Art. Louisa wusste natürlich, dass es auf Deutschlands Territorium ganze Areale gab, wo die deutschen Behörden keinerlei Zugang oder Hoheit hatten. Die Amerikaner leiteten die Besetzung deutscher Immobilien noch immer aus den Verträgen der Alliierten mit den Rechtsnachfolgern des Deutschen Reiches 1945 ab. (Die Bundesrepublik Deutschland wurde allerdings erst 1949 gegründet!!) Dazu gehörten ganze Gebiete in der Eifel, oder zum Beispiel ein ganzer Hafenabschnitt in Bremerhaven, wo nicht nur ständig Militärfahrzeuge auf Militärschiffen ver- und entladen wurden, sondern wo es abgeschirmte Areale gab, wo es weder eine Einsichts- noch unerwünschte Zutrittsmöglichkeit gab. Nicht nur für die deutsche Bevölkerung, sondern auch für Behörden der Polizei, der Politik oder dem deutschen Militär oder Geheimdienst. Gerade in Bremerhaven hatte das einen sehr fiesen Beigeschmack, weil hier die Amerikaner traditionsgemäß eine gute Vermischung mit der Stadtbevölkerung gepflegt hatten, nach dem Krieg zum Beispiel durch die amerikanischen Soldaten (einschließlich Elvis Presley) mit ihren Lucky Strikes, Coca- und Schokacola, Chewinggums und den amerikanischen Radiosender AFN[96], der vor allem bei den Bremerhavener Jugendlichen beliebt war.

An dieser Stelle war es Louisa aber egal. Sie holte sich das Paket aus der amerikanischen Botschaft in Berlin und stellte fest, dass es sich nicht nur um eine plastiline Hartwandflasche von etwa zehn Litern handelte, sondern dass es auch Zubehör gab, um das Gas wirksam anzuwenden. Zum Beispiel waren Schläuche unterschiedlicher Stärken dabei, mit Anschlüssen, die nur auf diese Gasflasche passgenau ausgerichtet waren. Flache, spitze, ovale, runde und eckige Austrittsdüsen, deren Wirkweise auf einem englischen Beipackzettel ausführlich beschrieben wurden. Natürlich so verklausuliert, dass es sich um eine medizini-

---

[96] American Forced Network

sche Anwendung handeln würde. Aber welcher herzkranke Patient würde schon hochkonzentriertes Bisoprolol einatmen wollen. Im Darknet wurde das Mittel nicht nur wegen seiner Flüchtigkeit und daher kaum nachweisbaren Konsistenz gelobt, sondern auch, weil es sich hierbei um einen vollkommen schmerzfreien Tod handeln würde. Man würde, vor allem im Schlaf angewendet, langsam dahindösen, das Herz würde peu à peu langsamer werden und dann aufhören zu schlagen.

Louisa hatte sich das Wochenende freigenommen. Sie hatte gehofft, dass Marie schon in der ersten Nacht zur Verfügung stand. Am Freitagnachmittag hatte sie, getarnt als japanische Touristin, ihr Quartier bezogen, glücklicherweise genau neben dem Appartement von Marie, aber auch für alle anderen Optionen wäre sie vorbereitet gewesen. So war es einfacher und noch einfacher wurde es, als sie feststellte, dass es eine stillgelegte Tür zwischen den Zimmern gab, auf beiden Seiten von einem Schrank verdeckt. Selbstverständlich waren die Schlösser beider Türen, die zu Maries Zimmer führten, kein Hindernis für Louisa. Als Agentin des Verfassungsschutzes war sie geschult, auch die kompliziertesten Schlösser zu knacken, ohne Spuren zu hinterlassen.

Es war also völlig problemlos, einen Schlauch direkt ins Zimmer von Marie zu verlegen. Sie beschloss, die Nacht in der Pension zu verbringen, jedenfalls solange, bis sie ihren Auftrag erledigt hatte.

Ja, es ist ein Auftrag, den ich habe!, dachte Louisa laut, nachdem ihr ihre eigene Formulierung bewusst wurde, da sie keinen wirklichen Auftraggeber hatte, als nur sich selbst. „Die Moral ist mein Auftraggeber", dachte sie laut, „und der Vater. Ja, vor allem der Vater!"

Sophie hatte ihn immer verarscht. Der Vater war nicht dagegen angekommen. Der Vater! Louisa rannen plötzlich die Tränen aus den Augen, was sie gar nicht von sich kannte. Als sie sie wegwischen wollte bemerkte sie, dass sie noch immer als Japanerin geschminkt war.

„Heulsuse!", sagte sie ihrem Spiegelbild und begann ihre Fassade zu beseitigen, nachdem sie sich das vierte Glas weißen Martini eingegossen hatte. Er war warm und schmeckte eigentlich nicht besonders. Anderen Alkohol hatte sie aber nicht und war zur faul, zur nächsten Tankstelle zu laufen. Außerdem war das unter ihrer Würde.

Louisa sah sich ungeschminkt. „Ob Marie mir ähnlich sieht? Heute, nach so vielen Jahren?"

Sie war froh darüber, dass sie sich entschieden hatte, Marie nicht von Angesicht zu Angesicht bestrafen zu müssen. Aber sie wüsste zu gern, wie sie heute aussah. Die Fotos, die sie bisher kannte, waren reine Spionagefotos: Marie als sie ihr Hotel betrat, Marie beim Einkaufsbummel mit Ragna Sagel und einer anderen Frau, die Louisa erst später als Marchellina da Silva identifiziert hatte, Marie im Auto neben Rolf Martens. Oder es war eins der wenigen Fotos aus der Zeit, als sie noch eine Familie waren.

„Als wir noch eine Familie waren!", sagte Louisa laut und erinnerte sich, als sie auf Rügen Urlaub machen durften, in einer der Datschen der Regierung. Das war wunderschön! Louisa hatte immer zu ihrer großen Schwester aufgeschaut. Wie sie das alles ertrug. Der Vater hatte fast immer Sophie auf's Korn genommen, wenn die Mutter außer Reichweite war. Und Sophie hatte sich immer zwischen ihn und die beiden kleinen Schwestern Lisa und Barbara gestellt. Sie hatte immer alles abbekommen, auch wenn Barbara geschrien hat oder sie selbst mal wieder frech gewesen war.

Louisa wandelte sich allmählich in Lisa.

Als Lisa suchte sie Maries Zimmer auf. Es war bereits weit nach Mitternacht, sie war sich sicher, dass Marie nicht mehr kommen würde. Als Louisa dachte sie: Sie wird wohl im Spreewald bei ihren Pilzen und Wildschweinen übernachten. Dann ließ Lisa aber Louisa im Zimmer der Japanerin zurück. Louisa nervte und störte sie bei ihrem Vorhaben.

Lisa suchte nach Bildern, Fotos, Erinnerungsstücken in Maries Schränken, in ihren Taschen, in ihrem Bett. Als sie nichts fand, wurde sie wütend, so wütend, dass sie Maries Bekleidung aus den Schränken riss und auf dem Fußboden verteilte. Dann öffnete sie die Schubladen und Anrichten, um die Gegenstände auf dem Teppich zu drapieren. Diesmal ging sie sortierter vor und ganz automatisch, als Agentin konditioniert, war alles sehr leise vor sich gegangen.

Dann fand sie, was sie suchte. Sie zog sich langsam aus, suchte aus den Kleider auf den Fußboden ein paar Sachen heraus und zog sie an. Sie stellte fest, dass sie ein wenig zu groß für sie waren, aber dennoch bequem. Sie setzte sich auf's Bett und schaute sich nacheinander die Gegenstände an, die sie aus den Schubladen und Schränkchen heraussortiert hatte.

Zwischendurch nahm sie hin und wieder einen Schluck aus der Martiniflasche. Es handelte sich nicht nur um Alltagsgegenstände. Es waren Taschenmesser, Steine, getrocknete Rinden, Papiertüten mit Beeren, Blättern und Pulvern, aber auch Briefe, ein engbeschriebenes Büchlein, in dem Rezepte für die Zubereitung und Mischung von Kräutern notiert waren.

Lisa nahm die Gegenstände und legte sich auf's Bett. Sie roch an den Gegenständen, legte sie beiseite und konzentrierte ihre olfaktorischen Sensoren auf

Maries Bekleidung. Je mehr sie roch und je niedriger sich der Spiegel in der Martiniflasche senkte, desto mehr liefen ihr die Tränen die Wangen herunter.
„Marie, liebe Marie! Ich muss dich töten, sagt Louisa. Das lass ich nicht zu! Ich werde dich retten, Marie. Ich töte nicht dich, ich töte Louisa!"

*

Sie waren am frühen Abend in Berlin-Tegel gelandet. Mit dem Sammeltaxi ließen sie sich in die Quartiere bringen und auch wenn Marie in die Pension fahren wollte, ließ Max das nicht zu.
„Morgen früh fahren wir beide hin! Mindestens diese Nacht bleibst du in meinem Hotel, ob es dir gefällt oder nicht!"
„Es gefällt mir nicht", sagte Marie, fast wie ein trotziges Kind, „aber irgendjemand muss ja auf dich aufpassen, Max, damit du nicht wieder auf den DOM reinfällst!"
„Geenauu", dehnte Max, war aber zufrieden, der Zweck heiligte die Mittel.
Hermann hatte einen, respektive mehrere schwere Tage vor sich. Er musste der Senatsverwaltung klarmachen, dass er als Stiftungsdirektor berufen wurde und schnellstens in Frühpension gehen musste. Wie früh, würde sich herausstellen, aber er konnte sich natürlich auch „alterskrank" melden. Das wusste sicherlich auch das Personalamt und würde ihn bald gehen lassen.
Marco war am Flughafen geblieben; Ragna leistete ihm Gesellschaft, bis sein Flieger nach Amsterdam abhob. Von da hatte er einen Direktflug nach Buenos Aires.
Ragna musste in den folgenden Tagen ihre ganzen Aufträge stornieren, die sie für ihre „Flucht" getroffen hatte und bislang nicht zurücknehmen wollte, so als Hintertürchen. Diese war aber nun ein für alle Mal zugeschlagen und merkwürdigerweise fand Ragna das keineswegs sehr enttäuschend. Vielleicht würde sie ja reisen, aber nicht um sich an irgendeinem Strand in der Sonne zu langweilen.
Rolf musste langsam mal wieder an seine Doktorarbeit als Psychotherapeut denken und Yukete an seinen Master in Philosophie.
Dennoch konnte Yukete nicht einfach in seine Studentenbutze stiefeln und sich auf's Ohr hauen, wie es bei Rolf offenbar kein Problem war. Wahrscheinlich würde er zehn Minuten eine „Jakob'sche Muskelentspannung" durchführen, um anschließend traumlos wegzuschlafen, vermutete Yukete.
Er selbst musste noch ein paar Schritte laufen, seine ganzen Eindrücke verarbeiten, die an diesem Wochenende auf ihn eingeströmt waren.

„*Yukete?!*"

Yukete stöhnte auf. „Du hast mir grad noch gefehlt, Mbeete! Ich muss nachdenken und abfühlen. Im Moment störst du!"

„*Ja, dennoch, junger Freund. Ich muss dir etwas sagen!*"

„Verhindern kann ich's wahrscheinlich sowieso nicht, oder?" Ohne eine Antwort abzuwarten fuhr er fort: „… und wo hast du überhaupt gesteckt die ganzen Tage? Ich hab dich überhaupt zum ersten und einzigen Mal in Afrika gehört und dann war Sendepause. Was soll das und was willst du jetzt? Oder bist du vielleicht der ominöse Druide, der Eber? Vielleicht sogar der DOM? Der scheint ja nun selbst aktiv geworden zu sein!"

„*Ja, Yukete, da hast du recht. Der DOM kann jetzt kein Subjekt mehr neben sich dulden! Keinen Mbeete, keine oder keinen Druiden und natürlich auch keinen Eber. Jedenfalls nicht in seinen Einflusssphären. Ich muss daher gehen und du wirst meinen Job übernehmen!*"

„Ich werde waaas?"

„*…*"

„Sag was!" Bisher hatte Yukete seine Ansprache an Mbeete gedacht und nicht durch seine Kehle und Zunge nach außen dringen lassen, nun aber konnte er sich nicht mehr halten: „Los, du Druide, sag was! Du kannst mich doch nicht einfach auszählen und dann hängen lassen."

„*…*"

„Mbeete, bitte …!"

„*Okay, Yukete. Geh nach Hause, mach ein paar progressive Jakob'sche Entspannungsübungen und leg dich schlafen! Ich erklär dir das Ganze. Und dann bin ich einfach weg. Muss ich wiederkommen, hast du, habt ihr nicht den richtigen Weg gefunden. Also sei froh, wenn ich endgültig die Klappe halte. Und jetzt husch, husch. Ihr habt mir eigentlich ganz gut gefallen!*"

Der will mich verarschen, dachte Yukete und schaute sich um, ob ihn vielleicht tatsächlich irgendjemand auf den Arm nehmen wollte, aber es war niemand da. „Du willst mich verarschen!", rief er daher in den Wind dreimal. Dann marschierte er nach Hause.

Ich muss schlafen, vielleicht bin ich einfach nur verwirrt, dachte er, kam grad noch dazu sich auszuziehen, seine Zähne zu putzen, zu pinkeln, um im Bett zu verschwinden. Die „Jakob'sche Muskelentspannung" hasste er wie Mbeete das Weihwasser, dachte er noch, bevor er tief und fest einschlief. Einen Wecker hatte er nicht gestellt.

*

Am Montagmorgen standen Marie und Max vor Maries Pensionsbett und starrten auf Lisa, die tief zu schlafen schien. Nicht nur in Maries Bett, sondern auch in ihren Kleidern, später stellte sich heraus, sogar in ihrer Unterwäsche. Max fühlte den Puls am Hals, konnte keinen finden. Außerdem war Lisa totenbleich, sodass dieser Versuch nichts als ein Reflex von Max gewesen war. Das Zimmer war durchwühlt, aber auch merkwürdig geordnet. Max rief mit seinem Handy die Polizei und informierte den Empfang, dass im Zimmer von Frau Ebert eine Tote lag. Er hatte Marie hinter sich her aus dem Zimmer gezogen und gesagt: „Wir dürfen hier jetzt nichts mehr anfassen, Marie. Sonst werden wir irgendwie verdächtigt!"

„Ja!", sagte Marie und nahm den Brief an sich, der neben dem Bett lag und auf dem *Nur für Sophie* stand.

Wenig später erschienen zwei uniformierte Beamte, fragten nach dem Anrufer und ließen sich dann von Max ins Pensionszimmer von Marie begleiten. Sie schauten sich den Leichnam von Louisa an und stellten ebenfalls fest, dass sie tot und bereits so kalt war, dass sie schon länger hier liegen musste.

„Die KollegInnen vom KDD[97] müssten gleich erscheinen", sagte der ältere Beamte und kurz danach hörten sie zwei Personen die Treppe hinaufkommen, zwei jüngere Frauen mit jeweils einem Aluminiumkoffer „bewaffnet". Sie stellten sich Marie und Max als Oberkommissarin Wallner und Kommissarin Heffner vor und sagten: „Wir sind vom Kriminaldauerdienst. Die Kollegen vom Streifenwagen nehmen gleich ihre Personalien auf und dann erzählen Sie uns, warum Sie hier sind. Solange bleiben Sie bitte hier in der Pension. Wir sichern erst einmal die Tote und das Umfeld! Wir haben einen medizinischen Gutachter bestellt, der gleich hier sein wird."

Marie und Max konnten beobachten, dass schnell und professionell gearbeitet wurde. Der Pathologe, der dazu gekommen war, hatte den Tod von Louisa festgestellt. Es handelte sich offenbar um Herzversagen, sagte er, aber er müsse die Leiche mit in die Pathologie nehmen und dort weitere Untersuchungen anstellen, um Fremdverschulden endgültig auszuschließen. Sollte dies der Fall sein, werde die Kriminalpolizei, Mordkommission den Fall übernehmen, ergänzten die Damen vom KDD und drückten Marie ihr herzliches Beileid aus, nachdem sie erfuhren, dass es sich um die Schwester von Marie handelte, auch wenn die Tote keinerlei Papiere bei sich trug. Aber warum sollte jemand lügen, an dieser

---

[97] KriminalDauerDienst

Stelle, zu diesem Zeitpunkt. Es würde so oder so aufgedeckt. Außerdem war die Geschichte der Marie Ebert und ihrem Begleiter durchaus glaubwürdig. Sie hatte im Hotel von Prof. Dr. Behrends übernachtet, weil sie am gestrigen Sonntag spät von einer Tagung in Hamburg zurückgekehrt waren und im Hotelrestaurant noch etwas gegessen und zwei, drei Gläser Wein getrunken hatten. Zu spät für Frau Ebert, um in ihre Pension zurückzukehren. Frau Ebert wusste zwar zu berichten, dass sie ihre Schwester schon seit vielen Jahren persönlich nicht mehr getroffen hatte, aber wusste, dass sie psychisch nicht ganz gesund war. Dabei deutete sie eine traumatische Kindheit an, zwei Schwestern geboren als Kinder des damaligen DDR-Bürgermeisters-Ost, Friedrich Ebert junior, der der älteren Beamtin, wohl aus dem Geschichtsunterricht, bekannt war. Auch hier war es sehr, sehr unwahrscheinlich, dass Frau Marie Ebert lügen würde. Es gab keinerlei Anlass.

Dennoch befragten sie noch die drei Pensionsangestellten, die Empfangsdame und zwei polnische Reinigungskräfte, sowie die Eigentümerin, die vom Empfang gerufen worden war. Diese bestätigte die Aussagen der Reinigungskräfte, nämlich, dass der Zimmerservice nur von Montag bis Freitag zur Verfügung stand, was sich natürlich auch auf den Preis auswirkte, betonte die Inhaberin. Man sei eine Pension, biete nicht einmal Frühstück an und diene lediglich Menschen mit kleinem Portefeuille, Berlin in seiner ganzen Pracht kennenzulernen. Frau Marie Ebert sei ein Gast gewesen, der nicht weiter aufgefallen war. Sie habe pünktlich ihre Miete gezahlt und war tagsüber meistens außer Haus. Die KDD-Kommissarinnen fragten selbstverständlich noch nach den anderen Bewohnern, vorrangig natürlich die, die am Zimmer der Marie Ebert, in der Lisa Ebert offensichtlich am Wochenende verstorben war, angrenzten. Am heutigen Montag hatte man bislang erst die untere Etage gereinigt und war noch nicht in den oberen Zimmern angelangt. Von daher wisse man nicht, ob jemand anwesend sei. Nein, die Schlüssel hingen an keinem Brett, sondern die Gäste nähmen sie in der Regel mit, wenn sie außerhäusig waren, weil sich auch ein Haustürschlüssel am Schlüsselring befand. Man habe schließlich keinen dauernd besetzten Empfang und nachts schon gar nicht. Die KDD-Damen ließen sich jeweils die Namen und Nationalitäten der BewohnerInnen der umliegenden Zimmer nennen, die notiert wurden. Im Zimmer links neben dem Zimmer mit der Verstorbenen, die Beamtinnen vermieden offenbar bewusst das Wort „Tatort", hatte am Freitag eine Japanerin eingecheckt. Sie war ebenso wenig anwesend wie alle anderen Bewohner der Zimmer in der ersten Etage. Die Japanerin hatte offenbar auch nicht im Zimmer übernachtet, die Inhaberin bestätigte, weder von Freitag auf

Samstag, von Samstag auf Sonntag und auch nicht von Sonntag auf Montag, denn das Bett war unberührt und die Decke noch immer so gefaltet, wie am Freitag vom Reinigungspersonal hinterlassen. Dennoch sah man, dass das Zimmer bewohnt war, auf dem Bett lagen, ganz offensichtlich japanische Bekleidungsgegenstände, im Bad befanden sich Schminkutensilien. Man nahm an, dass die Dame sich hier nur zum Umkleiden und Frischmachen aufhielt, aber wohl eine angenehmere Übernachtungsmöglichkeit gefunden hatte. Man lächelte bei der Feststellung. Im Übrigen hatte die Dame für eine Woche im Voraus bezahlt und könne schließlich tun und lassen, was sie wolle, Asiatin hin oder her.

Zwei Tage später lag der Bericht des Pathologen vor. Es war ein tragischer Fall gewesen, aber eher seelischer Natur. Die Schwestern hatten sich aus den Augen verloren, aus welchen Gründen auch immer. Eine der beiden wollte nun einseitig diese Kontaktsperre der Schwestern beenden. Offenbar wollte Lisa Ebert ihre Schwester überraschen, indem sie sich in ihr Pensionszimmer einfand, obwohl sie eine großzügige Wohnung in Berlin-Mitte ihr Eigen nannte. Man fand heraus, dass sie Senatsbeamtin war und als Einzelgängerin galt. Psychische Auffälligkeiten wurden nur sanft angedeutet, sie behinderten jedoch nicht ihre Aufgaben, welche, wurde nicht recht deutlich.

Die Überraschung gelang offensichtlich nicht, denn Marie Ebert hielt sich bei einer Tagung in Hamburg auf, wofür sie sieben LeumundszeugInnen benennen konnte. Als Lisa Ebert dann am Freitagabend bemerkte, dass ihre Schwester nicht mehr kommen würde, trank sie eine Flasche weißen Martini aus, den sie offensichtlich mitgebracht hatte. Entweder war es der Alkohol, die erlebte Enttäuschung, ihre psychische Vorerkrankung – oder wahrscheinlich alles drei, was dann zu einem Herzstillstand führte. Auch nach der Auswertung aller Daten- und Spurenerfassung zeigte sich keinerlei Fremdverschulden – die Pathologie hatte das ebenfalls zu 100 Prozent ausgeschlossen. Damit wurde die Akte geschlossen. Dass die Bekleidung der Lisa Ebert ein wenig zu groß ausgefallen war, war keinem der untersuchenden Beamten aufgefallen.

Nachdem die Japanerin nach Ablauf der Mietzeit nicht wieder aufgetaucht war, verwahrte man die Gegenstände aus dem Zimmer noch weitere vier Wochen, bis dann die Bekleidung der Kleiderkiste zur Verfügung gestellt wurde und alle anderen Gegenstände dem Müll überantwortet. Darunter war auch eine größere Plastikfalsche mit einem Schlauchende. Die englische Bezeichnung deutete darauf hin, dass die Japanerin herzkrank war und wohl hin und wieder eine Inhalation damit benötigte. Aus hygienischen Gründen wurde das Ganze weggeschmissen.

Als Marie und Max die Pension verließen, sagte Marie: „Ich habe zwischendurch das Kuvert geöffnet, hab es nicht mehr ausgehalten. Ich glaube, wir sollten eine kleine Telefon- oder Chatkonferenz einberufen, denn das, was dort steht, hat nicht Lisa geschrieben, sondern ich!"

Das Rundumtelefonat ergab allerdings, dass Yukete darum bat, doch persönlich zusammenzukommen. Er lud ein zu Hummus bi Tahina in seine Studentenbutze, was zwar eng war für sieben Personen, aber keiner würde frieren.

Sie waren natürlich alle schon über den Tod von Lisa Ebert/Louisa Ebelt informiert. Rolf hatte sich den „Tatort" sogar noch angeschaut, an der Polizei vorbei, selbstverständlich. Er hatte sich alles ganz genau angeschaut und war überzeugt, dass hier kein natürlicher Tod vorliegen konnte.

„Lisa Ebert, aber vor allem Louisa Ebelt war vollkommen gesund. Ich mache den Unterschied, weil grade Louisa in ihrer Position, aber auch in ihrer Selbstsicht, narzisstisch und luxuskonsumorientiert, auf einen erstklassischen Bodyindex angewiesen war. Und die mysteriöse Japanerin wird wahrscheinlich nie wieder auftauchen. Heißt, Louisa wollte Marie töten, dessen bin ich mir ganz sicher. Vielleicht durch irgendein Gift, das sie Marie heimlich verabreichen wollte, oder ein Gas, das man weder im Geschirr, in Gläsern, Tassen, im Raum selbst oder im Körper der Propandin nachweisen konnte. Als Verfassungsschutzagentin hatte sie ja sicher Zugang zu solchen Mitteln. Die CIA, der Mossad und der FSB hatten solche Mittel ganz bestimmt vorrätig. Und dann kam Marie einfach nicht, am Freitagabend, in der Nacht. Und anstatt einfach nach Hause zu fahren, übermannte sie wahrscheinlich die Neugierde. Wie lebte ihre Schwester wirklich, wie sah ihre Bekleidung aus, wie fühlte es sich an, welchen Geruch verströmte ihre Schwester, würde sie anhand dieser Sinneswahrnehmungen ihre Schwester erkennen können? Glaubt mir, die olfaktorische Erinnerung ist bei uns mehr als ausgeprägt. Ihr kennt das sicher alle, ihr kommt in einen Raum, geht eine Straße entlang oder über eine Wiese. Plötzlich erinnert ihr euch an ein Geschehen aus der Kindheit. Das wurde meist durch einen Geruch ausgelöst, der aktuell auf euch eingeströmt ist und identisch mit dem Geruch des Geschehens in eurer Kindheit zusammenpasste. Und bei Lisa, jetzt spreche ich bewusst von Lisa, muss die massive Einflussnahme von drei wichtigen Sinneswahrnehmungen, nämlich optisch, sensitiv und olfaktorisch zu einer Eskalation der Gefühle geführt haben. Gehen wir nun davon aus, dass Louisa/Lisa tatsächlich eine schizophrene Borderlinestörung mitbrachte, dann war sie in einer Zwickmühle: Louisa wollte Marie töten, Lisa wollte Sophie beschützen.

Klassische Double-bind-Situation[98], deine Schwester, Marie, befand sich mit all ihren Fassetten in einer psychischen Ausweglosigkeit. Wärest du anwesend gewesen, hätte wahrscheinlich Louisa Oberhand gewonnen, nun aber war Lisa in die Beschützerrolle und geschwisterliche Solidarität ihrer Schwester gegenüber gezwungen. Daher musste Louisa sterben, statt ihre geliebte Sophie!"

Das klang logisch und nachvollziehbar. „Aber wie hat sie's denn nun gemacht", wollte Hermann wissen.

„Keine Ahnung", sagte Rolf. „Das Geheimnis liegt wahrscheinlich irgendwo bei der japanischen Touristin. Aber ich glaube, wir sollten es nehmen, wie es ist!"

Die Gruppe beließ es dabei, jedenfalls erst einmal. Die polizeiliche Ermittlung war ja noch nicht abgeschlossen und gegebenenfalls musste man sich wieder darum kümmern.

Marie ließ nunmehr den Brief samt Umschlag, auf dem deutlich mit Kugelschreiber geschrieben stand: *Nur für Sophie*, in die Runde geben. Den eigentlichen Text kannten natürlich alle und Marie sagte: „Wie ihr vielleicht seht, ist das meine Handschrift. Ich hatte es mir aufgeschrieben, als ihr, Ragna und Max, von eurer Erfahrung mit dem DOM gesprochen hattet. Das ist nicht einmal drei Wochen her. Jedenfalls habe ich wortwörtlich aufgeschrieben, was der DOM euch damals hat zukommen lassen, durch diesen Pastor. Denn anders als ihr, hätte ich mir dieses Wort ganz bestimmt nicht gemerkt, oder höchstens den Inhalt, wenn man überhaupt von einem Inhalt sprechen kann. Nur die Namen Lisa und Louisa, hat ganz offensichtlich Lisa/Louisa mit dem Kugelschreiber hinzugefügt.

„Ich setze euch davon in Kenntnis, dass der DOM existiert. Deis Omnipotate Mystica! Ihr beide, Sophie und Lisa, habt in der letzten Nacht etwas wahrgenommen, was ihr nicht wahrnehmen durftet. Das hat Folgen für euch beide. Ich muss euch ernsthaft warnen! Euer Es, das euch nun absichtslos erweitert wurde, wird euch Entwicklungsleistungen erlauben, die ihr zwar nutzen könnt, aber ontologisch mit Vorsicht zu gestalten sind, wenn Geist, Raum und Zeit nicht im Einklang sind! Ich werde euch rufen, wenn ihr gebraucht werdet!"

„Nichts Neues, also!", merkte der pragmatische Hermann an.

„Außer, dass sich Lisa damit auf eine Ebene mit ihrer Schwester begibt", ergänzte Rolf, „und das würde meine Theorie eher bestätigen."

„Nein", entgegnete Marie, „Lisa möchte mir etwas anderes sagen. Ich glaube, sie will mich warnen. Oder sie will, dass ihr Tod gerächt wird, vielleicht vom

---

[98] eine Situation, in der sich beide Handlungsalternativen gegenseitig ausschließen

DOM. Oder sie will mir sagen, ich soll ihr folgen, weil die Voraussetzungen, die der DOM beschreibt, erfüllt sind."

„Oder", ergänzte Ragna, „der DOM steckt selbst dahinter. Hat sich Louisa oder Lisa zum Instrument auserkoren, wollte seine Macht demonstrieren."

„Dann ist er aber ziemlich inkompetent und dumm!", sagte Hermann. „Wenn er so mächtig ist, dann kann er uns doch direkt bekämpfen, warum solche Umwege?"

„Ich glaube, ihr irrt euch in der Einschätzung des DOMS", musste nun Yukete dozieren, philosophisch dozieren. Und sagte das: „Wenn es euch zu viel wird, sagt es lieber, es hat etwas Phänomenologisches, also ist es nicht so ganz einfach nachzuvollziehen."

„Leg los, Yukete", sagte Max, „ich will endlich wissen, woran ich bin!"

Die anderen nickten und Yukete legte los: „Hermann sagte: Der DOM ist inkompetent und dumm. Das „O" im DOM heißt aber „Omnipotate", also allmächtig. Das scheint ein Widerspruch zu sein, ist es aber nicht. Die Dialektik, also die zwei Wahrheiten, die sich gegenüberstehen, heißen: Objektivität, also die Macht der Mehrheit, und Qualität, nämlich die Frage, was die Objektivität beinhaltet, oder einfach ausgedrückt: Wie gut ist die Objektivität eigentlich. Die Objektivität drückt aber nichts anderes aus, als die Wirklichkeit der Mehrheit des denkenden Menschen. In der Folge stellt sich die Frage: Wie sieht es mit der Qualität der Gedanken der Mehrheit aus? Und wenn ihr euch die Menschheit anschaut, dann zeichnet sie sich nicht gerade durch Massenintelligenz aus, wie zum Beispiel bei Ameisen oder Bienen. Kriege, Umweltverschmutzung, Klimakatastrophe, Gewalt, Missbrauch, Misshandlungen, Folter, Vergewaltigung, zusammengefasst die Unfähigkeit, Bildung für eine nachhaltige Entwicklung einzusetzen, weisen weder auf eine rationale noch auf eine emotionale Intelligenz hin. Nein, die Menschheit zeichnet sich durch ökologische, soziale und emotionale Inkompetenz aus, und versucht mit Gewalt Probleme zu lösen, was nichts anderes als dumm ist! Ich muss euch sagen, dass ich gestern Abend ein ziemlich kurzes Gespräch mit Mbeete, dem Druiden, der Druidin hatte ..."

Erstauntes Gemurmel und Marie sagte: „Wo hat der Eber bloß gesteckt in den letzten Tagen?"

„Das hab ich ihn auch gefragt! Jedenfalls hat er sich verabschiedet, endgültig, wie er sagte."

„Hat er wenigstens grüßen lassen?", warf Ragna ein.

„Nein, kein Wort! Oder vielleicht doch, zwischen den Zeilen. Es sagte zum Beispiel, ich zitiere wörtlich:

‚*Muss ich wiederkommen, hast du, habt ihr nicht den richtigen Weg gefunden. Also seid froh, wenn ich endgültig die Klappe halte. Und jetzt husch, husch. Ihr habt mir eigentlich ganz gut gefallen!*'"

„Husch, husch, also." Ragna hatte ein anderes Bild von ihrer Druidin, die sie durch die KZ-Lager geführt hatte. „Das kann nicht meine Druidin sein."

„Doch! Sie passt sich eben der Zielperson mit ihrer Sprache an", antwortete Yukete, „und husch, husch, passt wohl zu mir! Aber ernsthaft: Die Druidin oder Mbeete war für den DOM bislang überlebenswichtig. Er war die Intelligenz des Systems. Vielleicht erinnert ihr euch. Der DOM ist schon einmal restlos vernichtet worden, damals, im Mittelalter. Es muss wohl auch damals eine Gruppe von Individuen gegeben haben. Ich denke an Galileo Galilei oder Leonardo da Vinci, also Subjekte, die nicht nur gegen den Klerus angegangen sind, sondern auch direkt gegen den DOM. Und da dieser damals eben nur objektiv war, also so dumm, oder sagen wir besser, so wenig wahrhaftig und wahrheitssuchend wie die mächtigen Kleriker und ihre Vasallen, hatte er keine autonome Überlebenschance. Denkt bitte darüber nach, dass es nicht nur eine rationale und emotionale Intelligenz gibt, sondern auch eine natürliche, neudeutsch-ökologische. Fauna und Flora sind in der Lage, auf äußere Einflüsse problemlösend zu reagieren. Das ist nichts anderes als intelligentes Vorgehen! Der DOM besaß damals aber keinerlei dieser Intelligenzen, da er als Nichtperson weder kausale Zusammenhänge in eine rationale Erkenntnis transformieren, noch emotionale Beziehungen aufbauen konnte, die ihm die Zusammenhänge der Welt erklären hätten können. Zum dritten war und ist er keinem natürlichen Ursprung zuzuordnen und damit unfähig, natürliche, intuitive oder instinktive Problemlösungen umzusetzen. Der DOM ist! Sein Sein ist nicht verhandelbar. Aber alles, was ist, also Existenz hat, kann auch in eine Antiexistenz gezwungen werden. Der Buddhismus hat hier ein paar Aspekte herausgefunden: Das Nirwana im Nihayana Buddhismus ist zum Beispiel eine Variante der vielen Wunder, die Menschen in der Lage sind zu leben, wie zum Beispiel lange ohne Nahrung oder Wasser auszukommen, sich unendlich lange nicht zu bewegen oder umgekehrt sogar zu fliegen mit übereinander geschlagenen Beinen. Aus dieser Antiexistenz, die der DOM im Mittelalter erleben musste, hat er eine, die drei Intelligenzen umfassende Entität[99] entwickelt, um diese als Puffer zwischen der Objektivität, der Wirklichkeit und der Wahrheit einzusetzen. Wir haben diese identifiziert,

---

[99] einzelne Substanz, also etwas, was es kein zweites Mal gibt

als Mbeete, Druide oder Druidin, ja sogar als Eber, je nachdem, wie diese Entität sich in unsere individuelle, soziokulturelle Vorstellungskraft einbinden ließ. Dabei ist der DOM folgender Synthese gefolgt: Wenn einzelne Subjekte in der Lage sind, die Wirklichkeit der Menschen zu verändern, muss der DOM dann nicht seine Existenz negieren, wenn er eine Intelligenz schafft, die die Operationalisierung der Subjektivität, also der ‚neuen' Wirklichkeit in die Objektivität durchführt. Diese Intelligenz ist demnach dazu verflucht, beides zu sein, eine subjektive Intelligenz, die sogar in der Lage ist, Beziehungen zu anderen Subjekten einzugehen und gleichzeitig eine entpersonalisierte, objektive Wirklichkeit vertreten muss. Die logische Folge ist, und hier sind wir bei Lisa angekommen, dass beide Optionen nicht gleichzeitig funktionieren. Lisa konnte nicht gleichzeitig Louisa sein. Als sie mit der Wirklichkeit ihrer damaligen Schwester Sophie, also der heutigen Marie, konfrontiert wurde, war sie der Wirklichkeit entrissen. Sie konnte unter diesen Prämissen einfach nicht existieren. Und Rolf hat es aus der psychologischen Sicht beschrieben: Lisa/Louisa hat sich auf und davon gemacht. Genau wie Mbeete und die Druidin –, ihr erinnert euch, Marie hatte ihren Eber ja auch töten müssen. Sie ist, wenn ich beim Singular bleibe, in die Gegenwirklichkeit übergegangen. Beides war, auch wenn es sich brutal anhört, intelligent problemlösend!"

„Waouh", sagte Max. „Also war mein blödsinniger Akt nichts weiter als der Versuch des DOMs, die Wirklichkeit ohne Intelligenz zu dehnen."

„Wir müssen uns also mit einer Wirklichkeit auseinandersetzen, die von einer Problemlösungsinstanz verlassen worden ist?!" Ragna schien verunsichert.

„Genau so ist es, liebe Ragna. Ich sehe schon, dass du der Phänomenologie doch nicht ganz aus dem Wege gehen kannst. Und ja, wir haben es mit einer Macht zu tun, die nicht nach intelligenten Maßstäben berechenbar ist. Was dann in der Konsequenz bedeutet, dass wir dem DOM nur eine einzige Gegenmacht entgegenstellen können – und zwar eine, die völlig unabhängig ist von Subjektivität und Objektivität!"

„Die Wahrheit", kam es leise im Chor.

„Und das bedeutet was?" Hermann brachte es wieder auf den pragmatischen Punkt.

„Muss ich wiederkommen, habt ihr nicht den richtigen Weg gefunden", zitierte Yukete noch einmal Mbeete. „Der Druide sagt: Wenn ihr nicht intelligent genug seid, die Wahrheit aufzudecken und dem DOM gegenüberzustellen, werdet ihr nicht erfolgreich sein und ich werde in der Folge wieder die Intelligenzfunktion für den DOM übernehmen müssen."

„Okay", Hermann ließ nicht locker. „Wie sieht die praktische Seite der Wahrheit aus?"

„Wir drehen uns im Kreis", schaltete sich Rolf wieder ein. „Das wird einfach dein Job sein, lieber Hermann, als operativer Chef, der du ja nun als Direktor der Stiftung bist. Die praktische Seite bedeutet, herauszufinden, wie wir die Individuen, die in der Lage sind, einen Beitrag zur Wahrheit zu finden, motivieren, an einem Netzwerk mitzuarbeiten, das auf der Grundlage von Friedrich Ebert und Richard Hanwein eine Evolution in Gang setzt, die den DOM endgültig überflüssig machen wird!"

Dem konnten sich alle anderen anschließen, auch mit der Bemerkung Maries: „Und du bist ganz bestimmt nicht allein damit, Hermann. Das sind ja nun wirklich nicht mehr wir sieben, die hier sitzen. Neben Heinrich und Marchellina kommen ja auch Marco und seine einhundertsechs Freunde dazu. Es wird mit Sicherheit von dort Anregungen geben, wie wir diesen Aufbruch zur Wahrheit in Szene setzen werden, meinetwegen mit dem Open Space, oder wie auch immer!"

„Ganz genau", Yukete war bemüht, die Diskussion jedenfalls an diesem Abend zu einem Abschluss zu bringen. „Mein Hummus bi Tahina schmeckt zwar auch, wenn es länger geköchelt hat, aber vielleicht habt ihr ja auch Hunger?!"

„Und wie!", sagte Max. Die anderen stimmten ihm zu.

„Einen letzten Satz kann ich euch aber nicht ersparen", setzte Yukete abschließend hinzu: „*Geh nach Haus ... und leg dich schlafen! Ich erklär dir das Ganze*, hatte Mbeete gesagt. Und sagen wir es mit Martin Luther King: I had a dream!"

Epilog

Es seien zum Schluss dieser Abhandlung nur kurz die Fakten der weiteren Entwicklung bis zum Herbst 2014 beschrieben. Der Prozess ist selbstredend noch nicht abgeschlossen und es wird sich die Frage stellen, ob der Chronist anhand der heutigen Eckpunkte feststellen wird, ob eine Erweiterung dieser Chronik eine erfolgreiche und nachhaltige Entwicklung dokumentieren kann. Sollte das Projekt scheitern, ist eine weitere Beschreibung nicht erforderlich, denn es würde müßig sein, den DOM in seiner Gleichförmigkeit und Indolenz zu beobachten: Die Individuen würden weiter unterdrückt, die Objektivität spiegelt die Wahrheitswidrigkeit und den Gleichschritt der Gewaltspirale.

Aber zunächst ist festzustellen, dass das Gespräch mit den Herren Regierenden Bürgermeister von Berlin, Klaus Wowereit, Jahrgang 1953 und Bezirksbürgermeister von Neukölln, Heinz Buschkowsky, Jahrgang 1948, tatsächlich im Roten Rathaus stattgefunden hat.

Die Bürgermeister sagten nach zwei Gesprächsstunden alle ihre Termine für die drei Folgetage ab und ließen sich von den ANDEREN die hier dargestellte Chronik bis ins Detail berichten. Daher wurde an dieser Stelle darauf verzichtet, das Gespräch aufzuzeichnen, weil die Inhalte als bekannt vorausgesetzt werden können.

Den beiden Bürgermeistern wurde selbstredend die historische Bedeutung des bislang unbekannten Treffens der beiden Bürgermeister Heinrich Albertz und Friedrich Ebert junior am 3. Juni 1967 bewusst, und natürlich auch die Tatsache, dass sie sich, aus welcher Verursachung auch immer heraus, nun zum selben Datum siebenundvierzig Jahre später, eine Entwicklung einleiten sollten, die womöglich die Denkkonstrukte der Welt ins Wanken bringen sollte, nicht ohne eine konstruktive Neuorientierung vorzustellen.

Im Ergebnis wurde nach drei Tagen vom Berliner Senat eine offizielle Presseveröffentlichung herausgegeben, die über die Pressagenturen tickte. Die beiden politisch Verantwortlichen innerhalb Berlins unterstützten dabei die neuen Überlegungen einer Gruppe von Menschen, die sich auf den alten Friedrich Ebert beriefen und daraus in vielen Gebieten der gesellschaftlichen Relevanz Innovationen anschieben wollten, die, in der Tat, auch systemverändernd wirken würden. In der Veröffentlichung wurden einige Bereiche als reformationswürdig benannt, allen voran die eigene Profession, die die Bürgermeister auf die Prüfungswaage der Zukunft setzen würden. Aber auch die globalisierte Wirtschaft,

TTIP, CETA und so weiter, das Inter- und Darknet, das Militär, die sogenannten Eliten und Reichen, die Verantwortlichen für die globale Umweltverschmutzung, den Hunger der Menschen, die Fluchtursachen und auch die Schul-, Sozial- und Gesundheitssysteme der Welt bekamen ihre Denkzettel.

Ohne auf die einzelnen Reaktionen an dieser Stelle eingehen zu können, waren die Lobbyisten umgehend auf der politischen und medialen Bühne, um jegliche Form von Abbau freier marktwirtschaftlicher Interessen zu unterbinden.

Die Bürgermeister sagten der Gruppe, die sich bislang *Enkel der Lager* nannte, ihre volle Unterstützung zu: Das erste Open Space sollte im Kongresszentrum zu Berlin alsbald stattfinden. Träger wurde die Stiftung „Richard Hanewein" unter der Schirmherrschaft vom Regierenden Bürgermeister von Berlin.

Klaus Wowereit musste noch im gleichen Jahr, am 11.12.2014 seinen Hut nehmen, Heinz Buschkowsky nicht viel später am 1.04.2015.

Die bislang einhundertsieben internationalen *Enkel der Lager* vereinigten sich mit den acht deutschen *ANDEREN*, also einschließlich Heinrich Jaenecke und Marchellina da Silva, unter der Stiftung „Richard Hanewein", dessen Leitung des Stiftungsdirektors Hermann Müller durch geheime Wahl demokratisch legitimiert wurde. Es gab keine Gegenstimmen.

Wie die Bewegung insgesamt dann letztlich heißen sollte, sollte das erste internationale Open Space ergeben. Man war sich einig, dass die Stiftung als Exekutive fungieren sollte, die Open-Space-Projekte formlos als Legislative. Eine Justiz war derzeit überflüssig.

Aufgrund der Schneeballwerbung, die Hermann Müller und seine Freundinnen und Freunde international angestoßen hatten, meldeten sich bis Ende des Jahres bereits einhundertzwölftausend Personen an, um an dieser internationalen Zukunftswerkstatt mitzuarbeiten.

Da das Kongresszentrum Estrel von Berlin lediglich sechstausend Plätze fasst, haben sich durch die Initiative von einzelnen *Enkeln der Lager* die Kongresszentren La Rural in Buenos Aires, Agoda in Shanghai, McCormick in Chicago, Captown International in Kapstadt, La Pinas in Manila, Arena in Riga, Intercontinental in Yokohama und Harpa in Reykjavik bereiterklärt, zeitgleich ihre Räumlichkeiten zur Verfügung zu stellen. Da das für die Anmeldungen auch nicht ausreichen würde, wurde schon eine Folgeveranstaltung im Jahr 2015 vorangekündigt.

Heinrich Jaenecke konnte diese Entwicklung persönlich leider nicht mehr miterleben, er starb im Oktober 2014.

Der Brief

Mein lieber Neffe Max, mein liebes Patenkind Yukete! Wenn ihr diesen Brief lesen werdet, bin ich wahrscheinlich schon einige Jahre nicht mehr auf dieser Welt. Du, lieber Max, hast mich 1967 auf die richtige Spur gebracht. Das wird dir nicht bewusst sein, hat aber meine lieben Freunde, die nun, wo ich diesen Brief schreibe, nacheinander in sehr kurzen Abständen verstorben sind, für die Folgejahre deutlich geprägt. Da ich nun die Letzte bin, ist es meine Pflicht, dir gegenüber – und natürlich auch dir, Yukete, einige Zusammenhänge zu dokumentieren. Du, Max, hattest seinerzeit den DOM erleben müssen, mit dreizehn Jahren, in der Pubertät – und das tat mir in der Seele weh! Aber du hast uns auch auf seine Spur gebracht! Unser Vermächtnis ist daher, dass die Objektivität des DOMs eine Seuche geworden ist, die es zu bekämpfen gilt, denn die Wahrheit ist keine Mengenlehre und kein Massenphänomen, die Wirklichkeit lässt sich nicht in Maßeinheiten definieren. Das Gute ist eine Entität, die Wahrheit ist nicht nur rational zu fassen, sondern gleichzeitig auch emotional. Eine Wahrheit mit zwei Seiten, die sich nicht widersprechen. Die sogenannte objektive Wahrheit indess ist eine Chimäre, sie darf nicht mehr Handlungsmotivation des Menschen sein. Gesellschaftliche Entwicklung, die Politik, wie sie sich bisher dargestellt hat, muss ersetzt werden in eine wahrheitsfindende Bewegung, die aus der philosophischen Wissenschaft der Erkenntnistheorie Ergebnisse erzielt, die zu Veränderungen in allen Bereichen der Gesellschaft führen müssen. Nicht die Mehrheit zählt, denn sie wird häufig populistisch, manipulativ und zynisch erzeugt, sondern die Wahrheitsqualität. Wenn immer wieder eine Lüge die Welt beherrscht – und es wird immer wieder Lügner in der Politik geben –, dann sind wir noch nicht soweit, eine Umkehr von Gewaltsystemen in allen Lebensbereichen zu gestalten.

Wir, also meine Freunde Arthur Wachsmeier, Francine und Richard Hanewein, haben uns entschieden, euch beide auf diesem Weg über ein paar Zusammenhänge aufzuklären, die ihr vielleicht noch nicht herausgefunden habt. Sollte dieser Brief von euch nicht gelesen werden können, weil ihr den Weg und damit den Code zum Schließfach hier in Zürich nicht gefunden habt, dann wird auch eure Zeit noch nicht reif dafür zu sein, den DOM endgültig die Wahrheitsstirn zu bieten, ihn in die Wirklichkeit des Seins zu drängen, was eigentlich nur seine Nichtexistenz bedeuten kann.

Selbstverständlich weiß ich nicht, wie sich eure persönliche Gegenwart gestaltet hat. Ich weiß aber, dass du, lieber Max, nicht allein auf die Lösung des Codes hättest kommen können. Schließlich war dir die Existenz Yuketes erst einmal nicht bekannt. Es gab keinerlei Verbindung zwischen euch beiden. Vielleicht gibt es eine Person, vielleicht auch eine kleine Gruppe, die diese Verbindung hergestellt hat, das weiß ich natürlich auch nicht, vielleicht Richards Sohn Marco, Diego, wie er heute heißt – aber er wusste nichts von euch beiden, jedenfalls nicht von uns. Oder vielleicht sogenannte Zufälle, die es meines Erachtens aber nicht wirklich gibt, die euch zusammengeführt haben.

Aber die Tatsache, dass ihr euch gefunden habt, zeugt davon, dass mein lieber Freund Richard Hanewein vielleicht nicht gerade ein Prophet war, mindestens aber ein Visionär – und seine Frau Francine nicht minder! Marco, Diego Hanewein wird es euch bestätigen – ihr werdet ihn finden, denn im Anhang sind alle Daten enthalten, die euch verbinden werden, international! Aber vielleicht ist auch das schon geschehen, wenn ihr diesen Brief lesen werdet.

Wir vier, wir fünf – ihr wisst, dass uns mein lieber Mann Alexander in den letzten Kriegstagen verlassen musste – haben viele Jahre daran gearbeitet, dass so etwas nie, nie wieder passieren soll – der real existierende Faschismus, die Macht der Lüge. Arthur Wachsmeier möchte ich nicht vergessen. Er gehörte immer und sehr intensiv zu unserer Gruppe. Er war derjenige, der als Basis-Kommunist alle Faschisten hasste, nicht, weil er Menschen hassen konnte, sondern weil er Ideen liebte und die Reaktion nicht zulassen konnte. Reaktionär waren in seinem Leben immer diejenigen, die Entwicklung, Innovation der Gesellschaft verhindern wollten, die auf ihren Pfründen saßen und nicht davor zurückschreckten, Kollateralschäden zu akzeptieren. Seine gesamte Familie war ermordet worden, von jenen Reaktionären, von den Nazis. Arthur Wachsmeier war es vergönnt, ebenso wie mir, Francine und Richard, dass Max Horkheimer die faschistoide Persönlichkeit entlarven konnte. Er war ein Entdecker der freien Welt, wie die Frankfurter Schule, die uns grad in den letzten Jahren unserer Gruppe umgab, Hoffnung generierte.

Die Hoffnung, die ich, die wir, in *euch* haben. Ich bin die Letzte der Gruppe, aber ich habe euch beide erlebt! Du, Yukete, wirst es nicht wissen können, aber ich habe drei schöne Abende mit deiner Schwester Szmutuda verbracht. Sie war eine unglaublich integere, sensitive und vor allem emotional intelligente Frau. Sie hätte ihren eigenen resilienten Weg machen können. Ich habe sie gedrängt, es zu tun, aber sie war nicht zu bewegen. Sie sagte, sie sei keine gute Pflanze mehr. Sie habe zu viel Gift in ihrer Seele. Yukete sei noch nicht verseucht.

Lieber Yukete! Deine Schwester hat dich auf den Weg gebracht, auf dem du dich jetzt befindest! Nicht Richard Hanewein, der dich als Patenkind gefördert, aber nicht die persönliche Initiative dafür gegeben hat. Und wir alle anderen auch nicht. Ohne Szmutuda hättest du deinen heutigen Weg nicht gehen können. Sie war entscheidend, nur sie! Wir haben nur funktioniert. Sie sagte, Mbeete habe ihr das gesagt. Wir wussten nicht, was und wer Mbeete ist. Vielleicht ein afrikanischer Gott, ein liebender Gott – oder vielleicht ein Voodoo-Gott, wir jedenfalls wussten es nicht.

Wie auch immer, lieber Yukete, lieber Max, es geht nicht um euch, nicht wirklich! Um euch geht es, ganz genau wie es mir in meiner Lebensgeschichte gegangen ist, ausschließlich in einer Beziehung zu einzelnen Menschen, Menschen in intimer, naher, privater, persönlicher und sozialer Beziehung. Hier findet ihr euch, nicht in irgendeiner Form von Macht über andere Menschen.

Ich muss zugeben, dass das für uns immer ein Problem war! Der Spagat zwischen dem Vertrauen auf die Beziehung zwischen Mensch und Mensch und dem Wissen und funktionalen Vorsprung, den wir hatten, den die Menschen immer haben. Der eine weiß und kann, der andere hört und nimmt, jedenfalls im besten Fall.

Wir mussten die jungen Menschen leiten, wir hatten keine Wahl! Wir mussten sie auch lange im Ungewissen lassen, Wissen hätte an dieser Stelle tödlich sein können. Dennoch haben wir uns immer an die Prinzipien des mündigen Menschen gehalten. Theodor W. Adorno, ein ebenso guter Freund von uns wie Max Horkheimer, hat ein Büchlein geschrieben: „Erziehung zur Mündigkeit!" Ja, das wollten wir, nichts anderes, aber wir mussten auch anerkennen, dass der Mensch an sich mit seinen Genen eine Struktur vorgibt, die durch Liebe auch mit Erkenntnis gefüllt werden muss.

Ohne Erkenntnisanregung befinden wir uns auf einem paradoxen Weg, denn wer gibt, hat auch immer die Macht des Gebens. Er wird das Geschenk immer auch so ausrichten, dass es seine Handschrift enthält – und so soll es ja eigentlich auch sein, bei einem Geschenk. Wenn aber das Geschenk auch etwas bewirken soll, vielleicht auch nur eine gutgemeinte Erkenntnis, ist das Geschenk gleichzeitig auch eine Manipulation!

Wir haben manipuliert, vielleicht so weitgehend, dass wir sogar euch noch immer in einen Bann ziehen, der von Szmutuda und unserer kleinen deutschen Widerstandsgruppe angestoßen wurde.

Dabei warst du, Yukete, deshalb ausgewählt, weil du eben keine Geschichte hattest, keine Geschichte, die uns in zwei Richtungen diktiert hatte: Deutsch und antifaschistisch deutsch. Auch wenn es Jargon ist, aber vielleicht der „Jargon der Eigentlichkeit": Es gibt unterschiedliche Menschen, Geschlechter, Kulturen, Religionen, Haut- und Augenfarben, Nationen und deren Historien, aber die Wiege der Menschheit an sich liegt nun einmal in Afrika – und unsere Pigmente haben sich im Laufe der Entwicklung vom tiefen Schwarz in rasobefeuchtetes Weiß verwandelt, weil das Klima es in den nordischen Bereichen erforderte. Aber du, Yukete, bist ein Erbe der Gemeinschaft des menschlichen Seins. Du vertrittst den Ursprung, in dir findet sich alles zusammen, was man Mensch nennt – und ich hoffe, dass dich dieser Anspruch, diese Anforderung nicht niedermacht, vielleicht sogar zerstört. Aber ich bin sicher, du wirst Freunde haben, die das verhindern. Sehr ans Herz möchte ich dir Diego Hanewein legen – der Junge ist ein guter Junge, er wird euch gefallen.

Von Friedrich Ebert senior will ich nicht weiterschreiben – seine Visionen habt ihr in der Hand, lest selbst, was ihr auf eure Zeit übertragen könnt. Für uns war seine Lebensbeschreibung wichtiger als die Bibel, vielleicht unsere Bibel, vielleicht eine neue. Aber vielleicht wird es auch noch viele Bibeln geben, wie gesagt, die Mehrheit eines Druckerzeugnisses ist kein Garant für Wahrheit.

Und das, was Richard Hanewein in den KZs wirklich getan hat, das war schon toll. Alexander und ich hatten das erkannt und sogar Simon Wiesenthal. Einhundertsieben überlebende Kinder und die vielen Enkel waren uns immer ein Segen – ein Begriff aus der Bibel – überall ist Wahrheit, aber objektiv ist keine!

Lebt euch!

In unendlicher Liebe für euch alle, die ich leider nicht kennenlernen darf.

Alice McGraw, Tante Lieschen

Universität	Land	Studiengang	Originalname	Sprache
Freie Universität Berlin	Deutschland	Philosophie	Yukete Jogoomvinjo	deutsch
Universität London	England	Mathematik/Informatik	Max Behrens	deutsch
Hebrew Universität Jerusalem	Israel	Jüdische Philosophie	Ragna Sagel	deutsch
Humboldt-Universität zu Berlin	Deutschland	Psychologie/Psychotherapie	Rolf Martens	deutsch
Fachhochschule Berlin	Deutschland	Öffentliche Verwaltung	Hermann Müller	deutsch
Walduniversität Lüchow-Dannenberg	Deutschland	Kosmologie	Marie (Sophie) Ebert	deutsch
Universität Hamburg	Deutschland	Sprachwissenschaften	Marchellina Jaenecke	spanisch
Amherst Universität Boston	USA	Biologie	Riley Hanewein	englisch m
Chapman Universität Los Angeles	USA	Politologie	Ruby Hanewein	englisch f
Santa Fé Universität New Mexiko	USA	Psychologie/Psychotherapie	Daisy Hanewein	englisch f
Universität Nuuk	Grönland	Geographie	Freya Hanewein	dänisch f
Universität Oslo	Norwegen	Soziologie	Tuva Hanewein	norwegisch f
Rijksuniversität Groningen	Niederlande	Biochemie	Thiis Hanewein	holländisch m
Sorbonne Universität Paris	Frankreich	Geologie	Louanne Hanewein	französisch f
Paul Cézanne Universität Marseille	Frankreich	Publizistik	Yanis Hanewein	französisch m
Universität Gent	Belgien	Europäische Literatur	Noor Hanewein	flämisch f
Universität Aarhus	Dänemark	Pädagogik	Mikkel Hanewein	dänisch m
Universität Göteborg	Schweden	Anthropologie	Olle Hanewein	schwedisch m
Universität Turku	Finnland	Pädagogik	Minttuu Hanewein	finnisch f
Fudan Universität Shanghai	China	BWL	Dong Hanewein	chinesisch m
Volksuniversität Peking	China	Chemie	Ai Hanewein	chinesisch f
Universität Nanjing	China	Technik	Jian Hanewein	chinesisch m
SWA-Universität	Swasiland	Biometrie	Alfi Hanewein	englisch m
N'Djamena Universität	Tschad	Islam-Philosophie	Arif Hanewein	arabisch m
Lagos Universität	Nigeria	Wasser	Mark Hanewein	englisch m
Universität Taipei	Taiwan	Pharmazie	Cui Hanewein	chinesisch f
Panteion Universität Athen	Griechenland	Tourismus	Olympia Hanewein	griechisch f
Universität Mindanao	Philippinen	Meteorologie	Milie Hanewein	englisch f

Universität Akureyri	Island	Vulkanologie	Gudmundur Hanewein	isländisch m
Universität Bodø, Norwegen	Jan Mayen	Glaziologie	Magnus Hanewein	norwegisch m
Universität Cambridge	England	Geschichte Kingdom	Tyler Hanewein	englisch m
Aston Universität	Birmingham	Informatik	Lexi Hanewein	englisch f
Universität Dublin	Irland	Meeresforschung	Harvey Hanewein	englisch m
Mohyla Universität Kiew	Ukraine	Politologie	Ulyana Hanewein	ukrainisch f
Universität Kinshasa	Kongo	Energiewirtschaft	Lilou Hanewein	französisch f
Universität Nairobi	Kenya	BWL	Chacha Hanewein	swahili f
Universität Trinidad	Tobago	Menschenrechte	Harley Hanewein	englisch m
Universität Inaghei	Haiti	Meteorologie	Hugo Hanewein	französisch m
Universität Auckland	Neuseeland	Philologie	Megan Hanewein	englisch f
Universität St. John's	Bermuda	Experimentalphysik	Lucy Hanewein	englisch f
Universität Minsk	Belarus	Propaganda	Jegor Hanewein	russisch m
Rajiv Gandhi Universität Itangar	Indien	Kunstgeschichte	Ganesh Hanewein	indisch m
Jamia Millia Universität Neu Dehli	Indien	Altertumswissenschaften	Javashree Hanewein	indisch f
Universität Podgorica	Montenegro	Forstwirtschaft	Adelina Hanewein	montenegrinisch f
Universität Port Louis	Mauritius	Chakumulei	Theo Hanewein	englisch m
Universität Riga	Lettland	Meeresbiologie	Aivars Hanewein	lettisch m
Universität Kaunas	Litauen	Theoretische Physik	Goda Hanewein	litauisch f
Universität Tartu	Estland	Fischereiwirtschaft	Artiom Hanewein	estnisch m
Kim Il Sung Universität Pjöngjang	Nordkorea	Propaganda	Chin Hanewein	koreanisch m
Baewha Universität Seoul	Südkorea	Schiffbau	Danbi Hanewein	koreanisch f
Universität Danang	Vietnam	Mineralogie	Tai Hanewein	vietnamesisch m
Universität des Westkaps Kapstadt	Südafrika	Transplantationsmedizin	Dikeledi Hanewein	afrikaans f
Universität Freetown	Sierra Leone	Meteorologie	Abigail Hanewein	englisch f
Universität Neapel	Italien	Kunstgeschichte	Giovanni Hanewein	italienisch m
Universität Porto	Portugal	Gerontologie	Beatriz Hanewein	portugiesisch f
Universität Tórshavn	Färöer	Fischereiwirtschaft	Frida Hanewein	dänisch f
UNED Universität Madrid	Spanien	Theaterwissenschaften	Lucia Hanewein	spanisch f
Universität Saint Denis	Réunion	Schafzucht	Louna Hanewein	französisch f

Universität Victoria	Seychellen	Touristik	Maxime Hanewein	französisch m
Universität Suva	Fidschi	Klimaforschung	Toby Hanewein	englisch m
Universität Kairo	Ägypten	Ägyptologie	Bassam Hanewein	arabisch m
Universität Istanbul	Türkei	Militaristik	Gülsen Hanewein	türkisch f
Universität Kadir Has	Türkei	Orientalistik	Hamid Hanewein	türkisch m
Universität Khartum	Sudan	Islamwissenschaften	Djadi Hanewein	arabisch m
Universität Juba	Südsudan	Bergbau	Phoebe Hanewein	englisch f
Universität Sanaa	Jemen	Arabische Informatik	Harun Hanewein	arabisch m
Universität Bamenda	Kamerun	Parasitologie	Camille Hanewein	französisch f
Universität Tripolis	Libyen	Islamisches Recht	Kadir Hanewein	arabisch m
Al Akhawayn Universität Ifrane	Marokko	Wüstenfauna und -flora	Resuni Hanewein	arabisch f
Pon Filicia Universität Rio de Janeiro	Brasilien	Epidemiologie	Rodrigo Hanewein	portugiesisch m
Santa Cecilia Universität São Paulo	Brasilien	Mathematik/Informatik	Leonor Hanewein	portugiesisch f
Universität Bagdad	Irak	Insektenforschung	Genna Hanewein	arabisch f
Universität Lomé	Togo	Tierpathologie	Kylian Hanewein	französisch m
Rajahut Universität Bangkok	Thailand	Biomasseforschung	Kaanita Hanewein	thai f
Universität Damaskus	Syrien	Gewürze und Kräuter	Namika Hanewein	arabisch f
Universität La Plata	Argentinien	Toxikologie	Diego Hanewein	spanisch m
Universität St. George's	Grenada	Ethnologie	Jake Hanewein	englisch m
Eötvös Loránd Universität Budapest	Ungarn	Staatsrecht	Zsombor Hanewein	ungarisch m
Universität Dhaka	Bangladesch	Pharmazie	Lokesh Hanewein	bengalisch m
Universität Pahang	Malaysia	Infektionsmedizin	Adi Puteri Hanewein	malaysisch f
Universität Kathmandu	Nepal	Mineralogie	Daya Hanewein	nepalesisch m
Sultan Qaboos Universität Maskat	Oman	Architektur	Quamar Hanewein	arabisch f
Unity Universität Addis Abeba	Äthiopien	Agrar-Bewässerung	Haile Hanewein	amharisch f
Universität Kigali	Ruanda	Bienenforschung	Lola Hanewein	französisch f
Universität de Valle Mixco	Guatemala	Ökolog. Psychologie	Ainhoa Hanewein	spanisch f
Alzahra Universität Teheran	Iran	Atomwirtschaft	Kian Hanewein	persisch m
Royal Academie Phnom Penh	Kambodscha	Logistik	Jiut Hanewein	khmer f
Seitoku Universität Tokio	Japan	Ökotrophologie	Sosuke Hanewein	japanisch m

Universität Taipa	Macau	Astrophysik	Mulan Hanewein	chinesisch f
Universität Canberra	Australien	Pädagogik	Luke Hanewein	englisch m
Universität Adelaide	Australien	Zivilrecht	Rosie Hanewein	englisch f
Titu Maiorescu Universität Bukarest	Rumänien	Maschinenbau	Eugen Hanewein	rumänisch m
Benadir Universität Mogadischu	Somalia	Archäologie	Ubah Hanewein	somali f
Universität Panama	Panama	Tiefbau	Joshua Hanewein	englisch m
Universität Breslau	Polen	Katholizistik	Jakub Hanewein	polnisch m
Arabien Gulf Universität Dammam	Bahrain	Hochbau	Rami Hanewein	arabisch f
Universität Zagreb	Kroatien	Touristik	Vesan Hanewein	kroatisch f
Freie Universität Burgas	Bulgarien	Landwirtschaft	Plamen Hanewein	bulgarisch m
Universität Nassau	Bahamas	Veterinärphysiologie	Ethan Hanewein	englisch m
Universität Komba	Malawi	Forstwirtschaft	Chleo Hanewein	englisch f
Universität Colombo	Sri Lanka	Virologie	Amaala Hanewein	singhalesisch f
Alexander Moissi Universität Durrës	Albanien	Bergbau	Luan Hanewein	albanisch m
Universität Malé	Tunesien	Foto- und Lasertechnik	Shadia Hanewein	arabisch f
Universität Antananarivo	Madagaskar	Veterinärathonomie	Nirina Hanewein	malagasy f
Universität Montevideo	Uruguay	Archäologie	Izan Hanewein	spanisch m
Centroamericana Uni. Managua	Nicaragua	Amphibien-Biologie	Jimena Hanewein	spanisch f
Karls-Universität Prag	Tschechien	Transportwesen	Jiri Hanewein	tschechisch m
UVC Universität Caracas	Venezuela	Archäologie	Hector Hanewein	spanisch m
Technische Universität Moldau	Moldawien	Flusswirtschaft	Valea Hanewein	rumänisch f
Universität Nikosia	Zypern	Seeverkehrswirtschaft	Sokrates Hanewein	griechisch m
Universität Ljubljana	Slowenien	Systemtechnik	Ivana Hanewein	slowenisch f
Balamand Universität Koura	Libanon	Politologie	Vega Hanewein	arabisch f
Universität Port Moresby	Papua-Neuguinea	Veterinärvirologie	Amelia Hanewein	englisch f
Universität Cave Hill	Barbados	Mikrobiologie	Max Hanewein	englisch m
Universität Luanda	Angola	Materialprüfung	Diogo Hanewein	portugiesisch m
Universität Harare	Simbabwe	Immunologie	Isabelle Hanewein	englisch f
König-Abdullah-Universität Riad	Saudi-Arabien	Betriebswirtschaftsl.	Zain Hanewein	arabisch f

Universität Luzern	Schweiz	Bankenwirtschaftsl.	Chester Hanewein	deutsch m
Universität Liechtenstein	Liechtenstein	VWL	Rocio Hanewein	spanisch f
Universität Luxemburg	Luxemburg	Familienrecht	Lucas Hanewein	französisch m
Universität Ulan Bator	Mongolei	Steppenfauna	Aywur Hanewein	mongolisch f
Päbstliche Universität Gregoriana	Vatikan	katholische Publizistik	Diego Hanewein	italienisch m
Lomonossow-Universität Moskau	Russland	Psychologie/-therapie	Jekaterina Hanewein	russisch f
Technische Universität Wladiwostok	Russland	Öffentliches Recht	Igor Hanewein	russisch m
Nördl. arktische Uni. Archangelsk	Russland	U-Boot-Technik	Galina Hanewein	russisch f